원초적 본능
Feat. 미소년

온우주
단편선
009

원초적 본능
Feat. 미소년

박 애 진 작품집

온우주

원초적 본능 Feat. 미소년

© 박애진, 2013.

차 례

온우주
단편선

어른들은 왜 커피를 마시지?

어른들은 왜 커피를 마시지?

─오빠, 나도 커피 마실래.

─넌 아직 안 돼.

─왜? 나도 오빠랑 같은 거 마실 거야.

─크면, 좀 더 크면 마시렴.

난처한 오빠를 대신해 엄마가 머리를 쓰다듬으며 말했다. 싫다. 머리를 쓰다듬다니. 난 애가 아니야. 애 취급하지 마.

오빠는 무릎을 굽혀 눈을 마주치며 싱긋 웃었다.

─네가 열여섯 살이 되면 널 위해 가장 예쁜 커피포트를 사줄게.

오빠와 엄마는 커피포트를 들고 방으로 들어갔다. 어른들은 항상 방에서 커피를 마신다. 커피를 마실 때는 절대로 방에 누구도 들이지 않는다. 날 그렇게 귀여워하고 언제든 들어오라고 방을 열어놓는 오빠도 그때만은 문을 잠근다.

어른들이 커피를 마실 땐 난 방에 들어가지 못한다.

왜 어른들은 커피를 마실까?

커피포트를 들고 방으로 들어왔다. 오늘 난 처음으로 커피를 마신다.

방문을 닫기 전 문틈으로 오빠의 웃는 얼굴이 보였다.

문 잠그는 거 잊지 마.

오빠가 손짓했다.

어머니는 대견한 듯 웃었다. 두근거리는 마음으로 문을 닫았다.

문을 잠그는 소리가 낯설다. 방 안이 너무 고요했다.

이런 기분이구나. 문을 잠근다는 건. 누구도 내가 허락하기 전에는 내 방에 들어올 수 없다는 것, 섣불리 들어오려다간 헛된 손놀림만 하게 될 뿐이라는 것. 난 그 손놀림으로 누군가 내 방에 침입하려 했다는 걸 알게 될 것이다. 난 누군지, 용건은 무엇인지 묻고 문을 열어줄 수 있는 것이다. 물론 내가 열어주지 않을 리는 없지만.

어릴 때 밤중에 무서운 꿈을 꾸고 오빠를 찾았다. 무심코 오빠 방을 열려는데 문이 잠겨 있다는 걸 알고 당황했다. 닫힌 문 앞에서 어쩌지 못하던 그 막막함. 다정한 오빠는 닫힌 문의 안쪽에 있었고, 난 밖에서 오빠가 문을 열어줄 때까지 기다릴 수밖에 없었다. 문을 열어달라고 두드리려다 불현듯 저녁에 오빠가 커피포트를 들고 방으로 들어가던 것이 생각났다.

식탁 옆 벽에는 커피포트 두 개가 걸려 있다. 하얀색은 엄마의 커피포트였고, 밝은 푸른색을 띠는 것은 오빠의 커피포트였다.

커피포트가 걸려 있지 않으면 방에 들어가서는 안 된다. 난 맥없이 고개를 돌려 엄마의 하얀 커피포트만이 걸려 있는 걸 확인했다. 눈물이 나올 것 같았다. 갑자기 새벽 추위가 밀려왔다. 방으로 돌아가 한참 울다 잠들었다.

아침에 눈을 뜨니 오빠가 걱정스레 날 살피고 있었다. 감기에 걸린 것이다. 오빠는 어제 내 실수를 탓하지 않았다. 그저 조용히 날 보살펴줄 뿐이었다.

나도 모르게 배시시 웃음이 나왔다. 엄마는 그러다 내가 버릇없이 자란다고 오빠를 나무랐지만 오빠는 한 번도 내게 큰소리를 낸 적이 없었다.

문을 잠갔다는 이유 하나로 괜스레 낯선 방을 서성거리다 커피포트를 침대 옆 탁자에 내려놓았다. 오빠가 사온 커피포트는 산뜻한 오렌지색에 위로 갈수록 살짝 좁아져 날렵하면서도 부드러웠다. 오랜 시간 정성껏 골랐다는 느낌이 들었고, 그만큼 마음에 쏙 들었다. 난 오빠가 알려준 대로 포트의 위아래를 잡고 반대 방향으로 돌려 열었다. 필터 주머니에 커피를 조심스레 담고 스위치를 눌렀다. 방에 서서히 커피 향이 퍼졌다.

눈을 감았다. 가슴이 두방망이질을 쳤다. 적당한 시간이 지난 후 커피포트와 짝인 오렌지색 머그잔에 커피를 담았다. 천천히 향을 음미하고 한 모금 마셨다.

우엑, 쓰다.

마음을 가다듬고 뜨거운 커피를 후후 불며 마셨다. 몇 번을 마셔도 쓰기만 했다. 도대체 이런 걸 무슨 맛으로 마시는 거야?

열여섯 살이 되면 마실 수 있다던 커피. 단절된 오빠와 나를 연결시킬 고리. 이제 나도 커피를 마신다고, 더 이상 어린애가 아니란 말씀. 이 밤이 지나 날이 밝으면 당당하게 오빠와 커피에 대한 이야기를 나누리라 믿고 기다려온 기대가 부서져 내렸다.

"잘 잤니?"

엄마가 방에서 기지개를 켜며 나와 물었다. 엄마도 어제 커피를 마셨는지 커피포트와 잔을 들고 있었다. 난 깨끗이 씻은 커피포트와 잔을 새로 생긴 내 자리에 걸어놓았다. 오빠의 커피포트는 이미 걸려 있었다.

"네. 그럭저럭."

엄마가 내 안색을 살폈다. 뭔가 이상하다고 생각한 모양이다.

"커피는 마음에 들었니?"

오빠도 방에서 나와 날 보자마자 물었다.

"응."

난 시무룩하게 대답했다. 두 사람의 얼굴이 굳었다. 둘은 조심스레 내 눈치를 살폈다.

"오빠랑 잠깐 얘기 좀 할까?"

오빠가 내 손을 잡고 방으로 데려갔다.

"그래, 어땠니?"

오빠가 걱정스레 물었다.

"몰라. 그냥 쓰기만 하던걸?"

"쓰기만 했다고?"

"응. 오빠가 시키는 대로 물 끓이고 커피 넣고, 다 했는데, 모르겠어. 그냥…… 별로 맛이 없더라."

"그러니까…… 요컨대 넌 커피만…… 마셨다는 얘기니?"

오빠가 머뭇머뭇 물었다.

"응? 그럼? 오빠는 커피랑 뭐 다른 거 같이 마셔?"

"아, 아니."

오빠는 내 머리를 쓰다듬더니 학교 늦겠다며 어서 준비하라고 했다. 씻고 나오는데 오빠가 엄마 방에서 나오는 게 보였다.

"오빠, 아직 안 갔어? 안 늦어?"

"택시 타지, 뭐."

오빠가 걱정 말라는 듯 씩 웃었다. 오빠와 엄마는 나에 대해 이야기를 나눈 것 같았다. 엄마는 내게 뭔가 말하고 싶은 눈치였지만, 오빠가 만류하는 눈짓을 했다. 도대체 왜들 저러지?

시무룩하게 문을 열고 교실에 들어섰다.

요란한 소리, 빨갛고 노란 줄들의 향연.

"열여섯 살이 된 걸 축하해!"

반 아이들이 빙 둘러 서 있다가 박수를 치며 말했다.

"응, 고마워."

"어땠어?"

"어땠니?"

열여섯 살이 지난 아이들이 우루루 몰려와 나지막이 물었다. 아직 열여섯 살이 되지 않은 아이들은 우리 곁에 오지 못하고 멀리서 쭈뼛쭈뼛 바라보기만 했다. 며칠 전까지 내가 그러했듯이.

가까이 온 아이들의 눈에는 비밀스러운 반짝임이 들어 있었다. 열여섯 살이 지난 아이들은 자기들만의 세계를 가지고 있었다. 다른 아이들은 모두 빨리 거기 들어가고 싶어 했다. 나도 이제 그럴 수 있다고 기뻐했는데.

"응, 뭐, 그냥 그랬어."

"그냥 그랬어?"

"응."

"처음엔 다 그렇대."

한 아이가 말했다.

"난 처음에도 좋았는데."

다른 아이가 말하자 까르르 웃음이 번졌다.

"하아……."

나도 모르게 한숨이 나왔다.

"계속 마시다보면 너도 좋아질 거야."

또 다른 아이가 얼굴에 홍조를 띠며 말했다. 아이들은 쿡쿡 웃었다.

"글쎄, 별로. 난 커피를 마시면 뭔가 대단한 일이 생길 줄 알았는데……."

"근데?"

"그냥 쓰기만 했을 뿐이야. 오빠가 커피만 마셨냐고 물어보더라. 쿠키 같은 거랑 같이 마시면 좀 나으려나?"

"쓰기만 했을 뿐이라고?"

"아픈…….."

"얘!"

누가 뭔가 말하려다 다른 아이가 치는 바람에 멈췄다.

"응? 뭐라고?"

난 되물었지만 아이들 사이에는 이상한 침묵이 감돌았다.

"너, 잠깐 이리 와봐."

반에서 가장 먼저 열여섯 살이 되었던 아이가 나를 끌고 밖으로 나갔다.

"곧 선생님 오실 텐데?"

그 애는 내 팔을 잡고 화장실로 갔다. 종 칠 때가 다 되어서 아무도 없었다. 그래도 그 앤 주위를 살피고 구석 자리로 가서 조심스레 물었다.

"커피만 마셨다니?"

"오빠가 가르쳐준 대로 커피를 끓였어. 그리고 잔에 따라 마셨지. 되게 쓰더라. 그게 다야. 다들 왜 그렇게 호들갑이었는지 모르겠어."

"정말이니?"

"응, 왜 그러는데?"

"아니, 아냐. 아무것도."

종이 쳤다. 교실로 들어가기 전 그 애는 내 손을 잡고 말했다.

"선생들이 물어보면, 그런 이야기는 하지 않는 게 좋을 거야."

"왜?"

"너도 곧 알게 될 거야. 너무 걱정 마. 가끔 그런 경우도 있대."

그 애는 그렇게 말하고 순간 뭔가 실수했다는 표정을 지었다.

"암것도 아냐. 나랑 이야기한 건 다른 애들한테는 비밀이다?"

별 이야기 하지도 않아놓고 유난이다 싶으면서도 그러마 약속했다.

그 애 말이 맞았다. 다른 애들 경우에도 그랬듯이 선생님들은 "오늘 이 반에 열여섯 살이 된 애가 있다며?"라고 물으며 한 마디씩 축하하는 말을 건넸다. 난 그냥 "고맙습니다."라고만 했다.

난 열여섯 살이 지난 아이들 틈에 끼지 못 했다.

심지어는 열여섯 살이 되지 못한 아이들 틈에도.

열여섯 살이 지난 아이들은 여전히 자기들의 세계에 날 끼워주지 않았고, 다른 아이들도 그걸 눈치챘다. 이따금 아직 열여섯 살이 되지 못한 애들이 커피를 마시면 어떤 일이 생기는지 조심스레 물어왔지만, 그 아이들이 직접 마시기 전에는 말해줘서는 안 되었다. 오빠도 내게 말해주지 않았으니까. 사실 뭘 말해야 할지도 알 수 없었다. 딱히 할 말이 없었다.

며칠 후 다른 아이가 열여섯 살이 되었다. 내 경우 때문인지 아이들은 섣불리 축하한다는 말을 하지 않았다. 하지만 그 앤 나와 달랐다. 자기가 먼저 열여섯 살이 지난 아이들에게 다가가 뭔가 속닥거렸고, 아이들은 얼굴이 빨개지도록 웃으며 그 애의 말을 들었다. 도대체 뭐가 뭔지 알 수가 없었다. 그 앤 안됐다는 듯, 이제는 내가 왜 커피를 마시는 애들 틈에 끼지 못하는지 궁금증을 풀었다는 듯 고고한 시선으로 날 바라봤고, 난 점점 기분이 나빠졌다.

"흠. 알다시피, 커피를 너무 마시면 밤에 잠 못 잔다. 적당히들 마셔라. 저기저기 눈 뻘건 거 봐라, 너 어젯밤에 커피 마셨지?"

수학 시간에 아이들 거지반이 졸아대자 선생님이 한 마디 했다. 난 무슨 소린가 할 뿐이지만 졸던 아이들도 깨 눈을 빛내며 포복절도했다.

"말 나온 김에 물어보자. 자아, 어머니랑 사는 사람?"

선생님은 숫자를 셌다.

"이 반은 어머니랑 사는 애들이 더 많구나. 우리 반은 아버지랑 사는 애들이 더 많더라."

반에는 아직 웃음기가 남아 있었다. 선생님은 목소리를 가다듬고 수업을 시작했다.

졸업까지는 얼마 남지 않았다. 이제 거의 모든 아이들이 커피를 마시기 시작했는데, 난 커피를 마시면서도 그 애들 틈에 들어가지 못 했다.

잔에 커피를 따랐다. 커피 향이 방에 퍼진다. 그뿐이다. 계속 마시다보니 슬슬 쓴맛에도 익숙해지는 것 같다. 하지만 일부러 마시고 싶은 정도는 아니었다. 커피를 반쯤 마시다가 나도 모르게 눈물이 흘러내렸다. 도대체 왜들 그러는 거야? 그냥 커피일 뿐이잖아. 이게 뭐 대단한 거라고.

학교에서 편하게 이야기할 수 있는 애들이 줄어갔다. 몇 안 남은 열여섯 살이 되지 못한 애들마저 날 이상한 눈으로 보며 피했다. 갈수록 견디기 힘들어졌다.

마음을 가라앉히고 침대 밑에 있는 저금통을 꺼내 반으로 쪼갰다. 생각보다는 제법 돈이 들어 있었다.

"나 오늘 학교 안 가면 안 되지?"

오빠와 엄마의 숟가락이 공중에서 멎었다.

"아냐, 갈게요."

오빠가 뭔가 말하려는 걸 막고 벌떡 일어났다.

"다녀오겠습니다."

"오늘은 일찍 나가는구나."

엄마가 뒤에서 말하는 소리가 들렸다.

새벽 공기는 차가웠다. 학교에 가기 전 길을 돌아 상가에 들렀다. 원하는 걸 찾는 데는 그리 오래 걸리지 않았다. 비쌌지만 눈딱 감고 돈을 지불했다.

생각보다 시간이 남았다. 학교 정문에 쭈그리고 앉아 이십 분정도 기다렸을까? 양손을 겨드랑이에 붙여 가방끈을 쥐고 걸어오는 반 친구가 보였다.

"잠깐 나 좀 봐."

"뭔데?"

이 애는 일주일 전에 커피를 마셨다. 난 그 애를 잡고 운동장 느티나무 그늘로 갔다.

"커피를 마신다는 건 어떤 거야?"

"너도 마셨잖아."

"그래! 물론 나도 마셨지! 하지만 너도 내가 뭘 묻는지 알 거 아냐?"

"우리 엄마에게 네 얘길 했는데, 가끔 그런 경우도 있대. 엄마

친척 중에도 그런 사람이 있었대. 너무 초조해 하지 마."

"그래서? 도대체 다들 왜 그러는데?"

"이러지 마. 말하면 안 되는 거 알잖아."

난 가방을 열고 브로마이드를 꺼냈다.

"에?"

그 애의 눈이 커졌다. 그 애는 황급히 주위를 둘러봤다.

"이러면 안 돼."

그 애가 속삭였다.

"새벽같이 일어나 사 온 거야. 저금통도 깼어. 자, 어떡할 거니? 이걸 갖고 싶어 할 애는 많을걸?"

"너 이런 거 물어보고, 누가 가르쳐주는 거 선생님들이 알면 난리 나는 거 몰라서 그래?"

"너랑 나만 말 안 하면 되잖아."

그 애는 망설였다. 하지만 결국 넘어갔다. 그 애는 살그머니 브로마이드를 펼쳐보았다.

"너무 멋있다아!"

"자, 이제 말해줘. 도대체 커피를 마시면 무슨 일이 생긴다는 거야?"

그 애는 머뭇거렸다.

"그건 단순히 커피를 마시는 게 아니야. 물론 커피를 마시긴 마셔야 하지. 하지만 그건 뭐랄까……."

그 애는 꿈꾸는 듯한 몽롱한 눈빛으로 하늘을 올려다보았다.

"처음 느낀 건 통증이었어."

"통증?"

"그래, 통증과 피. 너네 엄마가 너 처음 커피 마시던 날 침대 위에 얇은 이불 하나 놓으라는 말 안 하셨니?"

"아니, 그런 말 없었는데?"

우리 엄마는 아이들에게 곰살맞은 엄마가 아니었다. 어릴 때도 날 돌봐준 건 오빠지, 엄마가 아니었다.

"처음엔 좀 아플 거야. 하지만 시간이 지나 네가 익숙해지면……."

그 애는 내 눈을 보며 말했다. 아니, 시선만 그럴 뿐 자기 세계에 빠져 있었다.

"그건…… 환희야."

그 애는 그 이상의 말은 할 수 없었다. 나도 그만 그 애를 들여보내주었다. 환희라고? 도대체 그게 무슨 말인데?

집에 돌아오자마자 오빠 방에 들어갔다. 오빠는 아직 회사에서 돌아오지 않았다. 준비해 간 밧줄을 오빠 방 창틀에 묶었다. 오늘 밤, 오빠가 커피를 마시길 간절히 바라면서. 내가 커피를 제대로 마시지 못한 이후로 오빠도 날 의식해서인지 예전만큼 자주 마시지 않았다.

다행히 그날 밤 오빠는 커피를 들고 방으로 들어갔다. 난 내 커피포트를 들며 걱정하지 말란 표시로 싱긋 웃었다. 오빠도 마주 웃었지만 마음이 편치 않은 눈치였다.

방에 들어가 커피가 끓을 시간만큼 기다렸다가 살그머니 창문을 열었다. 오빠 방은 내 방 바로 옆이었다. 밧줄을 잡고 조심조심 오빠 방 창문을 향해 다가갔다. 가슴이 터질 것처럼 요동쳤다. 아무리 오빠라도 이걸 들키면 가만있지 않을 거다. 하지만…… 멈출 수가 없었다. 난 살금살금 오빠 방으로 갔다. 그리고 오빠 방 창문을 통해 보고 말았다.

오빠는 창문을 등진 채 침대에 걸터앉아 있었다. 침대 옆 탁자에는 오빠의 커피포트와 아직 김이 나는 잔이 놓여 있었다. 아니 아니, 중요한 건 그게 아니었다. 오빠 옆에는 난생 처음 보는 여자가 앉아 있었다. 여자의 피부는 투명한 느낌이 들 정도로 희고 고왔다. 오빠가 여자의 목덜미를 덮은 갈색 머리를 넘기자 긴 목과 어깨선이 드러났다. 오빠는 여자의 어깨를 감싸 귓가에 무언가를 속삭였다. 식은땀이 나며 다리가 후들거려 밧줄을 놓칠 것 같았다. 갑작스레 여자가 고개를 들었고, 눈이 마주쳤다.

어떻게 방에 돌아왔는지 기억나지 않았다. 침대 속에 들어가 오한이라도 난 양 벌벌 떨었다. 난 방해하지 말란 표시로 커피포트를 들고 방에 들어왔다. 하지만 이제 오빠는 다 거짓연기였다는 걸 알 거다. 어쩌지? 어쩌지? 아무 생각도 들지 않는데 문밖에서 인기척이 났다. 방문을 작게 두어 번 두드리는 소리가 천둥소리처럼 느껴졌다.

커피포트를 들고 왔으니까, 그냥 무시해버릴까? 오빠가 문 뒤에서 나직하게 내 이름을 불렀다. 기다시피 침대에서 나와 덜덜 떨리는 손으로 문을 열었다. 차마 눈을 마주할 수 없어 발치만 내려다보았다. 머리 위로 오빠의 작은 한숨 소리가 들렸다.

"이리 오렴. 인사시켜줄 테니."

오빠는 그 여자에게 그러했던 것처럼 내 어깨에 팔을 두르고 방으로 데려갔다. 내 방처럼 들락거리던 오빠 방에 들어가기가 겁이 났다. 문이 열렸다. 여자는 살이 비치는 하늘하늘한 원피스를 입고 침대 위에 앉아 있었다. 잘못 본 게 아니었다. 날 의식해서인지 오빠가 여자에게 겉옷을 걸쳐주었다. 오빠 겉옷은 여자에게 컸다. 큰 겉옷 밑으로 원피스 자락과 가녀린 다리가 보였다. 괜스레 부끄럽고 얼굴이 달아올라 제대로 마주할 수가 없었다.

"인사하렴. 내 커피의 동반자란다."

난 쭈뼛거리며 인사인지, 알겠다는 건지 나도 모를 마음으로 고개만 끄덕였다. 여자가 살며시 웃음 짓는 것 같았다.

"네가 커피의 동반자를 만나면 소개시키려 했는데."

오빠는 날 야단치지 않았다. 그게 더 무서웠다.

"날 보렴."

오빠가 내 뺨을 잡고 고개를 들게 했다. 겨우 오빠의 눈을 볼 수 있었다. 오빠는 화나지 않았다.

"야단치려는 게 아니야. 하지만 이 일은 어머니껜 말씀드리지 않는 게 좋겠다. 다른 사람들에게도. 알았지?"

"응."

"내 커피의 동반자는 몸이 많이 안 좋아서 예전처럼 자주 볼 수가 없단다."

오빠의 얼굴에는 수심이 가득했다. 그랬나. 그래서 최근 얼굴빛이 좋지 않았던 건가. 내가 학교에서 힘든 시간을 보내는 동안 오빠는 나 말고 다른 사람을 걱정하고 있었다. 배신감이 몰아쳤다.

"어머니가 깨어나면 곤란하니 방으로 돌아가렴."

방에 돌아와 멍하니 밧줄을 풀고, 창문을 닫았다.

'그건 피와 아픔을 동반하는 거야. 하지만 네가 익숙해지면……'

난 베개를 집어 던지고 행여나 오빠가 들을세라 이불을 뒤집어쓰고 소리 죽여 밤새 울었다.

새벽에 잠이 깼다. 왜 잠이 깼을까? 머리가 아프고 목이 말라서 거실에 나갔다. 엄마 방에 불이 켜져 있었다. 엄마의 커피포트는 제자리에 걸려 있는데. 난 나도 모르게 엄마 방문에 귀를 가져다 대었다. 엄마와 오빠가 이야기를 나누고 있었다. 이야기를 듣다가 방으로 뛰어들어갔다.

"오빠? 그게 무슨 소리야? 떠나다니?"

엄마와 오빠가 놀라 날 쳐다보았다.

"오빠? 왜 떠난다는 거야? 어디로 가는데?"

오빠는 난처한 얼굴로 날 보았다.

"오빠는 독립할 때가 된 거야."

엄마가 말했다.

"누구나 학교를 졸업하고 직장을 가지면 독립하는 거란다. 너도 알잖니."

"그래도, 그래도, 왜 그렇게 멀리 가는 건데?"

오빠는 어두운 얼굴로 고개를 숙였다.

"오빠, 나 때문이지? 그렇지? 내가 잘못해서 그런 거지?"

오빠가 다가와 날 안으려 했다. 난 오빠를 뿌리쳤다.

"오빠 미워!"

방으로 들어가서 문을 잠가버렸다. 오빠가 문을 두드리고 날 달래주길, 떠나지 않는다 말하길 기다렸지만 오빠는 그러지 않았다.

오빠는 오래전부터 준비해온 것이 틀림없었다. 새 직장도 알아놨고, 이사 갈 집도 구했다고 했다. 이제 가는 일만 남아 있었다. 난 며칠 동안 오빠와 한 마디도 하지 않고 오빠를 무시했다. 오빠는 그저 슬픈 표정만 지을 뿐이었다.

오빠가 떠나기 전날, 견디지 못하고 오빠 방문을 두드렸다. 그냥 들어가면 되는데, 왜 노크를 했을까? 떠날 준비를 하면서부터 오빠가 너무 멀게 느껴졌다. 내가 그렇게 화를 내는데도 오빠는 날 달래지 않았다. 문이 열리고 언제나처럼 다정한 오빠 얼굴이 보였다.

"들어오렴."

방은 낯설 만큼 말끔히 정리되어 있었다. 난 멀뚱히 침대에 앉았다. 오빠가 옆에 앉아 다정하게 어깨에 팔을 둘렀다.

"네가 커피의 동반자를 만날 때까지는 같이 있고 싶었는데……. 어쩔 수가 없구나."

난 대답 없이 애꿎은 침대보만 만지작거렸다.

"내 아가씨가 아프단다."

"아파?"

"내 동반자에게는 좀 더 따뜻한 곳이 필요해. 그래서 남쪽으로 가는 거야."

난 시무룩하게 고개를 숙였다. 오빠는 나보다 커피 아가씨가 더 소중한 거야. 그런 게 틀림없어. 내가 화가 났는지 어쨌는지 따위는 조금도 관심 없는 거야. 울지 않으려 했는데 눈물이 뚝뚝 떨어졌다.

"널 싫어해서도, 덜 사랑해서도 아니야. 오빠가 멀리 있으면 넌 오빠를 잊을 거니? 아니잖아. 멀리 있어도 항상 널 생각할 거야."

오빠는 늘 그렇듯 내 마음을 읽고 있었다. 뻔히 알면서도 달래지 않고 내버려두었다. 커피 아가씨가 아프니까 나 같은 건 눈에 들어오지도 않는 거야.

하지만 더는 투정 부릴 수 없었다. 오빠는 내일이면 떠난다. 오빠가 진짜로 날 떼쟁이로 생각해서 연락을 안 할까 무서웠다. 난 억지로 웃어 보였다.

"자주 전화할게."

오빠가 다정하게 머리를 쓰다듬었다. 난 일어나서 창문을 열었다. 오빠도 내 옆에 와서 섰다. 시원한 바람이 불어왔다.

"왜 어른들은 커피를 마시지?"

오빠는 잠시 밤하늘을 보다가 말했다.

"고독하기 때문이야."

"고독?"

"넌…… 그래, 넌 아직 외롭다는 게 어떤 건지 잘 모를 거야. 사람은 누구나 혼자란다. 혼자인 것을 견딜 수 없는 밤, 누구도 내 옆에 있어주지 않는 밤, 고독을 달래기 위해 커피를 마시지."

"커피는 쓰기만 한걸."

"너도 좀 지나면 알게 될 거야."

오빠의 목소리는 부드러웠다.

"커피의 동반자가 나타나지 않는 건 내가 너무 못생겼기 때문이야."

"넌 못생기지 않았어."

오빠가 웃으며 말했다.

"치."

사실은 그냥 투정이었을 뿐이었다. 커피의 동반자 같은 거, 아무래도 상관없었다.

다음 날 일부러 아무 일도 없는 것처럼 아침을 먹고 학교에 갔다. 오빠도 평소처럼 학교 잘 다녀오라고 말했다. 돌아오니 오빠는 가고 없었다. 텅 빈 방 앞에서 들어가지도 어쩌지도 못하며 한참을 서 있었다. 엄마가 오더니 볕이 잘 들어오는 방이니 손봐 작은 화원을 만들겠다고 했다. 들은 척도 안 하고 내 방으로 갔다. 오빠가 간 지 몇 시간이나 됐다고 오빠의 공간을 없애려 들다니 야속한 마음이 솟았다.

오빠가 없는데도 하루하루 시간은 잘만 흘렀고, 커피는 여전히 커피일 뿐이었다.

오빠는 사나흘에 한 번씩 전화해 안부를 물었다. 난 엄마가 옆에 없을 때면 커피 아가씨는 어떤지, 나아졌는지 물었다. 오빠는 괜찮다며 웃기만 했다. 하지만 오빠의 웃음에는 힘이 하나도 없었다.

싫다. 오빠의 저런 힘없는 웃음. 커피 아가씨가 없어져버리길 바란 적도 있었다. 그러면 오빠가 떠나지 않을 것 같았다. 하지만 오빠가 옛 모습을 되찾을 수만 있다면 커피 아가씨가 건강해지는 것도 좋다고 생각했다. 내게서 오빠를 앗아갔으면 오빠를 즐겁게 해줘야 할 거 아냐? 커피 아가씨가 미웠다. 오빠 전화는 조금씩 뜸해졌다.

졸업을 며칠 앞둔 어느 날이었다. 집에 돌아오니 엄마가 검은 옷을 차려입고 있었다.

"너도 어서 갈아입어라."

엄마 얼굴이 창백하다 못해 당장이라도 쓰러질 것 같았다.

"엄마?"

"너희 오빠가……."

엄마는 말을 잇지 못하고 통곡했다.

"오빠가 왜? 오빠한테 무슨 일 생긴 거야? 응? 엄마?"

문이 열리더니 이웃집 아줌마가 들어왔다.

"아이고, 자네, 이를 어쩌나. 어여 정신 수습해. 일단 가야지."

"무슨 일이세요?"

"너도 어서 옷 갈아입어라. 세상에, 네 오빠가……."

오빠가 술을 마셨다고 했다. 집에 바래다주겠다는 직장 동료들의 만류를 뿌리치고 괜찮다며 혼자 가다가 교통사고를 당했다. 병원에 옮겨볼 것도 없이 즉사했다고. 오빠를 친 차의 운전자는 도망쳤고 끝내 찾지 못했다. 한 번도 몸을 가누지 못할 정도로 술을 마신 적이 없는 오빠인데. 내가 있기 때문에 어른들은 말을 조심했지만, 난 알 수 있었다. 오빠는 커피 아가씨를 따라 갔다. 커피 아가씨는 결국 죽어버렸고, 그래서 오빠도 죽어버린 거다.

오빠 바보. 난 울지 않을 거다.

장례식이 끝나고 돌아오자 곧바로 졸업식이었다. 오빠가 올라오리라 기대하고, 얼마나 기다리던 졸업식인데. 난 엄마와 둘이서 사진을 찍었다. 졸업식 사진, 그 어디에도 오빠는 없었다. 마치 처음부터 존재하지도 않았던 것처럼.

며칠 후 친구들을 만나 함께 찍은 졸업식 사진을 주고받았다. 취직 전 마지막 자유시간인지라 신나게 놀다 집에 와 사진첩을 열었다. 내 어깨를 감싼 오빠가 보였다. 나는 오늘 오빠가 없는데도 웃었다.

졸업 사진을 넣을 때는 오빠 사진을 보고 싶지 않아 일부러 사진첩을 뒤에서부터 열었다. 이번에는 한 장 한 장, 사진마다 꼼꼼히 살피며 사진첩을 넘겼다. 갑자기 오빠가 보이지 않았다. 이전까지는 오빠가 없는 페이지가 없는데, 오빠가 사라지는 페이지가 생겼다. 이 페이지 이후 새로운 오빠 사진이 내 사진첩에 들어올 일은 없을 거다. 언제나 내 어깨를 감싸주던 오빠가 날 달래줄 날은 다시는 오지 않을 것이다. 설움이 복받쳐왔다. 엄마에게라도 가보려는데 주방에 엄마 커피포트가 없었다. 내 커피포트만 쓸쓸히 걸려 있었다. 커피를 마신 지도 오래되었구나. 커피포트에는 먼지까지 쌓여 있었다. 오빠가 사준 커피포트인데……. 커피포트를 깨끗이 씻어 방으로 들어갔다.

'자아, 위아래를 잡고 이렇게 힘을 주는 거야. 그럼 열리지? 이

쪽에 물을 담고 여기다가 커피를……'

사용법을 하나하나 설명해주던 오빠가 생각났다. 방에 커피 냄새가 풍겼다. 갑자기 이 향이 어느 날 아침 자고 일어난 오빠에게 난 향이라는 걸 깨달았다. 그래서 그날 나도 오빠에게 커피를 마시겠다고 졸라댔다. 오빠와 같은 걸 마시겠노라고.

"오빠……."

소리 죽여 서럽게 울었다. 누군가에게 위로받고 싶었다. 새벽 2시가 다 되어갔다. 제일 친한 친구 집에 전화를 걸었다. 어쩌면 아직 안 잘지도 몰라. 이 친구는 종종 만화책을 보다가 밤을 새우곤 하니까. 벨이 다섯 번을 울리자 남자 어른이 잠이 덜 깬 목소리로 전화를 받았다. 화들짝 놀라 전화를 끊었다.

내 방문은 잠겨 있다. 아무도 들어올 수 없다. 난 완전히 혼자다. 나도 모르게 눈물이 펑펑 쏟아졌다. 한참을 목 놓아 우는데 누군가 내 어깨를 감싸는 것이 느껴졌다.

"오빠?"

벌떡 일어났다. 방에는 낯선 소년이 있었다. 그 애는 내가 일어나자 손을 치웠다.

나의 커피. 아무도 내 곁에 있어주지 않던 그 밤, 커피의 소년이 내 앞에 나타났다. 그 애의 눈동자는 커피색처럼 짙은 갈색이었다. 그 앤 살그머니 날 끌어안았다. 그 애의 품에 안겨 그 애가 어깨를 다독여주는 속에서 마음껏 울었다.

며칠 후 왜 이제야 나타났느냐는 질문에 그 애는 고개를 떨어뜨리며 "부끄러워서."라고 말했다. 나가야 하는데, 나가야 하는데 이러다 못 나오고 보니, 계속 나갈 수가 없었다고. 그러고 나선 나도 자길 찾지 않았다고. 내가 오빠를 영원히 잃었다는 걸 마침내 받아들여 펑펑 울던 그 밤에서야 용기를 낼 수 있었다고 했다. 커피포트 안에서, 혼자서 얼마나 외로웠을까.

"내가 자주자주 부를게."

그 애는 기쁜 미소를 지었다. 이 아이는 말이 적었다.

"넌 어디서 오니?"

"커피에서."

"커피에서? 그 전에는 어디 있었는데?"

"넌 어디서 오는데?"

"난 엄마가 낳지."

"엄마가 낳기 전에는 어디 있었는데?"

"에…… 그건…….”

"늘 궁금했어. 넌 어디서 온 걸까."

뜻밖의 질문이라 말문이 막혔다. 난 잠시 커피 소년을 보다 멋쩍어 웃었다.

"나도 모르겠다."

난 오빠와 마지막으로 인사했던 그날처럼 창문을 열었다.

"오빠는 행복했을까."

커피 소년은 난처한 얼굴을 했다.

"그치? 나도 몰라. 오빠에 대해서 뭐든 다 알고 있다고 생각했는데. 잠버릇, 뭘 좋아하는지, 웃을 때 표정이 어떤지. 근데 사실 난 오빠에 대해서 아무것도 몰랐던 것 같아."

그 애가 내 어깨에 기대왔다.

"오빠 행복했을 거야. 그렇게 생각하자. 그래야 오빠가 거기서도 날 걱정하지 않지. 나도 이제 어른이니까. 그렇지?"

커피 소년이 걱정스러운 눈으로 날 바라보았다. 난 아이를 안심시키고자 웃었다. 오빠도 가끔은 단지 날 위해 웃었을 거다. 어른이 되었다는 건 웃고 싶지 않을 때도 웃을 수 있는 것인지도 모른다.

"난 괜찮아."

난 소년의 이마에 입 맞추고 창문을 닫았다. 어머니도 커피의 동반자에게 아들을 잃은 슬픔을 위로받고 있을 것이다. 오빠는 어머니의 동반자의 아들이기도 했다. 나도 이제 나와 아이, 우리 둘이 함께할 공간을 준비해야겠다.

■ 어른들은 왜 커피를 마시지? 는 ……

어렸을 때 아무 이유 없이 단지 16이라는 숫자가 예뻐서 16살이 되면 무언가 특별한 일이 생기리라 기대했다. 내 글에서 16살에 삶의 분기점을 맞이하는 아이들이 나오는 건 그 때문이다.

「어른들은 왜 커피를 마시지?」는 휴대전화가 널리 퍼지지 않았던 2001년에 하이텔 환타지 동호회 소재별 글쓰기 모임 '데카메론 프로젝트'의 첫달 소재였던 '차/커피'를 소재로 쓴 글로, 당시 「어른들은 왜 커피를 마시지?」 이전과 이후로 나눌 만큼 내게 분기점이 된 글이다.

참여하기로는 했는데 소재를 받고 막막하던 차에 이야기가 떠올라, 이야기가 찾아오기만 기다리지 말고 계속 찾고 고민하면 글이 나온다는 깨달음을 얻었고, 이 글 이전에 쓴 글들은 단편으로 필요한 최소한의 완결성을 제대로 갖추지 못했는데 완결성을 가진 첫 단편이며, 처음으로 주위 사람들에게 칭찬과 격려를 받고, 이매진 장르문학 단편 공모전에서 넘치는 평과 함께 가작을 받은 글이라는 점에서도 그렇다. 지금도 당시 지인이 "두고두고 우울할 때마다 꺼내서 보고 싶은 글"이라고 말했을 때 고맙고 기뻤던 순간을 기억한다. 한때 단편선을 내게 되면 이 글을 표제로 하고 싶었던 만큼, 내겐 몹시 애틋한 글이다.

짝 짓 기

짝 짓 기

라스는 한 손에는 낫과 점심 보따리를, 다른 손에는 커다란 양동이를 들고 마을 입구에서 타미안을 기다렸다. 해가 뜬 지 얼마 되지 않아 공기는 차고 맑았다. 오래지 않아 타미안의 긴 그림자가 길에 나타났다. 타미안의 눈이 양동이에 닿았다.

　"아, 이거? 하늘에서 소년이 떨어지면 받으려구."

　라스는 타미안이 뭐라 묻기도 전에 기다렸다는 듯 말했다.

　"들고 다니기 귀찮지 않겠어?"

　"그래도 눈앞에서 떨어질 때 아무것도 없어봐. 미리미리 준비해야 하는 거라고."

　라스는 뭐가 즐거운지 양동이를 앞뒤로 흔들며 말했다. 양동이가 움직일 때마다 길게 땋은 양 머리도 같이 달랑거렸다.

　"언제 올지 모르잖아."

"곧 때가 될 거야."

라스는 자신만만하게 말했다. 라스가 가장 친한 타미안에게조차 말하지 않은 것이 있었다. 그녀는 며칠 전 밤에 어른들이 아이들 모르게 버려진 물레방앗간으로 가는 걸 보았다. 이제 얼마 남지 않았다.

"일하러 다닐 때 불편하지 않겠어?"

"감수해야지. 배란기까지 얼마 남지 않았다고."

"그런가……."

"넌 준비 안 해?"

"양동이 들고 다니는 게 준비라면 사양할래."

그때 뒤에서 누군가 달려오는 소리가 들렸다. 레미르였다. 키가 작고 통통한 레미르는 두 사람을 올려다보며 허겁지겁 말했다.

"얘기 들었어?"

"무슨 이야기?"

레미르는 얼굴이 작아 더 커 보이는 눈을 빛내며 말했다.

"어제 말이야. 로완느가 찾았대!"

"헤에?"

"밭을 갈다가 잠시 쉬는데, 고랑에 이상한 게 비집고 나와 있더라는 거야. 잡촌 줄 알고 낫으로 잘라버리려다가, 뭔가 이상해 손으로 파봤더니……."

"벌써 찾았다고? 운도 좋아! 아직 배란기까진 며칠 남았는데!"

라스가 분한 듯 외쳤다.

"응, 땅에서 솟아 나왔다는 거야. 바로 눈앞에서……. 이제 시작인가봐."

레미르가 흥분해서 말을 이었다.

"그래서 어떻게 했대?"

라스가 레미르의 이야기를 독촉했다.

"어쩌긴…… 집에 데려다가 씻겼대. 아주 잘생겼다는 거야."

"나 폭포에 가볼까?"

라스가 우는 소리를 냈다. 폭포에 소년이 떨어지는 경우는 아주 드물지만, 그곳에 떨어지는 소년이 언제나 가장 아름답다고 했다.

"밭이나 갈아. 열심히 일하다보면 다 돌아오는 거야."

둘의 이야기에 별로 흥미를 두지 않던 타미안이 라스에게 타이르듯 말했다.

"응, 그냥 해본 소리야. 폭포엔 갈 생각 없어. 내 소년은 꼭 하늘에서 떨어질 거야. 봐! 이 양동이."

라스가 레미르에게 양동이를 들어 보였다.

"와, 그걸로 떨어지면 받으려고?"

"응."

"좀 작지 않을까?"

"괜찮아, 잘 받으면 돼. 로완느의 소년은 어떻대? 말은 잘한대?"

"나도 아직 몰라. 저녁에 잔치한다니까 보러 와."

"남의 떡 보면 뭐하나."

"그래도 궁금하지 않아? 타미안도 같이 가."

레미르가 말했다.

"그래, 같이 가자."

라스도 말했다. 타미안은 가겠다는지 말겠다는지 대답이 없다가 갈림길에서 발걸음을 멈췄다. 왼쪽은 밭이고 오른쪽은 강이었다. 타미안은 강에서 물고기를 잡거나 고둥 따위를 모았다.

"타미안, 이따 올 거지? 로완느가 자랑하고 싶어 안달 났을 거야. 가서 축하하는 게 도리잖아."

라스가 타미안의 팔을 잡으며 말했다.

"알았어."

"그럼 일 끝나고 나 데리러 와야 해?"

"응, 라스."

타미안이 간 후 라스와 레미르는 함께 걸었다. 둘은 바로 옆 밭에서 일했다.

"타미안은…… 언제나 말이 없구나."

레미르가 말했다.

"그런가?"

라스는 무심히 되물었다.

"좋겠다, 라스는. 타미안이랑 친하고."

"에?"

"아까 내가 가자고 했을 때는 대답 없다가 라스가 가자니까 가겠다잖아."

레미르가 시무룩하니 말했다. 타미안은 키가 컸으며, 허리는 늘씬했고, 반듯한 이마 아래 검푸른 눈동자에는 늘 짙은 속눈썹이 그늘을 드리웠다. 많은 소녀들이 타미안과 가까워지길 바랐다.

"아깐 아직 결정을 못한 거였겠지. 그 앞에 내가 가자고 했을 때도 대답 안 했다고."

"타미안은…… 어딘지 모르게 말 붙이기가 어려워."

"타미안이?"

"라스는 타미안이랑 친하니까 못 느끼는 거야."

레미르가 토라져 말했다. 라스는 뭐라 할 말을 못 찾고 애꿎은 양동이만 덜그럭거렸다.

"그런 걸로 받긴 힘들 거야. 오기 전에 로완느 집에 들렀어. 보진 못하고 말로만 들었는데, 로완느보다 키가 크다더라."

레미르가 어색한 침묵을 깨며 말했다.

"그런가……."

라스는 멍하니 양동이를 바라보았다. 음, 좀 작으려나…….

"그럼 이따 보자."

레미르가 자기 밭으로 들어가며 말했다.

"응, 갈 때 같이 가."

"아냐, 난 로완느가 도와달라고 해서 일찍 가야 해."

"그래, 그럼 로완느 집에서 봐."

"응……."

라스는 축 처진 레미르의 등을 보며 저도 모르게 한숨을 내쉬었다. 타미안이 말이 없던가? 특별히 나하고만 말한 것 같지도 않은데…….

라스는 오전 내내 잡초를 뽑고, 길게 자란 고추는 지지할 수 있도록 막대를 세워주었다. 어느새 자그마한 고추들이 몇 개 열렸다. 레미르는 점심 무렵 로완느의 집으로 가, 혼자 밥을 먹고 돌아다니며 무당벌레를 잡아 밭에 풀었다.

차츰 하늘이 어둑해지고 채 해가 지기도 전에 성급하게 나온 상현달이 서쪽 하늘에서 희미하게 빛났다. 라스는 흙바닥에 두 팔을 펼치고 누웠다. 파르스름한 하늘에 하나둘 별이 뜬다 싶더니 어느새 새까만 하늘이 온통 점멸하는 별로 가득 찼다. 라스가 하늘에서 떨어지는 소년을 기다리는 건 바로 이 순간 때문이었다. 하늘에서 내려오는 소년은 별처럼 빛날 것 같았다.

"지금 딱 떨어지면 좋을 텐데……."

"그러면 좋겠지."

타미안이 인기척도 없이 와 말했다.

"타미안?"

라스는 반가이 일어났다.

"미안, 나 로완느의 집에 못 갈 거 같아."

"설마……."

타미안은 어깨에 무언가를 얹고 있었다. 타미안의 어깨와 가슴이 달빛에 유연한 곡선을 드러냈다.

"급한 대로 내 옷을 입혔어."

소년은 타미안의 어깨에서 축 늘어져 이따금 몸을 떨었다.

"망을 거두는데, 뭐가 걸렸는지 제대로 안 나와서 물에 들어가니……."

"그렇구나."

라스는 혼이 나가 대답했다. 소년이 올 시기가 되었다는 걸 몰랐던 로완느가 제일 먼저 찾은 데 이어 타미안이 바로 찾다니……

"너, 괜찮아?"

"응? 그, 그럼, 괜찮지!"

라스는 부러 환하게 웃으며 말했다.

"이리 와."

타미안은 라스에게 다가와 라스의 뺨에 뺨을 갖다 대었다. 안으려 해도 어깨엔 소년을 메고 다른 손엔 낚시도구를 들고 있어 어쩔 수가 없었다.

"너도 곧 찾을 거야."

"응……"

"미안, 먼저 갈게. 빨리 안 가면 감기 들 것 같아."

타미안은 매달려 있는 소년을 턱짓으로 가리켰다.

"응, 빨리 가."

라스는 타미안의 매끄러운 등을 넋 놓고 바라보다가, 타미안이 완전히 사라진 후에야 짐을 챙겼다. 일부러 늑장을 부렸는데, 타미안이 오면 챙기는 걸 도와달라고 배시시 웃어 보일 생각이었는데…… 레미르도 없이 홀로 짐을 챙기자니 괜히 눈물이 핑 돌았다.

덕분에 로완느의 집에는 한참 늦은 시간에 도착했다. 골목에서부터 시끌벅적한 소리가 들려왔다. 제일 먼저 소년을 찾은지라 마을 사람들이 다 몰려든 것 같았다. 라스는 싸리문을 열고 들어갔다. 로완느의 소년은 잘 차려입고 대청마루에 앉아 있었다.

"예쁘구나, 소년이라는 것은……."

라스는 저도 모르게 중얼거렸다. 로완느가 찾은 소년의 눈은 별빛처럼 반짝였다. 타미안의 소년 눈도 저렇게 빛날까? 어깨에 매달려 있던지라 어떻게 생겼는지는 미처 확인하지 못했다.

"타미안도 찾았다면서?"

로완느가 다가와 물었다.

"응, 오늘 강에서 건졌어."

"흠, 언제쯤 소개시켜줄 수 있을까?"

"글쎄, 물에서 건졌으니 이삼 일이면 되지 않을까?"

"타미안의 소년…… 봤어?"

로완느는 자기 소년과 비교해 어느 쪽이 낫느냐고 묻고 있는 것이었다.

"몰라, 처음엔 축 처져 있잖아, 왜. 그리고 어두워서……."

"흐응, 그래?"

로완느는 자신만만한 눈으로 자기 소년을 바라보았다.

"너도 곧 찾을 수 있을 거야."

"그래, 고마워."

로완느는 의례적인 말을 하고는 찾아온 다른 사람들에게 인사하러 자리를 떴다.

그것이 시작이었다. 곳곳에서 소년을 찾은 소녀가 늘어갔다. 누구는 밤에 돌아오다가 발길에 뭔가 채여 보니 소년이었다더라, 누구는 나무 열매를 따다가 나무에 걸린 걸 보고 따왔다더라, 누구는 자러 방에 들어가 보니 이불 안에서 나왔다고 하기까지 했다.

"너무 초조해 하지 마."

일을 끝내고 라스의 밭에 온 타미안이 차분하게 말했다.

"그래도, 그래도……."

"레미르도 아직 못 찾았잖아. 너만 남은 게 아니야."

"레미르는 일도 안 하고 소년을 찾아다니다 어머니한테 한소리 듣고 오늘에야 겨우 일하러 나왔지 뭐야? 나도 불안하지만 일을 빠뜨리진 않아."

"그래, 잘하고 있어. 열심히 자기 일을 하다보면 나타날 거야."

"그런데 이러다 정말로…… 나만 남으면 어떡하지?"

라스가 칭얼거렸다.

"바보 같은 소리 하지 마. 자, 다 된 거지?"

타미안이 라스의 짐을 꾸리더니 물었다.

"응, 고마워."

타미안은 별 말 없이 무심한 듯 다정하게 짐을 나눠 들었다. 둘은 헤어질 무렵까지 조용히 걸었다.

"소년이랑 있으면 좋아?"

라스가 갈림길에서 물었다. 타미안은 대답 대신 라스의 머리를 쓰다듬었다.

"네게도 멋진 소년이 생길 거야."

"배란기가 지날 때까지…… 못 찾으면 난……."

"그런 소리 마."

라스는 타미안의 품에 안겨 잠시 울었다.

"이제 괜찮아, 가볼게."

"바래다줄게."

"아냐, 됐어. 정말이야. 혼자 걷고 싶어."

타미안은 잠시 라스의 눈을 바라보더니 고개를 끄덕였다.

"그래, 그럼."

라스는 밤하늘의 별을 보며 걸었다. 하지만 전처럼 아름다워 보이지 않았다.

다음 날 레미르가 일하러 나오지 않았다. 라스는 또 일을 빠뜨리고 소년을 찾아다니나 걱정스러워 레미르의 집에 갔다.

"찾았어! 찾았다고!"

라스가 싸리문을 넘기도 전에 레미르가 튀어나와 외쳤다.

"찾았다고?"

라스가 멍하니 물었다.

"응! 어젯밤에 집에 오다가 하늘을 보며 걷는데, 뭔가 뚝 하고 떨어지는 거야. 얼결에 받았더니…… 세상에! 아직 보여줄 수 있는 상태가 아닌데, 너만 살짝 보여줄게."

레미르가 얼굴에 홍조를 띠며 신나게 떠들었다.

"하늘에서…… 떨어졌다고?"

라스가 넋을 잃고 서서 혼잣말처럼 중얼거렸다.

"빨리 와!"

라스는 레미르의 손에 이끌려 소년이 머무는, 곧 신방이 될 방 문틈을 통해 안을 들여다보았다. 소년은 레미르가 올해 내내 정성껏 짠 옷을 입고 조용히 앉아 있었다. 길게 늘어뜨린 검은 머리에 빛나는 녹색 눈이 마치 밤하늘에서 빛나는 별 같았다.

"어때, 예쁘지? 로완느의 소년보다 훨씬 예쁘지? 그렇지?"

"정말…… 예쁘구나."

그제야 레미르는 혼자 들떠 라스의 기분을 전혀 배려하지 못했다는 걸 깨달았다. 이제 마을에서 라스만 유일하게 소년을 찾지 못했다. 배란기는 벌써 며칠 전에 시작되었다.

"마음에 들어, 라스?"

"응, 정말 예뻐. 축하해, 레미르."

라스는 애써 밝게 말했다.

"저기, 나 있잖아……."

레미르는 미안함에 충동적으로 말을 꺼냈다.

"응?"

"저기, 내가 이 소년을 찾게 된 건 다 네 덕이야. 네가 그랬잖아. 소년은 꼭 하늘에서 떨어질 거라고. 어젯밤에 집에 가는데, 네 말이 떠올라서…… 걷다가 멈춰서 밤하늘을 올려다봤어. 그렇게 한참을 보는데, 갑자기 저 아이가 뚝 떨어지는 거야. 네가 아니었으면 그냥 지나쳤을 거야."

라스는 그랬으면 자기가 집에 돌아가다 떨어져 있던 저 소년을 주웠을지도 모를 일이라고 생각했다.

"그래서 나……."

레미르는 뭔가 꺼내기 어려운 말을 하려는 듯 머뭇거렸다. 라스는 까닭 모르게 긴장했다.

"네가 마음에 든다면…… 저 소년, 가져도 좋아."

"뭐라고?"

"그러니까…… 네가 배란기가 시작될 때까지 소년을 찾지 못하면…… 물론 내가 먼저겠지만…… 그 후엔 너 줄게."

"아니야, 그러지 않아도 돼!"

라스는 자기도 모르게 큰 소리로 말했다.

"아, 미안, 라스. 난 단지…….."

레미르는 그제야 배려한다는 게 상처를 줬다는 걸 깨달았다.

"아냐, 괜찮아, 나 이만 가볼게."

라스는 그대로 돌아서서 집으로 달려갔다. 쉴 새 없이 눈물이 흘러내렸다. 라스는 집으로 가는 동안 아무도 마주치지 않기를 간절히 바랐다.

라스는 일부러 늑장을 부려 짐 정리를 하나도 하지 않았다. 타미안이 찾아오자 그제야 집에 돌아갈 차비를 했다.

"도와줄게."

타미안이 당연하다는 듯 말했다.

"아니야, 먼저 가."

라스는 시원스럽게 말했다.

"먼저 가라고?"

타미안은 뜻밖의 말에 당황했다.

"뒷정리하려면 한참 멀었어. 집에서 기다릴 소년에게 빨리 맛있는 걸 갖다줘야지."

라스는 밝은 표정으로 말했다.

"누가 알아? 네 말마따나 열심히 일하다보면, 어느 뿌리 밑에서 기어 나올지."

라스는 평소보다 쾌활하게 말했다. 라스의 속을 짐작 못할 리 없는 타미안은 기분이 좋지 않았다. 타미안은 라스의 어깨를 감싸려 했지만, 라스가 뿌리쳤다.

"뭐야, 징그럽게! 그런 건 소년한테나 해주라고!"

라스는 장난스러운 몸짓으로 타미안을 밀어내더니 자기 밭으로 갔다.

"조심해서 가!"

라스는 뒤도 돌아보지 않고 바쁜 시늉을 했다. 타미안이 선뜻 자리를 뜨지 못하고 자길 보는 걸 알았지만 돌아보지 않았다. 라스도 친구의 행복을 깨끗이 축복해주지 못하는 자기 자신이 치졸하고 싫었다. 하지만 타미안을 계속 보고 있을 수가 없었다.

다음 날은 일부러 새벽같이 집을 나서 타미안과 마주치지 않았다. 타미안이 늘 만나는 마을 입구에서 기다릴 거란 생각은 애써 떨쳐냈다.

해가 지는지 차츰 주위가 어두워졌다. 하지만 오늘은 별을 보지 않기로 했다. 라스는 땅이 제대로 보이지 않을 정도로 깜깜해져서야 일손을 놓았다. 지금쯤 다들 정성껏 준비한 음식을 차리고 새 옷을 입고 멋진 밤을 보내고 있을 터였다. 라스는 울지 않기 위해 이를 악물었다.

녹초가 된 몸을 이끌고 집에 도착했다. 어머니 방 밑 디딤돌에 곱게 수를 놓은 신발이 한 켤레 더 놓여 있었다.

"촌장님이……."

오래간만에 오셨군. 하긴 요즘은 배란기라 어른들도 아이들을 챙길 일이 많아 바쁘셨겠지.

촌장은 수를 놓는 솜씨가 뛰어나 그녀의 신발은 바로 알아볼 수 있었다. 라스는 인기척을 내려다 안에서 들려오는 말에 숨을 죽였다.

"문을 너무 조금 연 게 아닌가 싶어."

촌장의 목소리였다.

"아직 기한이 남았으니 걱정하지 않아도 돼."

어머니가 대답했다. 어머니와 촌장은 아주 어릴 적부터 단짝 친구였다. 둘은 단둘이 있을 땐 경어를 쓰지 않았다.

"라스만 아직 못 찾았잖아."

촌장이 말했다.

"내년도 있는걸, 뭐."

"네 딸이야."

"내 딸이니까 하는 말이야."

라스는 어머니의 냉정한 말에 표정이 샐쭉해졌다.

"꼭 하늘에서 떨어질 거라는 둥 엉뚱한 소리나 해대며 넋 놓고 별이나 쳐다보고 다니니 될 일도 안 되지."

너무해! 라스는 입술을 깨물었다.

"조금만 더 열 걸 그랬나봐."

마흔을 넘은 촌장이 애교 어린 목소리로 말했다. 촌장은 아직 도 소녀처럼 맑은 목소리를 가지고 있었다. 물론 다른 사람들은 촌장이 교태 섞어 말하는 모습은 상상도 못할 것이다.

"다른 애들은 다 찾았잖아. 딱 맞게 열었어."

어머니가 말했다.

"라스가 소년을 찾지 못하다니 이상도 하지. 넌 셋이나 찾고 그 중에 골랐잖아. 나머지는 다른 사람들에게 주고."

"넷이었어."

"아, 그랬어?"

대화가 끊겼다. 아마도 지금쯤 둘은 진한 입맞춤이라도 나누고 있으리라……. 라스는 돌아서서 달렸다.

다들 내년이면 더 이상 소년을 찾을 필요 없는데……. 나만 매년 소년을 찾으러 돌아다녀야 하나……. 언제까지? 기회는 다섯 번밖에 없는데……. 5년이 지나도록 못 찾으면 어떡하지?

라스는 숲을 향해 달렸다. 각 집마다 벌어지고 있을 일들을 상상하기 싫었다. 등불도 없이 어둠 속을 달리다가 그만 돌부리에 걸려 넘어졌다. 라스는 접질린 발목을 문질렀다. 눈물이 난 건 발목이 아파서만은 아니었다. 해마다 단지 라스 하나만을 위해 문을 열 것이다. 혹시 너무 많이 나올까 우려해 아주 조금만……. 그럼 더 찾기 어려워지겠지.

한참 울고 나니 마음이 가라앉았다. 비로소 산에 너무 깊이 들어왔다는 걸 깨닫고 주위를 둘러보았다. 눈앞에 있는 이리저리 뒤틀려 자란 나무가 어쩐지 낯이 익었다. 불현듯 어린 시절 기억 하나가 떠올랐다. 엄마는 라스를 레미르의 집에 데려다주었다. 다른 아이들도 많이 와 있었다.

"여기서 놀고 있어."

엄마는 라스를 놔두고 갔다. 라스는 엄마와 있고 싶어 졸졸 따라갔다. 레미르의 집에 아이를 맡긴 어른들이 하나 둘 모여 산으로 올랐다. 라스는 한참을 따라가다 다리가 아파 울음을 터뜨렸고, 놀란 엄마가 달려왔다. 당연히 안아 올려 달랠 줄 알았는데 따라왔다고 단단히 야단을 맞았다. 결국 엄마는 라스를 데리고 산을 내려왔다.

라스는 기억을 더듬었다. 분명 어딘가 오솔길이 있었다. 라스는 절룩이며 걸어 길을 찾았다. 구름이 껴 달도 뜨지 않아 온 세상이 어두컴컴했고, 오솔길은 때로 끊겨 보이지 않았다. 그래도 라스는 포기하지 않고 나아가 마침내 산기슭에 있는 버려진 물레방앗간 앞에 멈췄다.

어른들은 해마다 저절로 일어나는 일이라고 하지만, 라스는 촌장과 어머니의 대화를 우연찮게 엿들은 적이 있었다. 문은 어른들이 연다. 오래된 물레방앗간에서…….

한 번도 물레방앗간에 와본 적이 없었다. 물레방앗간은 아이들에게는 금지된 곳이었다. 짝짓기를 마치고 성인이 된 사람만이 올 수 있었다.

라스는 살금살금 문을 열었다. 심장이 너무 거세게 뛰어 숨 쉬기가 힘들었다. 물레방앗간 안은 코를 베어 가도 모를 정도로 어두웠다. 그날 어른들은 아무도 등불을 들고 있지 않았다. 분명 이 안에 뭔가 있을 거다. 라스는 손을 눈 삼아 벽과 바닥을 살폈다. 한쪽 구석에 횃불과 부싯돌이 있었다.

"그러면 그렇지!"

라스는 불을 붙이고 안을 둘러보았다. 물레방앗간이라고 불렀지만 내부는 전혀 달랐다. 바닥 가운데에 크고 둥근 홈이 있었고 홈의 시작점에 기다란 막대가 있었다.

"뭘 어떻게 하는 거지?"

라스는 횃불을 비춰 살폈다. 홈 주위에도 복잡한 도형이 새겨 있었다.

"날짜를 표시한 건가?"

문은 16년마다 한 번씩 열린다. 어른들은 배란기가 되면 소년이 알아서 온다고 했지만 라스는 어릴 적부터 어른들이 해오는 일을 알고 있었다. 소녀들의 배란기가 지나면 며칠 지나지 않아 소년들은 소멸한다. 짝짓기를 마치고 성인이 된 아이들은 아이를 낳고, 그 아이들이 첫 배란기를 맞을 무렵, 스스로 문을 연다.

라스는 횃불을 가까이 해 도형을 살폈다. 단순히 날짜를 표시했다고 보기엔 복잡했다. 그 외에 다른 의미도 있는 듯했다.

"에라, 어떻게 되겠지."

라스는 맷돌 손잡이처럼 박힌 막대를 잡고 힘을 주었다. 꿈쩍도 하지 않았다. 라스는 땀방울을 훔치고 다시 한 번 젖 먹던 힘까지 끌어냈다. 막대가 움직였다. 한번 홈을 따라 돌기 시작한 손잡이는 멈추지 않았다.

"안 돼!"

라스는 막대를 잡고 발바닥이 뜨거워질 정도로 힘을 줬지만 막대의 힘을 이기지 못해 튕겨 나갔다.

"안 돼, 안 돼!"

라스는 주위를 둘러보다가 양동이를 막대 앞부분에 집어넣었다. 막대는 뼈를 긁는 비명을 토해내며 양동이를 완전히 찌그러뜨리고 나서야 겨우 멈췄다. 라스는 주저앉아 가쁜 숨을 내쉬었다. 이게 도대체 얼마나 돌아간 거지?

라스는 밖으로 나갔다. 문을 나오자마자 뭔가에 발이 걸려 넘어졌다. 라스를 넘어뜨린 건 사람의 손이었다. 기다렸다는 듯 달이 구름을 벗어났다.

"맙소사……."

바로 앞에 있는 나무에도, 돌 뒤에서도, 땅에서도 소년들이 튀어나와 있었다. 하늘에서 무언가가 라스의 앞으로 떨어졌다. 라스는 지레 놀라 소리를 질렀다. 땅에 떨어져 꿈틀거리는 건 분명 소년이었다. 마을 쪽에 하나 둘 불이 들어왔다. 어른들이 횃불을 들고 달려오는 모습이 보였다.

라스는 바닥에 나뒹굴었다. 뺨의 아픔도, 입술이 찢어졌다는 것도 느끼지 못했다. 촌장이 다시 손을 치켜드는 어머니를 몸으로 막았다. 촌장 집 마당에서 어른들과 아이들이 라스와 어머니를 둘러싸고 서 있었다.

"리미카, 리미카, 제발 진정해."

촌장이 어머니의 허리를 붙들었다.

"진정하라고! 지금 진정하게 됐어?"

어머니는 흥분해서 제정신이 아니었다. 마을 사람들이 다 보는 자리에서 촌장에게 하대했다. 둘이 사귄다는 것은 마을의 공식적인 비밀이었다. 리미카는 늘 공식석상에서는 촌장에게 정중한 경어를 사용해왔다.

"알았어, 리미카, 제발. 지금 중요한 건 이게 아니잖아. 이런다고 문제가 해결돼?"

사람들은 지금 놀라고 있을 것이다. 리미카는 사람들 앞에서는 언제나 촌장에게 고분고분했고, 촌장은 점잖고 엄격한 사람이었다. 하지만 둘만 남으면 상황은 역전된다. 이걸 보며 사람들은 무슨 생각을 하고 있을까? 마을 사람들에게 어머니의 진짜 모습과 촌장의 진짜 모습 중 어느 쪽이 더 충격일까? 라스는 지금 이 순간 이런 생각을 하는 자신이 우스웠다.

"리미카, 제발……."

촌장이 리미카를 달랬다. 리미카는 촌장을 뿌리쳤다.

"난 저 녀석 꼴도 보기 싫으니 네가 알아서 해!"

어머니는 등을 돌리고 아예 다른 곳을 쳐다보았다.

"당신 아이가 저지른 일을 촌장한테 떠넘기겠다고? 당신이 제대로 가르치지 못해 이런 일이 터진 거 아냐?"

"뭐라……!"

"리미카는 나의 정인이니, 라스의 일은 내 책임이기도 하오!"

촌장이 어머니가 항변할 새도 없이 나섰다.

주위는 삽시간에 조용해졌다. 촌장은 마을 일에 공평해야 한다. 따라서 촌장은 애인을 만들면 안 되었다. 아무리 대부분 눈치채고 있었다지만, 대놓고 선언하는 건 달랐다. 어머니가 제일 놀라 벌린 입을 다물지 못했다.

"소년들이 필요한 숫자보다 더 나온 게 처음 있는 일이 아니오. 아이들도 모두 성인이 되었소. 다른 말로 아이들도 마을의 규칙을 알 때가 왔다는 거요. 문제는 소년들을 원래 있던 곳으로 되돌리는 것. 혹시 그럴 일은 없겠지만, 모두 아이들에게 절대 소년들을 집으로 데리고 가지 말라고 이르시오. 어디서 나왔는지 일일이 확인해 원 자리로 돌려보내야 할 것이오."

촌장이 근엄하게 상황을 정리했다.

"라스는요? 그냥 놔둬요?"

누군가 싸늘한 목소리로 물었다.

"이 일은 누가 뭐라든 라스의 잘못. 라스, 소년들을 무사히 돌려보내는 건 네 책임이다. 또한 일이 어떻게 되든 간에……."

촌장이 다음 말을 하는 데까지는 시간이 필요했다.

"넌 절대로 소년을 가질 수 없다."

사람들은 더 이상 아무 말도 하지 않았다.

그날 밤부터 일이 시작되었다. 소년들은 공간을 역행해 오느라 모두 지칠 대로 지쳐 있었다. 라스는 돌아다니며 소년을 찾고 어디서 찾았는지 천에 적어 그 천을 소년의 목에 걸어 촌장 집으로 데려갔다. 라스 혼자 할 수 있는 일이 아니라, 어른 아이 할 것 없이 마을 사람들이 모두 동원되었다. 아무도 소년을 찾지 못하면 소년들은 그 자리에서 소멸하게 된다. 어른들은 몇 명이 나왔고 몇 명이 자연 소멸했는지 물레방앗간에서 계산했다. 새로 나온 소년은 다 오늘 밤 나왔기에 몸을 회복시켜 돌려보낼 여유가 있었지만, 이 일이 있기 전에 아무도 찾지 못한 네 소년이 자연 소멸했다.

그 넷은 어디 있었을까?

왜 내 앞에는 나타나주지 않았던 걸까?

그중 한 명이 자기 밭에서 나왔다가 혼자 기어가서 사라졌다는 걸 알게 되었을 때는 마음이 먹먹해졌다.

모두 라스를 피했다. 어쩔 수 없이 소년들을 처리하는 일을 돕긴 했지만 라스에게 말을 거는 사람들은 없었다. 어머니는 자기 근처에도 못 오게 했다.

"집에 들어올 생각도 말라고 전해."

어머니는 라스를 앞에 두고 촌장에게 말했다.

라스는 날이 밝을 때까지 소년을 찾아 촌장의 집으로 데려갔다. 다리가 후들후들 떨렸다. 그러고 보니 미처 저녁도 먹지 못했다. 촌장은 소년들을 씻길 사람, 먹을 걸 차려주고 쉬게 할 사람, 돌려보낼 사람으로 나누어 일사분란하게 지휘해 나갔다. 그래도 그날 밤 안에 모든 소년을 다 찾을 수 있었던 건 리미카의 역할이 컸다. 리미카는 정말 소년을 찾는 데에는 남다른 감이 있었다.

"이제 다 찾은 것 같군."

촌장이 소년들의 수를 세고 한시름 놓으며 말했다. 라스도 소년들을 씻기고 입히는 걸 도왔다. 옷은 턱없이 부족했다.

"이건 내 소년을 주려고 만들어뒀던 옷이란 말이야."

누군가 라스에게 들으라는 듯이 투덜거렸다. 어른들은 모두 과거 자신의 소년들에게 입혔던 옷을 꺼내 왔다. 그래도 모자라 몇

몇은 옷 대신 낡은 이불을 몸에 둘렀다. 소년들의 몸은 아주 약하기 때문에 조심해서 다루어야 했다.

"이제 그만 집에 들어가거라. 소년들도 자야 하니 한숨 돌리고 오후부터 돌려보내도록 하자."

촌장이 라스에게 말했다.

"네……."

"리미카도 받아줄 거다. 네 방에 가서 자거라."

"거긴 벌써 소년들로 가득 찬걸요."

라스는 목이 메어 들릴 듯 말 듯 말했다.

"괜찮아요, 하루쯤 밖에서 자는 것. 너무 걱정하지 마세요."

"라스, 리미카도…… 곧 풀릴 거다."

"네, 그럼요."

라스는 웃어 보이려 했지만 눈물이 흘러내렸다.

"가볼게요……."

라스는 꺼져 들어가는 목소리로 인사하고 돌아섰다. 누군가 라스의 앞을 막고 목을 끌어안았다. 고개를 들지 않아도 누군지 알 수 있었다.

"타미안……."

"우리 집으로 가자."

"너희 집도 벌써……."

"내 방에서 자면 돼."

"신방에서? 됐어, 타미안."

라스는 웃으며 타미안 옆을 지나치려 했다. 타미안은 놔주지 않았다.

"푹 쉬지 못하면, 오후에 제대로 일 못해."

타미안은 라스를 잡아끌다시피 해 자기 집으로 갔다. 라스는 저항할 기운도 없었다.

타미안의 신방은 간소했다. 보통 온갖 화려한 치장을 해놓는 다른 아이들에 비해 꼭 필요한 것만 깔끔하게 준비해놓았다. 소년은 타미안을 기다리느라 아직 자지 않고 있었다. 뒤따라온 라스를 보더니 사슴처럼 부드러운 갈색 눈이 커졌다.

"추운가봐."

라스가 말했다. 소년은 이불을 둘둘 말고 앉아 있었다.

"응, 원래 추위를 많이 탄다잖아. 거기 누워. 피곤할 텐데."

타미안이 요를 펴며 말했다.

"이름이 뭐야?"

"응? 아, 이름? 안 지었어."

"왜?"

"글쎄, 별로……."

타미안은 어깨를 으쓱하더니 소년을 위해 이불을 폈다. 소년이 눕는 걸 도와주고 머리를 들어 직접 깎고 강과 물고기를 조각한 나무 베개에 얹어주었다. 이전에 본 적 없는 섬세한 손놀림이었다. 타미안은 라스 옆에 누웠지만 소년은 불평하지 않았다.

"타미안……."

타미안이 라스에게 팔을 베라고 내밀어서 라스는 더 이상 아무 말도 하지 못했다. 미안하다고 말해야 하는데……. 말 같지도 않은 사고를 친 것도, 소년을 찾지 못해 토라져 멀리한 것도…….

타미안은 마른 편이었다. 타미안의 품은 아주 따뜻하다곤 말할 수 없을지라도 편안했다. 라스는 어느새 잠이 들었다.

라스는 본디 일찌감치 일어나 소리 없이 나가려 했다. 하지만 잠에서 깼을 땐 이미 해가 중천이었다. 라스가 놀랄 새도 없이 타미안이 아침상을 들고 왔다. 밥상을 내려놓는 타미안의 모습이 너무 자연스러워 아무 말 못하고 수저를 들었다. 라스가 밥을 한 숟갈 뜰 때마다 타미안이 생선살을 발라 올려주었다.

"나 애 아냐."

"누가 뭐래?"

타미안이 대수롭지 않다는 듯 대꾸했다. 라스는 엊저녁도 굶고 새벽까지 일한 터라 손이 떨려 제대로 젓가락질을 하지 못했다. 뭐라 더 할 말이 없어 꾸역꾸역 밥만 밀어 넣었다. 타미안이 물그릇을 건넸다. 라스는 단숨에 비우고 신발을 찾았다. 타미안이 위로하듯 바라보는 눈길이 느껴졌다. 라스는 보란 듯이 기합을 넣어 밖으로 나갔다.

길에서 만난 아이들은 하나같이 라스와 눈이 마주치는 걸 피했다. 라스는 애써 못 본 척하며 촌장의 집으로 가 돌려보낼 소년을 인도받았다. 마을 입구 감나무에서 내려온 소년이라고 했다. 라스는 소년을 나무 위로 올리려 했지만, 소년의 팔은 나무를 타고 오르기엔 너무 가늘고 약했다.

"사다리라도 가져올걸……."

라스는 안타까워 발을 동동 굴렀다.

"라스! 이 아이는 물레방앗간 앞에서 나온 아이다."

어머니가 라스에게 한 명을 더 데려와 넘기더니 다른 소년을 데리고 사라졌다.

"이 아이 먼저 보내자, 괜찮겠어?"

나무 위에 올라가려던 소년은 타미안처럼 푸른빛이 감도는 검은 눈동자로 라스를 빤히 바라보다 고개를 끄덕였다.

"여기서 잠시만 기다려. 곧 돌아올게."

라스는 다른 소년을 데리고 걸었다. 기다리라 말한 소년이 따라왔다.

"물레방앗간까진 멀어. 따라오기 힘들 테니 거기서 기다려."

소년은 라스가 멈춰 서자 가만히 서 있다가, 움직이자 다시 걸었다.

"할 수 없군."

라스는 아직도 비틀거리는 그 소년을 부축해 다른 소년과 함께 물레방앗간으로 갔다. 물레방앗간 앞에서 소년의 몸이 마치 빨려 들어가듯이 땅속으로 사라졌다. 라스는 넋을 잃고 그 광경을 바라보았다.

"이상하지? 나타나는 모습보다, 사라질 때가 더 아름다워."

감나무에서 내려온 소년은 용케 물레방앗간까지는 따라왔지만 지친 기색이 완연했다.

"넌 아무래도 안 되겠다. 아직 시공을 넘기엔 몸이 안 따라줄 것 같아. 좀 더 쉬렴."

라스는 소년을 촌장의 집에 바래다주고 다른 소년을 넘겨받았다. 소년들을 모두 돌려보내는 데에는 꼬박 일주일이 걸렸다. 몇몇 소년들이 아프기도 해 예상보다 시간이 더 필요했다.

"이 아이가 마지막이구나."

촌장이 한숨을 쉬며 말했다. 돌려보내는 일은 다행히 잘 진행되었다. 라스는 일주일 동안 완전히 야위었다.

앞산을 따라 저녁노을이 졌다. 노을을 보던 촌장이 라스에게 말했다.

"데려다주렴."

"네……."

촌장이 위로하는 듯한 표정을 짓자 라스는 더 견디기 어려워졌다. 라스는 아무 흔적도 남기지 못하고 홀로 사라져야 했다. 라스가 자손을 만들지 못하고 소멸하면 누군가는 쌍둥이를 잉태할 것이다. 마을의 인원은 변하는 법이 없으니까.

괜찮아, 모두 내 잘못의 대가인걸. 이제 배란기도 끝났어.

라스는 유일하게 남은 소년을 바라보았다. 감나무에 올려 보내야 하는 소년이었다. 라스는 창고로 가서 사다리를 꺼내 왔다.

"가자."

소년은 라스의 손을 뿌리쳤다.

"에? 내가 싫다고? 좋아, 촌장님, 촌장님이 이 소년을……."

소년이 뒤에서 라스의 목을 끌어안았다. 라스는 놀라 뒤를 돌았다. 소년의 눈에는 눈물이 그렁그렁 맺혀 있었다. 소년이 라스에게 입 맞췄다. 소년의 눈에 맺힌 눈물이 뺨을 타고 흘러 겹쳐 있던 라스의 입술에 닿았다.

"너……."

"네가 이름을 지어주길 바라는구나."

촌장이 부드러운 목소리로 말했다.

"하지만, 전……."

"그래, 소년들도 다 돌아갔으니……, 너도 이제 신방을 꾸려야지."

"하지만 배란기가……."

"오늘이 마지막이지."

촌장이 싱긋 웃으며 리미카의 어깨를 감싸 안았다. 리미카는 못 이기는 척 고개를 돌렸다. 촌장이 그녀의 뺨에 입 맞췄다.

"그만 용서해줘, 리미카. 정말로 라스가 잉태하지 못하고 소멸하길 바라는 건 아니겠지?"

몇몇 마을 사람들이 긴장해서 리미카의 기색을 살폈다.

"하지만 촌장님, 당신 입으로 하신 말씀을 번복한다는 건……."

라스가 말했다.

"모든 법에 우선하는 마을의 법이 있지. 소년을 울리면 안 된다."

촌장이 태연자약하게 말했다. 마을 사람들이 일제히 라스의 주위를 돌며 축복하는 박수를 쳤다.

"그래도 전……."

라스는 목이 메어 고개를 떨어뜨렸다.

"라스, 이거 받아!"

촌장이 리미카를 달랠 무렵 혼자 어딘가로 달려갔던 레미르가 숨을 헐떡이며 돌아왔다. 레미르의 손에는 은행 가지를 엮은 화환이 걸려 있었다.

"네게 말한 벌은 네 어머니를 달래기 위해서였다고 촌장님이 말씀하셔서, 미리 준비해두었어."

"네 신방도 만들어놨어. 몰래 만드느라 다들 얼마나 애먹었다고."

로완느가 배시시 웃으며 말했다. 아이들 뒤쪽에서 팔짱을 끼고 엷은 웃음을 짓고 있는 타미안의 모습이 보였다.

"촌장님, 전……."

라스는 어머니에게 시선을 돌렸다.

"아아, 괜찮아. 리미카는 아까 일부러 집 가까이도 안 가더라고. 그리고 넌 충분히 벌을 받았어. 마을의 규칙을 어기면 어떻게 되는지 이제 잘 알았겠지?"

"내가 뭐 일부러 배려하느라 안 간 줄 알아?"

리미카가 벌컥 소리를 질렀다.

"알고 있지, 그럼, 그럼. 자아, 라스, 마지막 밤이란다."

"고, 고마워요, 모두들…… 정말로……."

레미르가 라스의 소년 머리에 직접 만든 화환을 걸쳐주었다. 그걸 시작으로 모두 너도나도 등 뒤에 감추고 있던 것을 꺼내 소년과 라스를 치장해주었다. 로완느는 소년이 입은 낡은 옷을 벗기더니 새로 지은 옷을 입혔다.

"내가 먼저 벗겨보는군."

로완느가 혀를 내밀며 말했다. 라스는 울면서 웃었다.

"하지만, 나 정말로, 이래도 되는 건지……."

"글쎄, 걱정하지 말래두. 꼭두새벽에 리미카가 네 신방을 청소하는 걸 봤거든."

리미카가 더는 못 듣겠다는 듯 촌장의 허리를 꼬집자, 촌장이 과장된 비명을 질렀다.

"그리고 네가 빨리 들어가야 다들 자리를 뜨지. 모두 오늘이 마지막 밤이잖니. 저기 널 걱정해주는 것 같은 표정을 짓고 있는 친구들 말인데, 속으론 빨리 들어가라, 나도 신방 좀 가자, 생각하고 있을걸."

사람들 사이에 유쾌한 웃음이 터져 나왔다. 라스는 사람들에게 등을 떠밀려 신방으로 들어갔다.

"멋진 밤 보내."

사람들이 밝은 목소리로 웃으며 말했다. 라스는 타미안에게 인사하려고 찾았으나 어느새 사라지고 보이지 않았다. 방에는 필시 타미안의 솜씨일 물고기를 새긴 한 쌍의 나무 베개가 놓여 있었다. 라스는 베개를 쓰다듬고 눈가를 닦았다. 소년은 수줍게 앉았다.

"피리스."

라스가 속삭이듯이 말했다.

"오늘밤이 마지막이겠지만, 그래도 난 이름을 지어줄래. 네 이름은 피리스야."

"피……리……스."

소년은 천천히 그 이름을 발음했다.

"난 라스야. 라스."

"라……스."

"네가 어디서 왔든지, 내게 넌 하늘이 준 선물이야."

라스는 천천히 소년의 입술에 입 맞췄다. 하늘에서 두 사람을
축복하듯 별이 빛났다.

■ 짝 짓 기 는 ……

1990년대 후반에 쓴 글이니, 이 단편선에 수록된 단편 중에서 가장 오래된 글이다. 「짝짓기」를 다시 보며 새삼 내가 여자 친구들 간의 관계에 관심이 많았다는 걸 알 수 있었다. 당시 쓴 몇몇 글들은 중심 소재와 상관없이 여자 친구들 간의 이야기로 읽을 수도 있다.

여자 친구들 간의 관계는 흥미롭다. 인간과 유전자가 4퍼센트 미만으로 차이가 나는 침팬지의 경우, 암컷은 수컷들 사이에서 분쟁이 일어나면 조정자 역할을 맡는다고 한다. 수컷들은 몇 시간에서 며칠이 흐르면 화해하지만 오히려 조정자 역할을 하는 암컷들끼리는 분쟁이 일면 상대를 쉽게 용서하지 못하고 죽을 때까지 원한을 품기도 한다고 한다.

침팬지의 경우를 인간에게 얼마나 적용시킬 수 있을지는 모르겠지만, 여자 친구들 간의 관계는 남자 친구들 간의 관계와 다르고 복잡하며 예민한 부분이 어느 면 존재한다. 특히 십대 시절 여자 친구들이란 많은 경우 한창 타오를 때의 애인 관계 저리가라 할 강한 소유욕으로 상대를 갈망하고, 작은 일로 괜한 경쟁심을 불태우고, 사소한 일로도 상처받아 철천지원수가 되기도 한다.

언제고 기회가 온다면, 포근하게 세상을 덮어 햇살에 곱게 반짝이다가도 얼어붙으면 손을 베이는 한겨울 눈밭처럼 예민하고 불안정하고 사납고 발랄하고 덜 여물어 더 아름다운 이야기들을 많이 그리고 싶다.

온우주
단편선

완 전 한　결 합

완전한 결합

소위 지식인이라는 자의 입에서 나온 말이 천박하기 그지없다. 인간이 다른 동물과 다른 점이 무엇이라고 생각하는가? 인간의 본성, 인간의 가장 성스러운 욕구. 바로 사랑, 오직 인간만이 사랑을 한다는 점이다. 짝짓기라니! 인간만이 나누는 성스러운 신체의 교감을 감히 동물의 그것과 다를 바가 없다고 말하다니! 도대체 그대는 어떻게 태어난 자인가?

인간이 인간일 수 있는 이유, 인간을 인간으로서 살아가게 하는 것, 그것은 바로 성스러운 정신이 만들어낸 교감. 정자와 난자와 자궁의 완벽한 조화. 그대가 단 한 순간이라도 사랑의 기쁨, 사랑의 고통, 사랑의…….

― 하지윤 박사의 「종족 보존의 난제를 해결하려면」에 대한 김민호 문화 칼럼니스트의 반박 중에서 발췌

"김민호의 반박을 보고 깜짝 놀랐어요. 내가 하고 싶은 말의 80퍼센트가 거기 있더군요."

해인이 김준수를 향해 보고 깜찍하게 웃으며 말했다. 오늘 해인은 배 부분이 파인 몸에 붙는 원피스를 입었다. 그 옷은 해인의 배를, 정확히 자궁을 강조했다.

오븐에서 알람이 울렸다. 나는 주방으로 가 닭구이를 꺼내고, 샐러드를 담아 왔다. 해인은 여전히 준수를 상대로 김민호와 하지윤 이야기를 하고 있었다.

"사랑 없이 몸만으로 교감을 나눌 수 있겠어요? 단지 종족의 번식만을 위한 교감이라니. 그래서 짝짓기라 표현했고요. 정말 천박하기 이를 데 없어요."

"맞습니다. 전 사랑이란 난자와 정자와 자궁, 그 세 가지 다른 형태가 만나서 이루어내는 완벽한 조화에 있다는 표현이 가장 와 닿더군요."

준수가 맞장구쳤다. 나는 음식을 차리고, 해인의 접시에 샐러드를 덜어주었다.

"그게 바로 제 생각의 핵심이었죠. 저도 그 생각을 했거든요."

해인은 스스로 고개를 끄덕여 자기 생각에 동의했다.

"하지만 하지윤의 연구는, 인구가 줄고 있다는 것에 대한 염려로 시작한 거잖아. 꼭 사랑을 부정한다기보다는……."

내가 말했다.

"맙소사, 이연아, 그래, 하지윤의 말마따나 인구는 오천 년 전에 비해 5퍼센트가 줄었어. 고작해야 5퍼센트야. 성스러운 사랑을 겪지 못한 자들의 비극적인 종말이지. 더 강하고, 더 아름다운 유전자만이 살아남는 거야. 백 명의 바보와 사느니 한 명의 영리한 사람과 살겠어. 그건 물을 필요도 없는 일이라고."

난 최근 들어서 점점 심해지는 것이 문제라고 생각했지만 입 밖으로 내지는 않았다.

"네, 저도 바보 백 명보단 해인 씨 한 명을 고르죠."

준수가 아첨하듯 말했다. 해인은 소리 내어 웃더니 말을 이었다.

"사랑이 인류의 허영심이 만들어낸 최고의 사치품이라고요? 어떻게 그런 말을 할 수가 있죠? 사랑이란⋯⋯."

준수는 해인이 무슨 말을 하든 무조건 맞다고 할 태세로 열심히 고개를 끄덕였다. 준수와 해인이 둘만의 세계에 빠져 이야기하는 모습을 보자니 나는 주방장 겸 종업원으로 이 자리에 있는 기분이 들었다. 본디 해인과 내가 준수를 평가해야 하는 자리인데. 난 해인의 엉덩이까지 오는 긴 생머리를 쓰다듬었다. 기분 좋은 향이 풍겼다. 나는 준수가 해인의 마음에 든다면 그걸로 충분하다고 애써 마음을 달랬다.

만남의 장에서 처음 준수의 사진을 봤을 때, 난 그다지 마음에 들지 않았다. 준수보단 다른 주트에게 끌렸다. 하지만 해인이 준수를 만나고 싶다고 했고, 늘 그러듯이 내가 양보했다. 준수는 사진으로 봤을 때는 까다로워 보였는데 막상 만나니 외모도 실물이 나았고 잘 웃고, 다정한 성격이었다.

"아까 이연이 때문에 잠깐 말이 끊겼는데, 김민호는 한 가지를 빼먹었어요."

"뭐죠?"

준수가 흥미로운 눈으로 물었다.

"세 가지 성의 완벽한 조화가 만들어낸 아이야말로 가장 축복받은 아이라는 거죠. 하지윤은 축복받지 못하고 태어난 게 틀림없어요."

준수는 고개를 끄덕여 그녀의 말에 동의했다.

"그건……."

나는 그건 인신공격이라고 말하려다 또 끼어든다는 인상을 주고 싶지 않아 입을 다물었다. 어차피 준수의 시선은 온통 해인에게 쏠려 있었다. 지금까지 만난 다른 주트들과 마찬가지로 말이다. 다른 주트들의 이런 반응에는 한 번도 신경 써본 적이 없는데, 준수는 무언가 달랐다.

식사를 마치고 침실로 갔다. 해인이 준수에 대해 확신이 생기기 전에는 나는 교감에 참여하지 말아달라고 했다. 준수에게도 미리 나는 함께하지 않을 거라고 말해뒀기에, 나도 침실로 오자 그가 당황했다.

"해인이가 함께 있어달라고 해서요."

나는 짧게 말했다. 준수는 어쩔 수 없다는 듯 고개를 끄덕였다. 그는 분명 해인과 단둘이 있기를 바랐다. 어차피 난 교감을 나누지도 않을 테고. 하지만 해인은 내 말에 대답하지 않았다. 마치 내가 원해서 그들의 교감에 참여하는 것 같았다.

나와 준수는 함께 해인을 애무했다. 그 역시 해인의 부탁이었다. 다른 사람만 날 만지게 놔두진 않을 거지? 물론, 난 그럴 생각이 없었다. 오래된 나의 연인, 나의 해인. 준수가 해인에게 정자를 넣는 마지막 순간에 해인이 날 끌어당기며 입 맞췄다. 난 해인의 어깨를 거세게 끌어안아 그녀의 흥분에 참여했다.

해인이 먼저 씻으러 가자 준수가 내게 말했다.

"함께 샤워하지 않을래요?"

난 기쁘게 받아들였다.

해인은 가운을 걸치고 와 우리가 함께 욕실로 가는 걸 당황스럽게 쳐다봤다.

"난 다른 사람하고 같이 씻는 게 싫어."

해인은 쌀쌀맞게 말하더니 옷을 입었다.

준수는 먼저 들어가 물 온도를 조절하더니 날 샤워기 밑으로 불렀다. 그는 샤워타월에 거품을 만들어 날 섬세하게 씻겨주었다.

"내가 어때요?"

준수가 물었다.

"네?"

나는 갑작스러운 질문에 당황해 되물었다.

"내가 마음에 들지 않나요?"

"아뇨, 난……."

준수가 마음에 들었다. 그냥 마음에 드는 정도가 아니라 준수처럼 강하게 교감을 나누고 싶은 주트를 만난 적이 없었다. 새까만 머리카락, 머리카락만큼이나 까만 눈, 저음의 어쩐지 나른해지는 목소리. 난 준수가 내 몸을 닦아주는 동안 그의 정수리를 내려다보는 지금 이 순간이 말로 표현하기 어려울 만큼 좋았다. 하지만 해인은 준수를 선택하지 않을 거다. 비로소 준수는 내가 해인을 설득하기 바라 함께 욕실에 와 다정하게 굴었다는 걸 깨달았다.

"이따 바래다주며 이야기해봐요."

나는 준수에게 수건을 받아 몸을 닦았다. 두 사람을 배웅하고 소파에 늘어졌다. 평소 개수대에 설거지가 쌓이는 꼴을 못 보는데, 오늘은 모든 게 귀찮았다.

곱게 단장하고 집을 나와 카페에 가는 내내 마음이 편치 않았다. 준수는 먼저 와 기다리고 있었다. 그는 날 보고 반가이 일어나 아무도 없는 내 등 뒤를 살폈다.

"해인이는 오늘 늦을 거예요. 음…… 못 올지도 모르고요."

나는 미안해 말했다. 해인은 다른 주트가 만나자고 청하자, 준수와 한 약속을 취소하려 했다. 하지만 난 준수를 만나고 싶었다. 나는 먼저 한 약속을 깨는 건 곤란하다고 했고, 결국 해인은 혼자 그 주트를 만나러 갔다. 해인과 내가 함께 나가지 않는 건 거의 처음 있는 일이었다. 내가 해인의 청을 거절하리라고는 생각지 못했는데, 카페에 오는 내내 해인이 다른 주트와 단둘이 있다는 것보다 준수가 왜 해인이 못 오냐고 물으면 뭐라고 대답해야 할지를 두고 고민했다.

준수는 개의치 않는다는 듯 가볍게 웃었다. 기뻤다. 동시에 해인에게 미안해졌다. 나는 고개를 저어 생각을 떨쳐버리고 준수와 보내는 시간을 즐기기로 했다. 해인도 다른 주트를 만나고 있지 않은가.

우린 차를 마시고 저녁을 먹으러 가 이야기를 더 나눴다.

"전 하지윤의 이론을 그렇게 부정적으로 보진 않아요."

어쩌다보니 다시 하지윤과 김민호 이야기가 나왔다.

"세상에 완벽한 건 없어요. 조금 모자라더라도 부족한 서로를 감싸는 것도 사랑이라고 생각하거든요. 너무 완벽한 짝을 찾으려고 하다가 시기를 놓치는 것보다 낫지 않을까요."

준수는 내 이야기에 흥미를 보였다.

"그리고 전 아이를 원하거든요."

나는 덧붙였다.

"물론 저도 아이를 원해요. 누구나 그렇듯이요."

준수가 말했다.

"음, 제 말은, 그러니까 해인이가 아이를 낳은 다음에도 우린 함께할 거라는 말이에요. 물론 해인이는 아메니까 정부에서 지원금이 나오죠. 하지만 해인이는 그다지 건강한 편이 아니잖아요. 옆에서 돌봐줄 사람이 필요해요. 그리고 저도 아이를 같이 키우고 싶고요. 이상한가요?"

"아니요. 하지만 쉬운 일은 아닐 것 같군요."

이 이야기를 들은 다른 주트와 마찬가지로 준수는 한 발 물러서는 태도로 말했다. 이게 문제였다. 해인은 아이의 다른 생산자들이 계속 자신과 아이 옆에 남기 바랐다. 물론 해인은 아메고, 아메가 아이를 돌볼 책임이 있기 때문에 정부에서는 아메가 일하지 않고 아이에게만 신경을 쓸 수 있도록 매달 돈을 지급했다. 거기에 들어가는 세금은 주트와 샤하가 부담했고, 아메가 아닌 이들은 그런 식으로 다음 세대에 대한 책임을 졌다. 하지만 해인은 더 많은 걸 바랐다.

"하지만 해인 씨가 바란다면, 저도…… 가까이에서 지낼 수는 있어요."

준수는 급한 마음에 말을 뱉어놓고 괜한 말을 했다고 바로 후회했다. 나는 어쩔 줄 모르고 흔들리는 그의 눈동자를 피해 와인을 마셨다. 설사 준수가 이보다 적극적으로 해인 옆에 머물겠다 할지라도 해인은 그를 선택하지 않을 거다. 준수는 부유하지 않았다. 첫 만남 후 해인의 준수에 대한 평가는 차가 너무 오래되었다, 였다. 그나마 준수가 잘생겨서 해인이 이 정도까지 만나온 것이다.

"해인 씨와 함께한 지 오래되었죠?"

준수가 문득 생각난 듯 물었다.

"네, 아주 어릴 때부터 친구니까요."

"그럼, 언제부터……?"

준수가 조심스레 물었다. 잠깐 망설였지만, 준수라면 말해도 좋을 것 같았다. 뭐, 비밀도 아니고.

"해인이가 첫 출혈을 한 날, 저한테 전화했어요. 한달음에 달려갔죠. 해인이는 엄청나게 울었고, 전 내내 그 애를 돌봐주었어요. 며칠 후 출혈이 끝났을 때 우린 누가 먼저랄 것 없이 끌어안고…… 교감을 가졌어요. 둘 다 처음이었죠. 전 그날 해인이와 끝까지 함께하겠다고 약속했어요."

"좋군요, 부러워요, 그런 오랜 관계."

준수가 진심을 담아 말했다. 해인과 나는 한 명만 더 찾으면 아이를 가질 수 있다. 다른 사람들처럼 양쪽 눈치를 볼 필요가 없었다. 우린 서로에게 만족했다.

우린 더 이상 해인에 대해 이야기하지 않고 가벼운 신변잡기로 옮겨 갔다. 준수와 나는 말이 잘 통했고 함께 있는 내내 즐거웠다. 난 우리가 아이를 만들지는 못할지라도 교감을 나누는 관계로는 발전하기 바랐다. 하지만 그날이 마지막이었다. 해인은 끝내 준수를 거절했고, 나는 내심 기다렸으나 준수는 연락하지 않았다.

사실 그가 연락했다 한들 어찌했을 것인가. 언젠가 아이를 낳고, 무력하게 노화해 죽을 날이 두려워 펑펑 울던 그 애의 어깨를 감싸고, 그 애와 처음으로 입을 맞추고, 첫 교감을 나누며, 난 절대 그 애를 떠날 수 없다는 걸 알았다. 나의 해인, 나의 연인이자 미래의 동반자.

동반자를 갖는 경우는 극히 드물다. 셋의 완벽한 조화가 어쩌느니 하지만, 그건 어디까지나 아이가 생기기 전까지였다. 아이는 아메가 맡고 주트와 샤하는 그저 어쩌다가 들르는 것이 다였다. 보조금을 보내기라도 하면 최고의 성의 표시였다. 하지만 난 해인의 삶의 동반자가 되어 그 애의 마지막까지 함께할 생각이었다. 언젠가 그 애가 떠나면 견딜 수 있을까? 아메는 보통 주트나 샤하의 반 정도밖에 살지 못한다.

해인은 절정을 향해 달리고 있었다. 난 그 애의 손을 꼭 붙들었다. 환희의 순간이 지나자 해인은 내 품에 안겼고, 난 그 애와 오랫동안 입 맞췄다.

"이번엔 셋이 해보면 어때요?"

새로운 주트인 민우가 제안했다.

"안 돼요!"

해인이 딱 잘라 말했다.

"아, 이연 씨가 당신에게 하지는 않을 거예요. 우린 아직 아이를 만드는 문제에 대해서 완전히 결정하지 못했으니까요. 그래도 어때요, 나와 교감을 나누는 게? 당신은 늘 해인 씨를 보조하기만 했잖아요."

민우가 해인과 날 번갈아 보며 말했다.

임신을 피해서 셋이 즐기는 방법은 얼마든지 있었다. 주트가 아메에게 정자를 주고, 샤하가 아메에게 난자를 주면 임신이 된다. 주트가 샤하에게 정자를 주고, 샤하가 합쳐진 정자와 난자를 아메에게 주면 역시 임신이 된다. 오늘 같은 경우 샤하인 내가 합쳐진 정자와 난자를 아메에게 주지 않기만 하면 아무 문제 없다. 나도 모르게 민우를 훑었다. 수영강사인 민우의 몸은 군살 없이 날씬하고 매끄러웠다. 민우와 즐기는 것도 나쁘지 않을 듯했다.

"그러다가 이연이에게 안 좋은 일이 생기면 책임질 거예요? 주트와 샤하가 즐긴 후 샤하 몸에서 아이가 자라게 되면 어떻게 되는지 알잖아요."

해인이 말했다.

그런 일은 거의 없지만 설사 그렇게 되더라도 수술을 받으면
된다. 만에 하나 너무 늦게 수술을 받으면, 둘 다 살지 못한다. 끔
찍한 예지만, 아이가 어떤 샤하의 배를 찢고 나온 경우가 있었다.
그때까지 그 샤하는 자신의 몸에 아이가 생겼다는 걸 전혀 몰랐
다. 그건 두고두고 반복해 이야기가 나올 만큼 특별한 경우였고
샤하의 몸에서 아이가 자랄 확률은 제로에 가까웠다.

"나의 이연이가 위험해지는 일은 할 수 없어요."

해인이 결론을 내렸다.

"해인 씨와 이연 씨는 정말 각별하군요. 비집고 들어갈 틈이 없
네요."

민우가 나에게 어깨를 으쓱하며 말했다. 우리는 민우가 해인을
한 번 더 안는 것으로 합의를 봤다.

오늘은 해인의 집에서 만났다. 민우는 자기 차로 날 바래다주
겠다고 했지만, 남아서 뒷정리를 해야 해 거절했다. 그러자 설거
지를 돕겠다고 나섰다. 괜히 신경 쓰일 듯해 등을 떠밀다시피 보
낸 다음 어질러진 부엌을 치우고 겉옷을 입었다.

"가려고? 내일 쉬는 날 아냐?"

해인이 물었다.

"그렇긴 한데…… 도배하고 거실 정리를 아직 못 했어."

"아우, 피곤해. 정말 하기 싫었는데, 두 번이나."

해인이 투덜거렸다. 갑자기 묘한 불쾌감이 등골을 따라 내려
갔다.

"좋았던 거 아냐?"

"한 번 더 하고 싶은 눈치기에 그냥 응해줬을 뿐이야. 안 그러면 널 안았을 거 아냐."

단지 날 배려해주기 위해서였다고 생각하기엔 꽤 흥분했던 거 같은데. 그리고…… 난 하면 안 되나?

"갈게."

신발을 챙겼다. 끈을 복잡하게 묶어야 하는 부츠를 신고 왔는데, 현관이 좁아 밖으로 나가 구두끈을 조였다.

"오늘 3인분 저녁 준비하느라 냉장고가 비어버렸어."

"내일 점심 때 들러서 맛있는 거 해줄게."

"아침은 어떡하고?"

"아침은…….."

난 잠깐 생각하다가 말했다.

"그냥 적당히 때워봐."

"흠……, 어차피 아침 별로 안 먹는데, 그냥 굶지, 뭐."

"그러지 말고 뭔가 먹어."

"너무 힘들어서 늦게까지 잘 거 같아."

"내일 일찍 올게."

"그럼 올 때 스파게티 재료 사 와."

"알았어."

"맛있게 해줘야 해."

해인은 애교를 부리며 잘 가라고 말하고 문을 잠갔다. 난 아직 신발도 덜 신었는데.

어둑한 거리로 나와 버스를 기다렸다. 바람이 찼다. 목도리를 두고 왔다는 걸 깨달았다. 해인에게 가져다달라고 전화할까? 전화하면 과연 가지고 나올까?

정체를 알 수 없는 불쾌감이 점점 형체를 갖추기 시작했다. 주트를 고르는 건 언제나 해인이었다. 해인이 내가 바란 주트를 선택한 경우는 없었다. 언제부턴가 난 묻지도 따지지도 않고 해인이 고르는 상대에 응했다. 준수는 내가 처음으로 진지하게 마음에 들어 한 주트였는데, 해인은 말도 없이 정리했다. 해인의 마음에 든 상대가 아니라 언젠가 벌어질 일이기는 했다. 하지만 내게도 의견을 물어야 하지 않았을까?

어수선한 집에 와서 침대에 쓰러져 잤다. 아침이 밝아왔다. 나는 멍하니 전화기를 바라보았다. 해인의 집에 가고 싶지 않았다.

해인은 날 사랑해. 내가 해인을 사랑하듯이. 단지 피곤하고 거실을 새로 도배한 후 채 정리하지 못했을 뿐이다. 그래서 어제 민우를 우리 집으로 부르지 못했다. 해인은 청소해야 한다며 한참을 툴툴댔다.

하지만 난 지금까지 언제나 그렇게 해왔잖아. 우리 집에 부르고, 요리하고, 뒷정리를 했지. 고작 한 번 가지고 그렇게 불평을……

이어지는 생각을 애써 떨쳤다. 늘 우리 집이나 상대 주트의 집에서 교감을 나눴고, 해인에겐 그게 당연했으니까. 그리고 그렇게 하자고 먼저 말한 것은 주로 나였다. 고민 끝에 해인에게 전화했다.

"해인아, 미안해, 나 몸이 좀 안 좋아."

"몸이 안 좋다고?"

"응, 몸살기운이 있나봐. 오늘 못 갈 거 같아."

"그럼 나 어떡하라고? 너 올 줄 알고 지금까지 밥도 안 먹고 기다렸단 말이야."

"미안해, 진짜로 몸이 많이 안 좋아. 뭐라도 시켜 먹을래?"

"너무해. 나 밥 혼자 먹는 거 싫어하는 거 뻔히 알면서."

"다음에 가면 진짜 맛있는 거 해줄게."

해인은 몇 마디 더 칭얼대다 전화를 끊었다. 어젯밤의 기억이 다시 스멀스멀 밀려올라 왔다. 난 해인이 아플 때면 내가 늘 그러했듯이, 약을 사 우리 집에 와서 죽이라도 끓여주겠다고 할 줄 알았다. 하다못해 괜찮으냐고 한 마디 물어야 하는 거 아닌가?

하루 종일 거실을 치우고, 가구를 새로 배치하고 자리에 누웠다. 정말로 어딘가 아픈 기분이었다. 피곤했는데도 쉬이 잠을 이루지 못했다. 새벽이 되도록 지금까지 당연하게 여겨왔던 해인과 나의 관계가 머릿속을 맴돌았다. 해인은 내가 뭘 바라는지 물어본 적이 없었다. 물론 난 아무거나 잘 먹는 편인 데다가 취향이 까다롭지도 않았다. 그래서 늘 해인이 먹고 싶은 걸 먹었고, 가고 싶은 곳을 갔다. 일단 친해지기 전에는 낯을 가리는 해인을 위해, 주트를 만나면 내가 주도해 해인이 바라는 걸 제시했다. 가끔 해인의 기분이 변하면 해인이 일방적으로 의견을 바꿨다. 상관없었다. 어차피 모두 해인을 위한 거니까. 그 앨 사랑하니까. 그 애도 날 사랑하니까. 아니, 정말 그럴까? 해인은 내가 주트와 교감을 나누는 걸 싫어했다. 날 뺏기는 것 같다는 게 이유였다. 해인이 질투하는 모습을 보는 것이 좋았다. 그럴 때 해인은 깨물어주고 싶을 만큼 귀여웠다. 그런데 해인은? 주트와 교감을 나눌 때 해인은 어떠했지?

하루, 이틀이 지났다. 나는 바쁘고, 피곤하고, 시간이 늦었다는 핑계를 대며 해인에게 전화하지 않았다. 나흘이 지나자 해인에게 전화가 왔다.

─뭐하고 있었어?

해인이 부러 쾌활하게 물었다.

─아픈 건 다 나았어? 좀 괜찮아?

"아, 응."

─전에 만났던 그 주트 있잖아. 민우였나?

"응."

─오늘 나한테 목걸이랑 반지 세트 선물했어.

해인이 뻐기며 말했다. 나한테는 연락 없이 단둘이서 만났다고?

─너무 예뻐.

해인은 가지고 있는 옷 중 목걸이가 어울릴 만한 옷 이야기를 늘어놓았다. 나는 잠자코 들었다. 해인은 내 기분은 아랑곳하지 않고 계속 떠들어댔다.

"그래, 좋겠다, 나 지금 좀 바쁘거든? 나중에 내가 다시 걸면 안 될까?"

─알았어, 끊어.

해인은 목소리를 확 바꿔 거칠게 전화를 끊었다. 그리고 우린 일주일이 넘도록 한 번도 서로에게 전화하지 않았다.

이렇게 오래 연락하지 않은 적이 없었다. 많은 생각이 떠올랐다. 해인은 10년 동안이나 나의 연인이었다. 내가 어떻게 그 애를 버릴 수가 있을까. 그 앤 늘 몸이 약했다. 내가 보살펴야 했다. 해인은 주트와 둘이 교감을 나누는 걸 싫어했다. 내가 없으면 절대 하려 들지 않았다. 나의 해인, 그 애의 둥근 배, 봉긋한 젖가슴, 부드러운 입술의 감촉이 미치도록 그리웠다. 하루에도 수십 번씩 수화기를 들었다 놓았다.

밤에 전화벨이 울렸다. 씻다 말고 뛰쳐나와 전화를 받았다.

"여보세요?"

─아, 음, 이연 씨……?

조심스러운 주트의 목소리가 들렸다. 맥이 빠졌다.

"누구세요?"

─음, 나예요, 최민우.

"민우 씨?"

─기다리던 전화가 있나보죠?

민우가 어색하게 웃었다.

"아, 아니에요. 무슨 일이에요?"

─음…… 전화, 하면…… 안 되나요?

"아, 물론, 그런 건 아니구요."

미안한 마음에 서둘러 대답했다.

─저어…… 음, 혹시…… 음, 괜찮다면, 만나지 않을래요?

"아, 해인이에게 물어보고요."

나도 모르게 그 말이 나왔다.

—네, 물론 그래야겠죠.

주트들은 대체로 나를 통해 연락했다. 해인은 깍쟁이 기질이 있어서 연락을 잘 받아주지 않았다.

—하지만…… 해인 씨는 아직 아이를 원하지 않고…….

"네?"

—아니, 뭐, 꼭 교감을 나누자는 것이 아니라…… 그냥, 뭐, 같이 밥이라도 먹지 않을래요?

나는 망설이다 좋다고 말했다. 해인이 나오지 않은 날, 준수가 그러했듯이 해인에 대해 이것저것 묻고 싶으려니 했다. 목걸이와 반지 세트를 선물했는데 해인이 아무 반응이 없어 떠보려는 걸지도. 나도 잘됐다 싶었다. 민우를 만나면 해인에게 전화 걸 핑계가 생길 것이다.

갑자기 울적해졌다. 전화 걸 핑계를 찾다니. 우리가 어쩌다 이렇게 된 거지?

약속한 바에 가 민우를 찾았다. 조명이 어두워 눈이 어둠에 익숙해지는 데 시간이 걸렸다. 민우는 고개를 숙이고 잔을 만지작거리고 있었다. 나는 옆에 앉아 인사했다.

"왔어요?"

민우가 이제 봤다는 듯 말했다. 꾸며낸 행동이었다. 그는 날 기다리며 초조하게 문간을 살폈고, 진즉 날 발견했으면서 태연한 양 굴고 있었다. 민우가 원한 건 나였다. 해인에게 목걸이와 반지를 선물한 것도, 해인에게 잘 보여 날 계속 만나고 싶었기 때문이었다.

"부러웠어."

민우가 말했다. 우린 첫 잔을 비운 후 말을 텄다.

"뭐가?"

"너와 해인 씨의 관계가. 넌 교감을 나누는 내내 해인 씨만 보고 있었지. 날 애무하기도 했지만, 마지못해 그랬어."

나도 모르게 고개를 돌렸다. 당황스러웠다.

"널 탓하는 게 아니라 그냥…… 넌 해인 씨를 많이 아끼는구나, 그런 생각을 했다고."

민우는 단숨에 잔을 비우더니 어렵게 말을 꺼냈다.

"해인 씨가 원하지 않는 상대는, 고르지 않겠지?"

"해인인……."

"물론 나도 해인 씨가 좋아. 공들여 가꾼 긴 머리하며……, 작은 요정 같은 아메지. 해인 씨가 나의 아이를 낳을 수 있다면 기쁠 거야. 너와 나의 아이 말이야. 우리 셋의 아이가 되는 거지. 내 말은…… 물론 해인 씨에게 끌려. 넌, 해인 씨가 좋다면…… 그걸로 만족하겠지만…… 난, 너도 내가 마음에 들었으면 한다는 거야."

"해인이하고…… 싸웠어."

"싸웠다고?"

"아니, 싸운 건 아냐. 나도 모르겠어."

술기운이었을까. 아니면 자기가 마음에 들었으면 좋겠다는 말을 할 때 민우의 뺨이 순간 붉어진 걸 봤기 때문이었을까. 난 민우에게 해인과 있던 일을 이야기해버리고 말았다.

"어떻게 해야 좋을지 모르겠어. 전화를 걸어야지, 걸어야지, 하다가 시간이 너무 많이 지나버렸어. 그 앨 잃으면 견디지 못할 거야. 진작 전화해야 했는데……."

"해인 씨 외에는 네 아이를 낳아줬으면 하는 아메가 없는 거야?"

"한 번도, 다른 아메는 생각해 본 적이 없어."

"해인 씨에게 전화해. 해인 씨는 네가 없으면 안 돼. 너도……마찬가지고."

"내가 이주일이나 전화하지 않아서, 단단히 화가 났을 거야."

"너희 십 년이나 되었다며, 지금까지 싸운 적 없어?"

"한 번도 없었어."

"그냥 전화해. 전화 한 통이면 끝날 일이야."

"뭐라고 말해야 할지 모르겠어."

"미안하다, 잘못했다, 사랑한다, 세 마디면 돼. 비 온 뒤에 땅이 더 단단해진다는 말 알지? 싸우고 화해하면 더 돈독해질 거야."

"그럴까?"

"지금 해버려."

"아냐, 내일 할래. 지금은 술도 많이 마셨고……."

민우는 자기 휴대전화를 꺼내 해인의 전화번호를 눌렀다.

"안 돼, 너무 늦었어! 자고 있을 거야!"

—여보세요?

수화기 저편에서 해인의 목소리가 들렸다. 민우는 재빨리 수화기를 내밀었다.

"아, 음, 나야……."

나는 떨리는 목소리로 말했다.

─이연이니?

"응, 나야. 잘, 지냈어? 저기, 내가 깨웠니?"

─시끄럽네. 지금 어디야? 최민우 번호가 뜨던데?

"아, 지금 민우랑 같이 있어. 둘이 술 마시는 중이야."

─그래?

해인의 목소리가 싸늘했다. 마음이 급해졌다.

"저기…… 내일, 뭐하니?"

─내일은…… 할 일이 좀 많아.

"그럼 모레, 모레 만나지 않을래? 보고 싶어!"

─좋아.

해인과 만날 장소를 잡고 난 민우의 손을 덥석 잡았다.

"거봐, 의외로 쉽잖아. 안 그래?"

"그러게, 고마워! 오늘 내가 살게, 뭐 더 마실래?"

나는 흥분해서 정신없이 말을 쏟았다. 민우는 빙긋 웃었다. 나는 몇 잔 더 마시는 내내 해인을 만나면 어딜 갈지, 무얼 하면 좋을지, 어떻게 사과하면 좋을지 떠들었다. 일어날 시간이 다가왔다. 민우는 마지막 한 모금을 남긴 채 주저하다 말했다.

"저기, 설사…… 우리 셋이 잘 풀리진 않더라도…… 어쩌다 교감을 나누는 사이로 어때?"

난 빈 잔을 손으로 쓸었다. 민우가 자기 마음을 이야기했는데도 해인 이야기만 했다. 미안했다. 나는 새삼 그를 살폈다. 민우는 겉보기보다 수줍음이 많았다. 속눈썹이 주트치고는 길었고, 긴장하면 주먹을 꼭 쥐는 버릇이 있었다. 바로 지금 그는 주먹을 단단히 쥐고 바만 내려다보고 있었다.

"좋아."

민우가 고개를 들어 안도한 듯 웃었다. 짙은 속눈썹이 흔들렸다. 그날 밤 민우의 집에서 잤다. 주트와 단둘이 밤을 보낸 건 처음이었다. 주트와 교감을 나누는 건 아메와 할 때와는 완전히 다른 기분으로 날 즐겁게 했다. 해인 외에 다른 아메와 교감을 나눠본 적은 없지만 말이다.

욕조에 물을 채워 거품 목욕을 하고 전신 스크럽을 했다. 제모도 공들여 하며, 그간 해인만을 위해 나 자신을 꾸민 지 오래되었다며 날 책망했다. 새 속옷을 꺼내 입고, 귀고리를 걸고, 마지막으로 우리가 교감을 맺은 지 10년이 되던 날 맞춘 반지를 꼈다. 가방을 열어 해인을 주려 산 귀고리가 제대로 있는지 몇 번이나 확인하고 집을 나섰다. 꽃도 사 갈까 하다가 손에 뭘 들고 다니는 것보다 꼭 끌어안고 걸으려 그만두었다. 쇼윈도마다 내 모습을 비춰 보며 약속한 카페로 들어섰다. 해인 옆에 다른 샤하가 앉아 있었다. 해인은 내가 다가가자 보란 듯이 그 샤하의 손을 다정하게 잡았다.

"어서 와, 잘 지냈어?"

해인이 어딘지 잔인한 웃음을 지으며 말했다. 10년을 함께한 나의 연인이 이제껏 다른 주트들을 거절할 때처럼, 이 순간을 즐기고 있었다.

"뭐해? 앉아."

해인이 옆에 앉은 샤하에게 날 소개했다. 얼결에 인사를 나누고 메뉴판이 방패라도 되는 양 얼굴을 가리고 습관처럼 아포가또를 찾았다. 해인 옆에 있는 샤하가 아이스크림과 에스프레소를 시켰다. 메뉴판에 아포가또가 없으면 내가 하던 짓이었다. 그 샤하가 예정된 일처럼 아이스크림에 에스프레소를 붓자 자리에서 일어났다. 어지러웠다. 카페 벽에 기댔다가 뒤늦게 통유리라는 걸 깨닫고 부리나케 자리를 떴다. 한참을 걷다 숨이 차 주저앉아 반지를 뺐다. 액세서리 가게 주인이 둘을 위한 서약 반지를 주문하자 신기해 한 기억이 났다.

"두 사람용으로요?"

가게 주인이 확인하듯 물었다. 서약 반지는 세 개가 합쳐서 하나의 모양을 이루도록 나오는 반지였다.

"네, 두 사람용으로요!"

난 당당히 말했다. 해인은 활짝 웃으며 팔짱을 낀 손에 힘을 줬다. 가게 주인은 별 주문을 다 받겠다는 듯 우릴 봤지만 결국 두 개가 합쳐 하나의 모양을 이루는 반지를 만들어주었다.

해인이 하루 시간을 두고 만나자고 한 이유는 명백했다. 다른 샤하에게 연락해보기 위해서였다. 나는 반지를 집어 던졌다.

그대로 끝냈어야 했는데.

며칠 후 해인을 찾아갔다. 혹시라도 다른 샤하가 있을까 두려웠지만, 해인은 혼자 있었다.

"나도 네가 적당히 상대하다 이 핑계, 저 핑계로 거절한 주트들과 마찬가지로 단지 장난감일 뿐이었어? 그 샤하는 누구야? 언제부터 만났어? 어쩌다 알게 된 사람이야?"

일부러 말짱한 정신으로 찾아갔다. 술에 취해 해인의 집 문을 두드리고, 해인이 언젠가 다른 곳에서 자랑스레 떠벌일 무용담을 늘리고 싶지 않았다. 아니, 어차피 마찬가지겠지.

"그래! 넌 고작 그런 애였던 거야! 그렇게 형편없는 애지! 남의 호의를 이용해먹고 사는, 그런 쓰레기 같은 인간이야! 완벽한 사랑이 어쩌구 저째? 네가 죽을 땐 내 품에서 죽고 싶다고?"

"그날 밤, 민우와 교감했지?"

해인이 물었다.

"그게 어쨌다는 거야? 그는 아메가 아냐. 넌, 넌 다른 샤하와 함께 있었어! 그 샤하에게도 내게 그랬던 것처럼 알랑거리며, 영원히 널 지켜달라고 했어?"

해인이 달려들어 날 치려고 했지만 난 해인의 팔목을 잡았다. 있는 힘껏 힘을 줬는데도 해인은 끝까지 아프다는 말을 하지 않았다.

"그 샤하의 직업은 뭐지? 나보다 더 널 풍족하게 해줄 것 같아? 너 때문에, 너 때문에 택한 일이었다는 걸 몰라? 널 풍족하게 해주고 싶어서, 아니 네가 그걸 바라서 고른 일이었어! 빌어먹을, 넌 내 삶을 도둑질했어! 도대체! 넌 아메잖아! 정부에서 아메를 위한 지원금이 충분히 나오잖아! 뭘 더 바라는 거야?"

"그래! 난 아메야! 아이를 낳아야만 하는 아메라고! 네가 뭘 알아? 아이를 낳고 나면 난 순식간에 늙어버릴 거야. 넌 내가 죽어 없어져도 얼마든지 난자를 만들어낼 수 있지만, 난 끝이야! 정부의 지원금이 어쨌다고? 그따위 거! 내가 일할 수만 있으면, 나도 적선하듯 돈 몇 푼 던져주면서 멀리서만 바라볼 수 있다면, 그따위 지원금 바라지 않아!"

해인이 발악하듯 외쳤다.

"가버려! 꼴도 보기 싫으니까! 너 따위 없다고 내가 못 살 줄 알아? 너 같은 것보다 백 배는 나은 샤하가 널리고 깔렸어. 너 따위, 날 택하기 위해 따라 나오는 소모품에 불과해! 널 원하는 주트가 있었는 줄 알아?"

해인을 후려쳤다. 해인은 맥없이 바닥에 나뒹굴었다. 내가 한 짓을 믿을 수 없었다. 해인의 입술이 찢어져 피가 흘렀다.

"해인아!"

나도 모르게 해인에게 달려가 부축했다.

"꺼져."

해인이 독기 어린 눈으로 날 노려보았다. 그 순간 뭔가 거대한 것이 몸을 휩쓸고 지나갔다. 제대로 걸을 힘조차 없어 벽을 짚으며 가까스로 집을 나왔다.

해인은 지금 울고 있을 거야.

내가 나간 순간 바로 울었을 거야.

아니, 모르겠어.

난 돌아보지 않고 걸었다.

난 일상을 유지했다. 아침이면 직장에 나갔고, 저녁이면 집에 돌아왔다. 휴일이면 비디오를 빌려봤고, 교감을 위한 만남의 장에 사진을 올릴 엄두가 나지 않아 혼자 지냈다. 한 번도 독사진을 내본 적이 없었다. 늘 해인과 함께 찍은 사진을 올렸다. 민우가 계속 전화했지만 받지 않았다. 민우는 어느 저녁 회사 앞에서 날 기다렸다.

"명함 준 게 있어서……."

민우가 말했다. 나는 멀거니 그를 바라보았다. 아는 사람 같기도 하고, 전혀 모르는 사람 같기도 했다. 민우는 다짜고짜 팔을 잡아끌어 차에 태웠다.

"무슨 일이야?"

민우가 물었다. 나는 싱긋 웃었다.

"해인과 끝났어. 다신 보는 일 없을 거야."

눈물이 쏟아졌다. 처음엔 내가 울고 있다는 사실도 자각하지 못했다. 축축하고 차가운 민우의 옷이 얼굴에 가득 차 답답해 그를 밀어냈을 때에야 그의 옷이 젖은 이유가 내 눈물 때문이라는 것을 알았다. 굉장히 재미없고 유치한 영화를 보는 기분이었다. 관객을 울리게 하려고 작정을 한 삼류 멜로드라마 말이다. 영화 속에서 주인공들은 펑펑 우는데, 난 하나도 안 슬프니 빨리 좀 끝났으면 하는 심정. 정신과 육체가 완전히 분리되어버린 양, 내 속의 내가 울고 있는 나를 왜 저러는지 모르겠다며 바라보고 있었다. 뭐지, 이건. 왜 저렇게 울어대는 건데?

그 앤 날 사랑하지 않았다. 한 번도 날 사랑한 적 없었다. 자기가 바라는 대로 자신을 돌봐줄 사람이라면, 누구라도 상관없었다. 그럼 나는? 나는 그 애를 사랑했나?

해인은 매력적이었다. 그래서 그 애 주위에는 늘 괜찮은 주트들이 맴돌았고, 나도 자연스레 그들을 차지해볼 수 있었다. 언제나 약한 해인을 돌보며, 우월감을 맛볼 수 있었다. 그 애가 바라는 걸 해준다는 핑계하에, 난 아무것도 선택할 필요가 없었다.

무의식 속에서 그 애를 사랑하지 않는다는 걸 알고 있었다. 단지 인정하지 않았을 뿐이다. 그건 지금까지의 나를 모두 부정하는 일이 될 터였다.

그래도 그날 흘렸던 눈물 중 몇 방울은 오직 그 애를 잃었다는 것 때문이라고, 그렇게 생각하고 싶다.

따사로운 햇살이 보도블록으로 떨어졌다. 나는 목적지 없이 걸었다. 주머니에서 전화기가 울렸다. 민우였다.

"여보세요?"

─나야, 지금 어디야?

"그냥…… 거리야."

─거리?

"날씨가 너무 좋아서 발길 닿는 대로 쏘다니고 있어."

─어느 거리?"

"그냥 거리래도. 몰라, 어딘지. 회사를 나와서 그냥 막 걸었어."

─주말인데 계획 없어?

"글쎄, 별다른 건 없는데?"

오늘은 토요일이었다. 월요일은 국경일이이라 삼일간 휴일이었다. 드디어 봄이 오려는지 가볍게 입고 나온 옷이 바람에 살랑거렸다. 그것만으로도 들뜨기에 충분했다.

— 오늘 특별한 일은 없는 거야?

"응, 뭐, 그렇다고 할 수 있지."

— 점심 먹었어?

"아직."

— 전망 좋은 곳이 있는데, 같이 밥이나 먹지 않을래? 나도 막 퇴근하려던 참이거든.

"그래그래, 어딘데? 여기서 걸어갈 수 있는 곳이면 좋겠다, 오늘은 걸으라는 날씨야."

난 민우에게 장소를 듣고 전화를 가방에 넣었다. 혹시 몰라 걸치고 나왔던 겉옷을 벗어서 허리에 묶었다. 약속시간까지는 아직 충분하다. 한 정거장 정도 걷다가 버스를 타면 어떨까.

"싫어, 싫다니까?"

"얘가 왜 이래! 얌전히 걷지 못해?"

"아이스크림, 아이스크림!"

아이가 앙탈 부리는 소리가 들렸다. 별 생각 없이 그쪽으로 시선을 돌렸다. 머리를 짧게 자른 중년이 다 된 아메가 건널목에 서 있었다. 그 옆에는 아이스크림과 음료수를 파는 가판대가 있었다.

"조용히 해, 사람들이 쳐다보잖아!"

아메가 목소리를 낮춰 매섭게 애를 다그쳤다. 문득 아메와 눈이 마주쳤다. 아메는 화들짝 놀라 눈을 돌리더니 허리를 꼿꼿이 펴 아직도 빨간 불빛이 반짝이는 신호등을 노려봤다. 아이가 아무리 보채도 더 이상 눈길 한 번 주지 않았다.

해인이었다. 심장이 내려앉는 소리가 들렸다.

해인은 아까부터 날 알아봤음이 틀림없었다. 신호등이 파란불로 바뀌자 절대 서두르지 않고, 옆에서 징징대는 아이의 손을 단단히 움켜잡은 채 고개를 쳐들고 길을 건넜다.

민우는 창가 자리에 앉아 전망을 보고 있었다. 나는 가방을 내던지고 푹신한 소파에 몸을 묻었다.

"표정이 왜 그래? 무슨 일 있었어?"

민우가 걱정스레 물었다.

"아니, 아무것도. 뭐 먹을까?"

"여기 해물 파스타가 맛있어."

민우가 메뉴판을 훑으며 말했다.

"나도 그걸로."

"후식은?"

"아이스크림."

"아이스크림? 벌써 후식으로 아이스크림이 나올까?"

"그럼, 그냥 아무거나……."

"흠, 커피로 하지. 아무래도 표정이 영 아닌데? 혹시 서영 씨 때문이야? 서영 씨는 여전히 아이를 만들 생각이 없대?"

"아냐, 그런 거. 진짜 아무 일 없었어. 서영인 월요일에 구청에 가서 신고할 거야. 아이를 안 낳겠다고."

"그럼……."

"모든 지원이 끊기게 되지. 아이를 낳지 않겠다고 말한 아메를 써줄 곳이 있을까?"

"생활은 어떻게 하고?"

"절대 내게 의존하고 싶어 하지는 않아서 골치 아파."

"게다가 넌……."

"그래, 난 아이를 원하지. 서영이는 내가 다른 곳에서 아이를 얻어도 좋대. 자기는 낳지 않을 거니까."

"어쩔 거야?"

"글쎄. 네 아이는 잘 크고 있어?"

민우는 쑥스러운 듯 머리를 긁적였다.

"못 본 지 꽤 되었어."

"아이 키우는 걸 아메에게만 맡기는 제도 말이야, 너무한 것 같지 않아? 아메도 일을 원할 수 있는 데……."

"하지만, 알다시피 아메의 수명은 너무 짧잖아. 게다가 아이를 낳은 다음부터는 몸이 빨리 늙고, 힘도 약해지고. 그나마 난 가끔은 찾아간다고. 그때 함께했던 샤하는 연락도 안 닿아."

"흐음…… 뭐, 어쨌든."

주문한 음식이 나왔다. 우린 별다른 말 없이 음식을 먹었다. 후식이 오자 난 민우가 나를 보는 눈을 피해 커피에 시럽을 넣었다.

"생각해본 적 없어?"

민우가 나직하게 물었다.

"뭘?"

난 모르는 척 되물었다.

"우리가 아이를 낳았다면 어땠을까 하고……."

나는 씁쓸하게 웃었다.

"우리가 지금 만났고, 서로 다른 상대가 없었다면, 그랬다면, 그래, 분명히……."

민우는 내가 해인을 잃고 허우적거릴 때 내내 옆에 있어주었다. 민우가 좋았다. 하지만 그때 난 다른 사람과 새로 시작할 준비가 되지 않았다. 해인과 그랬듯이, 민우와 같이 사진을 찍어, 우린 좋으니 다른 아메만 찾으면 된다고, 그걸 다시 할 수 없었다. 민우는 놀라운 인내심을 가지고 날 기다렸다. 그러다 내가 서영을 만나버렸다. 카페에서 혼자 책을 읽는 서영에게 다가가 말을 걸었다. 무슨 정신으로 그랬는지 모르겠다. 처음 본 순간부터 강하게 끌렸다. 서영은 두 번째 만난 날 선전포고라도 하듯이 자기는 아이를 낳지 않을 거라고 했다. 나중에 서영은 내가 적당히 인사하고 떠날 줄 알았다고 말했다. 나는 자리를 뜨지 않았다. 다신 어떤 아메에게도 이런 감정을 느끼지 못할 줄 알았는데…….

민우에게 서영에 대해 말할 때 너무 힘겨웠다. 나는 더 이상 날 기다리지 말라고 했다. 날 받아들이는 것조차 버거운 서영에게 민우까지 함께하자 말할 수 없었다. 울어야 할 사람은 내가 아닌데, 민우는 어쩌지 못하고 눈물을 쏟는 날 쓰다듬으며 묵묵히 이별을 받아들였다. 친구로 옆에 남아주리라곤 기대하지 않았는데, 민우는 날 떠나지 않았다.

민우가 화제를 바꿨다. 나도 따라 잠시 잡다한 이야기를 나눴다.

"몰랐는데 말이지. 의외로 아이를 낳지 않겠다고 선언한 아메가 많더라고."

나는 문득 생각나 말을 꺼냈다.

"그래?"

"응, 나도 서영이도 놀랐어. 많지는 않은데, 적지도 않아."

"그런데 너 진짜 괜찮겠어? 넌 늘 아메와 아이와 함께 살고 싶어 했잖아."

"그래, 아메에게만 짐을 지우고 싶진 않았으니까."

우린 이 뒤에 하고 싶은 말은 속으로 삼켰다. 나 역시 민우를 온전히 보내지 못했다.

민우와 헤어져 서영과 사는 집으로 갔다. 서영이 현관문을 열었다. 나는 숨을 들이켰다. 서영은 거의 파란 색유리처럼 보이는 색으로 머리를 물들였다.

"아, 이쁘네."

난 최대한 진심처럼 보이려 노력하며 말했다.

"근데 왜 갑자기 그런……."

"어차피, 좀 지나면 내가 아이를 낳지 않은 아메라는 게 바로 티 날 텐데 지나다닐 때마다 쳐다볼 거, 확실히 보라그래."

서영이 신경질적으로 말했다. 각오는 단단히 했지만, 종족 번식의 의무를 거부한 아메에 대한 사회의 반응은 감당하기 버거웠다. 그런 아메와 함께 산다는 것만으로도 나도 이상한 취급을 받는데, 서영은 오죽할까.

"다른 아메를 찾아."

서영이 말했다.

"그런 말 하지 말랬잖아."

"넌 아이를 함께 키우길 바라, 그렇지? 함께 아이를 키우는 샤하가 다른 아메를 만나는 걸 좋아할 아메는 어디에도 없어. 나도 네가……."

"난 다른 아메를 만나지 않을 거야."

"날 위로하려고 그럴 거 없어. 내가 직장을 구할 수 있을지도 확실치 않고, 네가 나까지 부담한다는 건……."

난 서영을 있는 힘껏 끌어안았다.

"그래, 아이를 원해. 난 정말 아이를 원하지. 우린 아메를 잃은 아이를 찾아 입양을 할 수도 있어."

"나 같은 아메에게 정부가 아이를 맡길 것 같아? 그렇지 않아도 인구가 준다고 난리인데 아이를 안 낳으면서 키우기만 하겠다고 말해봐. 누가 좋은 시선으로 보겠어? 나라고, 나라고, 아이를 낳는 게 싫은 줄 알아? 나라고 바라지 않는 줄 알아? 다만…… 조금 더 살고 싶을 뿐이야. 나도 너희만큼은 살고 싶다고! 그게 그렇게 죽을죄야?"

"살고 싶은 게 어떻게 죄야? 그걸 누가 뭐라고 할 건데? 다음 세대에 대한 짐을 모두 아메에게만 던져놓고, 돈 몇 푼 던져주는 걸로 자기 역할을 다하고 있다고 굳게 믿는 샤하나 주트 말이야? 아니면 아이를 낳을 수 있다는 걸 특권으로 해서 어떻게든 더 많은 지원금을 받아낼까 궁리하는 아메 말이야? 날 봐, 사회는 변하고 있어. 불과 오륙 년 전만 해도 아이를 낳지 않겠다고 대놓고 선언할 수 있는 아메가 있었을 것 같아? 아이를 함께 키우는 샤하와 주트도 늘고 있고. 우리, 조금만 더 견뎌보자. 널 놓치고 싶지 않아."

난 서영을 으스러지도록 안으며 말했다. 서영은 저항했지만 결국 힘을 풀었다. 서영의 가녀린 어깨가 아렸다.

서영의 고른 숨소리가 들리는 걸 확인하고 거실로 나와 와인을 한 잔 따랐다.

해인이 상처받았으리라고는 꿈에도 생각하지 않았다. 설사 날 놓치고 조금쯤 아쉬웠더라도 아직까지 상처가 남아 있다고는 상상조차 하지 못했다. 어디선가 자신을 떠받들어주는 사람을 찾아 잘 살고 있으리라 생각했다. 꿋꿋하게 보이려 애를 썼지만 떨리고 있던 다리.

짧은 생애, 짧은 젊음, 아이를 낳고 나면, 그 아이가 청소년기가 될 무렵 이미 노쇠한 육체. 어쩌면 해인은 그저 날 질투 나게 하려 샤하를 하나 데리고 나온 것이었는지도 모른다. 어쩌면 날 기다렸을지도 모른다. 해인의 아이는 기껏해야 두세 살로 보였다. 아니, 모르겠다.

그런 모습의 해인을 볼 줄 몰랐다. 짙은 화장도 얼굴의 주름을 다 가려주지는 못했다. 자그마해서 귀여웠던 그 애의 몸은 이젠 늙어 초라해 보일 뿐이었다. 그 애의 삶은 이제 10년 정도밖에는 남지 않았다. 난 지금까지 해인이 살아온 것보다도 더 살게 될 텐데…….

탁자에 둥글고 뜨거운 것이 떨어졌다. 나는 그 앨 사랑하지 않았다. 그런데 왜 내가 지금 다시 우는 거지? 나의 해인, 나의 첫 번째 연인. 되돌아갈 수 없는 시간들. 이제 정말로 다시는 만나지 못하겠지. 다음번에 또 마주치면 더욱 변해 있을 널 알아볼 수나 있을까? 너도 그걸 바라겠지. 언제나 고고했던 너로 기억되기를.

컵을 씻고 침대로 돌아왔다. 오늘 있었던 일을 모두 잊기로 했다. 완전히 기억 속에서 지워버리는 거다. 그것이 내가 진심으로 오직 그 애만을 위해 하는 처음이자 마지막 일이 될 터였다.

■ 완 전 한   결 합 은 ……

2001년에 쓴 글로, 「어른들은 왜 커피를 마시지?」가 장르문학 웹진 이매진에서 가작으로 당선된 후, 이매진에 수록했던 작품이다. 가작은 상금 없이 5만 원 문화상품권이었던 터라 「완전한 결합」 덕에 처음으로 원고료라는 걸 받아보았다. 이때만 해도 글만 쓰며 살 수 있는 날이 열리는 줄 알았다.

4년이 지나 2005년에 거울에서 개인지 『신체의 조합』을 찍으며 수록했지만 자비출간이었고, 같은 해에 북토피아에서 전자책으로 출간해 한 달에 몇백 원을 통장으로 받았다. 2007년 『누군가를 만났어』에도 수록되었는데, 인세를 책으로 받았다. 몇 직장인 친구들이 어차피 살 거, 서점에서 사느니 그냥 너에게 사겠다며 만류하는 내게 파란 지폐를 쥐여주며 『누군가를 만났어』를 사 갔다. 순진했던 2001년을 지나, 장편 소설 두 권을 낸 지금까지도 작가로 생존하는 건 여전히 어려운 문제다.

편집자가 교정본을 보내며 이름을 우리나라식으로 바꾸면 어떻겠느냐고 제안했다. 듣고 보니 굳이 국적불명 이름을 쓸 필요가 없는 글이었다. 아마 당시에는 우리나라 이름으로 환상소설을 쓴다는 게 괜스레 낯설어 그랬던 것 같다. 이름을 바꾸면 조사도 신경 써야 했기에 손이 많이 갔다. 거기에 더해 「완전한 결합」은 유독 교정본을 받고 새로 쓰다시피 고친 부분이 많아, 편집 작업하는 분을 힘들게 했다. 이 자리를 빌려 감사드린다.

온우주
단편선

나의 사랑스러웠던 인형 네므

나의 사랑스러웠던 인형 네므

그날을 기억한다. 엄마와 아빠가 날 아침부터 자주 들여다보며 웃어서 기분이 들떴다. 엄마가 한 입, 한 입 음식을 떠먹일 때마다 아빠도 옆에 붙어 잘 먹는다고 칭찬했다. 거기까진 좋았다. 엄마가 속바지와 윗도리를 입히고, 목에 턱받침을 매는데 둔중한 소리가 들리더니 아빠가 악 소리를 질렀다. 엄마가 날 안고 부엌으로 달려갔다. 아빠는 설거지를 하고, 그릇을 정리하다가 잼통을 발등에 떨어뜨렸다.

"많이 다쳤어? 병원 가봐야 하는 거 아냐?"

"아니 아니, 그 정도는 아니야."

아빠는 다친 다리를 땅에 대보더니 오만상을 찌푸렸다.

"자기가 안아, 내가 운전할게. 열쇠 어딨어?"

엄마가 말했다.

이런 세세한 것까지 다 기억한다는 건 아니다. 이 글 중 많은 부분이 나중에 엄마와 아빠에게 들은 이야기다. 내가 기억하는 건 이 다음부터 다 엉망이 되었다는 것뿐이다. 엄마 품에 안겨 있는데도 불안하고 무서웠다.

"은지 옷부터 입혀."

아빠가 말했다.

"아, 그래야지……."

엄마가 날 허둥지둥 내려놓고 옷을 입혔다. 다리에 바지를 끼우는 엄마 손길이 평소 같지 않았다. 갑자기 목에 있는 턱수건이 거추장스러웠다. 나는 턱수건을 잡아당기며 옷을 입지 않으려 발버둥쳤다.

부모님은 예정에 없던 임신으로 엄마는 2학년, 아빠는 군대를 다녀와 복학한 1학년 때 결혼했다. 두 분 다 어렸던 만큼 아빠가 다치더니 조금 전까지 기분 좋던 내가 갑자기 짜증을 내는 일들을 감당하기 쉽지 않았을 것이다. 엄마는 울상을 지으며 한참을 씨름해 싫다고 몸부림치는 나한테 기어이 옷을 입혔다. 그러더니 아빠가 나를 안았다. 아빠는 엄마처럼 엉덩이를 제대로 받쳐주지 않았다. 나는 엄마한테 손을 내밀며 끝내 울음을 터뜨렸다.

엎친 데 덮친다고 차 에어컨도 고장 났다. 안 그래도 불편한 아빠 품에 안겨 있는 게 싫은데 몸에 땀이 차 참을 수 없을 만큼 기분이 나빠졌다. 나는 엄마를 찾으며 울었다.

"미안해, 어제 맡긴다는 게, 그룹 발표 회의가 늦게 끝나서……."

아빠가 어쩔 줄 몰라 말했다.

"이따 오는 길에 맡기자. 더워서 그래, 옷 단추 좀 풀어줘."

엄마가 말했다. 아빠가 내 옷 단추를 풀려 했다. 나는 순순히 몸을 맡기는 대신 아빠 머리카락을 쥐어뜯었다.

"은지야, 은지야, 아프다!"

나중에 아빠는 자기야말로 울고 싶은 심정이었다고 말했다.

마침내 목적지에 도착했다. 엄마가 먼저 내려 조수석 문을 열고 날 받았다. 애타게 찾던 엄마 품에 안기자 설움이 밀려왔다. 나는 아까보다 더 큰 소리로 울었다. 부모님은 시원한 곳에 들어가면 내 기분이 나아지길 기대하며 서둘러 가게 문을 열었다. 가게 안으로 한 발짝 들어선 순간 목 놓아 울던 내가 거짓말처럼 잠잠해졌다.

푸른색, 노란색, 붉은색, 자주색, 각 색의 경계에 있는 한 단어로 형언하기 어려운 수많은 색들, 때로는 벽 색이 그대로 비치는 투명한 보석이 벽, 천장, 진열대에 넘치도록 널려 있었다. 난 넋을 잃고 보석들을 쳐다보았다. 부모님은 안도의 한숨을 내쉬었다.

이날은 내가 태어난 지 1년이 되어 보석을 고르는 바로 그날이었다.

엄마 품에 안겨 천천히 가게 안을 둘러보았다. 섣불리 손을 뻗었다가 그걸 원하는 줄 알고 냉큼 골라버릴까 두려워 만져보지도 못했다. 물론 이 이야기를 들은 사람들은 하나같이 그게 말이 되는 소리냐고 했다. 넌 그때 고작 한 살이었고, 대부분은 그 일을 기억조차 못한다고. 내가 어떻게 그럴 수 있는지는 나도 모른다. 하지만 내가 기억하는 것은 누가 뭐래도 사실이다.

엄마는 벽을 한 바퀴 돈 다음 내가 떨어지지 않도록 꼭 붙잡고 진열대안에 있는 보석도 보여주었다. 진열대 안에 있는 보석은 대체로 반짝거리지 않는 종류였다. 이름이야 나중에 알았지만 진주라거나 비취, 터키석 같은 것들 말이다.

"뭘 골라야 할지 모르겠나봐요."

엄마가 웃으며 말했다.

"천천히 고르게 놔두세요. 평생 딱 한 번 가질 수 있는 보석인걸요."

가게 주인이 대답했다.

"가지고 있던 걸 잃어버린 후 또 사는 사람도 있다던데요."

"그렇긴 합니다만, 드물어요. 어릴 때야 보석과 궁합을 맞추기 쉽지만, 커서는 영 힘듭니다. 그래서 만 한 살이 되는 날 고르는 거죠. 아직 아무것도 모를 때, 무의식 속에서 고르는 보석이 가장 상성이 잘 맞으니까요."

가게 주인과 아빠가 대화하는 동안 엄마는 날 안고 처음부터 다시 벽을 돌았다. 이번에는 아까보다 찬찬히 볼 수 있었다. 몇몇 보석이 눈을 끌었고, 그중 뭘 고를까 고민했다. 진열대로 왔다. 진열대에 있는 보석은 반짝이지 않아 눈이 가지 않았다.

"저 보석은 곧 버려지겠군요."

엄마가 진열장을 내려다보며 말했다.

"네, 곧 치워야 할 겁니다. 애들은 보통 반짝이는 걸 좋아해서요. 괜찮은 보석인데⋯⋯."

다들 알다시피 임자를 찾지 못한 보석은 노화해서 죽는다. 난 엄마와 가게 주인이 말하는 보석으로 눈을 돌렸다. 일장석이었다. 본디 윤기 흐르던 적갈색의 보석이 퇴락해 색은 탁해지고, 겉은 거칠어졌다. 품고 있던 생명 역시 곧 사그라질 것이다. 나는 그 보석을 향해 손을 뻗었다. 이 보석은 그렇게 버려질 보석이 아니었다. 분명 다른 어떤 보석보다 아름다운 인형을 품은 보석이었다.

가게 주인은 상인다운 눈썰미로 내가 어떤 보석을 보는지 알아채고 잽싸게 일장석을 꺼내 내 손에 올려주었다.

"어머?"

엄마가 당황한 소리를 냈다. 안 된다고 할까봐 겁이 나 있는 힘껏 주먹을 쥐었다. 이 뒤는 기억나지 않는다. 후에 부모님이 내가 물을 때마다 반복해서 이야기해주었다.

"아주 좋은 보석입니다. 따님이 보는 눈이 있네요. 안 그래도 이대로 버리자니 마음이 안 좋았어요."

가게 주인이 상술인지, 진심인지 알 수 없는 말을 늘어놓았다. 부모님은 보석 값을 치르고 가게를 나왔다.

"잃어버리면 안 되니까 아빠가 잘 갖고 있을게."

아빠가 집으로 돌아오는 차 안에서 보석을 가져가며 말했다. 놓고 싶지 않았다. 하지만 아빠 힘을 이길 리 만무했다. 나는 보석을 뺏기고, 옆에 지나가던 차 운전자가 우리 차를 쳐다볼 만큼 대성통곡했다. 아무리 달래도 소용없자 지친 아빠가 다시 보석을 주었다. 그제야 내가 울음을 멈추었다고 했다. 그토록 그 보석을 좋아했노라고……

집에 돌아와서도 나한테 보석을 뺏는 건 큰일이었다. 내가 또 잃을세라 하도 단단히 주먹을 쥐어 아빠는 행여나 다칠까 억지로 손을 펴지 못했고, 엄마가 나서 기어이 보석을 가져갔다. 나는 몇 시간을 울며불며 몸부림쳤다. 엄마는 반쯤 넋이 나가 기계처럼 내 등을 도닥이며 울었다.

부모님이 기대한 오늘은 이게 아니었다. 두 분은 최소한의 생활비와 학비는 각기 부모님의 도움을 받았지만 이날 내가 고를 보석은 직접 사주고자 아르바이트를 했고, 딱 오늘에 맞춰 가게에 오느라 수업을 빠졌다. 행복하게 집을 나서 보석을 사고, 모처럼 셋이 외식을 한 다음 가족사진까지 찍고 돌아올 예정이었다. 엄마만큼 탈진한 아빠가 화분에 보석을 심고 내 손이 닿지 않는 붙박이 선반에 올렸다.

"화분을 꺼낼 만큼 자라면 그때부턴 네가 가꾸는 거야, 응? 은지야, 제발 그만 울자……."

엄마가 흐느끼며 말했다. 나는 한밤중이 되어서야 지쳐 잠들었다.

그 뒤 자기 전이면 항상 선반을 올려다보며 빨리 키가 크길 바랐고, 아침이면 팔을 뻗어 얼마나 더 자라야 손이 닿을지 쟀다. 내겐 너무 길었던 시간이 흐른 어느 날이었다.

"엄마! 엄마, 엄마, 엄마! 빨리 와봐! 빨리! 빨리이! 엄마!"

나는 흥분해 정신없이 엄마를 불렀다. 엄마가 오자 다시 발돋움을 하고 팔을 올렸다. 아까는 닿았는데 지금은 조금 모자랐다.

"아까는 됐어! 진짜라니까?"

나는 얼굴이 시뻘게지도록 있는 힘껏 팔을 뻗었다. 아슬아슬하게 손끝이 스쳤다.

"봐? 닿지? 이제 내가 키워도 되지?"

엄마는 양손을 허리에 얹어 날 내려다보았다. 행여나 안 된다고 할까 가슴이 콩닥거렸다.

"좋아, 내려줄게."

내가 채 환호를 지르기 전 엄마가 단호하게 말했다.

"대신 조심, 또 조심하고. 넌 아직 힘 조절을 못하니까."

"잘할 수 있어요!"

난 호기롭게 대답했다.

"그래, 그럼……."

엄마는 어쩔 수 없다는 듯 대답하더니, 나한테는 까마득히 높기만 하던 선반에서 손쉽게 화분을 꺼냈다. 나는 내 앞에 온 화분을 두 손으로 받았다. 어느새 흙이 보일 듯 말 듯 봉긋 솟아올라 있었다. 황홀한 순간이었다.

엄마가 침대에 걸터앉아 설명했다.

"매일 밤 자기 전에 보석이 묻힌 곳에 입 맞추는 거야. 보석이 어떤 형태로 자라길 바라는지 떠올리면서 말이야. 보석에게 하고 싶은 말이 있으면 해주고. 정성껏 해야 해. 물은 아침저녁으로 두 번, 늘 같은 시간에 줘야 하고, 절대로 하루도 빼먹어서는 안 돼. 쉽지 않을 거야. 정말로 벌써 할 수 있겠니?"

"네."

난 최대한 진지하게, 엄마가 진심으로 느끼길 간절히 바라며 대답했다. 화분을 손에 쥐기까지 꼬박 4년이 걸렸다. 당시 내겐 전 생을 오직 이 순간을 위해 기다려왔다고 해도 과언이 아니었다.

흙에서 싹이 나고, 그 싹이 점점 자라 커다란 보석이 열리는 모습을 자세히 이야기한다면 지루할지도 모르겠다. 다들 봤을 테니 말이다. 그래도 네므 이야기를 하며 그 순간을 빼뜨릴 수는 없다.

나무가 자라 새끼손톱보다 작은 반투명한 열매가 열리더니, 그 안에 보일 듯 말 듯 점 하나가 찍혔다. 이 점이 바로 한 생명이었다. 나도 처음 엄마 배 속에 생겼을 때 저만 했을까? 나는 점에게 네므라는 이름을 붙였다. 일장석이 자라며 네므도 자랐고, 자랄수록 형체도 또

렷해져 무릎을 끌어안아 몸을 둥글게 만 모습을 알아볼 수 있었다. 열매가 내 주먹만큼 자랐을 때는 얼굴, 몸, 팔과 다리가 선명하게 보였다. 이토록 작은 존재에게 눈, 코, 입술, 손가락과 발가락, 손톱과 발톱이 다 있었다. 하루에도 몇 시간씩 한 존재가 단지 살아 있다는 사실에 주는 경이에 취해 네므를 지켜보았다.

학교에 입학할 무렵 네므는 웅크린 자세를 풀고 조금씩 일어났다. 입학 전날 밤, 설레기도 하고 낯선 아이들과 어울릴 생각에 무섭기도 해 제대로 잠을 이룰 수 없었다. 뒤척이며 선잠을 자다 깨 늘 그러듯 화분을 살폈다.

아침 햇살이 창을 통해 들어와 네므가 있는 갈색 막을 비췄다. 네므는 곧게 일어나 눈을 감고, 양팔을 벌려 나른한 아침 햇살에 취해 있었다. 까닭 모를 눈물이 떨어졌다. 엄마가 아직 일어나지 않았나 걱정하며 들어왔다. 나는 돌아보지 않았다. 네므에게서 눈을 뗄 수 없었다. 엄마가 다정하게 어깨를 감쌌다.

"곧 깨어나겠구나."

네므는 첫 학기가 끝날 무렵, 나만큼 자라 커다란 화분으로 옮겼다. 키는 나와 비슷했지만, 머리는 내 주먹보다 큰 정도고 팔은 볼펜처럼 얇고 다리도 팔 못지않게 가늘고 길었다. 네므를 감싼 막은 더 이상 자라지 않았다. 그래도 네므는 계속 자라, 늘 네므를 지켜주던 막이 이제는 압박을 가했다. 더불어 올챙이가 개구리가 되며 속아가미가 퇴화해 더 이상 물속에서 살지 못하고 물 밖으로 나와 폐로 숨을 쉬어야 하듯, 네므도 막이 주는 영양분이 아니라 직접 햇살을 받아 광합성을 하고 자기 다리를 뿌리 삼아 영양분을 흡수해야 했다.

엄마 말대로 네므가 깨어날 날이 머지않았다.

새 화분에 옮기고 며칠 후, 새벽 2시 무렵이었다. 이상한 기분에 잠에서 깨니 방이 온통 옅은 밤색 빛으로 가득 차 있었다. 나는 어떤 예감에 이끌려 네므를 찾았다. 빛은 네므가 있는 보석에서 나오고 있었다. 네므가 이리저리 몸을 비트는 데 따라 네므를 감싼 갈색 막이 요동쳤다. 네므는 손으로 벽을 긁어 가까스로 미세한 틈을 만들더니 손도 빠져나오지 못할 틈에 머리를 내밀다 이내 포기하고, 양손으로 구멍을 넓히려 했다. 내겐 얇은 막처럼 보이는데도 연약한 네므가 찢기에는 너무 질겼다. 네므는 한참 씨름하다 지쳐 멈추곤 흐느끼듯 막에 머리를 기댔다.

잠시 쉰 네므는 사람처럼 한숨을 쉬더니 다시 시도하고자 틈을 찾다 당황해 사방을 더듬었다. 아차 하는 사이에 기껏 찢어놓은 곳을 잃어버렸다. 내 눈에는 보이는데 네므는 엉뚱한 곳에서 헛손질을 했다. 돕고 싶었지만 밖에서 찢는 걸 도와주면 살지 못한다 들어 어쩔 도리가 없었다. 이러다 나오지 못할까 더럭 겁이 났다. 나는 숨도 쉬지 못하고 네므를 지켜보았다. 마침내 네므가 찢어놓은 곳을 찾아 손목을 넣어 양쪽으로 힘을 줬다. 막은 찢어질 듯 말 듯 하며 애를 태웠다. 네므가 마지막 힘을 줄 때 나도 같이 주먹을 불끈 쥐었다. 일장석은 얇은 치즈가 찢어지는 느낌으로 완전히 벌어졌다. 네므는 껍질이 사라진 게 믿기지 않는 듯 가만히 서 있다가 잠시 후 나른하게 눈을 감았다. 네므에게 영양분을 모두 준 일장석은 할 일을 마치고 발밑에서 구겨져 서서히 빛이 사라졌다. 밤색 빛이 사라진 자리를 달빛이 대신했다. 네므는 파리한 달빛을 받으며 춤추듯 느리게 몸을 흔들었다.

나는 살그머니 네므에게 다가가 속삭였다.

"기다렸어."

네므가 눈을 뜨더니 가만히 웃음 지었다. 네므의 눈동자는 일장석처럼 부드러운 밤색이었다. 피부는 산골짜기 개울처럼 맑고 투명해서 그 밑에 있는 뼈와 혈관이 들여다보였다. 나는 가만히 손을 내밀어 네므의 자그마한 머리를 쓰다듬었다. 네므는 내 손바닥에 얼굴을 가져다 대고 눈을 감았다.

네므가 걷고 움직이는 것에 익숙해지자 친구들을 불러 정식으로 소개했다. 자기 인형을 가족들에게도 보여주지 않는 사람도 있다지만 난 친구들이 오면 늘 네므를 보여주었다. 네므가 깨어나기 전에는 다른 보석처럼 반짝이지 않는 일장석에 시큰둥한 반응을 보이던 아이들도 뒤늦게 질투할 만큼 네므는 독특한 매력을 발산했다. 반짝이는 눈과 머리카락을 가진 인형은 많았다. 하지만 네므처럼 부드럽고 은은한 빛을 발하는 인형은 흔치 않았다.

네므는 말은 하지 못하지만 언제나 내 이야기를 들어준다. 난 느낄 수 있다. 네므와 함께 있으면 마음이 따뜻해지고, 아무리 힘든 일이 있더라도 다시 기운을 차릴 수 있다. 많은 친구들이 아직까지 인형을 가지고 있느냐고 나를 비웃는다. 하지만 난 내가 소멸하는 그날까지 나의 네므와 함께할 것이다.

낭독을 마치고 자리에 앉았다. 읽으며 강의실에 차츰 뭐라 설명하기 힘든 고요가 내려앉는 걸 느꼈지만 개의치 않았다. 양미화 교수가 침묵을 깨듯 헛기침을 했다.

"강은지 양의 '나의 사랑스러운 인형 네므'에 대한 감동적인 글은 잘 들었습니다. 자, 다른 학생들은 어떻게 생각하십니까? 스무 살이 넘도록 인형을 가지고 노는 아가씨에 대해?"

강의실에 마치 이런 반응을 기다렸다는 듯 안도하는 웃음이 번졌다.

"전 인형을 언제 잃어버렸는지 기억하지 못합니다. 어느 날 보니 사라졌더군요. 저처럼 언제 잃어버렸는지 모르는 사람?"

교수가 물었다. 반 정도가 손을 들었다.

"나머지는 갖다 버린 건가요? 어디, 버린 사람 손들어보세요."

이번에는 사분의 일 정도가 손을 들었다.

"흠, 그럼 다른 분은요? 저기 앞에 있는 학생?"

지적받은 남학생이 기다렸다는 듯이 일어났다.

"인형이 한낮에 깨어나는 거예요. 마침 돋보기가 보이기에 가져다 태웠어요. 빛이 모여 연기가 날 때마다 발버둥을 치는데……."

남학생은 그때만 떠오르면 웃음을 참을 수 없는 것처럼 혼자 낄낄대다 말을 이었다.

"너무 오래 걸려서…… 아버지 차고에서 휘발유를 가져다 부었죠. 그리고 나서 돋보기를 대니 한순간에 불이 확 붙더라고요."

"그리고 어떻게 됐나요?"

교수가 짐작 가는 바가 있는 듯 웃으며 물었다.

"마당 다 태워버릴 뻔했다고 아버지한테 두들겨 맞았죠."

폭소가 터졌다. 남학생은 우쭐대며 자리에 앉았다.

"아직 인형을 가지고 있는 사람 또 있습니까?"

교수가 설마 있겠느냐는 듯 물었다. 화가 나서 얼굴이 벌겋게 달아올랐다. 분명 나밖에 없을 것이다. 교수는 알면서 나 무안하라고 일부러 저러는 거다.

"아, 한 분 더 있군요?"

난 앞줄에 앉아 있었다. 뒤를 돌아보니 구석 자리에 앉은 여학생 하나가 손을 들고 있었다. 거리가 멀었지만 우린 분명히 서로를 의식했다.

저녁에 수영이와 약속이 있었다. 술집에 들어가 맥주를 시켜 첫 잔을 바로 비웠다. 목이 따끔따끔했다.

"전생에 나랑 원수라도 졌대? 작정하고 망신을 주려고 덤비더라니까? 내가 뭘 어쨌기에 뻑하면 갈구고 그래? 교수씩이나 돼서 학생 하나한테 이러고 싶나?"

"질투하나보지."

"하나도 안 웃겨."

수영은 어깨만 으쓱했다.

"대학에 오면…… 뭐랄까, 자유로워질 줄 알았어. 이건 뭐, 고등학교 때보다 더 폐쇄적이잖아. 적어도 고등학교 때는 아직 네므와 지낸다고 대놓고 비웃는 애들은 없었다고."

"그래서 인형은 언제 처분할거야?"

수영이 툭 던지듯 말했다.

"어떻게 너마저 그런 식으로 말해?"

"사실이잖아. 아직까지 인형을 가지고 있는 애들이 어디 있어?"

"한 명 있어."

난 뒷자리에 앉았던 애를 떠올렸다. 긴 머리를 곱게 파마한 아이였다.

"못 보던 앤데……, 교수가 인형 가지고 있는 사람 손들어보라니까 들더라."

나는 담배에 불을 붙였다.

"자리가 멀었지만 눈이 마주쳤어. 음, 확실해."

"말이라도 걸어보지 그랬어?"

"그러고 싶었는데, 교수가 나 갈구느라 수업 늦게 끝내서 너 만나는 거 늦을까봐 못 그랬어."

"너 같은 애가 또 있긴 있구나."

수영이 비웃듯 말했다.

"너무 그러지마. 아, 잔이 비었네. 우리 한 잔 더하자."

"안 돼, 나 내일 일찍 일어나야 해. 그만 일어나자."

"적어도 이건 다 필 때까지 기다려줘."

"끊어."

수영은 가방을 챙겨 일어났다. 냉정한 녀석 같으니. 난 장초를 끄고 따라 일어섰다.

고대하던 '문학과 자기 발견' 강의시간이 왔다. 난 평소 앞자리에 앉는 편이지만 양미화 교수 꼴 보기도 싫고, 그 애와 이야기를 나누고 싶어 일부러 뒷자리에 앉았다.

그 애는 강의가 시작한지 삼십 분이 지나도록 오지 않았다. 나는 실망해 건성으로 강의를 들었다. 그때 문이 열리더니 그 애가 들어왔다. 멀리서 볼 땐 몰랐는데 가까이에서 보니 달걀형 얼굴에 눈, 코, 입이 오밀조밀한 예쁜 얼굴이었다. 길고 숱이 많은 머리를 파마해 움직일 때마다 풍성한 검은 머리에서 작은 파도가 일었다. 그 앤 뒷자리로 온 날 보고 웃었다. 속내를 바로 들켜 쑥스러웠지만, 이왕 이렇게 된 거 정면으로 부딪히기로 했다. 난 교수의 눈치를 보며 쪽지를 써 보냈다.

— 이름이 뭐죠?

— 이윤아. 넌 강은지지?

그 애가 너무 자연스레 말을 놓아 나도 그렇게 했다. 우린 강의 시간 내내 고등학생 때처럼 교수 몰래 필담을 주고받았다. 덕분에 강의가 끝났을 때, 난 윤아가 학비를 버느라 1년 동안 휴학을 했다는 것 —그래서 내가 그 애를 몰랐던 거다— 윤아의 인형은 사파이어에서 태어났고 이름은 토우라는 걸 알게 되었다. 수업이 끝났다. 학생들이 일어나 강의실을 빠져나갔다. 이대로 헤어지기 아쉬웠다.

"저기…… 내가 저녁 사고 싶은데……."

내가 말하자 윤아는 좋다는 뜻으로 빙긋 웃었다. 우린 저녁을 먹으며 더 많은 이야기를 나눴다.

"교수는 널 질투하는 거야."

윤아가 말했다.

"내 친구도 그러더라."

하지만 어감은 완전히 달랐지.

"교수는 너무 어릴 때 인형을 잃어버렸어. 잃어버렸다는 것도 너무 늦게 알았을 거야. 이제 와 찾을 수도 없고, 다시 보석을 키우기엔 체면이 걸리고……. 넌 아직도 인형을 가지고 있어. 그게 문제야."

"너도 가지고 있잖아."

"난 눈에 잘 안 띄잖아."

"나도 별로 눈에 띄진 않아……. 그럼 넌 인형에 대해 글 써오라고 했을 때 뭐 썼어?"

"난 그냥 시를 하나 써서 냈어."

"헤에?"

"내 인형에 대해 사람들에게 말하고 싶지 않아. 비웃어델 게 뻔하니까. 난 아무에게도 내 인형을 보여주지 않아. 어릴 때부터 그랬어."

"난 보고 싶다는 사람이면 누구나 보여줬는데……. 너도 볼래?"

윤아는 기꺼이 우리 집에 찾아왔다. 나는 설레는 마음으로 침실 문을 열고, 쪽마루에 있는 네므를 보여주었다. 네므는 인기척에 눈을 뜨고 나른한 웃음을 짓더니 다시 눈을 감았다. 윤아는 선뜻 다가가지도 못하며 네므에게 넋을 잃었다. 많은 이들에게 네므를 보여줬지만, 윤아처럼 네므를 바라본 이가 없었다. 윤아의 표정은 오래전 네므가 깨어나던 날 내가 네므를 바라보던 때를 연상시켰다.

나는 윤아와 급속도로 가까워졌다. 윤아와 붙어 다니니 학교생활이 편해졌다. 드디어 나와 같은 사람을 만난 것이다. 우린 누가 우릴 이상한 눈으로 보든 말든 상관하지 않았다. 중고교 때 단짝 친구처럼 항상 손을 꼭 잡고 다녔고, 밤마다 통화했다. 그 애와 있으면 언제나 마음이 편했고, 네므에 대해서도 얼마든지 이야기할 수 있었다. 우린 지치지도 않고 서로의 인형에 대해 이야기했고 윤아는 주말이면 우리 집에 놀러와 자고 가곤 했다.

어느 밤 낯선 인기척에 잠에서 깼다. 윤아가 방에서 잠든 네므의 뺨을 어루만지고 있었다.

"윤아니?"

윤아가 내 쪽으로 고개를 돌렸다.

"지금…… 뭐하는 거야?"

"네므 말이야, 달빛 아래 보니 너무 예쁘다."

창밖으로 푸르스름한 달빛이 고개를 숙이고 잠든 네므의 머리칼과 하얀 잠옷을 입은 윤아를 비췄다. 달빛 때문인지 윤아의 얼굴이 유난히 창백했다.

"그만…… 자."

윤아는 고개를 끄덕이더니 손님방이 아니라 내 옆에 누워 바로 잠이 들었다. 난 쉬이 잠들지 못했다. 윤아에게 언제든 네므를 보여주고, 심지어 네므가 있는 내 방에서도 여러 번 같이 잤지만, 만져도 좋다고 말한 적은 없었다. 다른 사람의 인형을 멋대로 만지면 안 된다는 건 상식 아닌가? 아무리 윤아와 내가 유별난 사이라 해도 날이 밝으면 이 건에 대해서는 한 마디 해야지 싶었다. 윤아가 기분 상하지 않게 표현할 방법이 뭐가 있을까 궁리하다가 새벽녘에야 겨우 잠들었다.

일어나보니 윤아가 그새 일어나 아침을 차려놓았다. 뿐만 아니라 식탁 앞에는 네므가 앉아 있었다.

"왜 네므가 여기 있어?"

"아, 일어났기에 심심할까봐 데리고 나온 거야. 넌 자고 있었잖아."

"왜 네 맘대로 네므를 움직여?"

나도 모르게 언성을 높였다. 윤아는 당황해 입을 다물었다.

"네므는 내 인형이야. 적어도 미리 물어봐야 하는 거 아냐?"

윤아는 가방을 열더니 인형을 위한 고급 비료를 꺼냈다.

"네므는 너무 마른 것 같아. 네므 주려고 사 온 거야."

"맙소사, 난 네므에게 화학 비료 같은 건 주지 않아! 왜 내 인형을 네 인형인 양 구는 거야? 함부로 만지고!"

"내 인형인 양 굴지 않았어! 자다가 잠깐 깼는데, 네므가 너무 예뻐서 그만……. 난, 난 네가 좋아할 줄 알고……. 이렇게 화낼 줄 알았으면 사 오지 않았을 거야."

윤아의 눈에서 눈물이 떨어졌다. 죄책감이 밀려왔다.

"미안해, 내가 어떻게 되었나봐. 이렇게 화낼 일이 아닌데……."

"우리 집은 가족끼리 식사하고, 그런 적이 없었어. 독립한 후에는 더욱 다른 사람이랑 같이 밥 먹어본 적이 별로 없어서……. 네므까지 셋이 앉으면, 그냥 가족이 식사하는 것처럼 보이지 않을까 해서……. 미안해, 나 그만 갈게."

"윤아야!"

윤아는 잡을 틈도 없이 뛰쳐 나갔다. 후회와 죄책감으로 그날 밤도 제대로 잠을 이루지 못했다. 윤아에게 계속 전화했지만, 받지 않았다. 어디서 혼자 울고 있는 건 아닌지 마음이 쓰여 견딜 수가 없었다.

주말이 지난 월요일이었다. 윤아가 수업에 들어오지 않을까 걱정했는데, 그러지는 않았다. 우리 사이에는 전에 없던 어색한 침묵이 흘렀다.

"윤아야, 미안해, 내가 잘못했어."

윤아는 눈을 피했다.

"있잖아, 오늘 우리 집에 가지 않을래? 내가 저녁 만들어줄게."

"별로 생각 없어. 굶지, 뭐."

"그러지 말고, 응?"

난 끈질기게 졸라 우리 집으로 데려와 미리 준비해둔 재료로 좋아하는 버섯전골을 끓여주었다. 저녁을 마칠 무렵 우리 사이에 있던 서먹한 공기는 사라졌다.

"이리 와봐."

난 모아놓은 계란껍질을 꺼냈다.

"화학 비료는 인형에게 안 좋아. 난 늘 자연식을 써. 잘 봐."

난 계란껍질과 음식 찌꺼기를 흙과 섞어 발효시키는 법을 알려주었다.

"토우에게도 만들어 줘봐."

"그럴까……."

윤아가 자신 없는 목소리로 대답했다.

"어려우면 줄게. 가져가."

난 비료를 들고 방으로 가 네므가 있는 화분의 흙을 파 거름을 주는 시범을 보여주었다. 네므는 낮이면 화분에서 나와 돌아다니지만, 밤이 오면 화분에 다리를 묻고 잤다.

"이제 네가 해봐."

"정말? 그래도 되니?"

"그럼. 나의 네므는 곧 너의 네므이기도 해."

"난, 난 너무 속상했어. 넌 네므를 보여주긴 하지만, 만지는 건 싫어했지. 네가 금을 그어놓는 것 같았어. 이 이상은 들어오지 말라고……."

"그렇지 않아!"

나는 뜨끔해서 강하게 부정했다.

"너무 고마워. 난 너뿐이야."

윤아가 나를 꼭 끌어안았다. 난 윤아가 네므에게 입 맞추는 것도 허락했다. 윤아가 웃자 한결 마음이 편해졌다.

얼음 통에서 얼음을 꺼내 수영의 잔에 담았다.

"넌 윤아의 인형을 보지 못했잖아."

수영이 말했다. 못 들은 척하고 술을 따랐다. 수영이 승진했다며 사는 날이었다. 페이머스 그로우스라니. 만만하게 먹을 수 있는 술이 아니니 원 없이 마시리라.

"너 머리 많이 길었다. 볼륨 매직하면 더 예쁠 것 같은데……."

내가 말했다. 수영은 대답 대신 내 얼굴을 빤히 쳐다보았다. 하여튼 간에 넘어가주는 법이 없다. 절로 한숨이 나왔다.

"토우는 수줍음을 많이 탄대. 낯선 사람이 있으면 굉장히 스트레스를 받는다는 거야. 성년이 되기 전 가족과 함께 지낼 때도 토우가 있는 방엔 가족들을 들여보내지 않았대. 윤아는 가족들이랑 있는 게 불편했기 때문에 그 핑계로 혼자 있는 게 좋았대. 난 엄마랑 친구 같잖아. 전에 윤아와 있는데 엄마가 전화한 적이 있어. 잠깐 통화하다 윤아 표정을 봤는데…….”

"왜 가족들이랑 있는 게 불편해?”

수영이 말을 끊으며 물었다.

"가족들은 그 애를 잘 이해를 못해주나봐.”

"어떤 면을?”

"음…… 뭐랄까……, 그 애는 좀…… 섬세하잖아.”

"그래?”

수영의 '그래?'는 비웃는 듯 들려 기분이 상했다. 매사에 삐딱한 녀석 같으니……. 그러고 보니 수영이도 가족과 거의 연락하지 않았다. 수영이와 나는 같은 중학교와 고등학교를 나온지라, 입학식과 졸업식 때마다 수영의 부모님을 뵈었는데, 두 분 모두 다정다감했다. 도대체 어떤 유전자가 수영이를 이렇게 쌀쌀맞고 까칠한 녀석으로 만들었는지 모를 일이었다.

"대신 토우를 그린 그림을 보여줬어. 인형은 사진기 플래시에 굉장히 민감하게 반응하잖아. 밝을 때 찍어도 좋겠지만, 그래도 토우가 조금이라도 스트레스 받을까봐 그러지 못하고 그냥 그림을 그린대. 윤아는 정말 그림을 잘 그려. 내 초상화도 한 장 그려줬어. 인형은 주인을 닮는다잖아. 윤아의 인형도 윤아만큼 예민한가봐."

"너네 꼭 연애하는 것 같다."

나는 웃었다.

"학교에서도 손 잡고 돌아다니니까 사람들이 사귀냐고 묻더라. 윤아, 곧 결혼하는데."

"결혼해?"

"아, 말 안 했나?"

수영은 술을 마시며 고개를 끄덕였다.

"가을에 할 거야. 그러고 보니, 윤아를 알게 된 지도 벌써 꽤 되었네."

우린 대학 2학년 때 만났다. 윤아는 졸업 후 잠깐 들어갔던 회사에서 결혼 상대를 만나 퇴사했다. 윤아 말이 남자가 자기가 일하는 걸 좋아하지 않는다고, 자신이 다 해줄 테니 집에서 계속 그림을 그리라 권하더라고 했다.

전화벨이 울렸다. 윤아였다.

"나 지금 수영이하고 술 마셔. ……오늘 좀 늦게 들어갈 거 같아. 내일 휴일인 데다가 수영이를 워낙 오랜만에 본 거라서. ……아, 미안 미안, 오늘만 그냥 자. ……윤아야?"

조그맣게 한숨이 나왔다. 전화는 이미 끊겨 있었다.

"또 삐쳤어."

수영은 잠자코 있었다. 난 담배를 물었다.

"윤아가 밤에 잠을 잘 못 자서 내가 자기 전에 전화로 음악 들려주거든. 근데 오늘 못 할 거 같다니까……. 미리 말했는데도……, 결혼 준비로 신경이 예민해져서 사소한 일로도 잘 삐쳐."

"무슨 문제라도 있어?"

"돈 때문이지, 뭐. 윤아 부모님은 결혼하는 데 거의 돈을 보태주지 않은 것 같아. 남자는 많이 준비하지 말라는데, 그렇다고 빈손으로 가면 너무 미안하지 않느냐는 거야."

"그래서? 돈 빌려달래?"

"아냐, 그런 이야기 안 했어."

난 황급히 고개를 저었다.

"너 학비 빌려준 것도 못 받았지? 네가 무슨 갑부집 딸이냐? 걘 아르바이트도 안 하는데, 네가 아르바이트 한 돈 다 걔 빌려주고. 그게 뭐하는 짓이야?"

"그런 말 하지 마! 윤아도 일자리 알아보려고 했어. 근데, 알다시피 걔가 좀 허약하잖아."

"내 참, 누군 체력이 남아돌아서 일하냐? 말이 좋아 승진이지, 나 이제 간부라 노조에서도 나왔다고."

수영이는 직장에서 한창 스트레스를 받는 것 같았다. 난 나은 편이었다. 중학교 국어 교사라는 건 방과 후 시간도 여유 있는 데다 방학까지 있으니 말이다. 물론 모두 나처럼 좋은 건 아니었다. 다른 학교에 배정받아 간 애들 이야기를 들어보면 우리 학교는 천국이었다. 특별히 간섭하거나 선생에게 많은 걸 요구하지 않았고, 아이들도 착한 편이었다.

"천천히 마셔, 취하겠다."

수영이 너무 급하게 마시는 게 걱정스러웠다.

"너도 좀 마셔. 왜 이렇게 몸을 사리냐."

"그래그래, 마신다, 마셔."

눈을 뜨니 방이었다. 머리가 지끈거리고, 속이 아렸다. 물을 마시러 나가니 거실엔 술병이 줄지어 있었고, 수영은 소파에서 자고 있었다. 물을 마시고 주섬주섬 술병을 치우는데 수영이 깼다.

"몇 시야?"

수영이 물었다.

"정오가 넘었다."

"그래? 잘 잤냐?"

"아니, 머리 아파 죽겠다. 넌 머리 안 아파?"

"난 별로……."

"정말?"

"응."

"왜 나만 아파?"

나는 억울해 물었다. 수영은 피식 웃더니 술병 치우는 걸 도왔다.

"이 많은 걸 다 우리 둘이서 해치운 거야?"

"오면서 사 오고, 새벽에 한 번 더 편의점 갔다 오기도 했어."

"기억나, 다 기억난다구. 아, 속 아파."

"이것 좀 치우고, 해장국 끓여줄게."

수영은 입맛이 까다로운 만큼 음식도 잘해서, 수영이 끓인 해장국을 한 그릇 해치우고 나자 머리도 속도 개운해졌다. 우린 비디오를 빌려 보고 집에서 뒹굴며 나른한 하루를 보냈다.

수영을 보낸 저녁에 윤아에게 전화가 왔다. 쉬고 싶었지만, 집 근처라는데 그냥 가라고 할 수가 없어서 오라고 했다.

"어제 많이 마셨어?"

"응. 엄청 마셨어."

"뭘 마셨는데?"

"페이머스 그로우스. 너무 맛있었어."

나는 황홀하게 말했다. 그것만 마시고 끝내야 했는데……. 나는 커피를 타서 윤아 앞에 놓았다.

"그거 좀 비싸지 않아?"

"응, 더구나 별로 파는 곳도 없지. 안주도 무지 비싸더군. 양은 얼마 안 되면서."

"좋겠네, 난 요즘 돈이 없어서 하루에 한 끼 먹는데."

말문이 막혔다.

"늘 그러는 건 아냐. 수영이를 만난 게 거의 일 년 만이었고, 다음에 또 언제 보게 될지 모르니까 하루쯤 과용해본 거지, 뭐. 술값도 난 얼마 안 냈어. 수영이 승진 턱 낸다고 해서."

윤아는 말이 없었다.

"굶지 말고, 혼자 해먹기 싫음 우리 집에 와. 내가 밥해줄 테니까."

"됐네요, 부르주아 친구 둬서 좋겠어."

윤아는 쌀쌀맞게 말하더니 네프를 살폈다.

"나보다 피부가 더 좋아. 마사지샵에서 신부화장 받으려면 이걸로 안 된다고, 등급 올려야 한다는데……."

윤아는 네므를 핑계로 이런저런 이야기를 늘어놓았다. 최근 윤아는 온갖 사소한 일로도 마음 상해 화를 내고, 돌려서 하소연했다.

"얼마나 필요해?"

윤아는 고개를 떨어뜨리더니 손가락을 만지작거렸다.

"내일 통장으로 보내줄게. 너무 많은 건 바라지 말아줘. 내가 되는 한에서만이니까."

"그럼 됐지, 뭐."

윤아가 재빨리 말했다. 윤아는 그 뒤 한 시간 정도 아양을 부리더니 오늘은 자기를 재워줄 기분이 아니라는 걸 안 듯 집으로 돌아갔다. 나도 모르게 한숨이 나왔다.

차 사려고 모으던 돈이었는데……. 역시 윤아에 비하면 내가 사치하는 걸까? 친구 좋다는 게 뭔데. 결혼 자금이 필요하겠지. 집에선 성년이 되기 전부터 전혀 도와주지 않았으니까. 그래도 마음속 어딘가에서 이번이 윤아에게 돈을 빌려주는 마지막이 되리라는 걸 알았다.

큰돈을 빌려준 건 아니었지만 윤아는 액수에 대해 불평하지 않았다. 물론 언제 갚겠다는 말도 없었다.

윤아는 결혼할 사람 집에서 함께 살기로 했다. 그 애는 결혼식 전에 미리 쓸모없는 물건을 정리하려는데, 어떻게 버려야 할지 모르겠다고 계속 투덜거렸다. 물건 버리는 걸 도와준다고 몇 번이나 말해도 대답이 없더니 결국 어제 도와달라는 전화가 왔다. 그 덕에 처음으로 그 애 집에 갔다. 윤아는 쓰레기처리 비용을 아끼려고 학교 쓰레기장에 갖다 버릴 셈이었다. 그래서 수영에게 차를 빌려 왔다.

윤아는 집 앞에서 기다리고 있었다. 나는 차에서 내렸다.

"기다려, 내가 가지고 나올게."

윤아가 말했다.

"무겁지 않아? 나도 도와줄게."

"아냐, 그냥 밖에 있어. 힘들잖아. 내가 다 할게."

묘한 기분이 들었다. 윤아 입에서 날 배려하는 말이 나와서라 기보다는……

"나 토우 보면 안 돼?"

윤아는 못 들은 척 고개를 돌렸다.

"한 번도 못 봤잖아. 그냥 잠깐만 볼게."

윤아는 말이 없었다.

"방에 들어가지도 않고, 열린 문틈으로만 살짝 볼게."

몇 번을 이야기해도 윤아는 혼자 엘리베이터도 없는 4층 계단을 오르락내리락하며 짐을 가져다 나를 뿐 끝내 대답하지 않았다.

"이게 마지막이야."

윤아가 가쁜 숨을 몰아쉬며 말했다.

"정말 보여주지 않을 거야?"

"짐 옮기느라 집이 어수선해서 날카롭단 말이야."

"그냥 잠깐이면 돼."

윤아는 신경질적으로 쓰레기를 트렁크에 실었다. 트렁크에 자리가 모자라 뒷좌석에도 넣어야 했다.

"안 타?"

윤아는 짐을 다 싣더니 조수석에 앉아 말했다. 도리 없이 운전석에 앉았다.

"결혼하면 어떡할 거야? 남편에게도 보여주지 않을 거야?"

나는 화난 기색을 감추지 못하며 물었다. 집 앞까지 왔는데도 끝까지 보여주지 않다니……. 몇 번을 부탁했는데…….

"그이는 내가 인형을 가지고 오지 않길 바라."

"그래서? 설마 버릴 거야?"

윤아는 이번에도 대답하지 않았다. 쓰레기장에 도착했다. 나는 트렁크에서 하나씩 짐을 꺼냈다. 낡은 공책과 종이를 묵직하게 묶은 꾸러미를 꺼내는데 어디 걸렸는지 잘 나오지 않았다. 바람이 불어서 앞머리가 자꾸 눈을 찔러 성가셨다. 두 손으로 짐을 꺼내느라 당장 머리를 어떻게 할 수가 없었다.

"에이씨."

확 잡아 뜯다가 공책을 묶어놓은 끈이 끊어졌다. 공책은 비둘기 날아가는 소리를 내며 날아갔다. 난 애꿎은 벽을 걸어찼다.

"내가 할……."

윤아가 주우려 했지만, 나는 그 애를 사납게 밀치고 내가 집어 들었다. 대부분 그림 연습장이었다. 그림풍을 보니 꽤 오래전에 그린 거 같았는데, 대체로 어린 소년이었다.

"줘! 내가……!"

윤아가 뺏으려는 걸 뿌리치고 공책을 살폈다. 사람 얼굴을 연습한 그림들이었다. 긴 머리, 곱슬머리, 동그란 얼굴, 갸름한 얼굴, 커다란 눈, 가늘고 쌍까풀이 없는 눈…….

"이거…… 뭐야?"

"그냥 옛날에 낙서한 것들이야."

윤아가 잡아당겼지만 나는 힘을 줘서 뺏기지 않았다.

"이거…… 인형을 그리는 걸 연습한 거지?"

온몸에 소름이 끼치고 머리가 아득해졌다. 어떻게 이제껏 몰랐을까?

"넌 인형이 없었어, 그렇지? 처음부터 없었던 거야!"

"아니야! 나도 인형이 있었어!"

그 애가 맞받아쳤다. 한줄기 바람이 불어와 채 집지 못한 공책들을 넘겼다. 그 공책에도 여러 형태의 소년이 그려져 있었다. 윤아가 소리친 후 뭐라 말할 수 없는 정적이 감돌았다.

"있었다고?"

"그래, 나도 인형이 있었어. 인형이 아팠어. 살리려고 했는데, 어떻게든 살리고 싶었는데……."

윤아의 목소리가 점점 작아졌다.

"독한 비료를 줬지? 제대로 다 자라지도 못한 인형에게, 너무 독한 비료를 준 거야."

윤아가 주저앉아 흐느꼈다.

"언제? 언제 인형이 죽었어?"

"내가…… 열 살 때."

"왜, 왜 지금까지……."

난 말을 멈췄다. 윤아가 지금까지 네므에게 했던 온갖 애정 표현들이 떠올랐다.

난 뒷좌석에서 짐을 마저 내리고 울고 있는 윤아를 뒤로 한 채 차를 몰았다. 집으로 돌아와 소파에 쓰러지듯이 누웠다. 손가락 하나 움직일 기운이 없었다.

이 세상 어딘가에는 정말로 날 이해하는 사람이 있을 거라고 생각했다. 또래 친구들이 인형을 잃어버리고, 쓰레기봉투에 담아 버리고, 죽이기 시작할 때도 난 인형을 소중히 간직했다. 점점 인형을 가진 사람들이 없어지고, 비웃음의 대상이 되었지만 여전히 네므를 사랑했다. 어딘가에 나처럼 인형을 사랑하고, 내 이야기에 공감하는 사람이 있을 거라고, 한순간도 그걸 의심해본 적이 없었다.

어딘가에는, 반드시 있을 거라고…….

눈을 감으면 윤아와 나누었던 인형에 대한 이야기들이 떠올랐다. 그 앤 언제나 어떻게 인형에게 잘해줄지, 나나 인형이 먼저 죽는 것이 아닌, 함께 생을 마감하는 것에 대해 이야기했다. 윤아는 인형이야말로 유일하게 죽음을 함께할 수 있는 존재라고 말해왔다. 나도 그랬다. 지금까지 그렇게 생각하고 있었다. 인형만이 서로를 계산하며 만나지 않는 관계이며, 인형만이 유일하게 모든 애정을 주어도 아깝지 않은 존재라고.

너무 피곤했지만 오늘이 가기 전에 해야 했다. 가게로 가 날이 잘 선 식칼과 하얀색 가운을 샀다. 오랜 시간을 들여 공들여 씻고, 가운으로 몸을 감싸고 욕실을 나왔다. 해가 지고 있었다. 노을이 네므의 몸을 감쌌다. 나의 네므는 해를 딴 이름의 보석에서 태어났지만, 달빛을 받을 때가 제일 예쁘다. 나는 하늘을 살폈다. 오래지 않아 달이 뜰 것 같지만 굳이 기다리지 않기로 했다. 난 네므를 안아 올려 침대에 누였다. 네므는 너무 가벼워서, 무언가를 들고 있다는 기분이 들지 않았다. 네므가 잠에서 깨어 다정한 갈색 눈으로 날 바라보았다. 난 네므에게 입 맞췄다. 네므는 기분 좋은 듯 눈을 감았다. 난 네므의 옆에 비스듬히 누워 한 손으로 네므의 결 좋은 머리를 쓰다듬으며 계속 입 맞추다 네므의 가슴에 식칼을 꽂았다. 네므의 눈이 공포와 고통으로 커다랗게 벌어졌다. 네므는 아무 저항 없이, 팔을 움직여본 적도 없는 양, 그대로 누워 있었다. 난 네므의 이마에, 눈에, 입술에, 뺨에, 목덜미에 입 맞추며 계속 네므의 몸을 난도질했다. 팔이 뻐근해 힘이 들어가지 않았다. 나는 네므의 차가워진 입술을 깨물었다. 절대 울지 않으리라 다짐하고 있었다. 절대로, 절대로 울지 않을 거야. 나는 다시 칼을 들어 올려 침대가 적갈색으로 물들고 팔에 감각이 없어지도록 네므를 찌르는 걸 멈추지 않았다.

커피숍 주차장에 차를 세웠다. 수영은 먼저 와 기다리고 있었다.

"차 고마웠어."

수영에게 열쇠를 건넸다.

"너, 옷차림이 그게 뭐야? 학교 선생이 그래도 돼?"

수영이 물었다. 난 딱 달라붙는 검은 가죽 바지에 부츠를 신고, 어깨와 배꼽이 드러나는 탱크탑을 입고, 배꼽 옆에는 작은 꽃잎까지 그려놓았다. 입술은 거의 검은색에 가까운 붉은색으로 칠했고, 머리는 무스와 헤어젤을 이용해 분수처럼 솟아오르게 했다. 사람들이 흘끔흘끔 쳐다봤다.

"방학이잖아. 잠깐 일탈해도 괜찮아."

"왜 그러는데?"

"나, 인형을 죽였어."

난 어깨를 펴며 자랑스럽게 말했다.

"왜?"

"이 세상 어디에도 모든 걸 다 바쳐 사랑할 만한 대상은 없다는 걸 깨달았기 때문이지."

난 빙긋 웃으며 담배를 꺼내고 최대한 쾌활하게 말했다.

"마음이 아주 홀가분해. 그런 집착 따위, 진즉 집어치웠어야 했는데. 침대가 아주 엉망이 되어버렸어. 침대 위에서 죽였거든. 새로 산 식칼로 말이야. 정신을 차려보니, 아, 아니, 일을 마치고 보니, 형체도 알아볼 수 없더군."

머리만 빼고 말이지. 머리는 차마 건드릴 수 없었다. 난 네므의 잔영과 침대보와 내 몸을 싸고 있던 천을 모두 불에 태웠다. 불현듯 '문학과 자기발견' 시간에 인형을 불에 태워 아빠한테 두들겨 맞았다며 낄낄거리던 남학생이 떠올랐다. 어릴 때 사진을 보며 분명 나인데 옷차림도 낯설고, 함께 웃고 있는 사람들도 전혀 기억나지 않아 내가 나 같지 않은 것처럼 그 당시 나에게 이질감이 느껴졌다.

수영은 담배를 다 피우도록 말이 없었다.

"넌 안 그러길 바랐는데."

수영이 불쑥 말했다.

"뭐?"

"모두 인형을 죽여. 잃어버린 것도 결국은 죽인 거야. 넌 계속 인형을 간직하길 바랐어."

"인형을 아직도 가지고 있다고 계속 구박했잖아."

"그래도 버티는 널 보는 게 좋았어."

수영은 잠시 입을 다물었다가 말했다.

"나 어릴 때는, 부모님 말씀 잘 듣는 완전 범생이었던 거 알아? 아기 때도 친척들이 나처럼 손 안 가는 애는 없을 거라고 할 만큼 잘 먹고, 잘 자고, 투정도 별로 안 부렸대. 좀 자라서는 옷도 혼자 갈아입고, 다 놀고 나면 장난감도 정리하고, 놔둬도 알아서 잘하는 그런 애 있잖아."

"네가? 도저히 상상이 안 되는데?"

"초등학교 3학년 때였나…… 주번이어서 일찍 가야 했는데 인형이 보석을 찢고 나오는 거야. 내 보석은 진주였어. 상아색으로 빛나는 얇은 막 안에서 나오려고 몸부림치는데, 너도 알지? 그 순간이 어떤지……. 그런데 나는 바로 그때 왜 그랬는지 계속 시계만 봤어. 한 번도 학교에 늦은 적이 없었어. 늦으면 교실에 못 들어가고 복도에 서 있어야 하는데……. 시간은 점점 가는데 제대로 나오지를 못해서…… 급한 마음에 손으로 보석을 찢었어."

수영은 자기 손바닥을 내려다보았다.

"막을 찢은 순간 알았어, 돌이킬 수 없는 짓을 저질렀다는 걸……. 엄마가 들어와 인형을 보더니……, 날 끌어안으면서 그랬어. '엄마를 부르지 그랬니…….'"

수영은 그날, 그 시간으로 돌아가기라도 한 것처럼 흐느꼈다. 수영이 우는 모습을 보는 날이 올 줄은 몰랐다. 수영은 손으로 칼을 쥐고 자기 명치를 찌르는 시늉을 했다.

"그 말이 여기 박혀서…… 아직도……. 그러게……. 왜 그랬을까? 엄마든, 아빠든 불러서, 인형이 깨어난다고, 학교에 늦을 것 같은데 어떻게 하면 좋으냐고 물어봤으면 되는데……. 엄마가 학교에 전화할 수도 있고, 까짓 하루 안 갈 수도 있는 거고……. 뭐가 됐든 방법이 있었을 텐데 왜 손으로 찢었을까? 그러면 안 된다고 누누이 이야기를 들었는데……. 늦어서, 다른 애들 조회하는 동안 복도에 서 있는 거, 그게 뭐 대수라고, 그게 뭐라고 그렇게 무서웠을까?

그날 결국 학교에 가지 못했어. 내 인형은 한 시간도 살지 못했어. 움직이지도 못하고, 힘들게 숨만 쉬다가 천천히 호흡이 느려지고 완전히 멎을 때까지 계속, 계속 인형을 지켜보고 있었어. 나의 인형이 그토록 허무하게 죽어버렸다는 게 실감 나지 않았어."

수영과 헤어져 돌아온 집은 너무 횅했다. 침실에 들어갈 수가 없었다. 빨리 새 집을 구해야겠다고 생각했다. 가슴 한구석이 허전하고 아려서 견딜 수가 없었다. 소파에 누워서 이를 악물고 신음 소리를 참아냈다. 이 빈 공간은 영원히 채워지지 않겠지만, 결코 후회하지 않을 거다.

■ 나 의 사 랑 스 러 웠 던 인 형 네 므 는 ……

2001년 경 하이텔 환타지 동호회에서 매달 정해진 소재로 글을 쓰는 '데카메론 프로젝트'로 썼던 글이다. 이 글을 쓴 달에 보석, 나무, 인형이 후보로 올라 '인형'으로 낙찰되었다. 나는 셋 다 마음에 들어 보석, 나무, 인형이 다 들어가는 글을 쓰기로 마음먹었다. 「나의 사랑스러웠던 인형 네므」는 그렇게 나왔다.

이야기가 떠올라 첫 문장을 쓰기 무섭게 막힘없이 썼던 글이다. 글쓰기가 갈수록 무거워져, 지금은 그런 식으로 글을 내달린 적이 언제인지 까마득하다.

거울에서 출간한 개인지 『신체의 조합』과 행복한 책읽기의 『누군가를 만났어』에도 수록한 작품인데, 그때보다는 서술을 보강했고, 교정본을 받은 후 다시 한 번 뜯어고쳤다. 이 작품집에서 가장 많이 손본 글 중 하나이고, 만화화가 된 글이기도 하다. 만화를 그린 일월 작가님에게 사이사이 질문과 콘티, 완성본을 받으며 글을 쓸 때 놓친 부분들을 뒤늦게 생각하게 된 계기가 되기도 했다. 아름다운 만화로 그려주신 일월 작가님에게 감사드린다.

앞에 썼다시피 「완전한 결합」을 우리나라 이름으로 바꾸고 나니, 「나의 사랑스러웠던 인형 네므」도 우리나라 이름이 더 어울릴 것 같아 이름을 고쳤다. 이쪽이 훨씬 더 마음에 든다.

나 만 의 연 인

나만의 연인

눈을 감아야 보이는 것들이 있다. 옛날 영화에서 본, 고장 난 텔레비전 화면 같은 바탕에 온갖 색으로 빛나는 점점이, 사람 눈동자, 혹은 오리, 설명하기 어려운 색채가 만드는 X자 무늬, 때로는 S자 무늬, 분명 무언가 보이는데 보려 하면 할수록 사라지는 것들, 분명 무언가 보고 있는데 뭔지 알 수 없는 것들, 그런 것들이 눈앞에 가득했다. 눈을 뜨면 사라지는 것들.

눈을 떴다가 감으면 새로운 것들이 눈앞을 장식한다. 효과는 길지 않다. 조명을 오래 쳐다보면 눈을 감아도 잔상이 남지만 인위적이다. 마음에 들지 않는다. 나는 일부러 조명을 피한다. 바닥을 일이 초간 응시하다가 다시 눈을 감는다. 가끔 다른 사람들도 나처럼 이럴 때가 있는지 궁금하다.

나른한 토요일이다. 급한 일은 아무것도 없다. 눈을 감아야 보이는 세상을 감상하는 동안 테인은 내내 내 머리카락을 쓰다듬고 있었다.

길고 가느다란 손가락이 빗질하듯 머리카락 속을 파고든다. 빗이라면 아주 굵은 빗이다. 빗살은 다섯 개뿐이다. 두피에 닿을 듯 말 듯 들어와 천천히 어루만진다. 가끔은 목덜미까지 내려와 쓰다듬기도 한다. 어깨를 감싸거나, 피아노 치듯 두드리기도 한다. 조금씩 목이 말라왔는데 지금 이 순간을 깨고 싶지 않아 참았다. 이대로 영원히 있고 싶었다. 하지만 화장실에 가고 싶어지자 더는 어쩔 수 없었다.

"목말라."

나는 테인이 바로 일어서지 않도록 손목을 잡으며 말했다. 조금 마른 듯한 느낌의 손목이 좋다. 한 손에 바로 잡히는 가는 손목 말이다. 테인이 내 귓가에 속삭였다.

"뭐 마실래?"

"와인."

손목을 놓고 목을 조금 들어 올렸다. 테인이 내가 베고 있던 무릎을 뺐다. 허전하다. 테인은 와인을 가지러 갔다. 나는 화장실에 갔다. 오래 누워 데워놓은 소파에서 열기가 날아갈 걸 생각하니 괜히 아깝다. 테인은 와인을 탁자에 가져다가 놓고, 소파 오른쪽 끝, 늘 테인이 앉는 곳에 앉아 있었다. 나는 옆으로 몸을 날려 테인의 무릎에 머리를 박았다. 테인이 부드럽게 웃으며 뺨을 쓰다듬었다.

"나 와인."

테인이 와인 잔을 들어 입술에 가져다 댄다. 받아 마시다가 흘렸다. 테인은 빙긋 웃었다. 나는 목을 들었다. 테인이 일어나 수건과 행주와 걸레를 가져왔다. 수건으로는 내 입술을 닦고, 행주로는 소파에 묻은 와인을 닦았다. 바닥에 떨어진 건 걸레로 훔쳤다. 바닥에 떨어진 건 못 봤다. 테인은 수건, 행주, 걸레를 가지고 주방으로 갔다. 엎드려 와인을 마시다가 또 흘렸다. 테인이 돌아와 흘린 걸 봤다. 나는 혀를 반쯤 내밀고 배시시 웃었다. 테인은 소리 없이 웃었다. 이마를 내밀자 가만히 입술을 가져와 대었다가 떼었다. 그리고 수건과 행주와 걸레를 가져왔다.

"졸려."

테인이 이불을 덮어주었다. 테인의 무릎을 베고 잠이 들었다. 잠결에 테인이 어깨를 다정하게 어루만지는 걸 느꼈다.

화장실 거울 앞에서 한숨을 토했다. 울화가 치밀었다. 도대체 내가 왜 이러고 있어야 하는가.

지난달에 원장이 나한테 수간호사 역할을 해달라고 말했다. 간호사 중 내가 두 번째로 나이가 많았고, 종합병원에서 근무한 경력이 있는 탓이었다. 첫 번째로 나이 많은 간호사인 정간호사는 두어 달 있으면 출산휴가를 갈 예정이라 그런가보다고 얼결에 받았다. 그 뒤 정간호사가 날 보는 눈길이 곱지 않았다. 괜한 대답을 했다고 후회했지만 이미 늦었다. 원장은 그 뒤 하나둘 잡무를 던졌다. 그러면서도 연봉 올리기는 싫어서 정식으로 수간호사로 임명하는 건 차일피일 미뤘다. 원장의 별명은 성을 따서 양돈이었다. 병원은 잘나가고 있었고, 수입이 얼만지 대충 짐작하는데도 입만 열면 돈 타령이었다. 기다리는 환자용 커피믹스도 아까워했고, 정수기 물값이 많이 나온다고 잔소리를 했다. 이젠 그런 싫은 소리를 해야 하는 역할을 나한테 시키려 들었다. 정식 수간호사도 아니면서 수간호사 노릇을 하니 다른 간호사들도 날 대하는 태도가 불편해졌다. 그러면서도 골치 아픈 일이 있으면 은근슬쩍 나한테 떠넘겼다. 이를테면 이간호사한테 한 마디 해야 하는 일 같은 것 말이다.

심호흡을 하고 화장실을 나왔다. 지금 말하면 너무 감정이 격해질 듯하니 퇴근 무렵에 이야기해야 할 것 같았다. 이간호사는 접수대에 있었다.

"이선생님, 이따 퇴근하시기 전에 저 잠깐 뵈어요."

"아, 저 오늘 약속 있어서 바로 가야해요."

이간호사가 천연덕스럽게 말했다. 순간 속에서 불길이 일었다. 방금 그 난리를 치게 만들어놓고도, 내가 이야기하자는 게 무슨 말인지 모르나? 어떻게 이렇게 태연할 수가 있지?

우리 병원은 상가 2층에 있다. 지하 1층은 주차장이었다. 상가를 이용하면 한 시간 무료 쿠폰을 줬다. 쿠폰에 병원 도장을 찍으면 된다. 문제는 한 업체당 한 시간 무료라는 점이다. 우리 병원에서 아무리 도장을 여러 개 찍어도 한 시간밖에 안 된다. 이간호사가 접수대를 맡았을 때 분명 설명했다. 그런데 이간호사는 쿠폰에 도장을 세 개 찍어줬고, 환자는 세 시간 무료 주차가 될 줄 알았다가 두 시간을 자기 돈으로 내고, 씩씩대며 들어와 따졌다. 항의하는 환자에게 이간호사는 천연덕스럽게 말했다.

"몰랐어요."

몰랐어요, 라니!

이간호사 말은 불난 데 기름 부은 격이 되어, 환자는 머리 꼭대기까지 화가 나 고래고래 소리를 지르며 날뛰었다. 다른 환자들이 기겁해서 쳐다보는 중에 나와 다른 간호사들이 나서서 고개를 조아리며 사과했다. 바로 죄송하다고만 했어도 일이 이렇게까지 커지진 않았다. 얼굴이 벌게져서 화를 내는 사람 앞에서 천연덕스럽게 '전 몰랐어요, 그래서 어쩌라고요.'라는 표정으로 앉아 있으면 도대체 어쩌자는 건지.

이간호사는 크고 작은 실수를 너무 자주 저질렀다. A형 간염 백신을 접종하는데 소아에게 성인 분량을 투여한 적도 있었다. 양이 확실히 정해져 있다고 보기는 어려워 판정이 모호한 면이 있지만, 아찔한 실수였다. 이러다 주사를 잘못 놓는 일이 생기지나 않을지 걱정이었다. 이런 실수는 이간호사 한 사람의 문제가 아니었다. 안 그래도 원장이 간호사를 줄이고 조무사로 대체하려고 사소한 일도 트집을 잡으며 물고 늘어졌다. 원장은 아직 자격증을 따지 않은 조무사를 실습이라고 싸게 고용하더니, 정식으로 간호대 나온 사람을 6개월에서 1년 정도 공부하고 채 자격증도 따지 못한 사람과 똑같이 취급했다. 조무사들은 조무사대로 간호사와 같은 일을 하는데 왜 연봉은 적느냐며 불만이 적지 않았다. 거기에 더해 취직을 알선해준 곳에 얼마 되지 않는 월급을 떼어 수수료를 줘야 했다. 언제부턴가 병원이 간호사와 조무사로 나뉘어 냉기가 돌았다. 이런 때 자꾸 실수를 저지르니 다른 간호사들이 이간호사 때문에 우리까지 잘리겠다고 불평을 늘어놓았다.

이간호사를 보다보면 종합병원에 있었던 구팀장이 생각나곤 했다. 어디든 비슷한 사람이 한 명씩은 있는 것 같았다.

나는 모르는 척 딴청 부리는 이간호사를 보며 심호흡을 했다.

"그럼 지금 하죠."

나는 이간호사를 데리고 탈의실에 갔다.

어느새 해가 짧아졌다. 바람도 차다. 퇴근하면 잊지 말고 두꺼운 옷을 꺼내야겠다. 반팔은 다 치울 때가 되었다. 아니, 조금만 더 놔둬볼까.

기운이 없고 배가 고팠다. 눈물을 머금고 사이사이 코를 훌쩍거리며 일하던 이간호사의 모습이 자꾸 머리를 어지럽혔다. 반쯤은 보란 듯이 그런다는 걸 알고 있었지만, 그렇다고 마음이 편해지진 않았다. 문득 버스 정류장 뒤에 녹색 차양을 시원하게 내민 파스타 집이 보였다. 유리 너머로 남녀 한 쌍이 나란히 앉아 파스타를 먹고 있었다.

창가에 빈자리가 보였다. 들어갈까. 들어가서 테인에게 전화할까. 나오라고, 같이 저녁 먹자고. 커피를 시키고 창가에 앉아 밖을 내다보며 테인을 기다린다. 남자들만 청순하고 가녀린 모습에 반하는 게 아니다. 그렇다면 여자들이 꽃을 좋아하는 걸 설명할 수 없다. 물론 꽃을 싫어하는 여자도 있다지만 난 좋아한다.

테인이 가늘고 긴 팔다리에 어울리는 청바지와 니트를 입고 멀리서 걸어오는 모습을 상상했다. 테인과 머리를 맞대 메뉴를 고르고, 피클을 먹여주고, 음료수 컵 하나에 빨대 두 개를 꽂아 마시고.

창밖을 보던 커플 중 여자와 눈이 마주쳤다. 그 사람들을 보고 있던 건 아닌데 이상한 사람이라고 여길 것 같아 얼굴이 화끈거렸다. 걸음을 빨리해 자리를 벗어났다. 한 정거장을 걸어 다음 정류장에서 버스를 탔다. 집에 오는 길에 가게에 들러 초밥과 화이트와인, 소스만 뿌리면 되도록 다듬은 샐러드용 채소를 샀다.

문을 열자 테인이 문 앞에서 기다리고 있었다. 사 온 물건을 내려놓고 신발도 벗지 않고 들어가 테인의 허리를 끌어안았다.

하이힐을 신은 덕에 눈높이가 달랐다. 어깨가 아니라 목덜미에 얼굴을 묻었다. 테인은 다정하게 안아주었다. 나는 테인에게 입 맞췄다. 단지 7센티미터인데, 그게 입 맞출 때 각도를 다르게 해주었다. 그러고 보니 테인과 서서 입 맞춘 적은 많지 않았다. 테인은 부드럽게 입술을 대었다가 떼었다. 한 번 더, 그리고 한 번 더. 아랫입술을 부드럽게 물었다 놓는다. 조금 왼쪽으로 옮겨 가 다시, 그리고 좀 더 왼쪽으로. 입술 끝, 뺨과 닿는 곳에 닿는 입술이 가벼운 흥분을 불렀다. 하지만 더 진행하고 싶진 않았다. 열정적인 입맞춤이 아닌 부드럽고 상냥한 입맞춤이다. 이대로 좋았다. 나는 고개를 숙이고 테인을 더 세게 끌어안았다.

"무슨 일 있었어?"

테인이 나직하게 물었다.

"응."

"무슨 일?"

"그냥, 사회생활 하다보면 있을 수 있는 그런 일."

아까까지만 해도 울고 싶었는데, 지금은 담담하게 말할 수 있었다. 테인의 온기를 느끼며 한참을 서 있다 몸을 뗐다.

"상 차려줘."

테인은 고개를 끄덕이고 현관에 버려둔 봉투를 집었다. 나는 구두를 내던지고, 걸으면서 코트를 벗고, 겉옷을 벗고, 치마를 벗었다. 내가 걸어간 흔적에 따라 옷이 깔렸다.

"옷 놔둬. 치우지 마, 내가 할게."

화장을 지우기가 너무 귀찮았지만 밥을 먹고 나면 더 귀찮아질 테니 꾹 참고 씻은 다음 냉장고에서 소스를 꺼냈다. 그동안 테인은 작은 밥상 위에 초밥, 채소, 와인과 와인 잔을 하나 올려놓고 날 기다렸다. 테인은 나를 보더니 빙긋 웃었다. 나는 고양이처럼 몸을 말고 테인의 무릎을 베었다.

"배 안 고파?"

"고파."

테인이 머리를 쓰다듬는다. 오랫동안, 다정하게. 아까까지만 해도 너무 배가 고파서 기운이 하나도 없었는데, 지금은 적어도 허기진 기분은 사라졌다. 그대로 한참을 있다가 일어나서 손으로 잡히는 대로 아무거나 집었다. 간장에 찍는데 밥이 반으로 쪼개지더니 간장에 빠졌다. 나는 쿡, 웃었다. 허전해진 생선을 간장에 찍어 먹고, 손으로 쪼개진 밥을 건졌다. 부스러졌다. 나는 집은 만큼만 먹고 손가락을 쪽쪽 빨았다. 와인도 맥주 마시듯 마셨다.

먹고 마시는 내내 테인은 다정하게 날 어루만졌다.

주말에 테인에게 입힐 옷을 사러 백화점에 갔다. 니트와 편한
면바지를 사주고 싶었다. 옷을 살피는데 직원이 가까이 왔다.
"남자 친구분 옷 찾으세요?"
"아, 네."
순간 당황해서 시선을 피했다.
"남자 친구분 체격이 어떻게 되세요?"
나는 잠깐 생각했다. 하긴, 뭐 어떠랴.
"175센티미터예요. 좀 말랐고, 피부는 하얀 편이에요."
"그럼 이거 어떠세요?"
점원은 하늘색 V넥 니트를 꺼냈다. 세련되지만 테인에게 어울
릴 것 같진 않았다. 테인에게는 따뜻한 색이 어울린다. 이것저것
구경하다가 연노랑 니트와 베이지색 면바지를 골랐다. 살 걸 다
사고 돌아다니며 구경하다 테인에게 어울릴 것 같은 귀고리를 발
견했다. 작은 링 귀고리였는데 이집트 상형문자가 정교하게 새겨
져 있었다. 검은색 바탕에 보일 듯 말 듯 투명한 큐빅이 박힌 게
특히 마음에 들었다. 예쁘다 싶더니 니트와 바지를 합한 가격보
다 비쌌다.
"현찰로 하시면 할인해드릴게요."
테인은 귀를 뚫지 않았다. 하지만 이 귀고리는 정말 잘 어울릴
것 같았다. 귀야 뚫으면 된다.
"진짜 다이아몬드예요. 이 정도면 아주 싼 거예요."

점원이 옆에서 살살 꼬드겼다. 망설이다 돌아섰다. 가격도 가격이지만 일단 귀를 뚫으면 다른 귀고리도 욕심날 것 같았다. 내 옷은 사지도 않았다.

다리가 아프고 피곤했다. 다디단 케이크를 곁들여 뜨거운 커피를 마시고 싶었다. 백화점을 나와 카페가 많아 보이는 골목으로 들어가 무작정 걸었다. 몇몇 친구들 얼굴이 떠올랐지만 주말 오후 6시라는 건 굉장히 애매한 시간이다. 대부분 약속이 있을 터였다. 설사 약속이 없더라도 나 좋으라고 치장해놓고 기다릴 리는 없지 않은가. 나오려면 두세 시간은 걸릴 거다. 그냥 혼자 있기 만만한 카페를 찾았다.

문득 하얀색 간판에 분홍색으로 '핑크 로즈'라고 써놓은 카페가 눈에 띄었다. 간판에는 분홍장미를 한 잎 한 잎 섬세하게 그려놓았고 유리에도 하얀색으로 장미를 새겼다. 흰색, 분홍색, 하늘색, 레이스가 가득했다. 내 취향과는 100만 광년쯤 떨어진 곳이다. '핑크 로즈'라니. 지금까지 들어본 카페 이름 중 제일 촌스러웠다. 그런데도 들어간 건, 케이크가 맛있을 것 같아서였다. 이렇게 대놓고 공주 취향으로 꾸몄다면 싸구려 케이크를 내놓을 리는 없어 보였다. 내부는 생각보다 부담스럽지 않았다. 의자는 푹신하고, 자리마다 낮은 칸막이가 있어서 혼자 조용히 있기 괜찮았다. 음악 소리가 작은 점도 마음에 들었다. 자리마다 기본 분위기는 같지만 조금씩 다른 테이블보가 깔려 있었다. 쿠션도 각기 달라 공들여 꾸민 흔적이 엿보였다. 집에서 멀지만 않다면 자주 와도 좋을 만큼 아늑했다. 나는 마음에 드는 자리를 골라 앉았다.

"야! 최정운!"

조용한 카페에 어울리지 않는 카랑카랑한 외침이 들렸다. 나는 누가 이름을 부르면 누구나 그러하듯이 반사적으로 고개를 돌렸다.

어깨가 풍성한 하얀 블라우스, 엉덩이에서 허벅지까지 몸 선이 그대로 드러나는 검은 스커트, 살색 스타킹, 파란 에나멜 구두, 거기에 색조 화장까지 완벽하게 한 지희가 서 있었다.

"김지희?"

지희는 달려와 손을 덥석 잡았다.

"야! 최정운!"

"김지희!"

우린 달려가 손을 잡고, 가게 안에 있던 손님들이 쳐다보거나 말거나 "이게 웬일이니."만 반복하며 방방 뛰었다.

"지희가 거기 사장이래. 하나도 안 변했더라. 걔가 분홍 장미를 진짜 좋아했거든. 그래서 걔 생일마다 내가 분홍 장미 나이대로 사주고 그랬어. 여전하더라고. 걔 옛날에도 머리 가르마를 한 치 흐트러짐도 없이 타던 애거든. 우리가 붙어 다닐 때 친구들이 되게 신기해 했어. 난 교복치마 밑에 체육복 입고 그랬거든. 겉모습만 보기엔 도통 어울리질 않으니까. 지희는 매주 화요일에 쉰대. 나 다음주 화요일에 4시에 끝나. 그래서 지희 집에 놀러가기로 했어."

테인은 내가 하는 이야기를 귀 기울여 들으며 고개를 끄덕였다.

"좋았겠네."

"응, 언제 연락이 끊겼던 건지 모르겠어. 그렇게 만날 붙어 다녔는데."

우린 중학교 1학년 때부터 고등학교를 졸업할 때까지 화장실을 같이 가는 친구였다. 다른 반이 되어도 변하지 않았다. 먼저 나온 사람이 다른 사람 교실에 와서 손을 잡고 말했다.

"화장실 가자."

"매점 가자."일 때도 있고, 그냥 무릎에 털썩 앉아버릴 때도 있었다. 우린 모든 걸 공유했다. 매일매일 일기를 올리는 사이트도 있었다. 날마다 자기 전 들어가 온갖 이야기를 썼다. 생각하면 신기한 일이다. 하루 종일 학교에서 이야기를 나누고, 집에 와서도 전화를 했는데, 전화를 끊고 자기 전에 또 서로에게 글을 남겼다.

그 사이트는 어떻게 되었을까? 주소도 기억나지 않았다. 우리 이니셜로 만들었던가? 그나저나 우리가 언제 연락이 끊겼지? 아니, 우리가 어떻게 연락 끊길 수 있지?

자꾸 웃음이 새어 나왔다. 테인의 이마에 입 맞췄다. 이마에 크림이 묻었다. 지희가 선물한 초코시폰케이크였다. 깔깔 웃으며 테인의 이마에 묻은 크림을 핥았다. 내 입가를 닦고 핥았어야 했다. 더 많은 크림이 묻었다. 테인이 빙그레 웃으며 이마를 가까이 했다.

고대하던 화요일이 왔다. 나는 화이트와인과 치즈 두어 종류와 과일을 샀다. 지희는 아파트 앞으로 나와 팔짱을 꼈다. 집 앞인데

도 마스카라에 색조 화장까지 했고, 옷도 다 갖춰 입었다. 과연 지
희다웠다.

"근데 너 놀라면 안 된다?"

지희가 내 팔 하나를 껴안다시피 하며 몸을 밀착했다.

"응? 뭘?"

"음……. 너라면 이해할 거야."

지희는 수수께끼 같은 웃음을 지었다. 궁금했지만, 집에 가면
알 거라고 생각해 캐묻지 않았다. 지희는 현관문을 열었다.

"먼저 들어가."

지희가 답지 않게 쑥스러워하며 말했다.

"왜? 뭔데 그래?"

지희는 고개를 숙이고 배시시 웃었다. 나는 안으로 들어갔다.
'그'가 나를 맞이했다.

"안녕하세요, 정운 씨. 지희에게 이야기 많이 들었어요."

중학교에 들어갈 무렵 욕을 시작했다. 여학교여서 그랬던 게
아닌가 싶기도 하다. 1학년 때는 누가 '~년'만 해도 웃음이 터졌
다. 한 학기를 마칠 무렵 자연스레 입에 붙었다. 그러다 어느 날,
지희와 온갖 욕설을 퍼부으며 싸우고 다음 날 펑펑 울며 화해한
후 서로 다시는 욕을 하지 않기로 약속했다.

사회에 나와 다시 욕을 시작했다. 1년에 한 번, 혹은 두 번 정
도. 도무지 못 참겠을 때, 속이 부글부글 끓어올라 이대로 두면 폭
발해버릴 것 같을 때, 화장실에 가서 세면기에 양손을 올려 몸을
버티고, 거울을 보며 한 마디 한다. 이를 악물고, 토해내듯이 아주

짧게. 거친 표현은 아니다. 짧은 한 마디에 응축해서, 단숨에 말한다. 자주 하지는 않는다. 약발이 떨어지기 때문이다.

입 밖으로 뱉지는 않았다. 이번에는 속으로만 했다.

빌어먹을 센서스.

그건 그 해 한 첫 번째 욕이었다. 두 번째는 아주 신중하게 골라야 한다. 세 번은 안 하니까.

집에 오자 테인이 문 앞에서 기다리고 있었다. 멍하니 테인을 보다가 말했다.

"방에서 쉬어."

테인은 상냥하게 웃고는 돌아서서 방으로 갔다. 샤워를 하고 침실로 갔다. 침대가 낯설었다. 베개를 끌어안았다. 베개는 다리를 올리고 자기엔 너무 작다. 이불을 둘둘 말고 끌어안았다. 추웠다. 한 마디만 말하면 보일러가 작동한다. 입술 조금 움직이기도 귀찮았다. 잠은 쉬 들지 않았다.

다음 날 버스 정거장에서 센서스 안드로이드가 천만 대를 돌파했다는 광고를 봤다. 이목구비가 또렷한 서구적인 미남, 귀엽고 애교 있는 '연하남' 형, 예술가처럼 보이는 조금 긴 머리를 한 근사한 미남들이 광고판을 가득 메웠다.

센서스는 분명 똑같은 안드로이드는 없다고 말했다. 그게 센서스의 모토였다. 철저하게 고객 취향에 맞춰 남자 안드로이드만 만든다. 세상에 똑같은 센서스 안드로이드는 없다. 그렇게 광고

했다. 분명히 그랬단 말이다.

센서스 안드로이드 하나 값이면 중형차를 한 대 살 수 있다. 그러니, 절대 그런 일이 있어서는 안 되었다. 절대로 말이다.

테인과 함께 산 지는 근 일 년이 되어갔다. 그동안 단 한 번도 싫은 점을 발견하지 못했다. 게임 캐릭터처럼 키, 눈동자 색, 얼굴형, 머리 모양만 고를 수 있는 게 아니다. 사람 눈으로는 구분하기도 힘들 만큼 무수히 많은 색에서 머리카락 색깔, 눈동자 색깔, 피부색, 손톱과 발톱 색, 손발 길이, 손가락 길이, 형태, 발가락 길이와 모양까지 고를 수 있다. 아주 세심한 치수 하나하나까지 뜻대로 할 수 있다. 무작정 만들려면 힘들어 몇 가지 기본 모델에서 골라 점점 세밀하게 조정하는 방식으로 나갔다. 유두와 성기 크기와 모양까지 골랐다고! 물론 고르지 않을 수도 있다. 무작위로 나오게 할 수도 있다. 하지만 골라보고 싶었다. 뭐 어떻단 말이냐. 다른 사람들도 다 나 같은 과정을 거쳤을 텐데. 그리고 정직하게 말하건대 정말 재미있었다. 맥주를 앞에 놓고, 아무도 없는데 혼자 낄낄 웃으며 온갖 모양과7 조합을 배합해보았다. 남자 가슴에 이렇게 다양한 모양과 색이 존재할 거라고는 생각해본 적도 없었다. 성기는 말할 것도 없었다. 원한다면 털을 없앨 수도 있었다. 하지만 난 진짜 사람 같길 바랐다. 술에 많이 취했지만 그랬던 것 같다. 모델을 하나 놓고 온갖 모양의 성기를 종류별로 발기 전과 발기 후를 구별해 바꿔 달아본다는 게 맨 정신에 하기 쉬운 일은 아니었다. 원한다면 발기하는 과정을 볼 수도 있다.

포르노는 스무 살 때 자취하는 친구 집에 가서 술김에 한 번 본 게 전부다. 이렇게 적나라하게 남자 성기가 발기하는 모습을 시간을 들여 감상한 적은 없었다. 너무 느리다 싶으면 2배속, 혹은 4배속을 선택해서 볼 수도 있다. 혼자 미친 듯이 웃다가 맥주를 한 번 쏟았다.

그러니까 본의 아니게 손만큼이나 공들여 성기를 고르게 되었더라는 말이다. 손은 정말 까다롭게 골랐다. 내 마음에 딱 맞는 손을 찾고 싶었다. 온도도 중요했다. 나는 따뜻한 손을 원했다. 물론 안드로이드의 온도가 늘 같은 건 아니다. 체온은 그때 그때 조금씩 변한다. 하지만 평균 온도가 있다. 나는 센서스에 접속해 수많은 손이 날 쓰다듬도록 했다. 수많은 체형을 껴안아봤다. 심지어는, 그래, 술김이었지만 성기도 건드려봤다. 성기도 형태에 따라 조금씩 반응을 달리 한다는 걸 알았다. 나는 또 한 번 허리가 끊어져라 웃었다. 손은 정말 온 정성을 쏟아 만들었고, 성기는 이렇게 온갖 모양이 있을 수 있단 말이냐 감탄하며 한참을 구경하느라 오래 걸렸다.

내 첫 번째 남자 친구는 팬티를 벗기 전 한참을 머뭇거렸다. 그냥 전희를 더 즐기고 싶어서 그런 줄 알았는데 그게 아니었다. 남자 친구의 성기는 오른쪽으로 조금 휘어 있었다.

"이상하지?"

남자 친구가 불안한 얼굴로 물었다. 나는 십대 때 친구들과 함께 "뭐야뭐야, 어머어머"를 남발하며 봤던 어떤 성생활 교본에 있던 말을 떠올리며 말했다.

"아니, 귀여워."

사실은 귀엽지 않았다. 실물을 보는 건 처음이었고, 생각보다 훨씬 부담스러웠다. 펠라치오를 해달라면 어쩌나, 심각하게 고민하던 터였다.

"남자보고 귀엽다니!"

말과 달리 그 애는 싱글벙글 웃었다. 그때, 책에 쓰여 있는 말이 맞을 때도 있다는 걸 알았다. 내 첫 번째 섹스에서 가장 기억에 남는 건 그때 나눈 그 이야기다. 그 애가 좋아라 헤벌쭉 웃던 모습도.

물론 휘어진 걸 고르진 않았다. 한참을 고민하다 한국인 평균이라는 걸 클릭했다.

그런데 이 평균 수치는 어떻게 낸 거지? 남자들을 데려다가 재보기라도 한 거야?

난생 처음 해보는 갖은 성기 구경에 술기운이 겹쳐 배가 아프도록 웃었다.

하루 동안 일 년치 욕을 다 써버린 지 며칠 되지 않은 날이었다. 취직하고 나서 6년간, 그리고 그만둔 지 한 달이 되었던 그날까지, 그렇게 웃어본 건 처음이었다.

6년이었다. 꼬박 6년을 이 악물고 다녔다. 3교대로 남들 놀 때 일하고, 남들 일할 때 쉬었다. 친구 만나기도 어려웠다. 그만두고 싶다고 말할 때마다 부모님이 만류했다. 다른 간호사들도 말렸다. 물론 내가 말리는 입장이 된 적도 있다. 내가 들은 소리를 그대로 내뱉으며 말이다. 취직하기 힘들다. 개인 병원으로 가면 일

은 좀 편하겠지만 이 정도 보수 받기 힘들다, 등등등. 그러다 건강
검진과로 옮겼다. 3교대가 아니라 살 만하다고 생각한 것도 잠시,
새로 온 구팀장이 사람을 잡았다.

나는 늘 66을 입었다. 날씬하다곤 못해도 봐줄 만하다고 자부
하고 있었다. 구팀장이 오고 병원을 그만두기 전 6개월 동안 9킬
로그램이 쪘다. 봄 재킷을 사러 간 날, 점원이 옷걸이에 걸린 옷
치수를 확인하더니 말했다.

"77이시죠?"

건강검진과에서는 제대로 밥을 먹기 힘들었다. 밥을 굶고 오는
내시경 환자들이 가끔 간호사들 점심시간 때문에 검사가 늦어지
는 것에 대해 항의해서, 교대로 밥을 먹고 채 소화도 시키기 전에
와서 일하는데 어떻게 살이 쪘는지 모를 일이었다.

구팀장이 온 날은 공교롭게도 검사실이 새 건물로 옮기는 날
이었다. 이사하느라 8시까지 일했다. 다음 날 평소처럼 퇴근하는
데 팀장이 불렀다.

"왜 벌써 가요?"

당연히 8시 퇴근이라고 오해한 건가? 며칠이 지나 어찌어찌
계약직들은 정시 퇴근했지만, 정규 간호사들은 퇴근할 때마다 눈
치를 봐야 했다. 할 일이 남았을 때는 그렇다고 이해라도 하겠지
만, 일이 없어도 자기가 퇴근하기 전까지는 간호사들도 보내지
않았다. 사소한 일로도 회의를 잡고 괜히 시간을 끌었다. 병원 홈
페이지에 무슨 폰트를 쓸지로 두 시간을 회의한 후 가까스로 병
원을 빠져나오며 최간호사에게 말했다.

"진짜 왜 저래요? 집에 가기 싫은가?"

"시어머니 모시고 산대요. 지가 집에 가기 싫은 거죠."

"그럼 친구라도 만나면 되지, 왜 우릴 볶아요?"

"친구가 있겠어요?"

최간호사가 툭 하니 말을 뱉었다. 갑자기 웃음이 터졌다.

"그게 그렇게 웃겨요?"

최간호사가 자기도 반쯤 웃으며 물었다.

"네, 웃겨요."

나는 길에서 주저앉아 끅끅대고 웃었다.

구팀장은 싫어하는 간호사와 좋아하는 간호사를 확연히 구분했다. 그 기준은 놀랍게도 외모였다. 구팀장은 키가 크고 늘씬한 간호사들을 예뻐했다. 안타깝게도 난 예뻐하는 쪽에 속하지 않았다. 국내 굴지의 대기업에서 운영하는 의료원에서는 뽑는 얼굴이 정해져 있다고들 했다. 좋은 것만 따라해라, 어디서 못된 것만 익혀 가지고……. 수없이 "왜 저래?"가 입에 붙었지만 목구멍이 포도청이라고 이 악물고 버텼다. 그러다 결국 일이 터졌다.

퇴근하려는데 구팀장이 전화 받는 모습이 보였다. 구팀장은 가까이 있던 간호사를 놔두고 날 손짓해 부르더니 아무 설명 없이 전화를 넘기고 가버렸다. 전화를 받자 수화기 너머에서 듣도 보도 못한 육두문자들이 날아왔다. 간신히 환자를 진정시키고 알아보니 수면 내시경을 받고 집에 간 후 이빨이 빠져 전화를 했는데 구팀장이 거기다 대고 "임플란트 하셨나요?"라고 한 거다. 환자 책임이라는 식으로 말을 해 환자가 폭발하자 나한테 전화기를 넘

기고 가버렸다. 구팀장 옆에 있던 간호사는 자기가 예뻐하던 간
호사였다.

그 주에 사표를 냈다. 그보다 더한 일도 참았는데, 왜 그랬는지
는 지금도 모르겠다. 그냥 더는 있을 수 없었다.

적어도 3개월은 아무것도 하지 않으리라 결심했다. 늦잠 자고
먹고 자고 영화 빌려보고 밀린 드라마 보고 만화책이나 실컷 읽
을 참이었다. 3일도 못했다. 후련할 줄 알았는데 그렇지 않았다.
후회하는 건 아니었다. 그냥 허전해서 견딜 수가 없었다. 시청률
40퍼센트를 자랑한다는 드라마에서 배우들을 따라 울다 웃으며
보다가도 나도 모르게 "재밌는 게 보고 싶다."라고 혼잣말을 했다.
3대 악마의 게임 중 하나라는, 사람 폐인 되기 딱 좋다는 게임을
하다가도 재밌는 게임이 하고 싶어졌고, 아주 특별한 날에만 사
먹는, 눈 튀어나오게 비싼 수제 초콜릿을 먹다가도 달고 맛있는
게 먹고 싶었다. 뭘 해도 성이 차지 않았다. 인터넷 쇼핑몰에서 원
없이 옷을 질러놓고 입고 나가지도 않았다.

그렇게 또 멍하니 사고 싶은 것도 없으면서 쇼핑몰을 돌아다
니다가 우연히 센서스 안드로이드 광고를 봤다. 하얀 피부에 눈
썹까지 오는 짙은 갈색 머리를 한 남자가 도자기 접시에 스테이
크를 담아 왔다. 그동안 여자는 레스토랑이 아닌 가정집인데도
정장을 입고 우아하게 앉아 기다렸다. 남자는 여자 앞에 놓인 잔
에 전문 웨이터처럼 멋지게 와인을 따르더니 앞에 앉았다. 여자
가 오늘 회사에서 힘들었던 일을 말하자 옆자리로 옮겨 와 어깨
를 감싸고 이마에 입 맞췄다.

결코 바람피우지도

당신을 슬프게 하지도

당신을 기다리게 하지도 않는

당신만의 완벽한 연인

정확히 기억나지 않지만 광고 문구는 대충 그랬다. 바로 센서스에 접속했다. 눈 튀어나오게 비쌌다. 6년을 뼈 빠지게 다닌 직장에서 받은 퇴직금에 적금 부은 것도 넣어야 할 판이었다.

이 부분이 센서스 마케팅의 성공 요인으로 많이들 이야기하는 건데, 센서스는 다른 업체들과 달리 가장 싼 가격을 적지 않았다. 풀옵션으로 된 가격을 걸었다.

이런 거다. 너무 갖고 싶은 게 있다. 그런데 손 떨리게 비싸다. 어쨌든 구경은 할 수 있다. 막상 매장에 들어가자 꽤 괜찮은 물건이 생각보다 가격이 쌌다. 당신 같으면 어쩌겠는가?

난 질렀다.

외형을 세팅하는 데에만 근 보름이 걸렸다. 1년이 걸리는 사람도 있다고 들었다. 센서스는 기다린다. 최적의 연인을 세팅할 때까지 무한정 기다린다. 한 대에 한 사람이 6년간 일한 값을 다 투자해야 한다면, 그래, 그 정도 서비스는 해야겠지.

아무리 돈이 많아도 센서스 안드로이드를 여럿 살 수는 없다. 센서스는 한 사람에게 한 대만 판다. 새 걸 사고 싶다면 반드시 예전 걸 반품해야 한다.

당신의 연인에게 최소한의 예의를 지켜주세요.

그 광고구도 마음에 들었다.

백수가 아니었다면 고르는 데 더 오래 걸렸을 거다. 한창 게임
에 빠졌을 때도 이 정도는 아니었다. 나는 먹고 자는 시간을 제외
하면 세팅에만 매달렸다.

처음 본 센서스가 갈색 머리여서 그랬는지, 처음에는 짙은 밤
색 머리에 같은 색 눈동자를 가진 센서스를 골랐었다. 하지만 상
품은 다양했다. 첫 안드로이드는 곧 기억에서 사라졌다. 나는 검
은 머리를 골랐다. 눈도 흑단처럼 까만색으로 했다. 기본 외형,
내가 가장 고심한 손, 가장 힘들고 재밌던 성기를 골랐다고 끝이
아니었다. 성격을 세팅해야 했다. 이 부분도 만만치 않게 오래 걸
렸다.

외모는 철저하게 취향대로 만들 수 있지만, 성격은 다르다. 내
가 고르는 게 아니다. 나에 맞춘다. 나는 대략 천 개는 되는 질문
에 답해야 했다.

차가운 색이 좋으세요, 따뜻한 색이 좋으세요?

개가 좋으세요, 고양이가 좋으세요?

여름이 좋으세요, 겨울이 좋으세요?

같은 흔히 상상할 만한 질문들에서 조금씩 어려워졌다.

좋아하는 여자 연예인과 남자 연예인을 열 명씩 적어주세요.

뭘 열 명이나 고르라 그래. 금방 떠오르는 사람이 없어서 그 질문에 답하기 위해 요새 연예인을 검색해야 했다.

초기 질문에 대해 점점 더 심도 높은 질문들이 따라왔다.

좋아하는 색을 묻기에 오렌지색이라고 답했다. 세상에 그렇게 많은 오렌지색이 있을 줄 몰랐다. 센서스는 디자인 프로그램에서나 볼 법한 단계별로 변하는 색면을 내놓고 어느 정도의 오렌지색이 좋은지 고르라고 했다.

고른 연예인에 대해 하나하나 어느 점이 좋은지도 골라야 했다. 보기는 개당 20~30개가 있었다. 중복해서 답할 수 있으나 우선순위는 적어야 했고, 그러고도 기타 이유에 추가로 적을 수 있었다.

좋다, 여기까지는 이해할 수 있다. 다음에 나온 질문들은 도대체 왜 이런 걸 묻는지 이해할 수가 없었다. 가을에 낙엽이 떨어지는 걸 보면 어떤 생각이 드는가. 지금 상상한 낙엽이 단풍인가, 은행인가, 다른 잎인가. 정원이 있다면 어떤 나무를 심고 싶은가. 예시로 나온 나무들은 듣도 보도 못한 것들이 대부분이었다. 나는 딱 세 가지 나무를 알았다. 은행나무, 단풍나무, '가로수'. 도시에 사는 사람들이 나무에 대해 뭘 그리 잘 알겠는가. 센서스는 나 같은 사람을 위해 다양한 나무와 수백 가지는 될 법한 정원 모델을 보유해두었다. 원한다면 바라는 대로 정원을 세팅할 수 있었다. 집 안도 마찬가지였다. 지금 사는 집에 대해 시시콜콜 묻더니 원하는 집에서 살 수 있다면 어떤 집에서 살고 싶은지 물었다. 고양이는 장모종이 좋은지, 단모종이 좋은지, 강아지처럼 곰살맞은 고양이가 좋은지, 도도하게 머리 치켜들고 키우는 사람을 무시하는 고양이가 좋은지 물었다. 무슨 고양이 종류가 이렇게 많은지, 어이가 없었다.

여기까지는 그래도 시간만 투자하면 답할 수 있는 질문들이었다.

진짜 어려운 질문은 마지막에 있었다.

부모님과 관계는 어떠했나요?

부모님에게 상처받았을 때와 부모님에게 상처 준 일에 대해 이야기해주세요.

어렸을 때는 어땠어요?(뜬금없이 어땠는가? 라니)

가장 친한 친구는 누구죠?

친구와 절교한 적 있나요?

있다면 왜 절교했나요?

간절히 원했는데 이루지 못한 일이 있나요?

어릴 때 바라던 직업에서 일하나요?

사과하고 싶었는데 사과하지 못한 일이 있나요?

기르던 애완동물이 죽은 적 있나요?

10퍼센트의 선금을 내면, 웹에서가 아니라 직접 사람에게 이야기할 수도 있었다. 이 경우에는 중간에 구입을 포기한다 해도 돈은 돌려받을 수 없다. 왜 그런 서비스가 있는지 이해할 수 있었다. 나는 수없이 썼다 지우며 키보드 위에서 방황했다. 안드로이드 하나 가지려고 별 짓을 다 한다 싶었다. 몇 번이고 포기하고 싶었는데, 질문에 답하는 것 자체가 날 끌고 갔다. 이렇게 개인 이야기를 써도 되나 불안했지만 고객 개인정보는 철저하게 보안에 붙인다고 했다. 일단 믿어야지 별 수 있나. 설문에 답하기 위해 맥주 한 상자가 날아갔다. 한 상자만 날아간 건 중간에 와인으로 바뀠기 때문이다. 와인은 얼마나 날아갔는지, 굳이 적지 않겠다.

와인을 좋아한 적은 없었다. 이름도 과하게 복잡하고, 종류도 너무 많다. 맛도 다 천차만별이라고 아우성을 치지만 나는 네 가지로 구분한다. 단 레드와인, 쓴 레드와인, 단 화이트와인, 밍밍한 화이트와인.

광고에서 본 갈색 머리 안드로이드는 포기했지만, 와인은 마음에 남았나보다. 퇴근하고 돌아오면 저녁을 준비해놓고, 와인을 따라주는 애인이라니 얼마나 근사한가.

답은 언제든지 몇 번이고 바꿀 수 있었다. 원하는 만큼 수정이 가능하다. 어떤 답은 뭐라고 썼는지 헷갈렸다. 전날 쓴 답을 다음 날에 보고 깜짝 놀란 적도 있다. 이 설문에만 1년씩 답하고 있는 사람들 심정을 알 것 같았다.

더 이상 설문을 수정하지 않겠다고 하자 다음 단계로 넘어갔다. 센서스 직원이 우리 집을 방문해 동영상에 모든 걸 담았다. 내 옷 한 벌 한 벌, 속옷 하나하나까지 말이다. 내가 원하는 성기를 가진 남자 안드로이드를 고른 마당에 속옷이 동영상에 찍히는 게 별 문제랴 했는데…… 문제였다.

직원은 오기 전 집에 있는 모든 물건을 찍을 거라고 이야기했었다. 속옷도 포함된다는 게 명시되어 있었다. 그래서 남 보기 부끄러운 속옷은 몽땅 버리고 새 속옷을 샀다. 하는 김에 낡은 물건, 안 쓰는 물건도 버리고, 살까말까 고민하던 것들을 새로 샀다. 무슨 신혼살림 마련하는 것도 아니고 이게 무슨 짓인가 싶었지만 그래도 조금이라도 마음에 걸리는 건 싹 버렸다. 어마어마한 금액을 지불할 결심을 굳히고 나니, 새 속옷을 사고, 도배를 새로 하고, 가구를 몇 개 사는 돈은 돈으로도 안 보였다. 동영상을 찍으러 온 직원은 여자였지만, 누가 봐도 사서 아직 한 번도 안 입은 게 분명한 속옷들이 나오자 늘어지고 낡은 속옷 보여주는 것 못지않게 민망했다. 직원은 웃으며 대부분 새로 산다고 했다. 그리고 한 번 더 오게 될 거라고 했다.

정말이지 실제 애인을 만드는 과정보다 복잡하면 복잡했지 간단하진 않았다. 이게 뭐하는 짓인가, 차라리 소개팅이라도 해버릴까 생각한 적도 수없이 많았다. 그래도 계속했다. 여기까지 오는 게 얼마나 힘들었는데. 무엇보다 내가 만든 안드로이드의 실물을 보고 싶었다.

다음 단계는 실홀로그램으로 안드로이드와 이야기하는 시간이었다. 일주일 정도 기다리자 내가 바라던 외모로 세팅하고, 어떤 성격이 될지 설레며 기다렸던 안드로이드가 내 앞에 나타났다. 안드로이드는 내게 인사했다. 직원은 마치 결혼 전문 회사 직원이라도 되는 것처럼 우릴 소개시키고 나갔다.

나는, 놀랍게도 떨렸다. 단지 실홀로그램일 뿐인데도 말이다. 테인이 먼저 인사하고 손을 내밀었다. 테인의 손은 따뜻하고 다 정했다. 긴장이 풀렸다.

테인은 상냥한 목소리로 지금 자신은 실홀로그램이긴 하지만 제작된 건 아니고 자기와 백 시간 동안 이야기를 나눌 수 있으며 그동안 성격을 바꿀 수 있다고 했다. 이번에는 구체적으로 좀 더 이러한 성격이면 좋겠다고 말할 수 있으며, 목소리가 좀 더 낮았 으면 좋겠다거나, 턱이 좀 더 갸름했으면 좋겠다거나 하는 식으 로 외형도 바꿀 수 있었다. 이 단계에서는 선금을 10퍼센트 내야 했다. 돌려받을 수 있는 돈이 아니었다.

이때는 무엇이든 해볼 수 있다. 테인에게 뭐든 해보라고 해도 된다. 노래를 불러보라거나, 물구나무를 서보라거나 뭐든지 말이 다. 테인은 그걸 충분히 설명했고, 그걸 위한 버튼도 있었다. 버튼 은 음성보다 편하다. 내가 원하는 걸 말로 표현할 필요가 없다. 하 지만 실제 사람에게 요구하지 않을 만한 건 시키고 싶지 않았다. 나는 그저 이야기를 나눴다. 나는 테인에게 무얼 좋아하는지 물 었고, 테인은 대답했다. 나와 다른 걸 좋아하기도 했는데, 그게 싫 지 않았다.

다음에 만났을 때는 테인이 춤을 추자고 했다. 나는 춰본 적이 없다고 했다. 테인은 괜찮다고 하고 음악을 틀었다. 거실에서 테 인의 품에 안겨 느리게 발을 움직였다. 외국 영화 속 주인공이 된 기분이었다. 세 번째 만났을 때는, 음, 누드를 감상했다. 테인이 알몸인 상태로 너무나도 자연스러워서, 나도 생각보다는 덜 부끄러웠다. 원한다면 발기를 시켜볼 수도 있었다. 정확히 뭘 골랐는지는 기억나지 않지만 볼 만큼 봤기 때문에 그러진 않았다. 실내에서 시켜볼 수 있는 건 다 시켜보고, 볼 만큼 본 다음에는 가상현실에서 데이트를 했다. 우린 공원을 산책했고, 영화를 봤다. 테인은 날 집까지 바래다주었다. 집에 돌아와 씻고 나면 테인이 잘 들어갔느냐고 연락했다. 우리 집에서 함께 식사한 적도 있다. 가상현실 속 집은 완벽했다. 정말로 우리 집에 있는 기분이었다.

백 시간을 채우고 허니문을 떠났다. 같은 말인데 허니문과 신혼여행은 달랐다. 신혼여행이라고 했으면 내가 정신 나간 사람처럼 느껴졌을 것 같았다.

허니문도 코스별로 가격이 다르다. 그리고 역시 추가로 돈을 낼 필요가 없었다. 센서스에서 책정한 가격은 최고급 기준이었다. 그러니까 별 다섯 개 호텔에서 별 네 개로 바꾸고, 와인 등급을 하나 낮추면 내가 최종 지불해야 할 돈이 깎인다는 거다. 나는 데이트는 간소하게 해서 돈을 많이 절약했다. 하지만 허니문은 제대로 즐기고 싶었다. 그래, 나는 사치하고 싶었다. 어차피 와인 맛을 제대로 구분하지 못한다는 것도, 가상현실에서 허니문을 즐기는 동안 실제 내 육체는 최고급 영양제를 맞으며 얌전히 누워 있으니만큼 최상급 한우든 중급 한우든, 별 다섯 개 호텔이든 별 네 개 호텔이든 아무 차이 없다는 것 따위는 아무 상관 없었다. 나에게는 최고급이라는 기분이 중요했다. 한 번쯤 마음껏 누려보고 싶었다.

다만 여행지로 달을 고른 건 조금 다른 이유였다. 가장 비싼 여행지라서가 아니라, 막연히 언젠가 가보고 싶다고 꿈꿔온 곳이었기 때문이다. 실제 달에 가려면 이 정도 돈으로는 어림없다.

센서스는 가상현실에서도 실제 현실에서 구현 불가능한 건 넣지 않았다. 광고에서 딱 하나만 거짓이었다. 센서스 안드로이드는 요리를 하지 못한다. 센서스 안드로이드는 포장을 뜯고 오븐에 넣고 굽고 데울 수는 있다. 하지만 진짜 요리는 못 한다. 물론 광고에 요리하는 장면은 없었다. 그리고 나중에 센서스 직원이 광고에서도 오븐에서 굽기만 하면 되는 스테이크를 사용했다고 말했다.

뭐, 상관없다.

허니문은 환상적이었다. 물론 다녀와서 테인의 성격과 외모를 조금 수정하지 않았다는 건 아니다. 그때까지만 해도 그럴 수 있었다. 아무리 진짜 같았다고 할지라도, 나는 내 진짜 몸이 환자복을 입고 건강 체크를 위한 수많은 전선에 둘러싸여 침대에 누워 있다는 걸 안다.

나는 가상현실에서 섹스를 한 적이 없었고, 허니문에서도 굳이 하고 싶지 않았다. 센서스 직원은 그간 웬만한 요청은 다 받아들였는데 섹스만은 고집을 부렸다. 가상현실에서 해본 적이 없다면 더더욱 해봐야 한다고 강권했다. 직원은 내가 누워 있을 곳을 보여주었다. 1인용 캡슐처럼 생겼는데 밖에서는 내부가 전혀 보이지 않았다. 심전도와 맥박을 체크하고, 다른 말로 내가 얼마나 흥분했는지는 수치로 표현되지만 아무도 내 몸을 보는 건 아니라고 했다. 한 번 사용한 가운과 시트는 모두 자동으로 소각된다.

내 몸도 자동으로 닦이고 건조된다. 사람이 관여하는 건 아무것
도 없다.

나는 용기를 내기로 했다. 이렇게 비싸지만 않았더라도, 누군
가 내가 성적으로 흥분했다는 걸 알고 그때 내 심장이 얼마나 빨
리 뛰는지 같은 걸 수치로 보고 있게 하지는 않았을 거다. 하지만
테인은 정말이지 더럽게 비쌌다. 돌아오기엔 너무 멀리 왔다. 이
제 정말로 모든 게 완벽해야 할 때였다.

그래서 했다. 어땠느냐고? 나는 현실로 돌아온 후 그동안 가상
현실에 있었다는 사실에 놀랐다. 순간순간 생각나긴 했지만, 거
의 대부분의 시간 동안 나는 가상현실이라는 걸 의식하지 못하고
지냈다.

테인이 제작에 들어간 동안 이력서를 썼다. 새 옷과 가구를 사
고, 허니문을 다녀오고, 테인을 사느라 잔고가 거덜 나 찬물 더운
물 가릴 때가 아니었다. 온 사방에 이력서를 보냈고, 몇 곳에서 연
락이 와 면접을 봤고, 그중 한 곳에 가기로 정했다. 테인은 첫 출
근일 전날에 왔다. 테인이 벨을 눌렀다. 물론 혼자 오지 않았다.
센서스 직원이 현관 문 앞까지 테인을 데려다주었고, 벨을 누르
고 보이지 않는 곳으로 물러났다. 나는 문을 열었다. 완벽한 내 이
상형이 문 앞에 서 있었다.

"테인."

나는 현관에서 테인의 이름을 불렀다. 테인이 활짝 웃으며 다
가와 나를 세게 끌어안았다. 그때 나는 내가 한 선택에, 날린 돈에

대해 후회하지 않을 걸 확신했다.

　그렇게 근 10개월을 보냈다. 자다가 깨면 테인이 내 옆에서 고른 숨을 내쉬며 자고 있었다. 테인은 팔을 어떻게 베고 자든 저리다고 하지 않았다. 내가 자면서 아무리 몸부림을 쳐도 잠을 설치지 않았다. 둘이 자기엔 좁은 거실 소파에서 자도 불평하지 않았다. 잠결에 걷어차도 떨어지지 않았다. 모르겠다. 떨어졌다가 다시 올라온 적이 있을지도. 머리를 쓰다듬으면 잠에서 깼다. 그리고 잠에 취해 나른한 목소리로 물었다.
　"잠이 안 와? 우유 데워줄까?"
　자다가 우유를 마시는 취미 따윈 없다. 그래도 그렇게 물어보는 게 좋았다. 나는 머리를 저었다.
　"괜찮아, 자."
　그럼 테인은 다시 눈을 감았다. 나는 내 선택에 만족했다. 테인은 언제나 나를 위해 준비하고 있었다. 퇴근하면 언제나 변함없는 웃음을 지으며 날 맞았다. 센소스 광고 그대로였다. 사소한 일에 화내지도, 약속 시간에 늦지도 않으며, 아무리 긴 이야기를 해도 중간에 자르거나 어쭙잖은 충고를 늘어놓거나 그 일과 관련된 자기 이야기를 하지도 않았다. 동정심과 이해심에 가득한 눈으로 내 이야기를 들었으며, 고개를 끄덕여 동조했고, 사이사이 머리를 쓰다듬었고, 뺨에 입 맞췄다. 듣고 싶은 칭찬을 해주었고, 생일을 잊지 않았고, 내가 약속을 취소하거나 늦어도 화를 내지 않았으며, 언제든 부르면 와주었고, 혼자 있고 싶을 땐 날 내버려두었다. 혼자 잠들고 싶은 밤이면 혼자 있고 싶다고 한 마디만 하면 되었다. 테인은 서운해 하지도, 앙갚음하지도, 마음에 담아두지도 않고 내가 하는 말을 모두 기분 좋게 따라주었다.

지금까지는 아무 문제 없었다. 지희의 센서스를 보기 전까지는 말이다. 비슷했냐고? 아니, 전혀 달랐다. 적어도 외형은 말이다. 하지만 부드러운 눈빛, 남자 모델치고는 나긋나긋한 걸음걸이, 우리가 대화하는 동안 지희의 머리에 깊숙이 손가락을 넣고 쓰다듬는 모습 모두 테인과 너무나도 흡사했다.

퇴근하자 테인이 나를 보며 웃고, 잘 다녀왔느냐고 물었다. 어제까지만 해도 오직 나만을 위한 웃음으로 보였는데, 지금은 그저 규격화된 웃음으로 보였다. 심지어 머리를 쓰다듬는 것도 싫었다. 나는 쌀쌀맞게 뿌리치고 혼자 있고 싶다고 말했다. 테인은 늘 그러듯 다정하게 웃고는 자기 방으로 갔다. 담담하게 돌아서 가는 뒷모습이 그렇게 보기 싫을 수가 없었다.

반품해? 새로 구입해?

하지만 테인이 아닌 다른 안드로이드는 싫었다. 테인은 내가 꿈꾸며 그려온 이상형이었다. 나는 테인에게 다른 지시가 있기 전까지는 나오지 말라고 명했다. 테인은 옷 방에 있는 커다란 상자에 들어갔다. 한 번도 테인을 거기에 넣은 적이 없었다. 욕을 하지 않기 위해 심호흡을 했다.

지희와는 계속 연락했다. 나는 지희에게 나도 센서스를 구입했다고 말하지 않았다. 지희의 센서스 이름은 유꾸유꾸였다. 지희는 보통 '유꾸'라고 불렀다. 유꾸유꾸는 지희가 무슨 말을 하든 상냥하게 웃었다.

지희는 날 바래다주며, 가까운 사람 중에 센서스를 구입했다는 걸 말한 사람은 나밖에 없다고 했다. 센서스와 함께 사는 사람들 카페에는 가입했지만 그 사람들 외에는 누구에게도 말하지 않는다고 했다. 당연한 일이다. 나도 아무에게도 말하지 않았다.

센서스는 천만 대가 팔렸다. 늘 누가 샀는지 궁금했다. 다들 나처럼 말 안 하겠지. 누구나 섹스를 한다. 누구나 자위를 한다. 하지만 아무도 점심을 먹다가 "어제 내가 위에서 했더니 팔이 아파서 수저 들기도 힘들어."라고 말하진 않는다. 그건 사생활이다.

주말에 집에 있기가 끔찍했다. 테인을 보지 못한 지 일주일이 넘었다. 소개팅을 했다. 아무것도 기대하지 않았다. 차를 마시고, 밥을 먹고, 술을 한 잔 마시고 헤어졌다. 전형적인 소개팅이다. 다음 주말에 또 소개팅을 했다.

남자는 십 분 늦게 왔다. 호감형이라서 봐줬다. 남자의 손은 테인보다 컸다. 키도 더 큰 것 같았다. 피부는 까만 편이었고, 웃을 때 눈가에 주름이 잡히는 게 마음에 들었다. 이름은 윤지상이었다.

남자가 미리 알아본 초밥집에 가서 초밥을 먹으며 정종도 시켰다. 남자는 싹싹하게 말을 붙이며 빙빙 도는 레일에서 이게 맛있네, 저게 좋네 권했다. 초밥을 좋아하지만 늘 '모둠'으로 샀고 개별 초밥의 이름은 잘 몰랐다. 남자가 고르는 대로 먹었다. 신선

했다.

테인은 메뉴를 고르지 못한다. 언제나 뭘 먹을지 물어본다. 내가 고르면 전화해 주문할 수는 있다. 그게 다다.

남자를 두 번 더 만났다. 다 좋은데 제시간에 오는 법이 없었다. 처음 만나는 날에는 십 분, 두 번째에는 삼십 분을 늦었다. 세 번째에는 한 시간을 늦었다. 어이가 없었다. 상습범 아냐? 헤어질 무렵 남자가 말했다.

"늦은 건 미안해요. 그래도 하루 종일 찡그리고 있어서 무서웠어요."

"아, 죄송해요."

남자는 씨익 웃었다.

"괜찮아요. 정운 씨 화나면 무섭구나. 앞으로 늦지 말아야겠다."

남자는 장난처럼 말했지만 언짢아졌다. 그래도 내색하지 않으려 애쓰며 웃었다.

"그런 줄 몰랐어요. 오늘 좀 피곤했나봐요."

집에 돌아가며 조금씩 마음이 풀렸다. 제대로 화낸 것도 아니고 하루 종일 찌뿌드드하게 있던 건 아무래도 잘못한 것 같았다. 망설이다 전화를 걸었다. 몇 분 정도 통화하다 끊었다. 만날 약속을 잡는 김에 잠시 통화한 적은 있지만 헤어진 후 그냥 통화한 건 처음이었다.

이후 몇 번 문자를 보냈다. 아직 화상통화를 할 만큼 편하진 않았다. 전화도 조금 어색했다. 남자의 직장은 야근이 많았다. 일을 하는 중일지 모르니 쉽게 전화를 걸 수 없었다. 문자를 보내면 늦든 빠르든 꼬박꼬박 답장이 왔지만, 남자가 먼저 문자하거나 전화하진 않았다. 만나자는 말도 없었다. 바쁜 건지, 내가 그날 하루 종일 부루퉁하게 굴어 그만 만나기로 한 건지 갈피가 잡히지 않았다.

그 정도 일로 그만 만날 생각을 한단 말이야?

그냥 바쁜 건가?

안 만날 생각이면 답은 안 보내겠지?

혹시 나 말고도 이런 식으로 만나는 사람 몇 더 있는 거 아냐?

온갖 생각이 머리를 맴돌았다. 남자를 소개시켜준 사람은 몇 달 전 그만둔 유간호사였다. 갑자기 소개팅을 하지 않겠느냐고 연락해 좋다고 했고, 유간호사는 우리 전화번호를 교환한 걸로 자기 역할을 마쳤다. 유간호사에게 전화해서 의중을 떠볼까 했지만, 유간호사도 지상에 대해 잘 아는 건 아니고 남편 친구라고 했다. 유간호사에게 물어보면 유간호사가 남편에게 물을 거고, 남편이 그 사람에게 물어볼 거다. 그 과정을 생각하니 짜증이 치밀고 구차해졌다.

아무 약속 없는 금요일이었다. 주말 내내 아무 일도 없었다. 테인은 눈에 띄지 않는 곳에 있지만 집에 있으면 계속 테인이 방 구석 상자 안에 있다는 생각이 머리를 떠나지 않았다. 하릴없이 집에 돌아와 영화를 틀고 와인을 마셨다. 세상에서 제일 맛없는 술은 할 일이 없어 마시는 술이다. 괜히 머리만 아프고 기분만 안 좋아졌다. 나는 전화기를 만지작거렸다. 문자를 보내? 마? 점점 기분이 나빠졌다. 굉장히 익숙한 기분이었다. 술을 마시면 마실

수록 불쾌해졌다. 제대로 취하지도 않았다. 나는 전화기를 침대에 내동댕이쳤다. 왜 이렇게 기분이 더러운지 깨달았다. 너무 어이가 없어서 웃음이 다 나왔다.

중학교 3학년 때 좋아하던 아이가 있었다. 첫사랑이었다. 아니 풋사랑이었다. 우린 인터넷 자전거 모임에서 만났다. 지금은 자전거처럼 활발한 운동을 좋아한 적이 있다는 게 낯설지만 그땐 그랬다. 그때 나는 그 아이도 나를 좋아한다고 철썩같이 믿었다. 마주치는 눈길에서, 작은 친절에서, 집에 돌아와서 주고받는 문자에서, 그 애와 나 사이에는 분명 무언가 있다고 믿어 의심치 않았다. 그 애에 대해서는 지희에게도 말하지 않았다. 하루 온종일 붙어 다니면서도 지희에게도 비밀이 있었다.

고등학교 입학식이 얼마 남지 않았을 때였다. 자전거의 날인지 뭔지 하는 날, 한강에서 자전거 경주가 열렸다. 모임 친구들과 자전거를 끌고 나갔다. 한강에 어마어마한 인파가 몰렸다. 우린 일행을 잃고 둘이 남았다. 다른 애들이 피곤하고 재미없어서 돌아간다는 문자를 보냈다. 우린 어떻게 할지 이야기하다 사람이 많아 빠지기도 쉽지 않고, 모처럼 참석했는데 완주하기로 했다.

행사가 끝나자 노을이 졌다. 음료수를 들고 강을 보며 앉았다. 갑자기 단둘이 있다는 걸 의식하며 심장이 정신없이 뛰었다.

일부러 아무렇지도 않은 양 굴려 팔을 뒤로 하고 몸을 젖혔다 그 애와 손끝이 닿았다. 정확히 내 오른쪽 새끼손가락 끝마디와 그 애의 왼손 새끼손가락 끝마디가 닿았다.

시간이 정지한 것 같았다. 숨도 쉴 수 없었다. 그 애도 나도 손을 떼지 않았다. 얼마나 그러고 있었는지 모른다. 아주 짧은 시간이었을 수도 있고, 몇 시간을 그러고 있었을 수도 있다. 어떻게 헤어졌는지, 언제 일어났는지는 기억나지 않는다. 그저 영원 같았던 그 순간만이 남아 있다.

다시는 그 애를 보지 못했다. 그 애는 더 이상 자전거 모임에 나오지 않았다. 그날 이후 어쩐지 쑥스러워 연락하지 못했다. 한 달이 지나고 두 달이 지났다. 초조했지만 어떻게 해야 할지 알 수가 없었다. 그 애에 대해 말할 사람도 없었다. 그 애가 나오지 않은 세 번째 모임에서 그 애에게 여자 친구가 생겼다는 이야기를 들었다. 주말이면 여자 친구 만나느라 모임에 나오지 않는 거고 상대는 두 살 많은 연상이고 곧 백일이라는 둥 하는 이야기를 들었다.

집에 돌아와 그날, 손끝이 닿았던 날이 언제인지 계산했다. 수 없이 계산하고 또 계산했다. 그때도 그렇듯이 지금도 나와 지상에 대해 아는 사람은 없다. 유간호사가 우리가 계속 만나는 걸 알지 의문이었다. 지상의 연락처를 전해 받은 이후 다시 연락하지 않았다. 아니, 이걸 계속 만난 거라고 할 수 있을까? 마지막으로 본 지 보름은 훌쩍 지났고, 서로 연락하지 않은 지는 일주일이 넘었다.

나는 피식 웃었다. 그건 13년 전 일이다. 그때 나는 열여섯 살이었다. 지금 나는 내일모레면 서른을 앞두고 있다. 이건 웃기는 짓이다. 나는 문자를 보내기로 했다. 그때처럼 마냥 기다릴 생각은 없었다. 안 오면 그걸로 끝내는 거다. 어른답게 말이다.

―주말에 뭐 해요?

―출장 가요

답은 바로 왔다. 나는 피곤하겠다고 보냈고 어쩔 수 없죠 뭐 라는 답을 받았다. 조금 자존심이 상했지만 한 번 더 문자를 보냈다.

―다음 주 금요일에 시간 있어요?

아침에 일어나서야 내가 어제 꽤 취했다는 걸 알았다. 언제 잠들었는지 기억나지 않았다. 집에서 혼자 마시며 이렇게 취해본 적이 없었다. 갑자기 어제 문자를 보낸 기억이 나 전화기를 확인했다. 지상과는 금요일에 만나기로 했고, 지희에게도 문자가 와 있었다.

―뭐해? 내일 놀러올래?

샤워를 하고 지희에게 전화했다.

지희는 인스턴트커피를 내놓았다.

"에게? 카페 사장이 손님에게 인스턴트커피를 내놓네?"

"봐줘라. 나도 휴일이잖니. 인스턴트커피 별로면 사이다 줄까?"

"사이다?"

나는 과장된 몸짓으로 말을 이었다.

"투명한 액체에 거품이 보글보글 인다는, 가게에서만 팔고, 특별한 손님이 올 때만 내놓는다는 바로 그것?"

"넌 귀한 친구니까."

지희는 엄숙한 얼굴로 대답했다. 우린 잠깐 웃었다. 유꾸유꾸는 다정하게 지희를 바라보고 있었다.

"쌍꺼풀 수술할까봐."

"쌍꺼풀?"

나는 지희의 짙은 쌍꺼풀이 있는 눈을 보며 물었다. 지희는 깔깔 웃었다.

"나 말고 우리 유꾸."

"아, 유꾸……."

"자연스럽게 나오려나?"

지희가 혼잣말처럼 말했다.

"출고한 다음에 손대면 사람이랑 비슷해. 운 좋으면 자연스럽게 되고, 운 나쁘면 좀 이상하게 될 수도 있어."

"지금도 잘생겼는데, 뭐."

나는 무심한 척 말했다.

"카페에 보면 성형수술을 열 번씩 한 안드로이드도 있다. 그건 좀 심하더라. 완전 로보트 얼굴 된다니까."

"에엑?"

"진짜 별 변태 같은 사람들이 다 있어. 여장하거나 SM 분장 시켜서 사진 찍어 올린다?"

"정말?"

나는 오만상을 찌푸리며 말했다.

"응, 때려서 망가뜨리는 사람도 있다, 얘."

"저 비싼 걸?"

"그렇다니까. 나도 유꾸만 아니었어도, 카페 더 번화가에 차렸을 거야."

나는 숨을 들이켰다. 다행히 지희는 눈치채지 못한 것 같았다. 센서스 안드로이드가 비싸다는 걸 안다고 해서 나도 있다고 생각하진 않겠지.

"사진 볼래?"

지희는 카페에 접속해 온갖 센서스 안드로이드 사진을 보여주었다. 정말로 변태 같은 사람이 많기도 했다. 가죽 끈으로 포르노에나 나올 법하게 묶은 사진도 있었다. 기분이 확 나빠졌지만 애써 모른 척했다. 안드로이드다, 안드로이드. 사람이 아니다. 무슨 짓을 하든, 자기 돈 들여 산 거, 자기 마음대로 하겠다는데 그걸 뭐라고 할 거냐.

지희는 유구와 비슷한 얼굴의 안드로이드를 가리키며 저렇게 쌍꺼풀 수술을 하면 어떻겠느냐고 물었다.

"처음엔 밋밋한 눈이 마음에 들었는데 질리더라고."

나는 잘 모르겠다고 했다. 지희는 쌍꺼풀 비용이랑 턱을 깎는 비용 등 온갖 수술비용을 읊었다.

성형 수술이라……. 나는 생각해본 적도 없었다. 기껏해야 귀를 뚫어볼까 생각한 게 다다. 그리고 여장이라니. 매니큐어 정도는 나도 발라준 적 있지만, 여장은 심하다.

집에 돌아오는 내내 유구유구에 대해 생각했다. 유구유구는 테인과 조금도 닮지 않았다. 하지만 어딘지 모르게 닮은 구석이 있었다. 지희와 나를 친구로 만들어준 바로 그 부분 말이다. 우린 몇 마디 말을 나눠보기도 전에 우리가 '동류'라는 걸 알았다. 좋아하는 영화는 달라도 영화를 좋아하는 방식은 같았다. 옷 취향은 달랐지만 둘 다 마음에 드는 가게 몇 군데를 점찍어두고 거기에서만 옷을 산다는 점에서 같았다. 안드로이드의 성격은 주문하는 사람이 바라는 성격에 맞춘다. 유구와 테인은 외모는 달랐지만 둘 다 나긋하고 상냥했다. 아니, 그 어떤 성격과 외모를 가진 안드로이드라도 본질적인 면에서는 다 같을 수밖에 없다. 안드로이드는 어떤 표정을 짓든 진짜 사람의 얼굴이 아니다. 화를 내지 않기 때문이다.

지희와 나는 동류이기에 친구가 될 수 있었다. 하지만 지희의 안드로이드가 테인과 비슷하다는 걸 안 순간, 나아가 모든 안드로이드는 결국 같다는 걸 깨달은 순간, 더 이상 테인을 연인으로 볼 수 없었다.

안드로이드는 환상 속의 연인이다. 나는 테인이 안드로이드라는 걸, 1년에 한 번 정기 검사를 받는 게 안전하다는 걸 안다. 걷는 게 이상해서 A/S를 받은 적도 있다. 하지만 지금까진 테인을 안드로이드가 아닌 연인이라는 환상으로 대할 수 있었다. 지희의 안드로이드와 지희나 다른 사람들이 안드로이드를 대하는 방식, 그로 인해 드러난 안드로이드의 본질은 내 환상을 깨뜨렸다. 테인은 진짜 애인이 아니다. 기계에서 나온 공산품일 따름이다. 그저 비싼 장난감 취급하는 지희나 카페 사람들이 정상이었다.

진짜 연인을 만드는 건 쉬운 일이 아니다. 매순간 누군가와 친해질 때마다, 아주 깊은 사이가 될 때마다, 마음속 어딘가에서 '내 진짜 모습을 알게 되면 저 사람은 틀림없이 실망해서 날 떠날 거야.'라는 근원적인 공포와 싸워 이겨야 했다. 테인을 손에 넣었을 때, 테인이 내가 바라던 바로 그런 연인이라는 걸 안 순간, 더 이상 그런 스트레스를 받을 일은 없을 거라 생각했는데.

기댈 수 있는 사람은 한 사람만 있어도 충분했다. 쉴 수 있는 곳은 한 곳이면 되었다. 그럼 견딜 수 있는데…….

고대하던 금요일이 왔다. 전날부터 옷장을 갈아엎었다. 옷은 많은데 마땅히 입고 나갈 옷이 없었다. 이리저리 입어보다 보니 어느새 시간이 자정을 훌쩍 넘었다. 졸렸다. 꾹 참고 평소 잘 바르지 않던 매니큐어를 바르고 드라이어로 말렸다.

아침 일찍 일어나 어제 골라둔 옷을 입고, 예쁘지만 발이 불편해 잘 신지 않는 은색 구두를 신었다. 병원에서 점심을 먹고 양치를 하다가 귀고리를 하지 않았다는 걸 깨달았다. 속상했다. 얼굴이 너무 허전했다. 나가는 길에 하나 사면 된다고 애써 마음을 가라앉혔다.

이간호사가 조퇴했는데, 이런 날이면 환자가 몰렸다. 퇴근 시간이 되도록 환자가 남았다. 다행히 지상의 퇴근 시간은 나보다 늦었다. 마침내 마지막 환자를 보내고 나니 원장이 호출을 했다.

"이간호사, 오늘 왜 조퇴했어요?"

점심시간에 분명히 말한 것 같은데. 원장이 또 시작할 모양인가보다. 나는 속으로 천천히 심호흡을 했다.

"오늘 어머니 모시고 병원에 가야 한다고 했어요."

"어머니를 모시고 병원에 왜 가는데요?"

병원에 왜 가겠니. 아프니까 가지. 나는 어디가 아픈지 굳이 묻지 않았다. 이간호사는 이달에 아직 월차도 안 썼고 별 문제 없다고 생각했다.

"어머니께서 편찮으신가봐요."

"어머니께서 어디가 편찮으신데요?"

"거기까지는 듣지 못했습니다."

"아니, 어디가 아픈지 물어보지도 않았어요?"

원장이 오만상을 찌푸렸다. 속으로 숫자를 셋까지 셌다. 오늘은 날 정식 수간호사로 임명하고, 연봉협상을 하기로 한 날이었다. 원장이 연봉협상을 하지 않으려고 수를 쓰고 있었다.

"네, 죄송합니다. 이간호사는 이달에 아직 월차도 쓰지 않아서 별 문제 없다고 생각했습니다."

"그럼 이게 월차 대신인 건가?"

이게 반차지, 월차니.

"반차니까 반차 한 번은 더 쓸 수 있지 않을까요."

"아니, 반차건 월차건 최소한 일주일 전에는 말해줬어야 하는 거 아닌가요? 가뜩이나 환자도 많고 병원도 바쁜데."

어머니가 예약하고 아플까? 그리고 제발 간호사 좀 더 뽑아.

이렇게 꼬박꼬박 대꾸하고 변명해주는 게 아닌데. 나는 입을 다물고 그대로 있었다. 원장은 내가 꼬투리를 잡을 만한 말을 더 하길 기다리는 눈치였지만 모른 척했다.

"나가봐요."

원장이 할 말 다했다는 듯 말했다. 나는 나가지 않았다.

"오늘 연봉협상 하기로 했는데요."

원장이 실수를 저질러놓고 연봉협상을 하자고 드느냐는 눈으로 날 노려봤다. 지지 않고 버텼다. 세상에서 '남의 돈 받기 쉬운 일이 아니다.'라는 말이 제일 싫다. 남의 시간과 노동력을 우습게 보지 말라고. 언제까지 공짜로 부려먹을 건데? 이간호사가 조퇴 안 했더라도 무슨 트집이든 잡아 또 미루려 들었을 거잖아.

그만둘 각오까지 하고 생각한 선을 밀어붙였고, 원장은 마지못해 받아들였다. 전쟁 같은 대화를 마치고 화장실에 갔다. 연봉이 올랐는데 기쁘기는커녕 허탈하고 화가 치밀어 올랐다. 이봐, 양돈, 당연히 줘야 할 걸 준 거야. 내가 뭘 뺏어간 양 굴지 말라고. 이를 악물고 욕을 눌러 참았다. 지상을 만나기로 한 날 그러고 싶지 않았다. 화장을 고치고 가까운 액세서리 가게로 달려가 귀고리를 샀다. 충동구매하기엔 비쌌지만 마음에 들었다. 두고두고 쓰지, 뭐. 귀고리를 걸고 약속 장소로 갔다. 십 분 정도 늦을 것 같았지만 지상이 제시간에 오진 않을 테니 신경 쓰지 않기로 했다. 영화관 앞에서 오늘은 늦어도 화내지 말자고 결심하고 시간을 확인했다. 지상에게 문자가 와 있었다. 내가 원장이랑 씨름할 무렵 온 문자였다. 오늘 못 가게 되었다고 미안하다는 내용이었다.

몸에서 힘이 죽 빠졌다. 발이 급격히 아파왔다. 금요일 저녁이라 대기용 의자엔 커다란 팝콘을 든 사람들이 쌍쌍이 앉아 있었다. 밖으로 나오며 지희에게 전화를 걸었다. 오늘 있었던 일을 미주알고주알 털어놓을 수 있는 사람이 필요했다. 지희는 바로 받았지만 시끄러워서 뭐라고 하는지 들리지 않았다. 친구들과 술 마시는 중인 듯했다. 나는 밝은 목소리로 나중에 전화한다고 했다.

―무슨 일 있어?

"일은 무슨."

몇 번이고 무슨 일 있느냐고 묻는 지희에게 웃으며 괜찮다고 말하고 전화를 끊었다. 버스 정류장으로 가는데 누군가 전단지를 내밀었다. 얼결에 받았다. 종교 홍보 소책자였다. 신은 하나고 그 신을 섬겨야 하고, 그 신을 섬기려면 어디어디로 나오라는 내용이었다. 나는 전단지를 버렸다.

"저기요, 아가씨!"

길을 걷는 사람 중 여자가 나 하나가 아닌데 왜 나라는 걸 바로 알 수 있는지 모르겠다. 팔에 노란 완장을 찬 아저씨였다.

"길에 쓰레기 버리셨습니다."

아저씨는 정중하게 전단지를 버리는 곳을 가리켰다. 버스 정류장 바로 앞에 있었다. 아저씨가 정중할수록 얼굴은 더 달아올랐다. 신분증을 내밀고 벌금용지를 받았다. 최악이었다.

버스에도 빈자리가 없었다. 유리창에 비치는 화려한 귀고리가 초라했다. 곱게 다듬은 손톱이 서글펐다. 무엇보다 발이 아파 죽을 것 같았다.

버스에서 내려 집을 향해 걷다가 전화기를 들어 지상의 전화번호를 지웠다.

지상은 아무것도 잘못하지 않았다. 어제, 오늘 뭘 입을지 고른다고 옷장을 헤집은 건 나다. 손톱을 다듬고 매니큐어를 바르고 잘못 바른 걸 지우다가 예쁘게 바른 것도 지워서 다시 바른다고 난리를 떤 것도 나다. 귀고리 한 번 안 건다고 큰일 나지도, 얼굴이 확 달라지는 게 아니라는 것도 안다. 아무도 나에게 이 구두를 사라고 말하지도, 오늘 신고 나가라고 하지도 않았다. 연락 온 게 없는지 확인해야 했다.

눈물이 나올 것 같았다. 내일은 토요일이다. 그러니까 술을 진탕 마셔도 된다. 오늘 같은 날 혼자 마시면 끔찍할 것 같은데, 이 시간에 우리 집까지 와줄 만한 사람도 없었다.

나 이렇게 친구가 없었나?

혼자 산 지 5년째였지만 이렇게 집에 들어가기 싫은 적이 없었다. 문을 열고 아무도 없는 집에 들어가 지난주와 같은 금요일 저녁을 보낼 생각을 하니 끔찍했다. 그날 다 마셔버려서 술도 없었다. 그게 열쇠로 문을 따기 직전에야 생각났다. 하지만 한 걸음도 내디딜 힘이 없었다. 금요일, 저녁 8시에 집에 왔다. 저녁도 못 먹었다. 주말 내내 시간을 어떻게 보내야 할지 막막했다. 냉장고에 먹을 것도 없었다.

문을 열었다. 자동으로 켜져야 하는 현관불이 켜지지 않았다. 그리고 테인이 현관 앞에 서 있었다. 분명히 당분간 작동을 중지시켰는데……

테인이 손을 내밀었다. 얼결에 잡았다. 테인은 나를 주방으로 데리고 갔다. 처음 두어 달 쓴 후 이런저런 물건을 올려놓는 곳으로 쓰던 작은 식탁이 깨끗했다. 테인은 어둠 속에서 걷는 게 불편하지 않지만 나를 위해 천천히 걸었다. 테인이 의자를 당겼다. 내가 앉자 식탁 위에 있는 케이크에 불을 붙였다. 자동 점화되는 초다. 이게 무슨 조화인지 모를 일이었다. 테인이 나를 보며 빙긋 웃었다.

"오늘이 무슨 날인지 알아?"

나는 고개를 저었다.

"오늘 새 병원에 취직한 지 꼭 일 년이 되는 날이야. 아, 사실은 어제야. 하지만 오늘이 금요일이라서 하루 기다렸다가 오늘 준비했어."

테인이 두 손을 내밀기에 얼결에 맞잡았다. 따뜻했다.

"새 병원이 예전에 다니던 곳에 비해 좋은 점도 있겠지만, 힘든 점도 있을 거야. 일이라는 게 늘 익숙해질 만하면 새로운 게 터지고 그러잖아."

나는 고개를 끄덕였다.

"그래도 넌 잘해낼 거야. 넌 멋진 사람이니까. 힘들 때도 있겠지만 잘 이겨낼 거야. 힘내. 너에겐 내가 있잖아."

이건 이 순간 너무나도 간절히 듣고 싶던 말이었다. 당연한 일이다. 내가 입력시킨 말이니까. 테인을 처음 구입하고 사용설명서를 들여다보며 이런저런 걸 작동해보던 때였다. 지금이라면 이벤트 날짜만 입력해놓고, 뭘 하든 무작위로 하게 하지 내가 일일이 말을 입력하진 않았을 거다. 하지만 그때는 달랐다. 그때 테인은 밀려오는 공허와 텅 빈 시간을 채우려는 몸부림이자 분명 나중에 통장 잔고를 보며 후회할 값비싼 장난감이었다. 지금 테인은 한 집에서 부대끼며 함께한 지 갓 1년이 되어 1주년을 기념하는 애인 이상의 애인이었다.

테인이 내 옆으로 옮겨 앉아 어깨를 감싸 안았다.

"너무 걱정하지 마. 다 잘될 거야. 잊지 마, 넌 멋진 사람이라 는 걸."

테인의 입에서 나오는 말은 이젠 익숙해진 테인의 말투가 아니라 낯설다. 테인이 내 이마에 입 맞췄다. 나는 나직하게 웃었다. 이 뒤에 다른 말을 더 입력하려다가 너무 닭살이 돋아 지운 기억이 났다.

"촛불 꺼."

테인이 다정하게 말했다. 나는 촛불을 껐다. 테인이 불을 켰다. 그리고 오븐에서 데우기만 하면 되는 스테이크와 와인을 가져왔다. 작년에 예약 주문해뒀던 그것들 말이다. 나는 집이지만 정장을 입고 곱게 화장을 하고 있었다. 머리부터 손톱까지 완벽했다. 나는 다리를 꼬고 앉아 테인이 와인을 따라주는 모습을 바라보았다. 테인은 웨이터처럼 능숙하게 와인 병을 살짝 돌리며 마무리 지었다.

"어떻습니까, 마담?"

그건 작년에 유행하던 드라마에 나온 대사였다. 웃는데 갑자기 눈물이 솟았다. 눈 화장이 번졌을 테지만 테인 앞에서는 괜찮다.

"이리 와."

테인이 옆에 앉았다. 나는 테인의 어깨에 머리를 묻었다. 익숙한 체취가 풍겼다.

샤워를 하고 오랜만에 거실에 있는 소파에 누웠다. 테인이 머리를 쓰다듬었다. 나는 오랫동안 테인을 부르지 않았다. 심지어 테인을 두고 다른 남자를 만났다. 테인은 상관하지 않는다. 나는 테인을 버릴까 했었다. 사는 데 그렇게까지 힘들고 많은 돈을 들이지 않았더라면 버렸을지도 모른다. 테인은 인지하지 못한다.

테인과 함께 있을 때는 아무렇게나 행동해도 된다. 예의를 갖출 필요 같은 건 없다. 테인에게 화를 내도 된다. 원장이라고 생각하고 마음껏 욕설을 퍼부어도 된다. 그러고 싶다면 때려도 된다. 너무 세게 내리쳐 망가지면 수리 보내면 된다. 내가 어떻게 대해도 테인이 날 바라보는 눈빛은 달라지지 않을 거다.

사람과 사람만이 주고받는 게 있는 건 아니다. 모든 건 상호작용한다. 만일 내가 테인을 그렇게 함부로 대했더라면, 지금 이 순간 이렇게 따뜻한 위안을 느끼지는 못했을 거다.

"괜찮을 거라고 말해줘, 테인."

"괜찮을 거야, 넌 잘해낼 거야."

테인이 귓가에 속삭였다. 남자치고는 높은 톤이다. 목소리도 아주 작다. 나에게만 들릴 정도다. 그 정도면 충분하다.

나는 테인에게 오늘 있었던 일을 하나도 빼놓지 않고 조곤조곤 말했다. 바람맞은 것, 전단지를 버렸다가 벌금을 내야 한다는 것도 포함해서 말이다. 테인에게는 무슨 말을 하든 부끄럽지 않다. 테인은 고개를 끄덕였고, 이따금 뺨에 입을 맞추며 내 이야기를 귀 기울여 들었다.

종교를 가진 이들이 믿는 것처럼, 신이라는 존재가 인간을 창조했다면, 그건 그가 몹시도 외로웠기 때문일 것이다. 그리고 그가 외로웠던 건 그가 유일한 존재가 아니었기 때문일 것이다. 주위에 자신과 같은 존재가 수없이 많지 않았다면, 같은 것을 갈망하면서도 상대에게서는 결코 충족받을 수 없는 갈망이 없었다면 자신만을 바라보는 이가 존재하기 바랐을 리 없다.

　나는 테인을 만들기 위해 들어간 온갖 최신 과학을 생각했다. 일각에서는 기술 낭비라고 혹평하는 그것 말이다. 테인을 꾸민 미용사, 분장사, 심리분석가를 생각했다. 나는 그 사람들에게 감사했다. 나는 눈을 감았다. 불이 꺼졌다. 테인이 고르게 숨 쉬는 소리가 들렸다.

■ 나 만 의 연 인 은 ……

「나만의 연인」은 2007년경 환상문학웹진 거울에서 22명의 작가가 메이저 타로카드를 한 장씩 택해 해당 카드를 소재로 단편을 써 출간하기로 한 기획에서 시작한 글이다. 이 기획은 2009년에 『타로카드 22제』라는 제목으로 출간되었다.

기획에 본격적으로 들어가기 전, 어떤 카드로 글을 쓰는 게 좋을지 보려고 뽑은 타로카드에서 연인 카드가 나왔다. 바로 다른 이가 가지고 있던 타로카드로 다시 뽑았는데 마찬가지로 연인 카드가 나왔다. 22장의 카드에서 두 번 다 같은 카드가 나올 확률은 1/484이다. 사실 첫 번째는 왕 카드, 두 번째는 광대 카드가 나올 확률 역시 1/484이다. 어떤 조합이든 두 벌의 카드에서 두 장의 카드가 나올 확률은 같다는 말이다. 그런데도 같은 카드가 나오기가 더 힘들리라는 환상은 연인 카드로 하리라 마음먹는 계기가 되었다.

『타로카드 22제』는 기획을 시작해 책이 나오기까지 2년이 걸렸고, 사이에 몇 번 유사한 소재로 글을 썼다. 그래서 막상 기획이 시작되었을 때는 더는 '연인'을 소재로 한 글을 쓰고 싶지 않았다.

나는 당시 『타로카드 22제』 기획자이기도 했다. 카드를 바꾸기엔 늦었고 기획자가 펑크를 내면 다른 작가들에게 글을 마무리 지으라고 독촉하기 힘들어지는 터라 어떻게든 한 편 써야 했다. 우여곡절 끝에 원고지 21매로 짧은 글을 쓰고, 엽편이나마 마무리 지었다고 뿌듯했다. 그러다 작가들과 이야기하는 자리에서 "21매 엽편이지만, 나는 썼다."고 이야기하자 몇몇이 농담 반 진담 반으로 그렇게 짧은 글을 내는 것에 대해 배신감을 토로했다. 살을 붙여야 하나 고민하며 다시 열었다가 170매가 넘어갔다. 결과로는 긴 쪽이 훨씬 마음에 든다.

이 작품집에 수록하기로 하고 조금 손을 봤지만 크게 달라지진 않았다. 「나의 사랑스러웠던 인형 네므」와 닮은 듯하면서 대칭점이 있는 글이라, 두 글을 연이어 보며 혼자 이런저런 생각에 잠기기도 했다.

조 화 造化

조 화 造化

1

현수는 고등학교 마지막 수업을 마친 날 교복 차림 그대로 새 집으로 갔다. 가방 속에 든 것이라곤 통장, 도장, 카드, 교과서 몇 권이 전부였다. 지하철을 기다리며 눈에 띈 쓰레기통에 전원을 끈 휴대전화와 교과서를 넣었다. 그리고 히죽 웃었다.

딱 한 번 아무것도 지니지 않고 집을 나온 걸 후회했다. 밥그릇이라도 몇 개 챙겨올 걸 그랬다. 한 사람이 사는 데 그렇게 많은 물건이 필요할 줄, 그것들을 장만하기 위해 그렇게 많은 돈이 들 줄은 몰랐다.

중학교 때부터 아르바이트를 하며 모아온 돈은 무서운 속도로 빠져나갔다. 아르바이트를 늘려 새벽에는 신문을 돌리고, 낮에는 편의점에서 일하고 저녁에는 호프집을 나갔다. 라면만 먹는 건 한계가 있었다. 결국은 밥을 해야 했다. 현수는 아르바이트와 아르바이트 사이에 물건을 사러 돌아다녔다. 두꺼운 이부자리, 갈아입을 옷과 속옷, 수저와 양은냄비, 밥그릇과 밥통, 도마와 식칼, 청소도구, 중고 세탁기와 냉장고.

후회는 한순간에 지나지 않았다. 교복과 가방마저 버리고 나니 새 집에 옛 집을 떠올리게 하는 건 아무것도 없었다. 모두 스스로 벌어서 산 것들이었고, 가재도구를 장만하는 건 생각보다 재밌는 일이기도 했다.

늘 모든 게 잘 풀리는 건 아니었다.

"거기, 학생!"

슈퍼 아주머니가 날카로운 목소리로 현수를 불렀다.

"왜 그렇게 신문을 빼먹어?"

현미슈퍼는 현수가 신문을 넣는 첫 집이었다. 신문을 돌리기 시작할 때는 문이 닫혀 있다가, 일을 마치고 나올 무렵 문을 열었다. 때문에 아이스크림 냉장고와 벽 틈에 신문을 끼워 넣곤 했다.

"넣었는데요?"

사람들이 흔히 하는 생각과 다르게 신문 배달부는 매일 아침 신문을 넣은 집을 기억했다.

"밖에다 놓으니까 누가 집어가나봐요. 어디 다른 데 넣을 만한 곳 없을까요?"

"어린 게 어디서 거짓말이야? 제대로 안 넣어?"

이럴 땐 그냥 사과하는 게 속 편했다. 현수는 남은 신문을 주며 죄송하다고 말했다.

밥 먹을 생각도 나지 않아 집에서 한숨 자고 편의점에 갔다. 영애가 발을 동동 굴렀다.

"현수야, 나 미안한데 금방 가봐야 하거든? 내 거 결산 좀 해줄래?"

현수는 알았노라 고개를 끄덕였다. 영애가 간 후에야 그럼 결산을 일찍 해놓지, 라는 생각이 들었지만 별로 어려운 일도 아닌지라 금고를 열고 지폐부터 셌다. 지폐를 세고 난 후에는 쓰레받기처럼 생긴 동전 받침대에 동전을 쏟았다. 받침대에는 동전 모양으로 홈이 파여 있었다. 받침대를 흔들면 동전은 제자리를 찾는다. 홈이 다 차면 50개다. 현수는 돈을 계산했다. 3만 원가량이 비었다. 왈칵 짜증이 치밀었다.

오후 5시가 되자 사장이 왔다. 사십대 초반의 남자였다.

"이게 뭐야?"

사장은 결산표를 확인하더니 물었다.

"이거 왜 이렇게 많이 비어? 영애가 뭐라고 말 안 해?"

"급하다고 저한테 결산 부탁하고 갔어요. 두 번이나 했는데도 그러네요."

"이 기집애 못쓰겠어. 이거 아무래도 상습범 같아."

현수는 안도의 한숨을 내쉬었다. 현수를 의심하는 건 아니었다.

"그럼 가보겠습니다."

편의점 마크가 박힌 앞치마를 벗는데 사장이 현수를 잡았다.

"기다려봐."

사장은 묻지도 않고 냉장고로 가 방금 유통기한이 지난 삼각김밥과 샌드위치를 챙겨서 건넸다.

"감사합니다."

"네 친척이란 사람들은 너 어떻게 사는지 들여다보지도 않고?"

현수는 대답 대신 고개를 숙였다.

"내가 너 사는 데 한번 가봐야 하는데……. 이따 저녁에 잠깐 가볼까?"

당신이 왜.

"아니에요, 괜찮습니다."

"그래도 어른이 한번 들여다보고 그래야 집주인들도 괜한 짓을 못하는 법이야."

그래서 당신은 몇 살이나 먹었는데.

집주인과는 계약할 때 한 번 봤다. 반지하도 아닌 1층 집인데 지난 10년간 한 번도 세를 올린 적이 없다고 반복해서 생색내는 꼬장꼬장한 할아버지였다. 마당이 있는 오래된 주택 한쪽에 쪽문을 내고 방 두 칸에 부엌을 만들어 세를 주었다. 집주인이 사는 집은 어떤지 몰라도, 현수가 사는 집 천장은 현수 키보다 딱 5센티미터가량 높았고, 창문을 열면 밖에서 안이 훤히 들여다보이는지라 늘 닫아둬, 반지하 못지 않게 어두컴컴했다.

"너 앞으론 어떻게 살 생각이니?"

사장은 말을 멈추지 않았다. 이럴 땐 손님도 오지 않았다.

"내가 너 때문에 여기저기 알아봤는데 요새는 인터넷으로도 수업을 들을 수 있는 대학이 있다더라. 방통대 같은 데도 있고, 등

록금도 얼마 안 한대. 아니면 야간 대학이라도 다니거나. 계속 알
바만 하며 살 순 없잖니."

"예, 감사합니다."

"그래, 오늘은 가보고, 아무튼 내 한번 들르마."

사장은 현수의 어깨를 두드렸다. 유통기한 지난 김밥 쪼가리
챙겨주며 어른 행세야? 현수는 편의점을 나와 골목길에 침을 뱉
었다.

안 되는 날은 뭘 해도 안 풀린다고 호프집도 조용히 넘어가진
않았다. 현수는 6시 반부터 새벽 1시 반까지 일했다. 자정이 넘었
을 때 미연이 울상을 지으며 현수를 불렀다.

"어떡해, 누가 화장실에 토해놨어."

"아, 그래."

현수는 화장실에 가서 대걸레를 들었다. 동시에 당했다는 걸
깨달았다. 먼저 발견한 사람이 치우면 되는 일 아닌가. 1시 반에
가게를 나올 때까지 현수는 미연과 눈을 마주치지 않았다. 미연
이 계속 미안하다는 시늉을 했지만 대꾸하지 않았다.

피곤했다. 하지만 씻고 자는 게 전부인 집에 가고 싶지 않았다.
낮이고 밤이고 어두침침한 방에는 텔레비전도 컴퓨터도 없었다.
새로 장만한 휴대전화에 저장된 건 아르바이트 하는 곳과 아르바
이트생 전화번호뿐이었다. 원래 휴대전화를 버리기 전 연락처를
옮겨 적어둔 수첩이 온데간데없이 사라졌다. 단축키로 걸어버릇
해, 전화번호를 외운 사람도 없었다. 현수는 괜히 길거리를 돌아
다니다 눈에 띈 PC방에 들어갔다.

친구들 블로그나 미니홈피는 주소가 바뀌었거나 오랫동안 관리되지 않은 게 대부분이었다. 메신저에 접속해도 다 오프라인이었다. 현수는 한숨을 쉬고 옥션에 들어갔다. 중고 노트북이라도 하나 사면 영화라도 다운받아 볼 수 있을 테고…….

아무리 비가 와도 빨간 장미를 주는 사람은 없어 님의 말:
  야!—

메신저에서 딩동 소리가 났다. 현수는 허둥지둥 대화명을 살폈다. '아무리 비가 와도 빨간 장미를 주는 사람은 없어.' 누구지? 금방 이름이 떠오르지 않았다. 메일 주소는 분명 눈에 익은데…….

아무리 비가 와도 빨간 장미를 주는 사람은 없어 님의 말:
  나야, 나, 경숙이!
최현수 님의 말:
  숙아!!!!!!!
아무리 비가 와도 빨간 장미를 주는 사람은 없어 님의 말:
  야, 잘 지냈어? 어떻게 연락 한 번 없냐? 졸업식도 안 오고. 너 휴
  대폰도 정지 먹었더라?
최현수 님의 말:
  잃어버리는 바람에 연락처 다 날렸지, 모. ;ㅅ;
아무리 비가 와도 빨간 장미를 주는 사람은 없어 님의 말:
  뭐 하고 지내?

최현수 님의 말:

　알바 해.

아무리 비가 와도 빨간 장미를 주는 사람은 없어 님의 말:

　알바 말곤?

최현수 님의 말:

　암것도 안 해. 선영이랑 미희는?

아무리 비가 와도 빨간 장미를 주는 사람은 없어 님의 말:

　몰라, 졸업하곤 한 번도 못 봤어.

최현수 님의 말:

　그렇구나. 학교는 어때? 재밌어?

아무리 비가 와도 빨간 장미를 주는 사람은 없어 님의 말:

　학고 맞았다네. ㅋㅋ

현수는 경숙에게도 집을 나갈 거라는 이야기를 하지 않았다. 어머니가 친구들에게 연락해 닦달하기를 바라지 않았기 때문이었다. 괜한 우려였는지 경숙은 현수가 집을 나갔다는 사실을 아예 모르고 있었다.

최현수 님의 말:

　나 독립했어.

아무리 비가 와도 빨간 장미를 주는 사람은 없어 님의 말:

　와, 진짜? 좋겠다. 나도 독립하고 싶은데……. 야, 주소 좀 불러
봐. 성적표 너네 집으로 좀 보내자. ㅠㅠ

최현수 님의 말:

　어, 그래.

　딱히 더 할 말이 생각나지 않았다. 그만 인사해야 하나. 아쉬웠
다. 몇 달 만에 나눈 대화다운 대화였다. 대화창은 멈춰 있었다.
예전에는 무슨 이야기를 하며 놀았지?

　아무리 비가 와도 빨간 장미를 주는 사람은 없어 님의 말:

　　현수야, 심심하면 나랑 같이 와우나 할래? 울 길드 88년생 동갑
　　만 받거든.

　최현수 님의 말:

　　너 요새 와우해?

　아무리 비가 와도 빨간 장미를 주는 사람은 없어 님의 말:

　　어, 너 지금 어디야?

　최현수 님의 말:

　　겜방

　아무리 비가 와도 빨간 장미를 주는 사람은 없어 님의 말:

　　그럼 바로 들어올 수 있겠네. 캐릭 만들어서 귓말 보내. 내 캐릭
　　터는 샨드라야.

　최현수 님의 말:

　　ㅇㅋ

　현수는 바탕화면에서 와우 아이콘을 찾아 더블 클릭했다. 캐릭

터를 만들고 귓속말을 보내자 바로 길드 초대 메시지가 날아왔다.

　　삼각김밥이 뭐냐? ㅋㅋ
　　요새 내 주식이라네. 안녕하세요~ 첨 봬요~

현수는 대화창에 있는 사람들에게 인사했다.

　　야, 말 놔. 울 길드 다 동갑이야.
　　하이하이— 어서오세요—

대화창에 있던 다른 사람들이 인사했다. 현수는 새벽 5시가 넘
어서야 게임방을 나왔다. 바로 신문배급소에 가야 할 시간이었
다. 며칠 지나지 않아 현수는 신문배달을 그만뒀다.

현수에게는 첫 번개가 있는 날이었다. 슬슬 더워져서 새 옷을
몇 벌 샀다. 새로 산 옷을 입고 홍대에서 내렸다. KFC 앞은 사람
들로 북적였다.
　"야, 최현수!"
　경숙이 손을 흔들었다. 옆에 두 사람이 더 있었다.
　"숙아!"
　현수도 활짝 웃으며 다가갔다.
　"얘가 성힐이, 성기사힐링하고, 얘가 곰발바닥개발바닥이야.
문스톤이라고 새로 가입한 애가 있는데 걔는 좀 늦는대. 현수 넌

본 적 없을 거야. 신데렐라라 자정 땡 치면 들어가거든. 걔도 오프
는 처음이야. 먼저 가자."

"샨드라가 현수라고 부르기에 난 또…….'"

성힐이 말했다. 현수는 한두 번 들은 이야기가 아닌지라 어깨
만 으쓱하고 말았다. 경숙이 옆에서 그럴 줄 알았다는 듯 키득거
렸다. 네 사람은 일단 고깃집에 가서 소주와 삼겹살을 먹었다. 그
리고 2차로 맥주를 마시러 갔다. 문스톤에게 전화가 온 건 그때
였다. 성힐이 전화를 받았다.

"아, 지금 역이야? 여기 위치가 좀 애매한데……. 거기 있어. 내
가 데리러 갈게. ……어."

성힐은 약간 붉어진 얼굴로 일어나며 히죽 웃었다.

"목소리 죽여. 갔다 올게."

경숙은 희희낙락하며 나가는 성힐을 보며 담배에 불을 붙였다.
나중에 현수는 간만에 마신 술로 좀 취했을지도 모른다고 생각
했다.

문스톤이라는 캐릭터를 키우는 희수와 성힐은 몇 분 지나지
않아 가게로 들어왔다. 희수는 쑥스러운지 고개를 약간 숙였다.
긴 생머리가 귓불에서 달랑거리던 작은 귀고리를 가렸다. 목은
가늘고 길었다. 허리가 잘록한 베이지색 원피스를 입었고, 스타
킹을 신지 않은 종아리는 희고 곧았다.

자리에 앉은 희수는 바로 기침을 했다. 곰발바닥개발바닥이 바
로 담배를 껐다. 경숙은 끄지 않았다.

"우리 모두 이름 다 이야기했어. 난 지석이고 곰발바닥은 성준

이야. 삼각김밥은 현수래."

성힐이 말했다. 현수는 처음 이름을 말할 때면 늘 그렇듯 뒷머리를 긁적였다. 하지만 희수는 현수가 곧잘 듣는 이야기를 하지 않았다.

"난 희수야, 이희수."

"이름 예쁘지?"

성힐이 괜히 상기되서 말했다.

"야, 누가 이름을 다 말해? 나 안 말했거든?"

경숙이 말했다.

"아, 미안미안."

성힐은 희수를 보며 사과했다.

"난 경…… 아야."

"경숙이 아냐? 삼각이 그렇게 부르는 거 들었는데? 숙아! 하고……."

"얘만 가끔 그렇게 불러. 고등학교 때 친구들만. 별명이야."

경숙은 다시 담배에 불을 붙였다. 현수는 가만히 있었고 아무도 굳이 확인하지 않았다.

희수는 10시쯤 일어나야 한다고 했지만 다들 잡아 11시까지 있었다. 희수가 일어나자 모두 그만 가자고 말했다. 현수와 희수는 방향이 같았다. 다른 사람들은 지하철을 타러 가고, 현수는 희수와 단둘이 버스를 기다렸다.

2

◀ 이 시간에 웬일이야?

경숙이 와우에서 귓속말을 보냈다.

▶ 알바 바꿨어.

현수가 대답했다.

◀ 어디루?
▶ 보드 카페. 낮 12시부터 10시까지 일한다네.
◀ 열 시간이나 하면 힘들지 않아?
▶ 두 탕 뛰는 것보다 낫다네.
◀ 나 상층 가는데 전사 한 명이 안 구해지네. 같이 갈래?
▶ 아, 나 곰발바닥이랑 문스톤 줄파락 돌아주기로 했는데.

대화창이 조용해졌다. 현수는 드워프 전사였고, 곰발바닥은 인간 도적이었다. 문스톤은 나이트엘프 사제였다. 게임 캐릭터 상으로 문스톤이 제일 키가 크고 날씬했으며, 현수는 작고 땅딸막했다. 문스톤이 도착해서 줄파락에 들어가는데 경숙에게 귓속말이 날아왔다.

◀ 성힐이두 간 거야?

▶ 어.

◀ 아까 상층 가자고 할 땐 시간 없다더니. ——;;

▶ 상층은 오래 걸리잖아. 줄파야 만렙 둘이 돌면 3, 40분이면 끝나는걸.

경숙은 더 이상 말이 없었다.

3

"나 이 영화 이렇게 야할 줄 몰랐다."

경숙이 담배를 물었다.

"근데 너 멀쩡하게 잘 보더라?"

성힐은 어깨만 으쓱했다.

"남자들이 동성애에 대해 더 부정적인 시각이 많대. 보기 불편하진 않았어?"

경숙이 물었다.

"남이사."

성힐은 심드렁하게 대답했다.

"영화 되게 멋지더라, 배우들도 잘생겼고, 몸매도 멋지고. 근데 마지막 장면에 옷장에 산 사진 붙여놓은 거. 그거 왜 붙인 걸까?"

경숙이 말했다.

"그런 게 있었어?"

성힐이 물었다.

"못 봤어? 옷장에 있었잖아."

6시가 넘었는데 밖은 아직도 환했다. 오늘 희수는 머리를 올리고 왔다. 창문을 투과해 들어온 햇빛이 희수의 목덜미 솜털을 간질였다. 현수는 괜스레 시선을 내려 콜라를 빨았다.

"야오이 같은 거 보면, 강간당하구, 강간한 사람 좋아하는 내용되게 많잖아. 그거 말도 안 된다고 생각했는데, 의외로 진짜 그런 사람이 있더라."

경숙이 말했다. 성힐이 한 박자 늦게 "그래?"라고 말했다.

"응, 전에 무슨 시사프로에선가 동성애 관련된 걸 했는데, 고등학교 남자애가 호기심에 게이바를 갔다가 거기서 만난 사람에게 강간을 당했대. 근데 그 사람이랑 살림까지 차렸다나봐. 근데 그 남자가 집에서 결혼하라 그런다고 헤어지자 그랬대. 말도 안 된다고, 그 사람 너무 사랑한다고 막 우는데 와, 진짜 징그러워서 혼났다. 모자이크 처리하긴 했는데, 애도 진짜 게이처럼 생겨 가지구……."

경숙이 말을 이었다. 희수는 잔에 다즐링을 따랐다.

"많이 나오네?"

성힐이 말했다.

"한 잔 정도 더 나올 거야. 마셔볼래?"

성힐이 한 입 마셨다. 희수는 현수에게도 마셔보라는 듯 잔을 내밀었다. 현수는 살짝 입을 댔다 뗐다. 무슨 맛인지 잘 알 수 없었다. 현수는 맛있다고 말하고 경숙에게도 마실 거냐고 물었다.

"다즐링 싫어해."

경숙이 대답했다. 현수는 잔을 희수에게 돌려줬다. 희수는 받고 한 모금 넘겼다. 현수가 입을 댄 곳이었다.

"야! 나만 말하냐? 왜 이렇게 조용해?"

경숙이 짜증을 냈다.

"어……."

현수는 무슨 말을 해야 하나 고민했지만 딱히 떠오르는 말이 없었다.

"울 언니가 뭐 하느냐 그러더라. 뭔데 만날 붙들고 있느냐고. 그래서 캐릭터 키워서 인던 가고, 인던 가서 아이템 장비해서 더 레벨 높은 인던 가고, 뭐 그런 게임이라고 했지. 그러니까 그런 걸 뭐하러 하느냐고 하는 거야. 완전 시간낭비 쳇바퀴 아니냐고. 그래서 내가 그랬지."

경숙은 몸을 앞으로 내밀며 대단한 통찰력이라도 뽐내듯 말했다.

"사는 건 안 그러냐. 돈 들여서 대학 가고, 대학 가서 공부하고 학원 다니면서 돈 쓰고, 그래서 돈 벌러 회사 들어가고, 집 마련하고, 진급하고, 진급해서 돈 더 벌어서 더 큰 집 가고, 더 좋은 차 사고. 뭐가 다르냐. 그랬더니 그래도 그건 생산성 있는 일이라나. 나 원 참, 어이가 없어서."

"사는 데 별 도움 안 되는 것 같은 거, 생산성 없는 거, 사는 데 정말 필요한 건 그런 것들일지도 몰라."

현수가 중얼거렸다. 아까와는 다른 의미의 침묵 후 다들 "오오"
하는 소리를 냈다.

"굉장한데?"

그리고 다시 대화가 끊겼다. 희수는 손톱에 옅은 핑크색 매니
큐어를 발랐다. 손이 움직일 때마다 핑크색들이 따라다녔다. 경
숙이 현수의 옆구리를 쳤다.

"야, 나 담배 사러 가는데 같이 가자."

"어."

카페 바로 옆에 있는 편의점에서는 담배를 팔지 않았다. 길 건
너편 아까 갔던 dvd방 옆에 있는 슈퍼에 담배 마크가 보였다. 신
호등은 막 빨간색으로 바뀌었다.

"짜증 나."

경숙이 말했다.

"왜?"

"아주 대놓고 가라고 눈치를 줘라, 줘."

"응?"

"문스톤 성힐이한테 작업 걸잖아. 몰랐어? 성힐이가 울 길드에
서 제일 인물이 반반하잖아. 오늘도 대놓고 둘이 보자고 하기 그
러니까 너랑 나까지 부른 거야."

"그래?"

신호등은 여전히 빨간색이었다. 도로가 길어서 그런지 모두 착
실히 신호가 바뀌길 기다리고 있었다.

"성힐이도 반쯤은 넘어간 눈치고……."

"그래?"

"남자들 단순하잖냐. 여자가 먼저 작업 걸어서 안 넘어오는 애들 별로 없다. 엔간히 못생긴 애 아닌 이상."

"……그래."

"웃기는 건 걔가 꼬리 치는 게 성힐이 하나가 아니라는 거지. 인기 관리한다 이거지. 나 진짜 어이가 없어서. 솔직히 걔가 뭐 그렇게 예쁜 건 아니지 않냐? 죽어라고 가꾸고 화장해서 그 정도 얼굴 안 나오는 사람 있냐."

"희수도…… 화장해?"

"투명 메이크업 몰라? 걔 외출 한 번 하려면 세 시간은 걸릴걸? 지 이름에 대고 달빛 보석이니 어쩌구 할 때부터 알아봤어. 놀라운 자신감이시지. 자기 자신에게 보석이라고 하고 싶을까?"

신호등이 바뀌었다.

"야, 좀 천천히 걸어. 기럭지 길다고 과시하냐?"

경숙이 짜증을 냈다.

"어."

현수는 걸음을 늦췄다.

"야, 오늘 둘이 놀게 냅두고 우리끼리 술이나 마시자. 아까 보니까 눈치 장난 아니게 주더만. 내 말엔 대꾸도 안 하고."

"그래서 화난 거야?"

"야! 그런 거 아냐. 노는 게 꼴 같지 않아서 그렇지. 오늘 성힐이도 늦는다 그래서 아까 희수랑 둘이서 밥 먹었거든? 걔 여자끼

리 있을 땐 안 그래. 밥도 많이 먹고, 내가 담배 피워도 별 말 안
해. 근데 곰 오니까 바로 기침하더라. 웃겨 가지고……."

현수는 비틀거리는 경숙을 부축했다.
"야, 얘 이래서 혼자 가겠어?"
성힐이 말했다.
"경아야, 괜찮아?"
희수가 물었다. 경숙은 손을 내저었다.
"혼자 갈 수 있다니까?"
"야, 진짜 안 되겠다. 너 샨드라 집 알아?"
성힐이 물었다.
"어."
"택시비 있어?"
현수는 고개를 끄덕였다.
"그럼 네가 오늘 수고 좀 해라."
"어."
성힐이 택시를 잡았다. 현수는 경숙을 태우고 옆자리에 앉았
다. 희수와 성힐이 차 밖에서 손을 흔들었다.

4

뒤처지지 않게 따라오세요.

게임 내에서 전사는 길잡이였다. 현수는 40명이 몰려가는 검은 날개 둥지에서 처음으로 메인탱커를 맡았다. 실수할까봐 신경이 곤두섰다.

다음 코너에서 탐합니다. 안으로 들어가세요.

40명은 새둥지처럼 된 좁은 구석에 옹기종기 몰려 물을 마시고 빵을 먹으며 체력과 마나를 회복했다.

다시 갑니다.

현수가 앞장섰다. 귓속말이 날아왔다.

◀ 내일 시간 있어?

성힐이었다. 새끼용들이 바글바글거려 렉이 심했다. 현수는 달리면서 r키를 눌렀다.

▶ 어.

바짝 따라오세요. 뒤처지지 마세요.

현수가 다른 사람들에게 말했다.

◀ 나 어제 희수한테 차였다.

현수의 캐릭터가 휘청거렸다. 이 코스에 들어오기 전에 캐릭터가 술을 마신 탓이었다. 술을 마시면 HP가 늘어나는 대신, 사람이 술에 취해 걸을 때 그러하듯이 똑바로 걷지 못했다.

마지막입니다. 끝까지 갑니다.

현수는 대화창에 말하고, 뛰면서 다른 사람들의 남은 피와 마나 수치를 확인했다.

◀ 내일 알바 몇 시에 끝나?
◀ 어젠 잘 들어갔어?

성힐과 희수가 차례로 물었다. 현수는 희수에게는 그렇다고, 성힐에게는 8시라고 답장을 보냈다.

◀ 너네 동네로 갈게, 술 한 잔 하자.
◀ 일요일에 영화 볼래? 그날은 알바 안 하지?

현수는 두 사람 모두에게 그렇다고 대답했다.

▶ 나 지금 검둥이라서 문자할게.

희수에게 보낸다는 게 성힐에게 갔다.

◀ ㅇㅋ 내일 보자.

성힐이 대답했다. 현수는 희수에게도 같은 내용의 답장을 보냈
다. 희수도 좋다고 답했다.

탐하시고요. 위치 잡아주세요.

현수가 다른 플레이어들에게 말했다. 밀리 클래스와 원거리 클
래스가 각기 자리를 잡았다.

5

"어제 집에 가다 고백했는데 뭐, 그냥 친구로 지내자 그러더라."
성힐이 말했다.
"어."

현수는 잠자코 술을 마셨다. 맥주잔은 얼어서 나왔고, 닭은 바삭하니 잘 튀겨졌다.

"근데 너 알바 10시까지 아니었어?"

"사장이 직원처럼 일해달래. 원래 있던 매니저가 나갔거든. 일찍 출근해서 물건 받고, 정리하고, 대신 퇴근은 빨리 해."

"오…… 매니저인가?"

"공식적으론 아냐. 카페에서 내가 젤 어리거든."

"그런데도 맡겼다는 걸 보면 신용 좀 있나본데? 월급도 올려줬어?"

현수는 고개를 끄덕였다.

"네가 젤 낫구나. 난 졸업하면 어떡해야 할지 벌써 막막한데."

"아직 1학년이잖아."

"시간 빨리 간다. 벌써부터 토익 공부하는 애들 많아. 영어만으론 안 돼. 일본어나 중국어 학원 다닐까 생각 중이야."

성흴이 화장실에 간 사이 경숙에게 전화가 왔다.

—어디야?

"어, 집 근처에서 술 마셔."

—누구랑?

"성흴이랑."

—뭐? 그럼 걔 오늘 레이드 결석계 올린 게 너랑 술 마시려고였어? 나도 부르지!

"어, 그냥 얼결에 정해진 거라……."

—결석계 어제 올렸던데? 어제 약속 잡은 거야?

현수는 딱히 할 말이 떠오르지 않아 가만히 있었다.

―뭐야? 둘이 수상한데?

경숙은 깔깔 웃었다.

―성힐이 바꿔봐.

"화장실 갔어."

성힐이 돌아와 누구냐고 물었다. 현수는 입 모양으로 경아라고 대답했다. 성힐은 받기 싫다는 듯 고개를 저었다. 경숙은 둘만 마신다고 불평하다가 전화를 끊었다.

"걔 진짜 이름은 경숙이지?"

성힐이 물었다. 현수는 대답하지 않았다.

"어제도 희수만 돌아주고 자기가 가자 그럴 땐 안 간다고 한참 삐치더라."

성힐이 말했다.

"경숙이가 희수를 싫어하나?"

"뭐, 괜히 샘나서 하는 소리지. 너랑 희수가 비슷한 시기에 가입했는데 그전에는 매일 들어오는 여자애는 걔밖에 없었거든. 하여간 여자애들이란……. 뭐, 다 그런 건 아니지만……."

성힐은 급하게 마지막 말을 덧붙였다.

"차라리 잘된 거 같아. 우리 집 약국 하거든? 근데 동네에 엄청 큰 약국이 생긴 거야. 이십 년 넘게 한 자리에서 장사했는데, 큰 약국 생기니까 바로 발길 돌리더라. 이래저래 집안 분위기도 안 좋고……. 와우 줄이고 공부나 할란다. 장학금 받아야 할 것 같아."

대화는 간간이 이어지기도 했지만 묵묵히 술만 마신 시간이 더 길었다. 둘은 지하철 앞에서 헤어졌다.

"오늘 이야기 들어줘서 고맙다. 말없이 편하게 술 마실 수 있는 친구 흔하지 않거든."

성힐이 말했다.

"어……"

집에 돌아가는 길에 희수에게 전화가 왔다. 볼 영화와 시간을 정하고도 한참 통화하다 끊었다.

6

앞 시간에 앉아 있던 사람이 팔걸이를 올려놓고 갔다. 도로 내리기도 그대로 앉기도 어색해 머뭇거리는데 희수는 신경 쓰지 않는 듯 먼저 앉았다. 희수가 영화 볼 때 아무것도 안 먹는다는 말에 콜라도 없었다. 현수도 옆에 앉았다. 희수가 가까이 앉아 어깨가 닿았다.

희수의 집 앞에서 현수는 저도 모르게 희수를 끌어안았다. 희수는 그대로 안겨 있었다.

"아직…… 시간 되면 술 한 잔만 할래?"

현수가 희수의 귓가에 속삭였다.

"너 차 시간 괜찮아?"

희수가 물었다.

"택시 타면 돼."

둘은 아쉽게 서로를 놓았다. 근처에 마땅히 갈 곳이 없었다. 이십여 분을 배회한 끝에 투다리를 발견해 들어갔다.

"사이다? 콜라?"

현수가 물었다.

"나도 맥주."

현수는 맥주 두 잔과 꼬치를 시켰다. 무언가 말을 해야 했다. 하지만 무슨 말을 해야 할지 알 수 없었다. 아니, 정확히 알고 있었다. 며칠 전 성힐이 한 말과 같은 말이었다. 하지만 내가 그런 말을 해도 되는 걸까.

희수는 어느새 반 넘게 잔을 비웠다.

"술 잘 못하지 않아?"

현수가 물었다.

"한 잔 정도는 괜찮아."

희수가 대답했다. 현수는 마지막 한 모금을 넘기고 새 술을 시켰다.

"담배 없지?"

희수가 물었다.

"너…… 담배 피워?"

현수가 뜻밖의 말에 되물었다.

"그냥, 가끔 한 대씩."

희수는 아무렇지도 않은 듯 말했다.

"……사 올까?"

"아냐, 됐어."

희수도 잔을 비우더니 한 잔 더 시켰다. 둘 다 진짜 하고 싶은 이야기는 따로 있음을 알고 있었다. 하고자 하는 이야기만 제외하고 이어지는 대화는 질 나쁜 성냥개비처럼 툭, 툭 부러졌다.

"있잖아…… 너……."

희수가 잔을 만지작거렸다.

"응?"

현수의 심장이 요동쳤다. 진짜 이야기가 나오려 하고 있었다. 희수가 고개를 들고 현수를 마주 바라보았다.

"어른들을 위한 잔혹동화라는 책 읽어본 적 있어?"

"아니?"

현수는 예상치 못한 질문에 당황했다. 희수는 아랑곳하지 않고 이야기를 이었다.

"거기 개구리 왕자 패러디가 있거든? 공주가 물가에서 놀다가 공을 물속에 빠뜨린 거야. 개구리가 공을 주워줄 테니 친구가 되어달라고 해. 공주는 좋다고 해. 그리고 공을 갖다주니까 집으로 도망쳐. 개구리는 쫓아와. 그리고 약속을 지키라고 해. 공주는 싫다고 해. 어떻게 개구리랑 같은 접시로 밥을 먹고, 같은 침대에서 잠을 자? 그건 끔찍한 거잖아. 어떻게 개구리랑……. 못생긴 데다 미끌거리고 징그럽잖아. 그때 마녀가 나타나. 그리고 개구리가 사실은 왕자라고 말해. 삼 년 동안 개구리인 채로 사랑하거나 지금 목을 쳐버리면 왕자가 될 거라고 해. 공주가 어떻게 했을 것 같아?"

"글쎄."

현수는 듣는 내내 왜 이 이야기를 하는지 알 수 없었고, 갑자기 나온 질문에 바로 답을 생각하지 못했다. 희수는 크게 기대하진 않았어도 막상 실망했는지 작게 한숨을 쉬었다.

"개구리가 말해. 공주님, 공주님, 제발 지금 제 목을 치지 마시고 절 삼 년 동안 개구리인 채로 사랑해주세요."

희수는 개구리 흉내를 내며 절박하게 말했다. 그리고 다시 한숨을 쉬었다.

"하지만 공주는 목을 치지. 개구리는 왕자로 변해. 목이 잘려 있는 왕자로. 모든 동화에는 교훈이 있어. 너 이 이야기의 교훈이 뭔지 알아?"

현수는 술을 마시며 시간을 벌었다. 희수는 기다렸다.

"약속은 함부로 하는 게 아니다?"

"그게 아니야!"

희수는 날카롭게 외치고 두 손으로 얼굴을 감쌌다.

"희수야, 취했어. 그만 가자."

"나 안 취했어. 그리고 그게 아니야."

현수는 일어서서 계산을 했다. 자리로 돌아와 여전히 앉아 있는 희수를 일으켰다. 희수는 확실히 그다지 취하지 않았다. 하지만 잠자코 현수의 팔에 기댔다.

"그게 아니야."

희수는 아파트 단지 안으로 들어갔다.

7

"뭐가 아니라는 걸까?"

"야, 너 그 이야기 한 번만 더 하면 백 번 채우거든?"

경숙은 현수 잔에 술을 따랐다.

"막잔이다, 마시고 가자."

경숙이 말했다.

"한 잔만 더 해."

"야? 나 차 끊겨."

"택시비 주면 되잖아."

"나 요새 계속 늦었단 말이야. 성적표도 들켰고, 오늘도 늦으면 죽음이야."

"야! 난 네가 술 마시자 그러면 다 마셔줬잖아!"

"그럼 얘기를 하든가! 너 오늘 왜 이러는데? 말을 해야 술친구를 하든지 말든지 할 거 아냐."

"성힐이는 별 말 없이 술만 마셔도 좋다던데."

"그럼 성힐이를 부르지 왜 날 불렀어?"

현수는 술을 마셨다.

"야, 안주도 좀 먹으면서 마셔."

경숙이 골뱅이를 내밀었다. 현수는 입을 벌리고 순순히 받아먹었다.

"너 어른들을 위한 잔혹동화라는 책 본 적 있어?"

현수가 물었다.

"아니, 몰라."

경숙은 담배를 물었다.

"거기 개구리 왕자 이야기가 있거든? 공주가 호수에서 놀다가 황금 공을 빠뜨려. 개구리가 나와서 공을 가져다줄 테니 친구가 되어달라고 그래."

"그래그래, 근데 공주는 공을 받기 무섭게 생까고 튀지. 개구리는 눈치코치 없이 좋다고 따라오고."

"마녀가 나타나."

"개구리 왕자에 마녀가 어딨어?"

"그냥 나타나, 좀 들어봐. 마녀가 나타나서 개구리가 사실은 왕자라 그래. 왕잔데 마법에 걸렸다고. 마법을 풀어주려면 삼 년간 개구리인 채로 사랑해주거나 목을 자르면 된대. 공주가 어떻게 했을 거 같아?"

"목을 잘랐겠네."

현수는 가눠지지 않는 몸을 일으켰다.

"어? 어떻게 알았어?"

"뻔하지, 뭐. 미쳤다고 개구리랑 삼 년 동안 사냐?"

"그래서 공주가 목을 잘랐어. 개구리가 어떻게 됐게?"

"뒤졌냐?"

"어? 어떻게 알았어?"

"뻔하지, 뭐."

"왕자로 변하긴 했는데 목이 뎅겅, 잘린 왕자가 된 거야. 너 이 이야기의 교훈이 뭔지 알아?"

"개구리는 개구리지 왕자가아 아니다!"

경숙은 유행어를 흉내 내 말했다.

"진정한 사랑이란 추한 자를 사랑하는 것이다. 따라서 진정한 사랑은 존재하지 않는다."

"오…… 쿨한데? 그거 어디서 읽었어?"

"서점에서 샀어."

"그래서? 하고 싶은 이야기가 뭔데?"

"나는 뭐라고 그랬느냐면…… 약속은 함부로 하는 게 아니라고 했거든? 근데 그게 아니래. 그러더니 가버렸어."

"누가?"

현수는 자기 잔을 들다가 술이 없자 경숙의 잔을 뺏어 마셨다.

"나도 담배 하나 주라."

"피우지 마."

"그냥 하나 주면 안 돼?"

"안 돼."

"치사하게."

"누군지 말하면 줄게. 너, 좋아하는 사람이라도 생긴 거야?"

현수는 고개를 숙이고 한참 말이 없다가 경숙을 보며 말했다.

"그냥 한 대 주면 안 돼?"

"에이씨, 너, 오늘만 피워라?"

경숙은 담배를 건넸다. 현수는 불을 붙이려 했지만 잘 붙지 않았다.

"입에 대고 숨을 들이마시면서 해라. 그래야 붙는다."

담배가 떨어졌다. 현수는 주우려 했다. 경숙이 옆으로 와 의자에서 떨어지려는 현수를 제대로 앉히고 자기 자리로 돌아갔다. 그리고 불을 붙인 담배를 건넸다. 현수는 담배를 피웠고, 기침을 했다.

"내가 아는 사람이야?"

경숙은 현수의 안색을 살폈다.

"내가 아는 사람이지? 그렇지?"

"나, 있잖아……."

"응."

"한 잔만 더 하고 싶다."

"너 벌써 많이 마셨거든? 나 너네 집도 모르고, 너 데려다줄 능력도 없거든?"

"혼자 갈 수 있어!"

현수는 두 번째 담배를 물었다. 이번에는 불을 붙이는 데 성공했다.

"요새…… 나랑 말을 안 해……."

"누가?"

"말 걸어도 바쁘다 그러고, 문자를 보내도 답이 없어."

"그러니까 누가?"

"근데 왜 그러지? 잘 지냈거든? 같이 밥도 먹고, 영화도 보고 술도 마시고. 진짜 잘 지냈거든? 한 번은 껴안기도 했는데, 근데 왜 그러지?"

"오, 껴안았어?"

"응, 굉장히⋯⋯ 따뜻했어, 포근하고."

현수는 술을 찾았다. 경숙은 물잔을 건넸다.

"근데 갑자기 왜 그러는데? 내가 뭘 잘못했나? 내가 그 이야기의 교훈을 잘못 말해서? 근데 그 얘기는 왜 했을까? 그게 무슨 의민데? 내가 개구리야? 내가 못생겨서 싫은가?"

"야! 네가 못생기긴 어디가! 누가 그딴 소릴 해?"

"나 물어보고 올래. 얘기할래. 왜 그러는지, 나 좋아한 거 아니었는지 물어보고 올래."

현수는 휴대전화를 들고 일어섰다. 경숙이 손을 잡았다.

"가지 마."

"전화만 걸고 올 거야."

"전화하지 마."

"왜?"

"그냥 내 말 들어, 하지 마."

현수는 경숙을 뿌리치고 밖으로 나갔다.

전화벨이 한참을 울리고서야 희수의 목소리가 들렸다.

―여보세요?

"미안, 자고 있었어?"

똑바로 서 있기가 힘들었다. 현수는 전봇대에 기대 몸을 버텼다.

―아니.

"물어볼 게 있어서. 나, 있잖아, 나 너 정말로⋯⋯."

―미안, 이만 끊자.

전화는 뭐라 말할 새도 없이 끊겼다. 바람이 차가웠다. 세상은 가만히 있는 것 같기도 하고, 빙빙 도는 것 같기도 했다. 술이 깬 건 확실했다.

자리에 돌아오자 새 술이 기다리고 있었다. 경숙은 현수의 표정을 살피거나 무언가를 묻는 대신 뚜껑을 돌려 따더니 현수의 잔에 따랐다. 술이 나가는 만큼 공기가 들어왔다. 술과 공기는 자리를 바꾸며 또록 또록 또록 맑은 소리를 냈다.

"어?"

현수는 술병을 뺏어 경숙의 잔에 술을 채웠다. 아무 소리도 나지 않았다.

"뭐야? 왜 나는 안 돼?"

"첫 잔만 나는 거야."

"말도 안 돼! 내가 소주를 얼마나 많이 마셔봤는데!"

"잘 따라야 나는 거야. 처음엔 우연히들 되지만, 다음부터는 요령이 생겨서 쉬워지지. 마셔."

길이 자꾸 움직였다. 현수는 최선을 다해 똑바로 걸었다.

"처음 봤을 때……."

경숙이 현수를 부축했다.

"베이지색 스커트 밑에, 종아리가…… 너무 예뻐서……."

현수는 중심을 잃고 바닥에 쓰러졌다. 경숙이 미안한 얼굴을 했다. 현수는 괜찮다는 의미로 싱긋 웃었다. 어두침침했다. 경숙은 없었다. 현수는 주위를 둘러봤다. 방이었다. 어제 입고 나갔던 옷은 곱게 개어져 있었고, 트레이닝복을 입고 있었다. 갑작스레 머리가 깨질 듯이 아파오고 속이 뒤집혔다.

현수는 휴대폰을 열었다. 8시 반이었다. 챙기고 아르바이트를 가야 했다. 통화내역을 살펴보니 새벽 3시 30분에 경숙과 통화한 기록이 있었다. 잘 들어갔느냐고 전화한 기억이 났다. 어지간히 마신 모양이었다.

늦지 않으려면 서둘러 씻어야 했다. 현수는 샤워기를 틀었다. 예전엔 씻는 걸 싫어했다. 하지만 이사한 후로는 싫다고 생각해 본 적이 없었다.

고등학교 때 경숙은 11시 반에 독서실에서 나왔다. 현수도 그 시간에 아르바이트가 끝났다. 두 사람은 독서실과 현수가 아르바이트하던 곳 중간에서 만나 함께 집으로 돌아가곤 했다. 경숙은 수다스럽기도 하지만 이야기도 재미있게 하는 편이었다. 두 사람은 웃고 떠들다가 갈림길에서 갈라졌다. 경숙이 인사하고 가고 나면 현수는 오른발 뒤꿈치를 왼발 앞에 붙였다. 왼발 뒤꿈치를 오른발 앞에 붙였다. 그런 식으로 걸어도 결국은 집에 도착했다. 거실은 언제나 불이 환하게 밝혀져 있었다. 어머니는 가죽 소파에서 몸을 꼿꼿이 세우고 신문이나 잡지를 보고 있곤 했다. 현수가 와도 쳐다보는 일은 별로 없었다. 현수는 제발, 제발, 속으로 빌면서 발소리를 내지 않으려 노력하며 방으로 가곤 했다. 가끔 어머니는 "씻어라."라고 말했다. 그럼 현수는 욕실에 들어가서 최대한 오랫동안 몸을 구석구석 닦았다. 하지만 결국은 나가야 했다. 현수의 집에는 안에서 잠글 수 있는 문이 하나도 없었다. 방에 들어가 침대 속에 웅크렸다. 몇 분 지나지 않아 문이 열리는 소리가 들렸다.

욕지기가 치밀었다. 현수는 변기까지 가지도 못하고 바닥에 토했다. 샤워기는 여전히 세차게 물줄기를 뿜아내고 있었다. 따뜻한 물을 맞는데도 몸이 부들부들 떨렸다. 입을 틀어막아도 울음이 멈추질 않았다.

얼마나 많은 용기가 필요했는데.

적어도 그래선 안 되었다. 그런 식으로 외면해서는 안 되었다. 차라리 그냥 아니라고 말하는 게 나았다. 싫다면 그래야 했다.

1

희수가 와우를 시작한 건 우연찮게 본 나이트엘프의 스크린샷 때문이었다. 눈동자가 없이 하얗게 빛나는 눈, 얼굴에 있는 나비 문양, 청순하면서도 요염해 보이는 몸매, 신비로운 분위기, 모든 것이 희수가 동경해온 이미지 그대로였다.

"안 자니?"

어머니가 문을 열고 들어왔다.

"예, 거의 끝났어요."

어머니는 희수 옆에 섰다.

"여기 파란 머리가 너니?"

"응."

"예쁘네."

희수는 잠깐 머뭇거렸다.

"잠시만. 같이 게임하는 사람들에게 나간다고 이야기할게."

"그래라."

어머니는 침대에 앉았다. 희수는 나직이 한숨을 쉬었다. 파티 플레이를 하는 도중에 나가는 건 실례였다. 차라리 리붓을 하고 끊긴 척할까? 라스트 보스까지 얼마 남지 않았는데…….

희수는 현수에게 귓속말을 보냈다.

▶ 나 엄마가 잠깐 얘기 좀 하자는데, 대신 좀 해주면 안 될까? 비 번 알려줄게. 거의 다 왔는데 나간다는 말을 하기가 그래서…….

◀ 나 사제 안 키워봐서 잘 모르는데…… 성힐한테 말해봐. 걔 사 제 부캐 있어. 교대해 달라 그래.

희수는 어머니를 보며 난처한 웃음을 지었다.

"혼자 하는 게 아니라서요. 오 분만…….''

"그래, 천천히 해."

어머니는 베개를 들어 먼지를 털었다. 잠시 후 성힐에게 귓속 말이 왔다.

◀ 왜? 나가야 해?

▶ 응. 보스만 잡으면 되는데…….

◀ 내 사제 가켓잔에 있어서 가려면 한참 걸릴 텐데…….

대화창 너머 성힐이 머뭇거리는 기색이 느껴졌다. 희수는 긴장했다.

▶ 비번 알려줘도 되면 대신 돌아줄게.
◀ 아니야, 번거롭게 해서 미안해. 어떻게 해볼게.

"엄마, 나 십 분만…… 혼자 하는 게 아니라서, 나 나가면 다들 못 하거든."

"애는, 그래, 괜찮아."

어머니는 보조 의자에 앉아 구경했다. 희수는 괜히 긴장이 되었다. 라스트 보스를 잡기까지 딱 십오 분이 걸렸다. 희수가 기다리던 아이템이 아니었기 때문에 먼저 간다고 양해를 구하고 게임을 나왔다.

"아이구, 근데 무슨 하나를 다섯이서 때리니그래?"

희수는 피식 웃었다.

"그래야 겨우 잡을 수 있을 만큼 세거든. 근데 왜?"

"응, 다른 게 아니구…… 왜 너 아버지 친구 상철이 아저씨 알지?"

"응, 알아요."

"상철이 아저씬 결혼을 좀 일찍 했잖니. 그 집 둘째아들이 이번에 법률 사무소에 들어갔는데 제법 큰 곳이라네. 왜 너도 그 집

큰아들 결혼할 때 봤을 텐데, 형우라고…….”

“잘 기억 안 나요. 근데 왜?”

희수는 불안한 마음을 누르며 말했다.

“왜 있잖아, 인물 훤칠하던. 생각 안 나?”

“몰라.”

“상철이 아저씨가…… 너랑 둘째아들 한 번 만나게 했음 하던
데…….”

“선 보라고?”

“아니, 뭐 꼭 선이라기보담은…….”

“엄마, 나 이제 1학년인데…….”

“아니, 뭐 당장 결혼을 생각해라, 그런 게 아니라……. 그 집도
너 1학년인 거 알지. 그냥 한 번 만나보고 서로 마음에 맞으면 좋
은 일 아니니. 한번 생각해봐라, 응?”

“나는…… 좀 그런데…….”

“나이 차이가 좀 나긴 하지. 스물여덟이라니까. 그냥 가볍게, 아
는 오빠 만나서 밥 한 끼 먹는다 생각하고…….”

2

인물이 훤칠하진 않았다. 희수가 나이를 듣고 막연하게 생각했
던 것보다 아저씨 같진 않을 뿐이었다. 희수는 새로 산 정장을 입

고 나가서 밥을 먹고 차를 마셨다. 위안을 주는 점이라면 말을 잘 해서 어색한 분위기는 생기지 않는다는 정도였다. 희수는 형우가 차를 가지고 나온 걸 보고 안도했다. 그럼 술을 마시자고 하진 않을 것이다.

"들어가."

형우는 차로 희수를 집 앞까지 바래다주었다. 희수는 문앞에서 벨을 누르기 전 작게 한숨을 쉬었다.

부모님은 거실에서 텔레비전을 보고 있었다. 희수가 오자마자 어머니는 리모컨을 찾아 텔레비전을 끄더니 앉으라고 손짓했다.

"얘, 어땠니?"

"그냥, 뭐. 피곤해요, 씻고 잘래요."

"희수야……."

"예?"

아버지는 신문을 펼쳤다.

"만나봐라. 사람이 반듯하더라."

"예."

희수는 시계를 봤다. 11시였다. 서둘러 씻고 방에 들어가니 어머니가 기다리고 있었다. 어머니는 어디서 뭘 마시고 뭘 먹고 무슨 이야기를 나눴는지를 다 듣고 나서야 나갔다. 자정을 넘겼다. 희수는 침대에 누웠다. 몇 분 지나지 않아 집 안이 고요해졌다. 방문 손잡이를 잡고 돌려 소리가 나지 않게 문을 잠갔다. 손을 잠옷 아래로 넣어 팬티 위에서 클리토리스를 만지작거렸다. 하지만 잘 되지 않았다. 희수는 작게 한숨을 쉬고 엎드렸다.

형우는 희수를 마음에 들어 하는 것 같았다. 그럴 것이다. 예쁘고 어리니까. 그럼 계속 만나게 되는 걸까. 졸업하면 결혼하게 되는 걸까.

부모님의 바람대로 교직을 선택했다. 딱히 내키는 전공이 있던 것도 아니었다. 하지만 교단에 서서 아이들을 가르칠 자신이 없었다. 초등학교 아이들은 너무 어려 부담스러웠다. 중고생이면 그녀를 보고 어떤 별명을 붙일지, 뭐라고 욕을 해댈지 눈에 선했다. 변호사라니까 돈은 잘 벌 것이다. 그럼 굳이 직업을 갖지 않아도 될지도 모른다. 그럼 뭘 하지? 아침을 준비하고 남편이 출근하고 나면 집안일을 하고, 아이를 낳아 키우고……. 그렇게 나이를 먹게 되는 걸까.

싫다.

부모님이 왜 서둘렀는지 이해하지 못하는 건 아니었다. 어머니는 희수를 낳기 전에 두 번 유산했다고 들었다. 두 사람은 희수를 옛말 그대로 불면 꺼질까, 쥐면 터질까 애지중지 키웠다. 대학에 들어갔으니 미팅이니 소개팅이니 해서 이상한 남자라도 만나게 될까봐 걱정한 것이리라.

나도 사람 볼 줄 아는데.

현수가 생각났다. 부모님의 걱정은 단지 기우만은 아닌지도 모른다.

내가 왜 그랬을까.

"늦었는데 괜찮아?"

처음 번개에 나간 날, 현수가 버스에서 물었다. 일찍 들어가야 한다고 했는데 애들이 잡은 덕에 늦어 혼나지 않겠느냐고 걱정한 것이다.

"괜찮아, 가는 길이 좀 으슥하긴 한데 군데군데 가로등도 있고."

현수는 몇 정거장 더 가야 했지만, 희수와 함께 내렸다.

"괜찮은데……."

현수는 잠자코 옆에서 걸었다. 어깨가 스칠 때마다 심장이 뛰었다. 부모님은 희수가 늦을 때면 늘 그러듯이 자지 않고 기다리고 있었다. 몇 달에 한 번 정도는 미리 전화하면 늦어도 된다. 희수가 들어오자 아버지는 바로 자러 갔고, 어머니는 오늘 재밌었느냐고 물었다. 희수는 적당히 대답하고 방으로 들어갔다. 심장이 멈추지 않았다. 그날도 문을 잠갔다. 침대 속으로 들어가 팬티 속에 손을 넣었다. 축축했다. 버스에서부터 그랬다. 희수가 비틀거리자 현수가 잡아줬다. 빈자리가 나자 앉으라고 살짝 어깨를 밀었고, 다른 곳에 자리가 생겨도 가지 않고 계속 앞에 서 있었다.

머리는 어깨를 스친다. 가끔 자른다고 했다. 되는 대로 넘긴 머리에 야구 모자를 즐겨 썼다. 헐렁한 티셔츠, 헐렁한 청바지. 외출할 때 새로 빤 깨끗한 옷을 입는 것. 현수가 외모에 신경 쓰는 건 딱 거기까지일 거다. 어떻게 그럴 수가 있지?

그날은 잘됐다. 오늘은 왜 안 될까.

3

첫 번개 이후 성힐이 자주 귓속말을 걸었다. 만나자는 말도 여러 번 했다. 희수는 적당히 대답했다. 너무 가까워지지는 않게, 너무 밀어내서 어색해지지도 않게. 그런 요령이라면 충분히 터득하고 있었다. 굳이 만나야 하면 다른 아이들도 끼게 하면 그만이었다. 결국 그러다 말 거라는 걸 알았다. 현수와 집이 같은 방향이다. 같이 갈 사람이 늘 있기 때문에 성힐도 희수를 바래다주겠다고 나서지 못했다. 그리고 현수는 늘 희수를 집 앞까지 바래다주었다.

아파트에 있는 놀이터에는 커피 자판기가 있었다. 현수가 커피를 뽑았다.

"밑반찬 같은 건 사 먹어. 어제는 김치찌개를 끓여봤어."

현수가 말했다.

"맛있었어?"

현수는 그냥 씩 웃었다.

"언제 나도 끓여줘."

"먹을 만하게 끓이게 되면."

"나 카레 할 줄 아는데……."

희수는 현수가 놀러오라고 하기를 기다렸다.

"늦었어, 혼나겠다. 들어가."

"응……."

현수와 나눈 대화, 현수의 목소리가 귓가에 울렸다. 희수는 땀에 젖은 몸으로 작게 숨을 몰아쉬었다. 물이 마시고 싶었다. 아버지는 요새 부쩍 잠귀가 밝아졌다. 손이 끈적끈적했다. 화장실에 가서 손을 씻고 부엌으로 갔다. 조용조용 물을 따랐다.

"안 자냐?"

희수는 지레 놀라 물을 엎었다. 다행히 컵은 깨지지 않았다.

"아이쿠, 어디 다쳤어? 봐봐."

"아니, 안 다쳤어요."

아버지가 희수의 손을 잡고 살폈다. 심장이 뛰고 손이 떨렸다.

"땀을 흘린 것 같은데."

"방이 더운가봐요."

"처녀 손이 다 됐구나. 이제 다 컸어."

아버지는 기특한 듯, 서운한 듯 말했다.

"안녕히 주무세요."

"그래, 자라."

방에 들어와 문 앞에서 주저앉았다.

"안 자니? 내일 학교 가려면 일찍 자야지."

문 밖에서 아버지가 말했다.

"예, 자요!"

희수는 불을 끄고 침대 속으로 들어갔다. 아버지의 발소리가 멀어졌다. 희수는 어둠 속에서 휴대전화를 찾았다.

—자?

잠시 후 답장이 왔다.

—줄구룹이야. 아직 안 자?

─이제 자려고. 잘 자. 좋은 꿈꾸고.

─잘 자.

희수는 벽에 머리를 박고 휴대전화를 침대 위에 내동댕이쳤다.

4

형우와 영화를 보러 갔다. 극장 안에서 손을 잡지나 않을까 잔뜩 긴장했지만 그런 일은 없었다.

"재밌었어?"

"네."

희수는 싱긋 웃었다. 둘은 스테이크 하우스에 갔다.

"많이 먹어. 너무 말랐다."

사실은 그게 좋으면서.

"네."

희수는 반만 먹고 말았다. 영화를 보고 나오자 8시 반이었다. 저녁을 먹기에는 늦은 시간이었다. 희수는 7시가 넘으면 아무것도 먹지 않았다. 정 배가 고프면 따뜻한 물을 마시며 버텼다.

"잠깐 드라이브나 갈래?"

"네."

한강 야경은 별 느낌이 없었다. 형우는 차 안에서 음악을 틀었다. 희수는 무심히 바깥 풍경을 쳐다보았다. 멜로디가 마음에 들었다.

"무슨 노래예요?"

고개를 돌리자 형우의 얼굴이 코앞에 있었다. 희수는 문을 열고 차 밖으로 나오다 넘어졌다.

"희수야!"

형우가 놀라서 달려왔다.

"괜찮아요!"

희수는 저도 모르게 큰 소리로 말하고 손을 들어 가까이 오지 못하게 했다.

"괜찮아요, 정말 괜찮아요."

희수는 일어나서 치맛단을 정리했다.

"아, 희수야, 그게……."

"택시 타고 갈게요."

희수는 서둘러 말했다. 형우는 잠시 서 있다가 "그래, 그럼 조심해서 들어가라." 하고 말하고 차에 탔다. 희수는 차가 시야에서 완전히 사라질 때까지 그대로 서 있었다.

희수는 한숨을 쉬며 엘리베이터에서 내렸다. 부모님이 안방에 있어야 할 텐데. 올이 나간 스타킹은 놀이터 화장실에서 버렸지만 밝은 연두색 치마라 흙이 묻은 게 티가 났다. 무릎도 조금 까졌다. 부모님은 형우를 만나는 날이면 늘 거실에서 텔레비전을 보며 기다렸다. 희수는 머리를 매만지고 부모님이 눈치채지 못하길 바라며 열쇠로 문을 열었다.

"아이구, 얘, 희수야! 치마가 왜 이래? 무슨 일 있었니?"

어머니가 달려왔다.

"저…… 그게……."

"왜 그래? 형우랑 무슨 일 있었어? 그 집에서 너 너무 어려서 아직 안 되겠다고 연락 왔어."

"일단 씻고 오너라."

아버지가 말했다. 희수에게 하는 말이라기보다는 어머니 들으라는 소리였다. 희수는 어머니 채근에 놀라 신발도 못 벗고 현관에 서 있었다. 어머니가 어린애 다루듯 방까지 데려다주었다. 희수는 들어가 옷을 갈아입고 나갔다. 부모님이 기다리고 있었다. 희수는 심호흡을 했다. 이럴 땐 솔직한 게 최선이었다.

"영화를 보고 한강에 드라이브를 하러 가자고 했어요. 그래서 갔는데……."

희수는 마른침을 삼켰다. 쉽게 말이 나오지 않았다.

"형우 오빠가 뭐 나쁜 짓을 했다거나 그런 게 아니구요. 그냥…… 좀 놀라서 문 열고 도망…… 아니, 그냥 문 열고 나오다가 넘어졌어요."

"어머, 세상에. 얘……."

"집은 어떻게 왔고?"

아버지가 무겁게 물었다.

"택시 타고 가겠다고 그냥 가라고 했어요."

"세상에, 나 형우 그렇게 안 봤는데……. 어쩜 이 어린애한테……."

"형우 오빠가…… 억지로 그러려고 한 게 아니라…… 제가 그냥 좀 놀라서…… 형우 오빠도 많이 놀랐을 거예요."

"그래, 피곤할 텐데 들어가서 쉬어라."

아버지가 말했다.

"예."

희수는 컴퓨터 의자에 다리를 올려 무릎을 끌어안았다. 부모님이 이야기를 나누는 소리가 들렸다. 희수는 와우에 접속해서 볼륨을 키웠다.

"글쎄, 내가 알아서 한대두요!"

어머니가 방에 들어왔다.

"얘, 희수야, 나 좀 보자."

"나중에, 나중에 이야기하면 안 돼?"

"아니 지금 게임이 눈에 들어오니?"

"그냥 마음을 진정시키고 싶어서 그래. 그냥 잠깐……."

"놔둬요."

아버지가 문간에서 말했다.

"저런 게 재밌을 때야. 아직 어린앤데…… 우리가 너무 앞서 갔어. 늦게까지 하진 마라."

희수는 아버지의 목소리에서 얼마나 상처받았는지 알 수 있었다. 애먼 놈한테 걸릴까봐 일부러 만든 자리였는데, 딸이 다쳐서 돌아왔다. 차라리 거짓말을 했어야 할까. 아니다, 서툰 거짓말은 일만 키웠을 것이다.

어머니가 코를 훌쩍이는 소리가 들렸다. 아버지에게 무슨 말을 하는데 울음소리에 묻혀 제대로 알아들을 수가 없었다. 부모님이 안방으로 들어가는지 소리가 멀어졌다. 길드창을 보니 마침 현수가 있었다. 희수는 귓속말을 보냈다.

> ▶ 나 줄파락 돌아줘.
> ◀ 어, 어딘지 알지?
> ▶ 응.
> ◀ 안 그래도 성힐이가 너 줄파 돌 때 됐다고 들어오면 같이 가주자고 하던데.
> ▶ 그래주면 고맙지.

문스톤은 가시덤불 골짜기에 있었다. 줄파락은 다른 대륙에 있어 배를 타야 했다. 희수는 선착장으로 가 배를 기다렸다. 성힐에게 귓속말이 왔다.

> ◀ 야, 섭섭하다. 김밥에게만 부탁하기야?
> ▶ 미안, 어쩌다보니. ^^;;

키보드 위로 눈물이 한 방울 떨어졌다. 희수는 눈물을 닦았다. 선착장은 조용했다. 노움 한 명이 배를 기다리며 춤을 추고 있었다.

영화관에서 가만있어서 안심해버렸다. 바보같이. 선을 넘고 다가오려는 사람들을 피할 줄 안다고 착각했다. 모두와 친하게 지내면서 정말 친한 사람은 만들지 않으며 잘해오고 있다고 생각했다.

어떻게 몰랐을 수 있지. 당연한 일 아닌가. 한밤중에 한강으로 드라이브를 가자는데, 어떻게 아무 생각 없이 따라갔을 수가 있지?

자위도 하면서.

희수는 입술을 깨물었다. 어머니는 다시 올 수도 있다. 운 흔적을 보이면 같이 자려 들지도 몰랐다.

자위도 하잖아. 그보다 더한 것도 하잖아. 키스가 뭐 어때서. 사실은 키스하고 싶으면서. 그보다 더한 것도 상상해봤으면서.

형우는 희수가 정말로 순진했던 거라고 생각하리라. 아무것도 모르는 애라고. 다들 그렇게 생각할 것이다. 부모님도 마찬가지다. 희수가 아직 남자 손도 못 잡아본 순진무구한 아이인 줄 알 것이다. 남자 손을 잡아본 적은 없다. 하지만……

아무도 모른다. 설사 안다고 해도, 자위는 더러운 게 아니다. 남자들의 99퍼센트가 자위를 한다. 여자들도 말만 안 할 뿐 많이들 할걸? 다들 순진한 얼굴로 방에서 문을 잠그고.

희수는 입술을 깨물었다. 현수는 상상도 못할 것이다. 현수를 생각하며 그녀가 얼마나 많이 무슨 짓을 해왔는지. 아주 어릴 때부터였다. 생리를 시작하기 전부터 클리토리스를 가지고 놀았다. 어릴 때도 어른들 몰래 해야 한다는 건 알고 있었다. 생리를 시작했을 때는 처녀막을 터뜨린 줄 알고 놀라서 울었다. 어머니가 문을 열고 들어왔다. 다 들켰어. 이제 난 끝이야.

어머니는 희수 옆에 앉았고, 왜 그러느냐고 물었고, 생리대를 가져다주었다.

"우리 희수가 이제 아가씨가 되었네."

희수는 어머니 품에 안겨 울었다.

"괜찮아, 놀라지 않아도 돼. 여자라면 다들 하는 거야. 아이를 낳을 준비가 되었다는 거란다."

어머니는 초등학생도 다 아는 이야기를 늘어놓았다. 그날 저녁 아버지는 당신은 좋아하지도 않는 피자를 사왔다.

키스를 하느냐 마느냐의 문제가 아니다. 그건 단지 입술과 입술이 닿는 게 아니다. 육체적인 친밀함은 정신적인 친밀함을 동반한다. 친밀함이라는 건 서로를 알게 된다는 것이다.

알게 된다.

배가 왔다. 희수는 배에 탔다. 노움은 배에 탄 후 다시 춤을 추기 시작했다. '/춤'이라는 명령어를 치면 캐릭터가 춤을 춘다. 희수는 '/엉엉'을 쳤다.

나이트엘프 여자 성우가 짧게 흐느껴 울었다. 더 이상 화면이 보이지 않았다. 희수는 '/엉엉' '/도움'을 번갈아가면서 쳤다.

─도움이 필요해!

성우의 목소리가 들렸다. 도와달라기보다는 짜증을 내는 것 같다. 상관없다. 희수는 키보드도 보지 않고 고개를 숙인 채 같은 말을 반복해서 쳤다.

귓속말이 왔다는 소리가 들렸다. 희수는 고개를 들었다. 배에서 제때 내리지 못하면 원래 자리로 돌아간다. 다행히 그 정도 시간이 흐르진 않았다. 육지가 보였다. 희수는 채팅창을 살폈다.

노움이라니까 님이 당신을 위로합니다.

노움이라니까 님이 당신을 껴안습니다.

노움이라니까 님이 당신을 위로합니다.

노움이라니까 님이 당신을 위로합니다.

노움이라니까 님이 당신을 껴안습니다.

희수는 커서를 움직여 화면에서 밀려 사라진 채팅창 위쪽을
살폈다.

당신은 엉엉 웁니다.

당신은 주위에 도움을 청합니다.

당신은 엉엉 웁니다.

노움이라니까 님이 당신을 위로합니다.

당신은 엉엉 웁니다.

노움이라니까 님이 당신을 껴안습니다.

당신은 엉엉 웁니다.

당신은 주위에 도움을 청합니다.

노움이라니까 님이 당신을 위로합니다.

노움이라니까 님이 당신을 껴안습니다.

◀ 어디쯤 왔어?

성힐이 보낸 귓속말이 사이에 껴 있었다. 희수는 r 키를 눌러
답신을 보냈다.

▶ 곧 배에서 내려.

노움 캐릭터는 실제로는 움직이지 않았다. 그냥 가만히 서 있을 뿐이다. 노움은 게임 내 전 종족 중 제일 키가 작다. 문스톤의 무릎을 겨우 넘는다. 희수는 화면을 확대했다. 2등신, 동그란 얼굴과 동그란 몸, 하얀 수염, 똥글똥글한 눈. 저렇게 작고 별 볼일 없는 캐릭터를 왜 할까 싶었는데 자세히 보니 귀여웠다.

배가 육지에 도착했다. 노움이 먼저 내렸다. 희수도 뒤따라 내렸다. 희수는 '/감사'를 쳤다.

― 정말 감사합니다.

성우가 새침하게 말했다.

― 천만에요.

노움이 굵고 코믹한 목소리로 대답한다. 노움이 손을 흔들었다.

― 다음에 봐요.

희수도 '/작별'을 쳤다.

― 다음에 봐요.

노움은 기계 타조를 불러 등 위에 올라탔다. 기계로 된 꽁지를 휘날리며 노움이 멀어졌다.

줄파락 앞에는 성힐 혼자 있었다.

◀ 현수는 잠깐 재접한대.

▶ 어.

◀ /농담 알아?

▶ 아니?

◀ 쳐봐.

희수는 '/농담'을 쳤다.

— 전 춤의 여왕이에요.

문스톤이 말했다. 성힐의 말이 뒤를 이었다.

— 어떤 노움이 제게 이러는 거예요. 난 노움이야 노움, 노움이라니까! 하도 어이가 없어서 제가 한 마디 해줬죠. 그래, 너 잘난 놈이다.

희수는 쿡, 웃었다. 그 이름이 여기서 따온 거였구나.

▶ 재밌네.

5

변기 물을 내렸다. 변기가 막혔는지 물은 내려가지 않고 점점 차올랐다. 거무스름한 물이 바닥에 가득 넘쳤다. 구석에서 자던 새끼고양이가 똥물에 젖어 느릿느릿 밖으로 나갔다. 우윳빛 대리석을 깐 거실에 까만 고양이 발자국이 생겼다. 거울을 보며 몸단장을 하던 참이었다. 아무리 애써도 입술이 제대로 그려지지 않았다. 누가 팔을 잡고 억지로 밀어내기라도 하듯 자꾸 빗겨 나갔다. 간신히 다 그리고 나서 하얀 블라우스와 청재킷을 입고 밖으로 나갔다. 엘리베이터 앞에 선 사람들이 희수를 손가락질하며 수군거렸다. 아랫도리는 벌거벗고 있었다.

크림색 천장에 이어 하얀 옷장이 눈에 들어왔다. 눈은 잠에서 깼으나 정신은 아직 꿈속에 있었다. 손끝이 부들부들 떨렸다.

알람이 울렸다. 현실로 돌아왔다. 희수는 욕실에 들어갔다. 몇 번이고 문이 잠겨 있는지 확인했다. 창문도 분명 단단히 닫혀 있었다. 오전 8시였다. 12시 약속에 맞추려면 서둘러야 했다. 희수는 화장대 앞에 앉아 스킨 뚜껑을 열었다.

준비를 마친 건 11시 10분이었다. 신발을 신는데 문자가 왔다. 성힐이었다.

―집에 일이 생겨서 늦을 것 같아. 먼저 밥 먹고 있어.

희수는 정각에 신촌에 도착했다. 경숙은 이십 분 늦었다.

"미안, 성힐이는? 아직 안 왔어?"

"응, 늦는대. 밥 먹으러 가자. 나 아침도 못 먹었어."

"어쩌다가?"

경숙이 물었다.

"늦잠 잤어."

희수는 쑥스러운 듯 웃었다.

"현수도 오늘 알바생 하나가 못 온다 그래서 대타 뛰느라 늦는대."

경숙이 말했다.

"나도 연락 받았어."

두 사람은 스파게티아에 들어갔다.

"너 현수랑 고등학교 때부터 친구지?"

희수가 물었다.

"중학교 때부터야."

"고등학교 졸업하고 바로 독립했다며?"

"걔가 조용해 보여도 독한 데가 있거든. 중학교 때 걔가 알바하던 KFC인지 버거킹인지에서 미성년자 고용 단속 나온다고 월급도 안 주고 자른 거야. 걔 거기 혼자 가서 폰카에 주방 더러운 거, 음식 재료 땅에 떨어진 거 다 찍었다고, 월급 안 주면 인터넷에 올릴 거라고 해서 합의금까지 받았잖아."

"그럼 중학교 때부터 집을 나올 생각을 했던 거구나."

"응?"

"그래서 알바하고 돈 모은 거 아냐?"

경숙은 바로 대답하지 못했다. 그렇게 돈 모아서 어디다 쓸 거냐고 물어본 적은 있었다. 현수는 히죽 웃으며 부자되려고, 라고 대답했고 그게 다였다. 월급날이면 졸라 떡볶이를 얻어먹었고 깊이 생각해본 적은 없었다.

"그럴 리가 있겠어? 걔네 엄마가 얼마나 무서운데 독립할 생각을 해."

"그래서 한 거 아니야?"

경숙은 이번에 당황한 건 숨기지 못했다.

"현수가…… 그래? 엄마가 싫어서 집 나왔다고?"

"아니."

희수는 눈을 내리깔고 물을 마셨다.

"그냥…… 나도 잘 몰라. 넌 아는 줄 알고……. 보통 우리 나이에 독립 잘 안 하잖아. 지방 학교로 가는 경우 아니면……. 그런데 원래 집도 서울이라면서, 집을 나와서 마땅한 직장도 없이 아르바이트하면서 사니까……."

경숙은 포크를 내려놓았다. 왜 한 번도 이상하다는 생각 못 했을까? 갑자기 입맛이 사라졌다. 성힐이 와서야 어색한 분위기가 사라졌다.

"현수는 언제 온대?"

"2시에나 끝난다던데?"

"우리끼리 영화 보러 가기도 그렇고, 그냥 여기서 기다리자."

성힐은 메뉴판을 보고 주문했다.

극장을 대신해서 간 dvd방을 나오고 나니 딱히 할 일이 없었다. 네 사람은 카페에 갔다. 오늘따라 다들 별로 말이 없었다. 경숙은 그게 짜증 나는 듯했지만 희수는 오후의 나른함이 좋아서 모르는 척했다.

"나 이따 현수랑 술 마시러 가기로 했는데."

경숙이 말했다. 희수는 남은 차를 비웠다.

"같이…… 갈래?"

현수가 물었다.

"그럼 여기까지 와서 따로 노냐?"

성힐이 일어섰다.

희수는 닭은 별로 건드리지 않고 사이다만 마셨다. 아침을 굶고 점심을 급하게 먹었더니 속이 좋지 않았다.

"야, 좀 먹어."

경숙이 두꺼운 가슴살을 희수 접시에 올렸다.

"응, 고마워."

희수는 몇 번 건드리는 시늉만 하고 말았다. 입맛이 없을 때는 함께 먹는 음식이 좋다. 별로 먹지 않아도 티가 나지 않기 때문이다. 하지만 경숙은 집요하게 먹을 걸 권했다.

"사실은 점심 먹은 게 소화가 잘 안 되어서……"

"소화제라도 사다 줄까?"

성힐이 물었다.

"아니, 그 정도는 아니야."

희수는 싱긋 웃었다.

"현수야."

경숙이 현수를 불렀다.

"어?"

"너 앞으로 어쩔 거야?"

급하게 마신다 싶더니 경숙의 혀가 꼬였다.

"야간대라도 다녀야 하지 않겠어? 대학 졸업장 별것 아닌 거 같아도 그 별것 아닌 것 없이 취직하기 힘들다. 평생 알바만 할 순 없잖아."

"어."

"야, 샨드라 취했다. 그만 마셔라."

성힐이 말했다.

"나 안 취했어!"

경숙은 보란 듯이 잔을 비우고 새 술을 시켰다.

"걱정되서 그렇지. 지금이야 우리가 어리지만, 나중에 나이 들 때도 생각해야 할 거고⋯⋯."

"너나 수업 빠지지 마."

성힐이 핀잔했다.

"첫주는 안 가도 돼! 어차피 수업도 안 해. 그리고 성힐이, 너 왜 자꾸 끼어들어? 현수는 내 친구야. 중학교 때부터 친구라고. 친구가 친구 걱정해서 하는 소리잖아. 친구 아니면 누가 이런 소릴 하냐?"

"화장실 좀 다녀올게."

현수가 일어섰다. 성힐은 담배를 물었다.

"나두⋯⋯. 물 버리러⋯⋯."

경숙이 현수를 따라갔다.

"경아 말려야 하지 않을까?"

희수가 걱정스레 말했다.

"말리면 더 난리칠걸. 빨리 정리하고 일어나자."

현수가 먼저 돌아왔다.

"경아 오면 그만 마시고 가자."

희수가 말했다. 현수는 "어."라고 짧게 대답했다. 현수는 술집에 온 이래 한 번도 희수와 눈을 마주치지 않았다. 아까 경아와 담배 사러 갈 때, 경아가 이야기한 걸까. 경아에게 현수에 대해 이것저

것 물어본 걸 알고, 그래서 화가 난 걸까.

경숙은 새로 시킨 술을 다 마시고 나서야 일어섰다. 현수가 경숙을 부축했다. 둘이 택시를 탈 때 희수는 현수와 눈을 마주치며 인사하려 했다. 하지만 현수는 끝내 고개를 돌리지 않았다. 네 사람은 한 자리에 있되 같은 공간에 있지 않았다. 성힐은 아무것도 알지 못했다.

"가자, 바래다줄게."

성힐이 말했다.

"아니, 괜찮아."

하지만 성힐은 기어이 희수가 타는 버스에 함께 탔다. 아파트 단지에 들어서자 희수는 그만 가라고 말했다.

"나 너한테 할 말 있다."

성힐이 말했다. 올 것이 왔구나. 희수는 잠자코 성힐과 놀이터로 갔다. 밤늦은 시간이라 아무도 없었다. 성힐이 희수의 어깨에 손을 얹었다. 희수는 몸을 뺐다.

"미안해."

희수는 성힐을 보고 또박또박 말했다.

"우리, 좋은 친구로 지내자."

6

이불 속에 파고들었다. 침대 위에 깔아놓은 전기장판 덕분에 따뜻하고 기분이 좋았다. 성힐이 어깨에 손을 얹자 몸이 굳었다. 이상한 일이다. 성힐은 키도 크고 잘생긴 편이었다. 그런데도 신기하리만큼이나 아무런 동요도 일지 않았다. 형우도 그랬다. 현수와 달랐다. 현수가 바래다줄 때면 어깨와 손등이 스칠 거리에서 걸었다. 그럴 때마다 몸이 떨리고 팬티가 젖었다. 희수는 바깥에 귀를 기울였다. 거실에서 텔레비전 소리가 꺼지고 조용해졌다. 문을 여는 소리가 들렸다. 아버지는 자기 전에 희수 방문을 한 번씩 열고 잘 자는지 확인하곤 했다. 희수는 자는 척했고, 문이 닫히고 몇 분 후 일어났다. 손잡이를 돌리고 소리 나지 않게 문을 잠갔다. 그리고 다시 이불 속으로 들어갔다.

현수와 함께 버스에서 내린다. 현수와 함께 골목길을 걷는다. 어깨가 스친다. 몸이 떨린다. 희수는 살그머니 팬티 속에 손을 넣었다. 아까부터 흥건하게 젖어 있었다. 현수의 손은 마르고 큰 편이다. 그 손이 목덜미를 쓰다듬는 상상을 했다. 블라우스 단추를 벗기고 브래지어 속에 손을 넣는다. 가슴을 핥고 온몸을 애무한다. 순간적으로 온몸의 근육이 수축되고, 천천히 풀렸다. 희수는 나른함을 즐기며 그대로 누워 있었다.

어쩌면 알아버렸을지도 모른다. 사실은 다 알고 있는 게 아닐까. 희수는 베개에 머리를 파묻었다. 현수는 언제나 헐렁하게 옷을 입었다. 그 옷 속에 있는 같으면서 다를 몸이 궁금했다. 희수는 머리를 저었다. 생각하지 말자. 이런 생각 하지 말자. 현수는 식겁할 것이다.

희수는 피식 웃었다. 무서워 죽을 것 같던 게 바로 며칠 전이었는데. 덕분에 경계심이 늘었다. 성힐에게는 확실히 선을 그을 수 있었다. 성힐은 그 뒤 와우에 잘 들어오지 않는다.

신경 쓰지 말자.

어느 순간 문득 돌이켜보면 자주 들어오던 사람이 보이지 않았다. 그리고 그 자리는 새로운 사람이 메웠다. 든 자리는 몰라도 난 자리는 안다는 건 옛말이었다.

희수는 거울 앞에 섰다. 오늘은 뭘 입고 나갈까.

아주 잠시, 그래도 되는 걸까, 하는 생각을 했다. 아니, 그런 생각은 매순간 하고 있다. 현수와…… 현수는 어떻게 생각할까? 부모님은? 친구들은?

희수는 파란 원피스를 꺼냈다. 너무 튈까? 첫눈에 마음에 들어 샀으면서도 한 번도 입지 못했다.

현수는 극장 앞에서 기다리고 있었다. 파란 체크무늬 셔츠에 청바지를 입고 있었다. 희수도 청바지를 입었다. 괜히 기분이 좋아졌다.

남녀가 키스를 하더니 삽시간에 침대로 옮겨 갔다. 여자의 벗은 가슴이 화면을 가득 채웠다. 희수는 현수를 살폈다. 현수는 팔짱을 끼고 영화를 보고 있었다. 화장실에 달려가서 해결하고 싶어졌다.

내가 드디어 미쳤구나.

어딘가에는 정말로 다른 사람의 생각을 읽을 수 있는 사람이 있는지도 모른다. 어쩌면 현수는 다 알면서 모르는 척하는 걸지도 모른다. 희수는 그냥 고개를 돌렸다.

"재미없어?"

현수가 작게 물었다. 입술이 귀 가까이 오자 입김이 느껴졌다.

"아니."

다른 사람의 몸이 닿았을 때 흥분한 건 현수가 처음이었다. 강아지라면 그런 적이 있다. 사촌 언니가 놀러오면서 키우던 강아지를 데려왔다. 둥글넓적한 강아지는 희수를 보자마자 안기더니 얼굴을 마구 핥았다. 앞발은 가슴에 닿았다. 사촌언니가 데려가서 안았다. 강아지가 사촌 언니의 몸 어디에 닿아 있는지에만 눈이 갔다. 그런 생각을 하고 있다는 것만으로도 속이 메스꺼워졌는데도, 눈을 뗄 수가 없었다.

"나갈까?"

불이 켜졌다. 일어서는 사람들 사이로 끝맺음자막을 보며 계속 앉아 있는 사람들이 보였다.

"응, 나가자."

희수는 싱긋 웃었다. 현수가 사람들 사이에서 희수를 보호하듯 어깨에 손을 얹었다.

집 앞에서 현수가 희수를 끌어안았다.

심장이 두근거려서 현수를 똑바로 볼 수가 없었다. 대신 맥주를 마셨다. 술은 쓰고 맛이 없다. 현수는 계속 망설일 뿐 용기를 내지 못했다. 그래서 희수가 입을 열었다.

"있잖아……."

"어?"

현수의 눈은 쌍꺼풀이 없다. 가로로 긴 다이아몬드형 눈이 옅은 갈망과 기대를 품고 희수를 바라보았다. 희수는 침을 삼켰다.

"너, 믿는 게 있어?"

"종교 같은 거?"

"아니, 그런 거 말고."

정확한 단어가 생각나지 않았다. 취한 건 절대 아니었다.

"그러니까 너 자신에 대해서 말이야. 믿는 게 아니라 알고 있는 거. 그래, 그게 더 맞는 표현인 거 같아. 믿는 건 헛된 바람이나 착각일 수 있지만 아는 건, 정말 안다는 건 그건 있는 그대로 사실이야."

현수는 잔을 내려다보며 머릿속을 떠도는 말을 정리했다. 희수는 기다렸다.

"예전엔 사는 게 무서웠어. 하루하루가 끔찍했지. 지금은 괜찮아. 그러니까 앞으로도 괜찮을 거야. 그게 내가 아는 거야. 그렇게 생각했어."

현수는 술을 한 모금 넘겼다.

"정말로 이제 무서울 게 없을 것 같았어. 근데…… 또 생기더라. 무서운 게. 아는 것도 착각일 수 있어."

현수가 고개를 들었다. 너는? 하고 묻고 있었다. 동시에 무엇을 무서워하는지 가리키고 있었다. 속눈썹이 눈에 옅은 그림자를 만들었다. 희수는 술을 마셨다. 아는 것도 착각일 수 있다. 희수는 속으로 반복했다. 아는 것도 착각일 수 있다.

"나도…… 무서운 게 있어. 나는…… 알기 때문에 무서운 거야. 그건…… 착각일 수 없어."

현수는 아까 희수가 그랬듯이 기다렸다. 희수는 입을 벌렸고 다물었다. 다시 벌렸다.

"중요한 건…… 내가 어떤 행위를 하느냐가 아니야……. 그게 별게 아니라는 건, 나도 알아. 행위는 아무것도 아니야. 행위를 하거나, 하지 않거나, 상관없다는 말이야. 무슨 말인지 알겠어?"

현수의 시선은 아까부터 고정되어 있었다. 희수는 마른 침을 삼켰다. 수학여행 때, 넘어지는 바람에 청바지가 흙투성이가 되었다. 아무 생각 없이 화장실에서 청바지를 빨았다. 축축한데, 분명히 젖어 있는데도, 어깨가 빠지도록 쥐어짜도 물이 나오질 않았다. 그래서 그때 결국 그 바지를 어떻게 했더라?

"나는…… 알아, 나는…….."

결국 포기하고 비닐봉지에 넣어서 집으로 가져왔었다.

"담배 있어?"

너는 어떻게 그럴 수가 있지? 어떻게 그걸 인정하고 내보일 수 있지?

"담배 피워?"

"그냥…… 가끔 술 마실 때면 한 대씩."

거짓말이었다. 담배를 피우면 입에서 냄새가 난다. 몸에도 머리카락에도 담배 냄새가 밴다. 지저분해진다.

"사 올까?"

"아니, 괜찮아."

하지만 지금은 담배를 피우고 싶었다. 담배는 대화와 대화 사이에 시간을 벌게 해준다. 지금 할 수 있는 건 술을 마시는 것뿐이다. 그래서 희수는 술을 마셨다.

"많이 마시는 것 같은데?"

"한두 잔은 괜찮아."

희수는 보란 듯이 잔을 비우고 새 잔을 주문했다. 예전에 취한 사람들이 그런 행동을 하는 걸 곧잘 봤다. 하지만 정말로 취한 게 아니다.

"있잖아, 너……."

희수가 말했다. 현수가 다시 고개를 들었다. 그 눈에 비친 갈망을 상처 입혀 확인하고 싶었다. 아니, 그래서는 안 된다. 그걸 바라는 게 아니었다.

"있잖아……."

지금은 얘기를 해야 했다. 누군가에게는 이야기해야 했다. 이번이 마지막 기회일지도 몰랐다.

"어른을 위한 잔혹 동화라는 책 읽어본 적 있어?"

7

눈을 감고 느낌에 집중한다. 작게 신음 소리가 난다. 조금만 더 하면…….

문이 열렸다. 온몸의 피가 싸늘하게 식었다. 굳어버린 피가 모인 심장이 폭발할 듯 부풀어 올랐다.

"깼니?"

"아, 아니, 막 잠들려던 참이었어."

문고리에 눈이 갔다. 아마도 소리 나지 않게 잠근다고 손잡이를 돌릴 때 실수로 문을 조금 열었나보다. 어머니는 침대 옆에 앉아 희수의 머리를 쓰다듬었다.

"그래, 여름에도 이불을 잘 덮어야 해. 여름 감기가 독하거든."

희수는 아무 말도 하지 않았다. 팬티는 발목에 걸려 있었다. 이불은 얇았다. 그래도 티가 나진 않을 거야. 머리가 어지러웠다.

"어머, 얘, 땀 좀 봐. 선풍기 가져다줄까?"

"아니, 괜찮아……. 근데 왜? 안 자?"

어머니는 이불깃을 만지작거렸다.

"나도 느이 아버지를 스무 살 때 만났거든. 결혼하라는 말에 세상이 끝나는 거 같았어. 엄마는 공부를 더 하고 싶었거든. 느이 아버지가 그때 서른하나였으니까……. 나이도 많았고. 싫다고 울고불고 했지. 하지만 알잖니. 느이 할아버지는 여자가 많이 배워봐야 다 쓸데없다 하셨지."

어머니는 작게 한숨을 쉬었다.

"희수야, 네 아버지한테는 내가 잘 말할게. 미팅도 하고, 소개팅도 하고, 남자 친구도 여럿 사귀어봐. 어떻게 딱 한 명을 사귀고 그 사람이랑 결혼을 하니? 엄마 때야 손만 잡아도 결혼해야 하는 건 줄 알았지만 지금이야 어디 그러니."

"응……."

휴대전화가 울렸다. 어머니가 책상 위에서 전화기를 가져다주었다. 현수였다.

"안 받니?"

"어……."

희수는 이불 속에서 조심스레 왼손을 꺼내 전화를 받았다.

"미안해, 지금은 통화 못해."

희수는 전화를 끊었다.

"얘는, 무슨 전화를 그렇게 쌀쌀맞게 받니?"

"엄마랑 얘기 중이잖아."

"아이구, 우리 딸."

어머니가 엉덩이를 다독거렸다.

"그만 자야겠다. 너도 푹 자고……."

"엄마두 잘 자."

어머니가 문을 닫았다. 발소리가 멀어지고 조용해졌다. 희수는 베개에 머리를 박고 울었다. 엄마라면 이해해줄지도 모른다. 자위는 더러운 게 아니다. 아니, 누구에게도 말할 수 없다. 더러운 건 자위가 아니다.

8

꿈을 꿨다. 꿈속에서도 꿈이라는 걸 알 수 있었다. 하얀 방이었
다. 침대도 하얀색이었다. 희수는 그 위에 쪼그리고 앉아 오줌을
쌌다. 배가 아팠다. 설사를 하고 싶었다. 하지만 하지 못했다. 매
끄럽고 하얀 피부 속에 들어있는 건 똥과 오줌과 그것들이 뒤섞
인 걸쭉한 검은 액체다. 다 배설해버려야 한다. 그래봐야 달라지
는 건 아무것도 없겠지만. 희수는 울음을 터뜨리며 잠에서 깼었
다. 잠에서 깼는데도 여전히 울고 있었다. 새벽 6시였다. 벌떡 일
어나 침대를 확인했다. 어릴 때는 오줌 싸는 꿈을 꾸면 꼭 오줌을
쌌다. 침대보가 축축했다. 온몸에 소름이 돋았다.

그냥 땀이었다. 땀 때문에 젖은 거다. 희수는 손바닥으로 눈물
을 닦고 욕실에 들어갔다. 머리를 감고, 샤워를 하고, 거울 앞에
섰다. 거울에 샤워기를 대고 물을 뿌리자 마른 체형의 여자아이
가 서 있었다. 방금 샤워를 해서 깨끗하고 뽀송뽀송하고 예뻤다.

토하고 싶어졌다. 속이 울렁거렸다. 희수는 헛구역질을 했다.
세면대에 손을 받치고 구역질을 했다. 희뿌연 액체가 흘러나왔
다. 이런 걸 바란 게 아니었다. 어떤 영화에서 본 장면처럼, 목이
잘리고, 피가 분수처럼 솟아오르듯이, 토사물이 천장에 부딪혀
욕실을 난장판으로 만들기를 바랐다.

"희수야, 일어났니?"

어머니가 문을 두드렸다.

"일찍 일어났네?"

"아, 네."

희수는 샤워기를 틀고 세면대를 닦았다. 밖에서 말하는 소리가 들려 샤워기를 껐다.

"아빠는 벌써 차 대러 나가셨고, 엄마도 간다. 아침 챙겨 먹고."

"네. 다녀오세요."

오늘은 부모님이 부부동반 산악회에 가기로 한 날이었다. 어떻게 그걸 잊고 있을 수가 있지. 샤워하는 동안, 그리고 어쩌면 토하는 동안 어머니는 집 안에서, 문밖에서 깨어 있었다.

희수는 샤워기를 틀고 세면대를 닦았다. 세면기 밑으로도 물이 흘렀다. 토한 건 얼마 되지도 않는데 닦고 닦고 또 닦았다. 허리가 아팠다. 어지러웠다. 희수는 느리게 일어섰다. 거울 속에 눈이 퀭한 여자애가 비쳤다.

"못생겼다."

희수는 거울 속 여자애를 응시했다. 그리고 다시 한 번 또박또박 말했다.

"넌, 참 못생겼구나."

희수는 손바닥을 올려 눈물을 닦았다. 자세히 보기 위해 가까이 가자 거울 속 여자애도 가까이 왔다. 그 당연한 사실이 갑자기 낯설게 느껴져 희수는 뒤로 물러섰다. 거울 속 여자애도 놀라서 물러섰다. 희수는 잠시 거울을 바라보다 손을 내밀었다. 거울 속 여자애도 손을 내밀었다. 희수는 손을 물렸다. 거울 속 여자애도 손을 치웠다. 정확히, 다가가는 만큼만 다가오고 물러나는 만큼만 물러난다. 이건 믿을 수 있다. 희수는 천천히 여자애와 양 손바닥을 마주했다. 얼굴이 다가오자 혀를 내밀고 핥았다. 이마를, 빰을, 목덜미를, 어깨를, 가슴을 핥고 싶었다. 하지만 아무리 고개를 돌리고, 빠르게 몸을 움직여도, 여자애 역시 똑같이 움직였다. 닿을 수 있는 곳은 혀뿐이었다.

카페를 나온 건 오후 9시였다. 직원으로 일하게 되자 불편한 점이 많았다. 퇴근 시간이 되어도 손님이 밀리면 선뜻 나올 수가 없었다. 아르바이트생들도 늦거나 일이 생기면 사장보다 현수에게 먼저 이야기했다. 오늘은 새 아르바이트생 면접도 봤다. 현수보다 나이가 많은 사람이었다.

나쁘지는 않았다. 사장은 매달 조금씩 일을 더 시켰고, 몇만 원씩이지만 월급도 올려주었다. 천천히 일을 가르치면서 그만큼 돈을 더 준다. 현수가 일해본 사장 중 제일 괜찮은 사람이었다. 일을 시킬 줄도 알고, 사람 볼 줄도 안다. 무엇보다 안정적이었다. 돈을 모아서 카페를 하나 차리는 데 얼마나 걸릴까.

현수는 카페 앞에 있는 대형 마트에 들어갔다. 곧 문을 닫을 시간인지라 손님은 많지 않았고, 슬슬 물건을 정리하는 참이었다. 장바구니를 집어 대파, 양파, 호박, 된장찌개 양념을 두어 종류 넣었다. 계산대 옆에서 생리대 두 개를 사면 치약을 껴주는 묶음 상품이 보였다. 현수는 잠시 망설였다.

"사둬, 어차피 두고두고 쓸 거잖아."

직원복을 입은 아줌마가 대뜸 집어 건네며 말했다. 맞는 말이다. 현수는 생리대와 치약 묶음을 받아 장바구니에 넣었다. 휴대전화가 울렸다. 경숙이었다.

"여보세요?"

─어, 현수야, 나야.

"응, 웬일이야?"

경숙은 말이 없었다.

"만 삼천이백팔십 원입니다. 봉투 필요하세요?"

계산대에서 직원이 물었다. 현수는 고개를 끄덕이고 왼쪽 어깨를 올려 전화기를 귀와 어깨 틈에 끼우고 지갑을 꺼냈다.

"왜 그래? 무슨 일 있어?"

─미안해, 현수야.

"왜 그래? 너 울어?"

한 손에 봉투를 들고 전화기를 제대로 들었다. 잠깐 사이에 어깨가 뻐근해졌다. 현수는 마트를 나왔다.

─그날 너 뿌리친 거 정말 미안해. 너 넘어진 걸 보면서도 잡고 일으킬 수가 없었어. 그냥 그렇게 도망가버려서 정말 미안해, 미안해, 미안해.

현수는 입을 다물었다.

─그동안 너 피한 것도 미안해. 나는…… 미안해, 정말, 어떻게 해야 좋을지 알 수가 없었어. 처음이라서…… 내 주위에서 그

런 사람 처음이어서……. 나는 정말, 어떻게 해야 좋을지 몰라
서……, 미안해, 현수야…….

　머릿속에 벌 떼가 들어와 집을 짓는 것 같았다. 현수는 걸음을
멈췄다. 경숙의 말을 더 잘 듣기 위해서만은 아니었다. 희수가 어
깨가 드러난 파란 원피스를 입고 서 있었다. 이제 저녁이면 제법
쌀쌀한데, 추워 보였다. 희수는 아까부터 현수를 보고 있었던 게
틀림없었다. 희수가 천천히 한 걸음 앞으로 다가왔다.

　"카페 위치는…… 인터넷에서 찾았어."

　"어……."

　현수는 겉옷을 가지고 나올걸, 이라고 생각했다. 희수가 현수
에게 한 걸음 더 가까이 왔다.

■ 조 화 造化는 ……

많이 고민하며 쓴 글이었다. 쓰는 이가 생각이 너무 많다보니 글도 어려워
졌는지 모르겠다. 혹은 표면을 그리며, 표면적 이상을 그리고 싶었던 게 과한
욕심이었을지도 모른다. 혹은 그저 세상에는 드러내 말할 수 없는 이야기가
있는지도 모른다.

희수를 이해할 수 없다는 이야기를 몇 번 들었다. 그렇게 절절하게 고민할
문제가 아니지 않느냐는 말이었다. 다른 이들에게 아무렇지도 않은 문제라
고, 당사자에게도 별일 아닌 문제는 아니다. 오히려 다른 이들에게는 모두 가
볍게 지나는 일이라 당사자에게는 더 말 못할 고민이 될 수도 있다. 아니, 모
두 제대로 그리지 못한 작가 탓이다.

현수에 대해서는 실마리가 너무 부족하다는 이야기를 많이 들었다. 다시
보며 고민했지만, 그때와 마찬가지로 이 글은 이대로가 최선이라는 결론을
내렸다. 거의 손대지 않았고, 더 손볼 수 없는 글이었다.

이 글에 등장하는 와우wow는 월드 오브 워크래프트World of Warcraft라는
온라인 게임이다. 이 글을 쓴 시기는 2006년으로, 와우는 계속 업데이트를
해 2006년과는 많이 달라졌다. 희수와 현수도 2006년에는 갓 스무 살이었
지만 지금은 나이가 들었고, 다른 모습이 되었을 것이다. 그래도 이 글에서는
스무 살 모습 그대로이듯, 배경도 희수와 현수가 스무 살일 때 기준으로 놔두
었다.

온우주
단편선

낙 원

낙원

너는 엎드린 채 자고 있었다. 나는 네가 깰세라 솟아오른 네 날개 뼈를 가만가만 어루만졌다. 너는 여전히 고른 숨을 내쉬었다. 나는 날개 뼈를 쓰다듬다가 등에 머리를 기댔다. 귀와 뺨, 옆머리가 네 등에 닿았다. 몰랐다. 등에서도 심장 뛰는 소리가 들린다는 걸. 네 등에서 잠에 취한 나른한 냄새가 났다. 너는 잠에서 깨어 나직하게 웃었다. 네 어깨가 부드럽게 흔들렸다.

조종석에서 작업손이 일하는 걸 지켜보다보면 종종 거대한 거미 머리에 앉은 초파리가 된 기분이 들곤 한다. 거미 다리를 닮은 기계손이 건물의 잔해를 해체하고 성분을 분석해 종류별로 분리한다. 느리지만 꾸준히 시멘트에서 철근을 분리해 게걸스레 몸 안으로 쑤셔 담는다.

내가 생각한 거지만 이상한 말이야. 나는 화면에서 눈을 떼지 않으며 생각했다. 화면을 통해 보이는 기계손들은 분명 거미 다리를 닮았다. 하지만 난 저것들을 손이라고 부른다. 게걸스레는 음식을 급하게 탐할 때 쓰는 표현이다. 하지만 난 그걸 입에 쑤셔 넣는다고 생각하지 않았다. 몸에 넣는다고 생각했지.

일이 익숙해지니 자꾸 쓸데없는 생각이 머릿속으로 파고든다.

거미는 초파리가 없어도 자기 일을 할 수 있다. 더 빨리 할 수도 있다. 하지만 나는 여기에 앉아 작업공정을 지켜봐야 한다.

"정지."

기계손이 동작을 멈춘다. 나는 이 자리에 내가 있어야 할 이유를 발견했다. 기계손을 수동으로 전환한다. 가벼운 긴장감이 몸을 감쌌다. 나는 벽에 붙은 액자에 카메라 초점을 맞추고 확대했다. 가족사진이었다.

기계손 안에서 작은 기계손이 나왔다. 작은 기계손은 부드러운 천으로 감싸여 액자에 흠집을 내지 않고 옮길 수 있다.

하나를 찾으면 또 다른 걸 찾을 수 있지 않을까 하는 희망을 갖게 된다. 예상은 틀리지 않았다. 나는 불에 그슬린 앨범 몇 개를 찾아낼 수 있었다. 이미 오래전부터 디지털 기술이 상용화되었음에도, 사람들은 손에 쥘 수 있는 걸 원했다.

—여섯 시간 동안 쉬지 않았어요. 간식을 드시는 게 어떨까요?

새로 바꾼 목소리는 영 간지러웠다. 삼십 분 전에도 같은 말을 했다. 이번에도 지나가면 십오 분 뒤에 같은 말을 하겠지.

—오늘 카페인 함량이 높아요. 녹차를 드세요.

나는 다정한 목소리 3번의 충고를 무시하고 커피를 끓였다.

—혈당치가 내려갔어요. 간식을 드세요.

나는 커피에 설탕을 듬뿍 넣었다.

—내일 아침 식단은 영양이 풍부하게 조절하겠습니다.

다정한 목소리 3번이 더 이상은 타협할 수 없다는 듯 말했다. 나는 잠자코 커피를 마셨다.

다음 날 흥미로운 걸 찾았다. 다양한 색이 들어 있는 팔레트와 크고 작은 붓이었다. 분석기가 물질을 검사하더니 화장용품이라고 말했다. 아쉽게도 미술용품이 아니었다. 제일 값을 많이 쳐주는 건 그림과 조각이다. 미술도구와 사진들도 괜찮다. 음악이 제일 대접을 못 받는다. 달에도 꽤 많은 지구 음악들이 들어와 있었기 때문이다. 팔레트를 찬찬히 살폈다. 지구에 오기 전, 학습실에서 본 화장품 팔레트와는 조금도 닮지 않았다. 3단으로 되어 열여덟 가지 색이 들어 있다. 다시 생각해보니 미술용 팔레트로 보기엔 좀 작았다. 저 정도로 원형이 보존된 걸 직접 보는 건 처음이었다. 기계손이 화장품 팔레트를 생활용품 저장고에 넣었다. 지구생활용품박물관 쪽에서 좋아할 법하다. 큰돈을 받지는 못하겠지만 상관없다. 나는 돈 때문에 이곳에 오지 않았다.

그럼 무엇을 위해 왔지?

내가 지구환경보존협회에 가입하겠다고 했을 때, 주위 사람들의 반응은 둘로 나뉘었다. 그걸로 인해 나는 그 사람들과 내가 얼마나 가까웠는지 알 수 있었다.

많은 이들이 날 만류했다. 지구환경보존협회? 거기 가면 조종 기술 다 망가진다던데? 하는 일 아무것도 없고, 눈 빠지게 화면만 보다 온대. 우주선조종사협회에서는 거기 안 좋아해. 알면서 그래. 경력 망쳐, 다시 생각해. 왜 갑자기 그런 생각을 했어? 무슨 일 있어?

호기심에 가득 찬 얼굴들. 갑자기 잦아진 연락들. 그냥, 우리 본 지 오래됐잖아. 그리고 기다리는 눈빛. 밥을 먹고, 차를 마시고 헤어질 때 보이는 아쉬운 태도.

내가 무슨 이야기를 해야 했을까?

나와 너를 아는 사람들은 마지못해 고개를 끄덕이거나 과장되게 잘 생각했다고 말했다. 그래, 잘 갔다 와. 거기서 잘 건져 오면 10년치 돈 한 번에 벌 수도 있다더라. 근데 꼭 거기까지…… 아니다, 네가 잘 생각했겠지, 몸조리 잘해라, 조종사 너무 부려먹는다더라. 왜 갑자기?

답을 안다고 생각하며 묻는 질문들. 확인하기 위한 질문들. 참, 멀리까지도 간다. 말 속에 숨은 말들. 책망하는 어깻짓. 인사를 가장한 위로 섞인 다독거림.

내가 그런 걸 바랐던가? 내가 그래서 떠났던가? 나는 지구로 떠난 걸까, 지구로 온 게 아니라?

아마, 모두 사실일 거라고, 나는 기계손들이 건물을 해체하는 것보다 느리게 고개를 끄덕였다. 사람들은 모두 다른 사람들 앞에서는 가식을 부린다고 생각하지. 진짜 본 모습은 감추고 보여주지 않는다고, 진짜 나는 다르다고 말하곤 해. 아니, 사람들의 눈에 비친 내가 진짜 나다. 그래서 이곳에 왔다. 나는 나를 보고 싶지 않았다.

아니. 그게 아니야.

몸을 웅크렸다. 히터가 작동되었다. 추운 게 아닌데. 아니, 추운가?

자기 자신에게 솔직하기란 얼마나 힘든가. 아무도 날 보지도 듣지도 못할 곳에서조차.

—민에게 통신이 들어왔습니다. 연결할까요?

머리가 아찔했다. 나는 천천히 고개를 끄덕였다. 네가 아주 작게 내 눈앞에 나타났다.

—뭐해? 지금 바빠? 나올래?

너는 늘 그러듯 인사 없이 물었다. 하필 지금……. 나는 그때 네가 있는 곳에서 24.5킬로미터 떨어진 상공에 있었다. 테스트 비행이었다. 원래 내 차례가 아니었다. 하지만 채영 씨가 급한 사정이 생겼다며 대신해줄 수 있느냐고 물었다. 시간도 비고, 다른 할 일도 없어 선선히 수락했고, 그래서 나는 당장 갈게, 라고 말하는 대신 미안하다고 지금은 힘들다고 사과해야 했다. 너는 대수롭지 않다는 듯 그래? 하고 말겠지만, 나는 아쉬웠다. 모처럼 네가 먼저 한 연락인데…….

―그래?

너는 머뭇거렸다. 아주 잠시, 일 초보다도 짧은 시간 동안 나는 네게 길 잃은 강아지의 표정을 본 것 같았다.

―그래, 그럼.

너는 인사 없이 통신을 끊었다. 나는 멍하니 회색으로 바뀐 화면을 바라보았다. 그때도 조종실엔 나밖에 없었다. 한 사람이면 충분한 테스트 비행이었다. 나는 숨을 들이켜며 손목을 바라보았다. 이걸 구입하기 위해 많은 돈을 지불했다. 어디 있든 네가 날 찾으면 연락이 닿길 바랐기 때문이었다. 하지만 너와 연락이 닿았는데 널 보러 갈 수 없었다. 지금은 아니더라도 다섯 시간 후면 가능했다. 세 시간 후면 착륙할 거다. 네가 있는 곳까지 가려면 두 시간 정도 걸린다. 보고서를 작성해야 하지만, 원래는 채영 씨 일이었으니까, 사정이 있다고 미룰 수도 있다. 나는 초조하게 서성였다. 한 마디만 하면 돼. 민, 이라고. 아주 작게 말해도 이 기계는 알아들을 거야. 아무도 듣지 못할 거야. 반경 수 킬로미터 내에 살아 숨 쉬는 인간이라고는 나 하나뿐이야. 내 귀에도 들리지 않을 정도로 작게 말해도 괜찮아. 그러라고 비싼 값을 들여 마련한 기계니까.

무슨 일 있어?

나 세 시간이면 착륙할 거야.

조금만 기다려줄래?

나 당장 너 보러 가지는 못해도 이야기는 할 수 있는데…….

수없이 많은 말이 입안을 맴돌았지만 민, 단 한 글자를 발음하지 못해 많은 대가를 치르고 손에 넣은 기계는 너에게 나를 연결시켜주지 않았다.

캔 김치를 땄다. 버튼을 살짝 누르면 뚜껑이 열린다. 간혹 너무 빨리 열리는 캔이 있어 다치고 싶지 않으면 손가락을 바로 떼야 한다. 재활용 공정이 완벽하지 않은 탓이다. 하지만 불평할 수가 없다. 달은 자원이 부족하다. 갑작스레 지구에서 아무것도 받지 못하게 되어 더 심해졌다. 지구환경보존협회가 만들어진 건 그 뒤 한참이 지나서다. 환경론자들은 아직 위험하다고 펄펄 뛰었지만, 지구환경보존협회는 물러서지 않았다. 그들은 달에 얼마나 많은 것들이 부족한지, 지구에 작은 공정을 거치면 쓸 만한 물품들이 얼마나 많은지 몇몇 과학자와 기자들까지 동원해 사설을 늘어놓았다. 하지만 그들이 정말 원한 건 그게 아니었다. 지구환경보존협회는 예술품에 미친 대기업 총수들의 모임이었다. 재활용품 따위는 핑계에 불과했다. 그들은 달에 필요한 물건도 가져오 겠다는 조건을 붙여 끝내 정부의 승낙을 얻어냈다. 그리고 조종 사를 섭외해 지구에 남은 그림과 조각을 게걸스레 탐색하기 시작 했다. 중요한 유적지와 박물관은 지구의 거의 모든 곳이 그러하 듯이 제대로 남아 있지 않았다. 그들은 모조품이라도 좋다고 했 다. 어차피 미술품의 진품 여부를 판별할 수 있는 기술도 제대로 남아 있지 않았다. 달에 갓 도시가 만들어졌을 때의 이야기이다. 대부분이 기술자와 과학자와 그들의 가족이었다. 지구 역사에 대 한 기록도 많지 않다. 기록해야 할 필요를 못 느꼈기 때문이다. 실 시간 통신이 가능했으니 큰 문제가 없을 줄 알았다.

몇 해 전, 달에서 가장 큰 공기공급업체이자 지구환경보존협회 의 큰 손인 KG 회장 고古 김기택이 간송미술관 잔해에서 기적처 럼 혜원 신윤복의 〈삼각관계:월야밀회月夜密會〉를 발견했다고 발 표했다. 언론은 열광적으로 오래전 죽은 화가의 살아남은 그림에 대해 아는 정보, 모르는 정보 다 껴 넣어 찬사를 퍼부었다. 그때 이변이 벌어졌다. 지구에서 가져온 개인 PC의 하드웨어를 복원 하는 과정에서 22살 대학생이 쓴 파리 여행기가 발견되었다. 그 는 파리에서 신윤복 전시회를 관람했다고, 이국에서 보니 감회가 남달랐다고 썼다. 가장 인상 깊었던 그림으로 "조선시대 최고의 키스신이 있는 작품"이라며 신윤복의 삼각관계를 꼽았다. 파리에 서 건질 수 있는 건 재밖에 없다는 걸 모두 알았다. 당연히 김기 택이 손에 넣은 신윤복의 〈삼각관계〉는 진품 논쟁이 벌어졌다. 많 은 과학자들이 그림의 진품 여부를 감정하겠노라 나섰다. 여론은 어설픈 취미화가까지 인터뷰했다. 그 정도로 달에는 예술가가 없었다. 달은 생존의 장이었지, 생활의 장이 아니었다. 김기택은 신윤복의 삼각관계는 "조선시대 최초의 키스신"이 있는 그림이라며 그림에 대해 문외한이 쓴, 날짜도 불명확한 글을 가지고 진품인지 의심하는 건 말도 안 된다고 항변하면서도 감정받는 건 거부했다. 달에는 제대로 된 감정사가 없다는 게 이유였다. 당시 지구에서 그림을 회수해 온 조종사 역시 인터뷰를 거부했다. 인터뷰를 거부하라고 김기택한테 고액의 돈을 받았다는 정황이 나오자 김기택은 추가 보수라고 잘라 말했다.

"지구에서였다면 여러분, 이런 논쟁은 있을 수도 없습니다."

김기택의 말은 달을 휩쓸고 유행이 되었다. 사람들은 어이없는 일이 생길 때마다 조롱조로 "지구에서였다면 절대 있을 수 없는 일이야."라고 말했다.

그나마 지구에 남은 예술품이 있을 거라는 희망이 있었을 때 이야기다. 지금은 진품이든 복사한 작품이든 아무도 상관하지 않는다. 최후의 만찬을 그린 사람을 묻는 초등학교 시험문제에서 답을 미켈란젤로로 처리했던 게 뒤늦게 알려져 회자되었을 정도다. 온갖 뉴스에서 이구동성으로 우리는 인류의 위대한 문화유산을 잃고 있다고 "지구에서였다면 이런 일은 있을 수도 없는 일"이라며 떠들었다.

돈이 조금이라도 있는 자들은 지구에 남은 예술품들을 갈구했다. 그들은 협회를 만들고 조종사를 고용했다. 가치 있는 미술품을 찾으면 보너스를 받을 수 있다. 하지만 자원하는 조종사는 많지 않았다. 지구의 대기는 극도로 불안했다. 사고는 잊을 만하면 한 번씩 터졌다. 나 역시 먼 후배의 장례식에 참석한 적이 있다.

특별히 지정된 좌표도 없다. 조종사들은 오래전 지구에서 화석을 탐사하던 때처럼, 가능성 있어 보이는 곳을 점찍어 인내심을 가지고 파 내려갈 뿐이었다. 내가 지금 하고 있듯이 말이다.

차분한 목소리 4번이 달에서 개인 통신이 들어왔다고 알렸다. 나는 거절했다.

—지구에 오신 후 한 번도 개인 통신을 받지 않으셨습니다. 문제가 있으신가요? 상담사에게 연결해드릴까요?

상담사에게 연락하면 귀찮은 기록이 남는다. 약간 고민한 끝에 오 분 후 연락을 받겠다고 말했다. 머리를 빗으며, 나 자신을 단장하기 위해 거울 앞에 선 게 정말 오랜만이라는 걸 알았다.

—어이구, 귀하신 몸이 납시셨어그래.

"미안, 좀 바빴어."

—바쁘긴. 거기 일 되게 한가하다던데? 뭐 근사한 것 좀 찾았어?

"그냥 그래."

마른침을 삼켰다. 내 목소리가 낯설었다.

"어떻게 지내? 다들 잘 지내지?"

—나 요새 아주 사치스러운 취미가 생겼다는 거 아니니.

"어떤 거?"

나는 한참 고민한 끝에 물었다. 사실은 아주 짧은 시간일 수도

282

있다. 상대방이 어떤 말을 하면 특정한 반응을 한다. 기억도 나지 않는 어린 시절, 능숙하게 대화를 할 수 있게 되면서부터 몸에 익혀온 것들이다. 너무 자연스러워서 의식하지 않고 하게 되는 말들, 행동들. 그게 잘되지 않았다. 모처럼 꺼내 찬 팔찌가 팔목에서 걸리적거리는 것처럼, 한 마디 한 마디가 어색하고 삐걱거렸다.

—나 요리한다! 너 요리해본 적 있어?

나는 이럴 땐 웃으며 놀라줘야 한다는 걸 떠올렸고, 그렇게 했다. 세영은 깔깔대고 웃으며 냄비에도 여러 종류가 있다거나, 국자도 세 가지, 프라이팬도 크기별로 구입했다거나 하는 이야기를 늘어놓았다. 이곳에 온 지 몇 달 지나지도 않았는데 달에서의 일은 까마득하게 멀게만 느껴진다. 세영과 이야기하는 게 아니라 끝없이 대화만 이어지는 지루한 영화를 하릴없이 틀어놓고 있는 것 같았다.

—정민 씨 소식 들었어?

이건 반칙이야. 나는 커피가 옆에 있다는 사실에, 잠시 시선을 피할 핑계가 있다는 점에 안도하며 생각했다. 이제 겨우 대화에 익숙해져가고 있었다고. 어느 시점에서 웃으면 되는지, 어느 지점에서 그냥 고개를 끄덕이기만 하면 되는지 말이야. 갑자기 이렇게 나오면 안 되잖아.

"아니."

—궁금하지 않아?

네게 무슨 일이 생겼다. 좋은 일인지, 나쁜 일인지는 들어보면 알 수 있을 거다.

"아니."

세영은 실망한 기색을 감추지 못하더니, 몇 가지 더 시시콜콜한 이야기를 하다가 요금이 너무 많이 부과되겠다며 화면에서 사라졌다.

나는 커피 잔을 들었다. 잔을 기울였지만 아무것도 입안으로 들어오지 않았다. 아까 마시려고 입에 가져갔을 때도 빈 잔이라 그냥 내려놨던 걸 기억해냈다.

궁금했다. 물어보고 싶었다. 하지만 그렇게 하지 않았다. 지나간 일이니까, 이제 정리해야 하니까. 아니, 내가 묻지 않은 건 그래서가 아니다. 그 말을 했을 때 내 반응이 보고 싶어서, 그 비싼 요금을 감수하며 날 찾은 세영 때문이었다. 기습하듯 물어 내 반응을 살피던 얼굴 때문이었다. 그저 그 순간 그 애의 호기심을 충족시켜주고 싶지 않았다.

민, 나는 네 이름을 말했다. 큰 소리는 아니었지만 아주 작게 말하지도 않았다. 화면이 바뀌고 네 아바타가 모습을 나타냈다. 그날 네 아바타는 기운 없이 축 처져 있었다. 한참을 그러다가 고개를 들더니 회사 동료가 사고를 당해 병원에 다녀왔다고 말했다. 그 한 마디만 하고 다시 고개를 숙이더니 더 이상 움직이지 않았다. 나는 팔목을 들고 다시 네 이름을 말했다. 네가 화면에 나타났다.

— 왜?

나는 네가 흔히 하는 안녕, 같은 말을 했으면 좋겠다고 생각했다. 하지만 그때는 그런 걸 따질 여력이 없었다.

"저기…… 뭐 안 좋은 일 있나 해서……."

너는 짜증 섞인 한숨을 쉬었다. 너는 내가 세상에서 제일 어이없는 소리를 하기라도 한 듯 말했다.

— 트리에 다 써놨잖아?

그렇게까지 말할 필요는 없었을 텐데……. 그래, 나는 구체적으로 어떤 사고를 당했는지, 얼마나 가까운 사람인지, 병원에 갔더니 어땠는지, 네게 자세한 이야기를 듣고 싶었어. 하지만 그건 저열한 호기심 따위가 아니었어. 내게 이야기하면서 네가 위로받기를 바랐어. 마음이 심란할 널 다독이고 싶었어. 우린 사람들이 흔히 서로에게 그런 존재이리라 생각하는 그런 사이였잖아.

나는 한 번도 네 트리에 방문한다고 이야기한 적이 없어. 거기에 내 아바타를 보낸 적도 없지. 하지만 너는 내가 네 트리에 자주 온다는 걸 알고 있었을 거야. 그걸 그런 식으로 우습다는 듯 표현할 필요까진 없었잖아.

너도 그렇게 느꼈니? 내가 너와 가깝다는 걸 증명하고 싶어서 물어보는 것 같았어? 아니야, 넌 그런 게 아니라는 걸 알고 있었어. 넌 알아야 했어.

나는 달에서 떠나기 전 갑작스러운 내 결정을 전해 듣고 연락하는 지인들을 매정하게 내쳤다. 상처받아본 사람만이 타인의 상처를 이해한다는 건 거짓말이다. 상처받아본 사람은 타인에게 상처 입히는 법을 안다.

무릎을 의자 위에 올리고 머리를 묻었다. 제발, 이제 그만 울고 싶었다.

이 일을 아무리 오래 해도 시신들에는 익숙해지지 못할 것 같다. 특히 아이들의 시체 말이다. 까맣게 타버려, 남자앤지 여자앤지는 알 수 없어도 아이라는 건 알 수 있다. 이제 막 걸음걸이를 시작했을 아이들, 유치원에 입학했을 아이들, 말도 제대로 못했을 아이들.

시신처리반이 생긴 건 대부분의 우주선조종사들이 시체를 견디지 못했기 때문이다. 기계들이 시체를 내동댕이치고, 컴퓨터 부품, 도자기와 유리 그릇 따위를 정성스레 모으는 걸 본 조종사들 중 많은 수가 위약금을 물고 일을 그만뒀다. 달에는 매장 풍습이 없다. 지구는 인구가 폭발해 산 사람들이 살 집이 모자라도, 묘지들은 굳건히 제자리를 지켰다. 달은 지구의 선례를 따르지 않았다. 시신은 모두 화장해 우주에 뿌린다. 하얗게 흩날리는 재는 아름답다. 저렇게 뭉그러진 모습을 그대로 방치한다는 건 죽음에 대한 모독이고, 죽음에 대한 모독은 산 자에 대한 모독이었다.

지구환경보존협회는 대책을 마련해야 했다. 그들은 시신만 처리할 우주선조종사를 뽑았다. 시신처리반은 시신을 인수받아 발견 장소와 성별, 대략의 나이를 적은 기록을 남기고 화장해 우주에 뿌려준다. 우리가 발견하는 시신들의 가족도 이미 다 사라졌다. 신원도 확인할 수 없는 오래전에 죽은 사람들일 뿐이다. 그런데도 장례를 치러준다는 사실이 위안을 주었고 조종사들이 자기 일에 집중하게 했다.

나는 시신을, 부서지고 조각난 사람의 육신을 거두었다. 조용한 목소리 7번이 시신보관함이 다 차, 태우 선배에게 만날 장소와 시간을 정해달라고 메시지를 보냈다는 사실을 알렸다. 태우 선배는 바로 답신을 보냈다.

다음 날 아침 7시, 선배는 정확히 약속한 시간에 왔다. 태우 선배는 우주선조종사학교 먼 선배이자 내 조종 강사였다. 그는 기록에 남을 만큼 뛰어난 조종사는 아니었지만 가장 잘 가르치는 사람 중 하나였다. 5년 전 은퇴해 자연스레 잊고 지낸 그가 지구에 갔다는 이야기를 들었을 때는 조금 이상하다고 생각했다. 그는 돈에 조종술을 팔 사람이 아니었다. 그래, 많은 조종사들이 지구환경보존협회를 위해 일하는 것은 조종술을 파는 행위라고 말한다. 나중에 그가 시신처리반에서 일한다는 말을 듣자 이상하게 납득이 되었다. 시신처리반은 숙련된 조종사의 두 배에 해당하는 연봉을 받는다. 자원하는 사람도 드물고, 유물을 찾았을 때 생기는 부수입이 없기 때문이다.

가끔 지구환경보존협회에서 초기에 조종사를 구하기 어려웠다는 이유로 그렇게 높은 연봉을 부르지만 않았어도, 일이 이렇게 어렵게 되지는 않았을 거라는 생각을 한다. 모험으로 받아들여질 수도 있는 일이 돈을 위한 일이 되었다. 우주선조종사는 엄격하게 선발된 사람이 길고 지난한 훈련과정을 거친 뒤에 받을 수 있는 명칭이다. 조종사는 돈에 연연해서는 안 된다는 암묵적인 협약이 있었다. 어떤 이들은 인류는 필연적으로 예술을 필요로 하며, 예술가가 없는 달에서 조종사를 예술가로 승화시켰다고 말한다. 나는 잘 모르겠다. 나는 우주가 좋아서 조종사가 되었을 뿐……. 그래, 그뿐이다.

문득 내가 조종사가 된 걸 진심으로 잘한 일이라고 생각한 때가 다음 지시를 기다리며 조종실의 불을 모두 끄고 우주를 바라보던 순간이라는 걸 기억해냈다. 그건 조종기술과도, 먹고사는 것과도 아무런 상관이 없는데도 말이다. 어쩌면 삶에서 중요한 건, 사는 데 아무 쓸모 없어 보이는 것에 있는지도 모른다.

나는 태우 선배에게 인사했다. 그는 형식적으로 받고는 바로 일로 들어갔다. 변하지 않았다고 생각하며 속으로 살짝 웃었다.

태우 선배의 기계손이 시신보관함의 열린 문을 통해 들어왔다. 처음에 나는 이 일이 두 시간이면 끝날 줄 알았다. 내 생각은 보기 좋게 빗나갔다.

태우 선배의 기계손은 느리고 조심스럽게 안으로 들어왔다. 기계손은 작지 않다. 한 번에 몇 사람이고 움켜쥘 수 있다. 그는 그러지 않았다. 그는 아이의 시신 하나만 두 손으로 부드럽게 가져갔다. 그리고 또 다른 아이, 여자의 시신, 썩은 다리 하나.

그 다리를 시신보관함에 넣을까 말까 망설였다. 시신이라고 부르기엔 부족했다. 하지만 그냥 내버려두기도 뭣했다. 만일 주변에 다른 시신들이 더 있지 않았다면 못 본 척 넘어갔을지도 모른다. 태우 선배는 내가 다른 시신을 모으는 김에 집은 다리 하나를, 온전한 시신을 다룰 때 그러했듯이 정중하게 가져갔다. 나는 시신보관함에 시신들이 어떻게 쌓이는지 본 적이 없었다. 하지만 태우 선배가 작업하는 모습을 보며 선배는 절대 나처럼 쌓아놓지 않으리라는 걸 알 수 있었다. 작업은 한밤중이 되어서야 끝났다. 그는 짧게 인사하고 그들을 보내주기 위해 하늘로 올라갔다.

나는 부끄러웠다.

우주선조종사학교를 차석으로 졸업하던 날, 교장이 졸업장을 건네며 제일 존경하는 조종사가 누구인지 물었다. 그때 나는 태우 선배라고 대답하고 싶었다. 제목은 잘 기억나지 않지만, 어렸을 때 본 지구소설 중 "그에게서는 바다 냄새가 났다."라는 구절이 있었다. 지구체험관에서 바다 냄새를 맡아본 적은 있지만, 바다 냄새가 나는 사람이라는 건 상상하기 어려웠다. 바다 냄새라는 건 그다지 맡기 좋은 냄새가 아니었다. 오랜 시간이 지나 우주비행학교에 들어와 태우 선배를 보며 그 구절을 이해했다. 그에게서는 우주 냄새가 났다. 그는 땅에 발을 딛고 있을 때보다, 지상에서 수십 킬로미터 떨어진 곳에 있을 때 빛이 나는 그런 사람이었다. 막연하게 그를 동경했다. 내가 조종간을 잡고 있을 때도 그런 분위기가 나길 바랐다.

그래서 그때 누구라고 대답했지? 딱히 눈에 띄는 성과를 낸 적 없는 선배 이름을 거론하려니 부연설명이 길고 구차했고, 선배 얼굴 보기도 낯 뜨거웠다. 무난히 납득할 만한 사람을 이야기했던 것 같은데, 누구였는지는 기억나지 않는다. 뭐, 지나간 일이고 그다지 중요한 일도 아니다.

커피를 타서 관측실로 갔다. 낮도 밤도 없이 거무스름한 지구의 하늘에서 별 같은 건 볼 수 없지만, 그래도 그 방에서 불을 끄고 있으면 마음이 편해지곤 했다. 담배를 피울 수 있는 유일한 방이기도 했다. 물려받지 말았어야 할 지구의 악습 1순위로 꼽히는 그것 말이다.

아주 조용할 때면 숨을 들이마실 때마다 종이와 담배가 타들어가는 소리를 들을 수 있다. 고요함, 평온함, 이런 단어들이 나를 채우는 이런 순간에조차 네가 치밀어 올라 마음을 찢어놓는다.

그날 너는 나를 눕히고 가만히 내려다보다가 이마에 입술을 가져다 대었다. 눈썹과 눈썹 사이에, 양 눈두덩에, 코끝에, 그리고 마지막으로 아끼고 아껴두었던 것처럼 내 입술에 네 입술을 포갰다. 부드럽고 긴 입맞춤이었다. 너는 셔츠 위에서 오래도록 내 가슴을 어루만졌다. 충분한 시간이 지났다는 생각이 들어서야 너는 내 셔츠 단추를 풀었고, 네 손이 내 가슴에 닿았다.

마침내 너는 긴 한숨을 토하며 내 위로 쓰러졌다. 너는 나를 향해 한 팔을 내밀었다. 나는 네 팔에 목을 올렸다. 너는 우리가 마지막으로 잔 날 이래, 너에게 있었던 소소한 일들을 이야기했다.

그리고 나는 어떻게 지냈느냐고 물었다. 나는 생각나는 몇 가지 일화를 이야기했다. 너는 고개를 끄덕이거나 맞장구를 쳤고, 작게 웃기도 했다. 어느덧 화제가 떨어졌고, 침묵 속에서 네 숨소리가 고르고 안정되어갔다. 나는 잠들지 않기 위해 노력했다. 밤새도록 잠들지 않고 널 바라보고 싶었다.

생각이 멈춰지질 않는다. 나는 그만두려고 한다. 하지만 그럴 수가 없었다. 나는 다리를 끌어당겨 무릎을 끌어안고 소리 죽여 울었다. 한동안 너로 인해 울지 않았다. 감정이 북받쳐 올라 제어가 되지 않았다. 나는 그냥 울도록 나를 내버려두었다. 다른 방법이 없었다.

놀랍게도 울고 나니 후련해졌다. 예전에는 그렇게 울고 나면 오히려 더 비참한 기분에 휩싸이곤 했다. 울었다는 사실에 화가 났다. 하지만 이번엔 달랐다. 나는 시원하게 코를 풀고, 식어버린 커피를 단숨에 마시고 샤워를 했다. 침대에 눕자마자 꿈도 꾸지 않는 깊은 잠에 빠졌다.

지금 작업하는 아파트 단지를 처음 발견했을 때 든 생각은 이리저리 돌아다니지 않고 여기만 해체하는 데도 1년은 걸리겠구나, 였다. 단지 그 이유로 눌러앉았는데, 커다란 건물을 해체하는 일은 제법 재미있었다. 시멘트는 버리고 철근과 쇳조각은 모은다. 텔레비전, 컴퓨터, 냉장고, 세탁기 등 가전제품 중 형태를 알아볼 만한 건 일단 다 수거한다. 소파와 침대에서도 천은 버리고 스프링은 모은다. 불에 타는 것들이 어느 정도 모이면 모두 태운다. 타지 않는 것들이나 탈 때 유독가스를 배출하는 것은 한곳에 묻는다. 환경론자들이 뭐라고 부르든 간에 우린 이걸 그냥 청소라고 한다.

그렇게 하나를 해체하고 나면, 다음 건물로 이동해 같은 작업을 반복한다. 놔둬도 기계손들이 알아서 잘하지만 종종 수동모드로 바꿔 직접 한다. 가만히 보는 것보다 시간이 잘 가기도 하고 무엇보다 더 깔끔하게 되기 때문이다. 보기 흉하게 널브러져 있던 건물이 하나둘 사라진다. 하지만 대지가 입은 손상, 시커멓게 변한 하늘만은 어쩔 수 없다. 정말로 저곳에서 누군가, 아니 많은 사람들이 걷고, 숨 쉬고, 웃고, 떠들고, 싸우고, 사랑하고, 먹고, 잠이 들었을까? 돔 없이 하늘을 바로 보고, 광고들이 어지럽게 불을 밝히는 반구형 통로를 따라서가 아니라 마음대로 걷는다는 건 어떤 느낌이었을까?

바닥에서 지지대를 뽑아내자 시커먼 것들이 기계손으로 달려들었다. 그것들이 치고 간 건 카메라지 내가 아닌데도 내가 맞은 것처럼 놀라 뒤로 물러섰다. 심장이 거세게 뛰었다. 기형이 된 동물들이었다. 대부분이 원래는 쥐였던 것들이라고 한다. 지구에 오기 전 교육을 받으며 영상으로 물리게 봤는데도 직접 본 충격은 작지 않았다. 뭘 먹고 사는지도 모른다. 그저 자기들끼리 잡아

먹는 게 아닌가 막연한 추측만 할 뿐이었다. 나는 놀란 가슴을 가라앉히고 작업을 마무리 지었다. 대지에 흉한 구멍이 뚫렸다.

언젠가 지구에 다시 사람이 살 수 있을까? 기상학자들은 지구의 대지가 정화되기까지 수백 년은 걸릴 거라고 말했다. 수백 년 안에만 되어도 기적처럼 느껴질 것 같다.

달에서 정기 통신이 들어왔다. 발견 목록에 대한 답신이었다. 자리를 옮겨 좀 더 쓸 만한 게 나올 곳을 찾아보라는 권고였다. 다른 대안이 없어 먹을 수밖에 없는 유전자 변형 식품이 최근 늘어나는 기형아의 원인이냐 아니냐 말이 많은데, 이 사람들은 불에 타다 만 그림쪼가리 외에는 보이는 게 없는 걸까? 여기에 쏟아부을 돈의 반만 대기정화에 써도 지구는 훨씬 빨리 회복될 거다. 그럼 지구에서 제대로 된 식량을 생산할 수 있을지도 모른다.

권고는 권고일 뿐 강제가 아니다. 결정을 내리기 위해 모선을 조종해 하늘로 올라갔다. 위에서 내려다보고 깜짝 놀랐다. 어느덧 반 이상이 정리되었다. 건물의 잔해가 사라진 곳에 시커먼 구멍만 보일 뿐이다. 비가, 바람이, 눈이 구멍을 메우겠지. 어쩌면 다시 식물이 자랄지도 모른다. 나는 이곳을 떠나지 않기로 결정했다. 부지런히 하면 계약 기간 만료 전에 이 단지는 말끔하게 마무리할 수 있을 것 같았다. 아무 이유 없이 그러고 싶었다. 작은 완결을 짓고 싶었는지도 모른다.

지구에 온 우주선조종사들간의 통신 채널에서 다른 사람이 작업하는 구역에 대한 이야기를 들었다. 쥐 비슷한 동물을 봤다는 사람들이 몇 있었다. 어린아이만 한 크기도 있었다고 한다. 몇몇 이 촬영한 영상을 틀어달라고 했다. 굳이 보고 싶지는 않아 인사 를 하고 채널을 나왔다.

커피를 뽑는데 문득 오래도록 널 생각하지 않았다는 걸, 네가 갑자기 파고들어 날 괴롭히지 않은 지 한참 되었다는 걸 깨달았 다. 이젠 꺼내 봐도 상관없을 것 같아 네 추억이 깃든 상자를 꺼 냈다. 상자는 진짜 나무처럼 생겼다. 안에는 초콜릿이 들어 있었 다. 그래, 기억난다. 그날은 네 생일이었다. 나는 전부터 너와 함 께 가고 싶던 인도 레스토랑 강가에 가기로 했다. 가는 날이 장날 이라고 전산 오류가 발생해, 사람들이 줄지어 늘어서 있었다. 직 원들이 예약자 명단을 기억할 리 만무해 우리도 기다려야 했다. 나는 잠시 화장실에 다녀왔다. 그동안 우리 뒤에 줄이 길게 늘어 섰다. 나는 네 뒤에 섰다. 뒤에 있던 여자가 짜증을 냈다.

"저기요, 지금 새치기 하셨거든요?"

나는 당황해서 너와 일행이라고 했다. 여자는 못 믿겠다는 듯 우리를 노려봤다. 마침내 자리를 배정받았다. 너와 함께 앉았지 만, 여자는 어디 앉았는지 보이지 않았다. 점원이 음식을 내오며 오늘이 인도 강가우 축제날이라고 했다.

"결혼과 관련한 큰 축제예요. 인생의 동반자를 구하는 축제라 서 젊은이들이 가장 좋아하죠. 두 분 커플이시죠?"

나는 그 말에 아까 일은 잊고 기쁘게 고개를 끄덕였다. 점원은 오늘 손님 중 커플에게만 드리는 거라며 모조 나무 상자를 주었다. 안에는 초콜릿이 들어 있었다.

"즐거운 시간 되세요."

점원은 처음과 달리 어색한 얼굴로 자리를 떠났다.

나는 쓰게 웃었다. 어떻게 그렇게 멍청할 수가 있었을까? 넌 언제나 그랬지. 같이 영화를 보러 가서도 낯선 사람처럼 굴었어. 너랑 영화를 보러 가면 나는 커플석에 앉아서도 손잡이를 단단히 잡곤 했어. 화면에 맞춰 자리가 움직여, 보통 자기 애인에게 매달리는 바로 그때 말이야. 넌 한 번도 커플석에서 내게 팔짱을 낀 적이 없어. 마치 우연찮게 같이 앉게 된 것처럼 생뚱맞게 앉아 있곤 했지. 내 뒤에 섰던 여자가 짜증을 낼 때도, 직원이 커플이냐고 물을 때도 못 들은 척했던 것처럼 말이지.

나는 상자를 열었다. 상자 안에는 밸런타인데이 때 함께 간 극장에서 나눠 준 종이학이 들어 있었다. 지구에서는 종이학 천 마리를 접으면 소원이 이뤄진다고 믿었다고 했다. 진짜 종이로 학을 천 마리나 접을 생각을 하다니. 나무가 넘쳐났을 때 이야기다.

그러고 보니 우리, 생일도 챙기고 밸런타인데이 때도 만났구나. 나는 서글픈 미소를 지었다. 상자 안에 들어 있는 건 그게 전부였다.

이게 전부라고?

나는 당황스러웠다. 달을 떠난 후 한 번도 열어본 적이 없던 상자, 이 안에 들어 있던 게 정말로 합성종이로 만든 학 몇 마리가 전부였어? 그걸 이렇게 애지중지하며 여기까지 들고 온 거야? 노여움이 온몸을 휘감고 돌았다. 그래, 난 그렇게 어리석고 멍청했어. 너는 늘 그런 식이었는데도, 남처럼 무뚝뚝하니 앉은 걸 보면서도 점원이 애인이라고 알아봐줘서, 비싼 초콜릿을 얻어서 마냥 좋다고 헤실헤실 웃었지. 별것도 아닌 상자 하나, 그 안에 든 유치찬란한 색의 모조 학들을 뭐 대단한 거라도 되는 양 여기까지 들고 올 정도로, 그래, 난 그렇게 멍청하고 한심해. 남들은 이런 건 잠깐 가지고 있다가 청소할 때 버리지.

아니야!

나는 고함을 지르고 싶은 걸 눌러 참았다. 내가 집착이 강해서, 사소한 물건 하나 못 버리는 소심한 성격이라 이걸 이렇게 귀하게 여겨온 게 아니야. 네가 남겨준 게 이것밖에 없었기 때문이야. 너는 이보다 더 좋은 걸 줄 수도 있었어. 함께 찍은 영상 하나쯤 만들어줄 수 있었다고. 영상첩을 열면, 한때는 친구라고 불렀지만 이름도 기억나지 않는 얼굴들이 가득해. 그런 건 그냥 스쳐 지나가는 사람들끼리도 하는 거야. 그다지 어려운 게 아니니까. 아주 잠깐 웃으면 돼. 마주 보고 웃고, 몇 마디 이야기하고, 그 순간을 저장하는 거야. 정말 간단한 거라고. 넌, 네 모든 통신시설에 보안을 걸어서 내용을 저장하지 못하게 했지. 보통 애인들에게는 푸는 보안에, 너는 예외를 만들지 않았어. 그래서 나는 네가 화면에서 사라지고 나면 다시는 널 볼 수 없었지. 내가 네 영상을 조금 소유한다고 해서 큰일 나는 것도 아닌데 말이야.

너는 네가 무심할수록 내게 영향력을 행사한다고 생각했지. 아니야, 그렇지 않아. 너는 내게 다정하면서도, 내게 힘을 가질 수 있었어. 단지 너라는 것만으로도 내게 원하는 모든 걸 취할 수 있었어. 그걸 놓친 건 너야. 그걸 뿌리친 건 너야.

팔꿈치로 상자를 쳤다. 색색의 모조 학들이 흩어졌다. 나는 화들짝 놀라, 하나라도 놓칠까 학들을 주워 구겨지지 않도록 조심조심 펴서 있던 자리에 넣었다. 숫자를 세보고 이게 원래 열 개였는지, 열한 개였는지 한참 머리를 굴렸다. 도대체 이게 무슨 짓이야? 나는 쭈그리고 앉아 침대에 머리를 묻고 울었다. 조금도 후련해지지 않는, 울고 나서 더 참담해지는 그런 종류의 울음이었다.

내가 하는 일이라는 건 고작해야 백사장에서 모래를 하나 옮기는 것에 불과할지도 모른다. 지구에 이런 아파트 단지가 몇 개나 될까? 셀 수나 있을까? 이보다 더 큰 것도 있을 거고, 작은 것도 있겠지. 상가들, 주택가들, 빌딩가들도 있겠지. 언젠가 지구가 다시 파래질 수 있을까? 영화에서 본 것처럼 사람들이 맨 하늘을 바라볼 수 있을까?

지구에서 만든 영화를 보다가 "숨 쉴 때마다 돈이 들어."라는 대사를 듣고 깜짝 놀랐다. 왜 지구에서 숨 쉴 때마다 돈이 들어? 한참 후에야 비유라는 걸 깨달았다. 지금 지구는 영화 속에서보다 더 비현실적이다. 사람들은 지구의 하늘이 푸르고 아름다웠다고 한다. 달은 인공돔 안에 하늘을 홀로그램으로 깔았을 뿐이지만, 지구 하늘이 더 아름답다는 생각은 들지 않는다. 내가 본 지구 하늘이라는 게 영화나 사진 속에서 본 게 전부긴 하지만 말이다. 실제로 보면 무언가 다를까? 돔 없이 살면 더 편할까? 공기세를 내지 않아도 되니 좋겠지. 하지만 그게 정말 어떤 건지는 상상이 되지 않는다.

오늘은 일하기가 지겨운 날인가보다. 가끔 그럴 때가 있다. 잠시 쉬기로 했다. 침실로 가서 차가운 바닥에 일자로 누웠다. 가끔 머리가 멍할 때면 그렇게 한다. 찬 기운이 몸에 스며들도록 반듯하게 누워 팔을 위로 뻗었다. 손끝에 이물질이 걸렸다. 커다란 구리색 단추였다. 청소봇이 어쩌다 놓쳤는지 모르겠다. 나는 단추를 살폈다. 가운데에 독수리 문양이 있었다. 내 건 아니다. 난 이런 단추가 달린 옷이 없다. 전입자의 물건인가? 기분이 찜찜했다. 분명 낯익은 물건이었다.

아무 생각 없이 책상 구석에 있는 상자를 열었다. 머리는 잊어도 몸은 기억하나보다. 단추가 상자 안으로 들어가는 순간, 이 단추가 어디서 왔는지 기억났다. 이건 네 코트에 있던 단추였다.

군복처럼 생긴 카키색 코트였다. 네가 그 코트를 입은 걸 보는 게 좋았다. 근사했고 너에게 잘 어울렸다. 나는 네가 샤워하는 동안 네 코트를 만지작거렸다. 샤워를 하고 나오면 너는 이 코트를 입고 가겠지. 코트 소매 단추가 떨어질 듯 덜렁거렸다. 한 번도 바느질을 해본 적이 없는데, 바늘 같은 건 영화 속에서나 봤는데도 문득 네 단추를 달아주고 싶다는 생각이 들었다. 설사 내가 단추를 달 줄 안다고 해도 네가 샤워를 마치고 나오기 전까지 달 수 있을 것 같지 않다. 달아놓는다고 해도 넌 고마워하지도 기뻐하지도 않을 거다. 괜한 짓을 했다가 혼자 마음 상하고 말겠지.

충동적으로 단추를 당겼다. 금방이라도 떨어질 것 같더니 의외로 단단했다. 가위를 가지고 와 실을 자르고 실밥을 모두 뜯어냈다. 넌 알아차리지 못할 거야. 알아챈다 해도 어디서 잃어버렸는지는 절대 모를 거야.

단추를 주머니에 감췄다. 심장이 미친 듯이 뛰었다. 너는 샤워를 마치고 나와 옷을 입었다. 팬티를 입고 청바지에 다리를 넣고 티셔츠에 머리를 밀었다. 거울을 보고 옷매무시를 다듬고 코트에 팔을 꿰더니 단추를 잠갔다. 소매에 단추가 없는 건 눈치채지 못했다. 나는 네 코트 소매에 자꾸 눈이 갔다. 종종 놀랄 만큼 내 감정을 예민하게 알아채던 네가 이번에는 모르고 지나쳤다. 나는 어색하게 웃으며 잘 가라고 말했다. 너는 짧게 대답하고 떠났다.

나는 단추를 꺼내 만지작거리다가 상자에 넣고 뚜껑을 닫았다. 바보 같다는 건 알지만 기뻤다. 그 단추를 가진 것으로 너를, 그 코트를 입은 널 갖기라도 한 것처럼 말이다. 인공태양 조절 기간 내내 너는 몇 번 더 그 코트를 입었지만 단추가 있던 자리는 계속 비어 있었다.

그 일을 잊고 있었다는 게 놀랍다. 나는 쓰게 웃고는 상자를 눈에 띄지 않는 곳에 치웠다.

나는 6개월 계약으로 와서, 한 번 연장했다. 이제 보름 후면 계약이 만료된다. 다시 연장할 생각은 들지 않았다. 아파트 단지도 얼마 남지 않았다. 마저 정리하고 가려면 서둘러야 했다. 작업 시간을 늘려 일에 몰두했다. 어느새 달랑 한 채밖에 남지 않았다. 지금처럼 하면 다 해체한 후 이삼일은 남을 것 같다. 아무 것도 하지 않고 시간을 보낼 수도 없고, 다른 곳을 찾기에는 빠듯했다. 속도를 늦추기로 했다. 한 채라 해도 24층이니 천천히 하면 시간을 맞출 수 있을 것 같았다.

　돌아갈 생각을 하자 문득 친구들은 어떻게 지내는지 궁금해졌다. 지구에 온 이후 처음으로 사서함에 들어갔다. 상상도 못할 만큼 엠메일들이 쌓여 있었다. 최근에 온 건 무슨 일인지 걱정하는 게 대부분이었고, 그 밑으로 내려가자 왜 이렇게 확인도 안 하고 답도 없느냐고 화를 내는 게 보였다. 미안했다. 기쁘기도 했다. 내 주위에 이렇게 사람이 많았구나.

　느리게 숨을 가다듬었다. 네 이름이 보였다. 넌 한 번도 나에게 메일을 보낸 적이 없다. 너는 네 영상이 누군가에게 저장되는 걸 싫어한다. 혹은 내가 모르는 다른 이유가 있거나.

　나는 다른 메일을 먼저 훑었다. 집중이 되지 않았지만 일일이 읽고 곧 돌아간다고 답변도 보냈다. 네가 보낸 메일이 한 통 더 있었다. 다른 메일을 다 열어보고, 답신을 보내야 하는데 빠진 게 없는지 다시 한 번 확인했다. 심호흡을 하고 네 첫 번째 메일을 열었다.

너는 머리를 조금 길렀다. 검은색 와이셔츠에 연보라색 타이를 매고 있었다. 내가 사준 타이였다. 일부러 그 타이를 맨 걸까? 혼란스러웠다.

—뭐냐, 갑자기 말도 안 하고 지구환경보존협회라니.

너는 무언가 다른 말을 하려는 듯하다 말을 바꾸는 것 같았다. 아닐 수도 있다. 너는 시선을 약간 밑으로 하고 "돌아오면 연락해라."라고 말했다. 그리고 바로 끊겼다. 어쩌면 넌 이걸 보낸 걸 후회했을지도 모른다. 내가 떠난 지 꼭 두 달 만에 보낸 메일이었다. 두 번째 메일은 한 달 전이다.

—아직도 안 온 거냐. ……열심히 해라. 잘…… 지내고.

너는 잠시 날 응시했다. 네 입장에서는 카메라였겠지. 그리고 끊겼다. 너는 늘 보호 장치를 사용했기 때문에 나는 너와 통화할 때도 통화내역을 저장할 수 없었다. 너는 영상메시지를 보내는 일 같은 건 절대 하지 않았었다. 그래서 난 전에는 나를 위한 네 영상을 다시 볼 수 있었던 적이 없다. 리플레이, 나는 작게 말했다. 같은 말이 반복되었다. 네 귀에 처음 보는 귀고리가 걸린 것도 보였다.

네 영상을 하나쯤 갖고 싶다고 생각한 적이 있었지. 미치도록 널 원했을 때. 널 보고 싶을 때마다 열어볼 수 있는 걸 하나쯤 갖고 싶다고 말이야. 이 세상의 많은 애인이 그러하듯이. 그래, 그랬던 적이 있었다.

나는 네게 아무 말도 하지 않고 떠났다. 봤지? 나도 네게 무심할 수 있어. 나도 널 떠날 수 있어. 그간 무심했던 네게 앙갚음을 하고 싶었는데, 성공한 것 같네.

아니다. 사실은 그래서가 아니다. 이번 기회가 아니면 널 영영 떠나지 못할 것 같아서, 네게 말하다가 다시 주저앉을까봐, 그래서 말하지 못했다.

아니, 정직하게 말하건대 그것도 사실이 아니다. 그 이유라면 좋았을 텐데. 바로 그래서라면 정말 좋았을 텐데. 이곳에는 나밖에 존재하지 않는다. 아무도 모를 텐데, 나는 이 멀리까지 도망쳐 와서도, 나 자신에게 솔직하지 못하다. 나는 눈을 감고 깊게 심호흡을 했다. 그리고 인정했다.

나는 두려워 떠난다 말하지 못했다. 네가 아무 말도 하지 않을까봐. 왜 가는지, 언제 오는지 묻지 않을까봐. 왜 그런 이야기를 나에게 하느냐는 얼굴을 할까봐. 그래서 말하지 못했다. 그것만은 견딜 수 있을 것 같지 않았다. 그것까지 감당할 자신은 없었다.

나는 해물전골을 준비하고 있었다. 끓이기만 하도록 손질한 게 아니라 재료를 모두 따로 샀다. 신선하고 비싼 재료들이었다. 나는 네가 해물전골을 좋아하는지 어떤지 모른다. 나는 네가 뭘 좋아하고 싫어하는지 모른다. 네가 이야기해준 적이 없기 때문이다. 한 번, 너에게 어떤 음식을 좋아하는지 물어본 적이 있는데 너는 대답하지 않았다. 배추를 씻고 자르는 건 할 만했다. 대파를 써는 것도 별것 아니었다. 고추를 반으로 잘라 씨를 털었다. 잘 털리지 않았다. 조리예시를 다시 돌려봐서야 가로가 아니라 세로로 썰어야 한다는 걸 알았다. 시간이 점점 가고 있었다. 네가 올 시간이 얼마 남지 않았다.

물이 끓었다. 조개를 넣었다. 속으로 십 초를 세고 구멍이 숭숭 뚫려 있는 국자로 건졌다. 먹을 때 쓸 국자도 따로 샀었다. 국자에 이렇게 많은 종류가 있는 줄 몰랐다.

―7시 십오 분 전입니다.

너는 십오 분이 지나면 온다. 마음이 급해졌다. 마늘을 찧는다는 게 손을 찧었다. 이제 오징어만 다듬으면 된다. 오징어에 박혀 있는 투명한 뼈를 당겼다. 껍질을 칼로 벗기라는데 잘 벗겨지지 않았다.

―7시 오 분 전입니다.

벌써 십 분이 지났다고? 나는 칼에 힘을 줬다. 악― 나는 이를 악물었다. 칼날이 손등을 치고 지나가 오징어 껍질이 아닌 내 손등을 밀었고, 젖은 손에 삽시간에 붉은 물이 들더니 오징어까지 벌겋게 물들었다. 화가 났다. 이런 걸 어떻게 먹으라고 내놓느냔 말이다. 의료봇을 작동시킬 수도 있지만 너무 오래 걸릴 거다. 나는 연고를 대충 바르고 붕대를 손에 감았다. 응급처치를 고급과정까지 마스터했는데도 마음이 급하니 다 소용없었다. 나는 오징어를 물에 헹궈 핏기를 없앴다. 껍질을 벗기는 건 포기하고 자른 후 칼집을 냈다. 힘을 조절하는 게 쉽지 않았다. 칼집만 내야 하는데 자꾸 썰렸다.

시간이 됐는데, 네가 곧 올 텐데, 다친 손은 뜻대로 움직여주지 않았다. 속상했다. 울고 싶었다. 널 기쁘게 해줘야 하는데, 네가 문을 열고 들어왔을 때, 주방에서 매콤하고 식욕을 돋우는 해물전골 냄새가 풍겨야 하는데. 시간 안에 요리를 마쳐야 하는데.

지금의 난 그때의 나를 이해한다. 내게도 무언가 필요했다는 걸. 널 위해서만이 아니라 날 위해, 내 감정을 위해. 나도 네게 무언가 해줄 수 있는 게 있어야 하잖아. 무엇이 되었든 간에 나도 네게 줄 수 있는 게 있어야 하잖아. 넌 그냥 받아주기만 하면 됐는데. 그냥 알아주기만 해도. 만드느라 힘들었겠다, 맛있어, 그러기만 하면 족했는데. 아니, 그저 한 번 웃어주기만 했어도.

너는 늘 그러듯이 늦었다. 영상처럼 근사한 모양은 아니었어도, 그럭저럭 먹을 만한 해물전골이 다 완성되었을 때 벨이 울렸다. 나는 기뻤다.

너는 내가 아무리 예쁘게 꾸며도, 새로 산 속옷을 입어도 단 한 번도 알아채는 기색을 보인 적이 없다. 그래서 난 손에 난 상처에도 신경 쓰지 않았다. 나는 거울을 보고 머리를 매만지고 문을 열었다. 너는 내가 좋아하는 바로 그 카키색 코트를 입고 왔다.

"어서 와."

나는 말했다. 네가 들어오자 나는 문을 잠갔다. 너는 내 손을 잡았다. 거짓말을 할 수 없는 순간이 있다. 예상치 못한 질문을 받았을 때, 상대가 눈 속 깊은 곳을 바라보며 물을 때 같은 경우. 바로 그렇게 날 보며 네가 물었다.

"이거, 나 때문에 그런 거야?"

오해와 진실은 때로 발음과 글자 모양 차이에 불과하다. 내가 아무 말도 하지 못한 건 그 때문이다.

"구급상자 어디 있어?"

내가 일어서려 하자 너는 내 어깨를 부드럽지만, 분명하게 눌렀다.

"내가 가져올게. 어디 있어?"

나는 어디 있는지 말했다. 너는 구급상자를 가져와 내 손을 잡고 붕대를 풀었다. 한 겹 한 겹 풀 때마다 엉망으로 엉켜 있는 붕대가 점점 길어지며 붉은색들이 드러났다. 마지막 한 겹이 사라지자 손등부터 손가락 세 개의 껍질이 벗겨져 있는 게 고스란히 드러났다. 손가락도 긁힌 줄 미처 몰랐다. 너는 아무 말 없이 따뜻한 물에 적신 수건으로 상처와 내 손을 닦았다. 피의 붉은색이 아닌 고추장의 붉은색이 수건에 묻어가는 게 눈에 띄었다. 마늘 냄새도 났다. 거울을 보지 않아도 내 얼굴이 벌겋게 달아올랐으리라는 걸 짐작할 수 있었다.

너는 내 손가락 하나하나를 공들여 닦고, 소독약을 뿌리고, 약을 발랐다. 허리가 아픈지 너는 침대 밑으로 내려갔다. 너는 내 앞에 무릎을 꿇고 손가락마다 붕대를 감고 손등을 감고 매듭을 지었다. 네 정수리와 콧날이 보였다. 나는 이전에는 네 정수리를 바라본 적이 없다. 나는 늘 널 올려다봤다. 그걸 깨달은 순간 화가 치밀었다.

나 너 말고도 만날 수 있는 사람 있어. 너랑 나는 수없이 잠자리를 함께했지만 그건 사랑을 나눈 게 아니야. 나는 그냥 섹스와 사랑을 나누는 것의 차이를 알아.

　나 좋다고 몇 달이나 쫓아다닌 사람도 있었어. 내가 싫다고, 싫다고 했는데도 말이야. 알아? 나는 네가 이렇게 아무렇게나 네 기분 내키는 대로 대해도 되는 그런 사람이 아니란 말이야!

　그 어떤 말도 소리가 되어 나오지 않았다.

　"흉 지겠다."

　붕대를 다 감은 후 너는 말했다.

　"저기…… 저녁 아직 안 먹었지? 해물전골 해놨는데……."

　입에서 나오는 말은 고작 이런 것뿐이었다. 네게 말할 때면 왜 이렇게 바보처럼 구는지 모르겠다. 평소엔 그러지 않는다. 나는 우주선조종사학교를 차석으로 졸업했다. 나는 장관과 악수할 때도 떨지 않았었다.

　"나중에."

　너는 내 뺨을 쓰다듬으며 말했다. 다정한 손길이었다. 너는 상냥하게 내 어깨를 밀어 침대에 나를 뉘었다. 그리고 오래도록 애정 어린 눈길로 날 바라보았다. 나는 너와 눈을 마주칠 수가 없었다.

　"눈 감아."

　네가 말했다. 나는 네 말에 따랐다. 이마에 네 입술이 닿았다. 눈썹 사이에서, 양 눈두덩에서, 콧날에서 느껴지는 감촉으로 네가 지금 어디에 있는지 알 수 있었다. 너는 아끼고 아끼다 마지막 순간에 내 입술에 네 입술을 포갰다. 오른쪽으로, 왼쪽으로, 애무하다가 혀가 들어왔다. 나는 순순히 입술을 벌리고 네 혀가 내 혀를 감싸고 어루만지고, 밀고 당기도록 했다.

입 맞추며 넌 왼손으로 네 무게를 받치고, 오른손으로 내 목덜미를 쓰다듬었다. 손은 내 어깨로, 팔꿈치로, 손으로 옮겨 갔고, 같은 길을 돌아와 내 가슴에 닿았다. 너는 내 옷을 벗기지 않았다. 심지어 넌 코트도 벗고 있지 않았다. 오랫동안 네 손은 내 셔츠 위에서 내 가슴을 탐했다. 마침내 단추가 풀리는 게 느껴졌다. 너는 네 손이 들어갈 정도만 단추를 풀고, 그 속에 손을 집어넣어 속옷 위에서 내 가슴을 쓰다듬고, 돌기를 찾아 살짝 꼬집었다. 네 호흡이 빠르게 가빠졌다. 그래도 너는 속도를 올리지 않았다. 너는 흥분을 억누른다는 사실에 더 큰 쾌감을 얻고 있었다.

"그대로 있어."

소리로 나는 네가 코트를 벗고 있다는 걸 알았다. 티셔츠를 벗는 소리는 들리지 않았지만 코트만 벗기에는 긴 시간이라 네가 옷을 모두 벗고 있다는 걸 알았고, 내 몸에 닿은 네 촉감이 짐작이 맞다는 걸 확인시켜주었다. 너는 내 단추를 마저 풀고, 허리를 잡아 일으켜 소매에서 팔을 빼도록 했다. 너는 내가 인형처럼 가만히 있길 바랐다. 그래서 나는 그렇게 했다. 너는 나를 다시 조심스레 눕히고, 벨트를 풀고 바지를 내렸다. 네 손이 발등에서부터 종아리, 허벅지를 거쳐 올라왔다. 너는 브래지어 속에 손을 넣었다. 너는 더 이상 참을 수 없다는 듯, 거칠게 내 가슴을 움켜쥐었다. 아팠지만 내색하지 않았다. 너는 내 브래지어를 벗겨 던지고 팬티 속에 손을 집어넣었다. 네 입술이 내 온몸을 탐색하는 동안 네 손은 계속 내 안을 희롱했다. 네가 내 안에 들어오려는 확고한 몸짓을 하자, 나는 네가 편하게 들어올 수 있도록 자세를 잡았다. 너는 내 어깨 밑에 두 손을 넣고 단단히 날 끌어안은 상태로 나에게 안겼다. 신체구조로 보자면 내가 널 안는 게 맞다.

너는 쾌감의 순간을 최대한 오래 지속하고 싶어 했다. 몇 번이고 절정 직전까지 갔지만, 억지로 누르는 걸 알 수 있었다. 마침내 네가 내 위에 쓰러졌다. 너는 오래도록 숨을 몰아쉬고 부드러운 입맞춤으로 여운을 즐겼다.

"저녁은?"

나는 가까스로 물어볼 수 있었다. 정말 바보 같은 질문이었다.

"먹고 왔어. 배고파? 밥 먹어. 옆에서 봐줄게."

"아니, 나도 별로."

너는 나에게 팔을 내밀었다. 나는 네 팔에 목을 기댔다. 너는 너와 내가 마지막으로 만난 날 이래 네게 있었던 소소한 일들을 이야기했다. 그리고 내게 그동안 뭘 하며 지냈는지 물었다. 나는 생각나는 몇 가지 일화를 이야기했다. 너는 귀 기울여 들었고, 맞장구를 치거나 나직하게 웃었다. 너는 웃을 때 눈가에 짙은 주름이 파인다. 예전엔 몰랐다. 한 번도 네가 내 앞에서 그런 식으로 웃은 적이 없기 때문이다.

화제가 떨어지고 침묵이 자리 잡은 지 얼마 되지 않아 네 고른 숨소리를 들을 수 있었다. 나는 네 잠은 방해하지 않을 정도로, 하지만 내가 널 볼 수는 있을 정도로 조명을 올렸다. 네 오른쪽 귓불 뒤에 작은 점이 보였다. 아주 작아 쉽게 눈에 띌 것 같진 않았다. 예전엔 네가 오른쪽 귓불 뒤에 작은 점이 있다는 걸 몰랐다.

전에는 이렇게 오랜 시간 널 안심하고 바라본 적이 없다.

정말로 잠들고 싶지 않았다. 가끔 잠이 오지 않아 새벽까지 잠을 설칠 때도 있는데 졸음이 쏟아졌다. 네 품은 너무 안락하고 따뜻했다. 이것도 미처 몰랐던 일이다. 넌 한 번도 사랑을 나눈 후 이렇게 오래 날 품에 안고 있지 않았다.

아침에 눈을 떴을 때 너는 엎드려서 자고 있었다. 그게 네 잠버릇이리라 짐작했다. 나는 네가 잠이 깰까 네 날갯죽지를 살며시 어루만졌다. 어쩐지 그래도 될 것 같은 기분이 들어 나는 네 등에 머리를 가져다 대었다. 예전엔 몰랐다. 등을 통해서도 심장이 뛰는 소리를 들을 수 있다는 걸. 네 등에서는 잠에 취한 나른한 냄새가 났다. 네가 잠에서 깨 나직하게 웃었다. 내 머리카락이 네 목덜미를 간지럽혔나보다. 너는 내게 몸을 돌렸다. 나는 네가 편하게 자리를 잡도록 상체를 일으켰다.

"이리 와."

네가 손을 뻗었다. 네가 그러길 바랐기 때문에, 나는 네게 몸을 숙이고 입 맞췄다. 여성상위는 여자가 속도와 깊이를 조절할 수 있어 자유롭게 리드하는 자세라고 말하는 사람들이 있다. 바보 같은 소리다. 어떤 자세로 있느냐와 누가 리드하는 것이냐는 아무 관련이 없다. 네가 편안하게 누워, 내 허리를 잡고 내 가슴이 흔들리는 걸 보고 싶어 했기 때문에 나는 그 자세로 널 받아들여 사랑을 나눴다. 어쨌든 그 비슷한 걸 했다.

"아침 먹으러 가자."

너는 내 어깨에 팔을 둘렀다. 넌 한 번도 길에서 내 몸에 손을 댄 적이 없다. 우린 늘 일정한 간격을 두고 걸었다. 우린 카페 예리타에 가서 커피와 베이글을 먹었다.

"여기 어니언 베이글 맛있어."

나는 네가 카페 예리타의 어니언 베이글을 좋아한다는 걸 알게 되었다. 너는 휴일이지만 어머니 생신이라 집에 가야 한다고 했다.

"새어머니야."

너는 대수롭지 않다는 듯 말했다. 네 가족에 대한 이야기를 듣는 건 처음이었다. 너는 일찍 가야 해서 미안하다고 했다. 너는 한 번도 날 두고 가면서 미안하다고 한 적이 없다. 너는 많은 애인들이 그러하듯, 내게 다정하게 손을 흔들고 멀어졌다.

나는 집으로 돌아왔다. 차갑게 굳은 해물전골을 멍하니 보다가 울지 않겠다고, 절대 울지 않겠다고 눈에 힘을 주고, 손톱이 파고들 만큼 단단히 주먹을 쥐었다. 너로 인해 수없이 울었지만, 이날은 아니었다.

이곳을 떠난다는 게 실감 나지 않는다. 평생 여기서 살아온 것 같다. 네 추억이 담긴 상자가 날 난감하게 한다. 굳이 달까지 다시 가져가고 싶지 않다. 그냥 폐기물 처리함에 넣는 것도 마음에 들지 않는다. 더 나은 방법이 있을 법도 하다.

나는 마지막이라고 생각하며 상자를 연다. 종이학은 요란한 색의 모조 종이에 불과하며, 단추도 그저 떨어져 나온 부속품에 불과하다.

그건 진짜였을까?

네가 드물게 먼저 연락한 날, 내가 시간이 되지 않는다고 말했을 때 아쉬워하던 네 눈빛. 일부러 상처 입히는 말을 하며 내 반응을 살피던 너. 우리가 만난 마지막 날, 내게 다정하게 손을 흔들고 가던 너.

넌 그날 이후 오래도록 연락하지 않았다. 그게 이상하거나 실망스럽지 않았다. 나도 연락하지 않았다. 변명하자면 바빴다. 형식적이긴 하지만 정신과 진단도 받아야 했고, 후임자에게 일도 넘겨야 했고, 교육도 받아야 했다. 나쁘지만은 않았다. 나는 그런 게 즐겁다. 새로운 걸 배우는 것.

떠나기 며칠 전, 놀랍게도 네가 연락했을 때 나는 그냥 바쁘다고 했다. 너는 조금 당황했지만, 아무렇지도 않은 척 먼저 화면에서 사라졌다. 나는 한참 동안 네가 있던 화면을 바라보았다. 내가 한 일을 믿을 수가 없었다. 너는 우리 집 근처로 외근을 나왔다가 퇴근하는 길이라고 했다. 나는 잠시 널 볼 수도 있었다. 나는 당분간 달을 떠난다고 말할 수도 있었다. 나는 아무것도 하지 않았다.

너는 당황했어. 그런데 정말?

어쩌면 단지 내가 용기를 내지 못했던 건 아닐까?

내가 조금만 더 용기를 냈다면 널 가질 수도 있었을까?

네가 보인 무심함, 네가 보인 다정함. 너의 웃음, 너의 차가움. 너는 그때 단지 피곤했던 건 아니었을까? 내게 못되게 굴려던 게 아니라, 단지 때가 좋지 않았던 건 아니었을까? 내게 몰인정하게 굴고 혹시 돌아서서 미안했을까? 너는 단지, 미안하다는 말에 서툴렀던 건 아니었을까?

나는 지금 또다시 허상을 만들고 있는 걸까?

내가 본 너, 나와 함께 있을 때의 너, 그건 너의 얼마큼이었을까? 그건 어쩌면 환상은 아니었을까? 이렇게 멀리 있다보니 달에 서 있던 일은 다 꿈속의 일처럼 흐릿하게 느껴진다. 내가 널 만난 적이 있긴 했을까?

아니, 나는 단호하게 고개를 저었다. 아픔은 진짜였어. 고통은 실재했어. 난 아팠어. 죽을 만큼 아팠단 말이야. 용기를 내지 못했던 게 아니야. 너무 아프고, 힘들어서 계속할 수가 없었을 뿐이야. 이제 와서 아무것도 아니었다고 한다면, 내가 아팠던 건 다 뭐가 되느냔 말이야.

너는 말했지. 흉 지겠다. 걱정하는 것처럼, 흉터가 남길 바라는 것처럼. 네 말이 맞았다. 손에 흉터가 남았다. 아주 흐릿해 보통 사람들은 알아보지 못할 테지만 나는 안다. 나는 내 손등에 눈이 갈 때마다 그 상처를 본다. 나는 울었다.

자고 일어나니 어제 느꼈던 격렬한 감정이 다 바보스럽게 느껴진다. 그게 뭐 그리 대단한 일이라고 그렇게 안달복달했을까? 흔히 하는 말대로 세상에 많고 많은 게 남잔데 말이다.

공정을 기하기 위해 말하자면 네가 그리 나쁜 사람이었던 건 아니다. 천하의 폭군도 애인의 변덕 앞에선 쩔쩔매듯 세상에서 가장 선량한 사람도 자기를 좋아하는 사람에게는 얼마든지 잔인하게 굴 수 있다. 사람이라는 게 원래 그렇다.

주어진 일에 집중했다. 어느새 저녁을 먹을 시간이 되었다. 비타민 섭취가 부족하다고 종알대는 조용한 목소리 3번은 비타민 두 알을 먹은 걸로 달래고, 캔 수프 오픈 버튼을 눌렀다. 너무 빨리 열려 미처 손을 치우지 못해 오른손 새끼손가락 손톱 바로 옆 살을 베었다. 따끔했다. 가까이 있는 작은 수건으로 대충 감고 캔이 데워지길 기다렸다. 손에 벌레가 기어가는 느낌이 와서 보니 새끼손가락 끝에서 시작된 피가 팔꿈치까지 내려와 선명한 붉은 줄을 만들고 있었다. 손가락을 감싼 수건은 이미 벌겋게 젖어 있었다. 왜 이렇게 피가 많이 흐르지? 어지러웠다. 심장이 뛰는 소리와 박동을 듣고 느낄 수 있었다. 카메라 조리개가 서서히 닫히듯 눈앞이 점점 까매졌다. 의무실까지 가지 못할 것 같았다. 경보가 울리는 소리를 들으며 머리를 다치지 않도록 조심스럽게 바닥에 반듯하게 누웠고, 그대로 정신을 잃었다.

깨어난 건 두어 시간이 흐른 뒤였다. 내 몸의 이상을 느낀 의료봇이 주방으로 와 손을 치료하고 이불까지 덮어놓았다. 처음 보는 이불인데 어디서 가져왔는지 모르겠다. 바닥에는 아무 흔적도 없었다. 이미 청소봇이 다 치웠다. 새끼손가락에 남은 붕대가 아니면 아무 일도 없었던 것 같다.

사람의 혈관은 손가락, 발가락 끝까지 세심하게 퍼져 있다. 별

것 아닌 줄 알았는데 생각보다 깊이 베어 동맥을 건드렸나보다. 피가 급격히 빠져나가면서 심장에 무리가 와 쇼크가 왔다.

왜 의식을 잃었는지 보고서를 써야 했다. 캔 수프에 손가락을 베었다고 쓰면서 나도 모르게 실 웃음이 나왔다. 살면서 손을 벤 적이 몇 번이나 될까. 셀 수도 없을걸. 하지만 이렇게 깊게 벤 적은 없었지. 손가락 끝을 좀 베었을 뿐이야. 단지 그뿐인데도 나는 죽을 수 있었다. 의료봇이 제대로 작동하지 않았더라면, 가능성은 희박하지만, 그럴 수도 있었다. 아무도 모르는 곳에서 혼자 말이다. 얼마나 웃길까. 새끼손가락 끝을 베였다고 해서 죽는다는 거 말이다.

마지막으로 짐을 점검했다. 내일이면 이곳을 떠난다. 후임자를 위해 정리 상태를 확인했다. 파손된 물건도, 특별히 보고해야 할 것도 없다. 이곳을 떠난다는 게 실감 나면서, 비로소 아쉬움이 밀려왔다.

아침에 일찍 일어나 커피를 끓였다. 아침엔 잘 안 마시지만 저녁이면 이곳에 없을 테니까. 몇 달 만에 하늘로 올라가 공중에서 내가 치운 곳을 확인했다. 텅 비고 텅 빈 구멍들. 비가 오고, 바람이 불고, 눈이 오면 언젠가 메워지겠지. 적어도 망가진 잔해들이 흉측하게 널려 있는 것보다는 훨씬 보기 좋았다. 모선에서 날 데려갈 셔틀이 한 시간 안에 도착한다는 메시지가 왔다. 기다리면서 적당한 곳을 찾았다. 지나치게 감상적이라는 생각이 들지 않은 건 아니지만, 나는 그 상자를 지구에 묻고 가기로 했다. 마침 내 적당한 곳을 찾아 땅을 파고 묻었다. 일 분도 채 걸리지 않았 다. 괜히 아쉬워 카메라를 멀리 해서 살폈다. 내가 묻은 곳에서 얼 마 떨어지지 않은 곳에 무언가 낯선 게 보였다. 나는 낯선 것을 향해 카메라를 움직였다. 노란 꽃이었다. 그게 낯설어 보였던 건 황폐하고 퇴색한 이곳에서 너무나도 선명한 색을 띠고 있었기 때 문이었다. 영상을 찍어 자료를 검색해보니 민들레와 가장 흡사한 생김새를 가지고 있다는 설명이 나왔다. 민들레는 질긴 생명력을 가진 꽃으로 척박한 환경에서도 뿌리를 내려 잘 자라며, 꽃을 꺾 어도 줄기가 죽지 않고 새 꽃을 피워낸다고 쓰여 있었다.

　나는 울지 않기 위해 눈에 힘을 줘야 했다. 그때와는 완전히 다 른 의미로 말이다. 저 꽃을 살아 있는 채로 가져간다면, 지금까지 지구에 온 조종사들이 받아온 중 최고의 금액을 받을지도 모르지 만 그럴 생각은 없었다. 다시는 볼 수 없을지라도 저건 내 거다.

■ 낙 원 은 ……

2009년 황금가지에서 출간한 『유, 로봇』 수록작이다. 당시 제목은 「파라다이스」였는데, 이번에 「낙원」으로 바꿨다. 처음 지을 때부터 제목이 딱 마음에 들지 않았는데 달리 마땅한 제목이 떠오르지 않아 그대로 수록했다. 나중에 편집자가 「낙원」을 생각한 게 아닌지 물어 뒤늦게 아쉬워했다. 이번 기회에 제목을 바꾸게 되어 다행이다.

1인칭으로 글을 쓸 경우 작가와 작중 화자의 거리를 가깝게 여기는 독자들이 많은데, 이 글은 특히 작중 화자를 작가의 분신이라 여기는 경우를 많이 겪었다. 나는 상대를 모르는데, 상대는 내 글을 읽었다는 이유로, 나라는 한 개인이 어떤 사람이리라 단정 짓고 대하는 경우가 당황스럽다. 이 자리를 빌려 작가와 작중 화자는 많은 경우 지구와 천왕성만큼 떨어져 있다는 말을 하고 싶다.

낙원은 아주 내밀한 감정을 섬세하게 그리고자 했던 글이다. 기존에 글을 쓴 방식과 다른 방식으로 접근하려 했다. 꽉 짜인 글이라 건드릴 수가 없어 초고에서 거의 바꾸지 않았다.

이번엔 외계인이냐

이 번 엔 외 계 인 이 나

많은 이들이 처음 '그들' 중 하나를 만났을 때 어땠는지 묻는다. 내게 묻는 사람들은 대부분 신비롭고 아름답고 황홀하고 떨리고 두려웠으리라 생각한다.

현실은 이랬다. 군복 같은 제복을 입은 경호원이 절도 있는 동작으로 다가와 내 양팔과 다리를 벌리더니, 신발 밑창부터 속옷, 머리카락 속까지 헤집었다. 그동안 똑같은 옷을 입고 살벌한 얼굴을 한 사람들이 우리를, 정확히 나를 주시했다. 내가 무슨 폭탄이라도 숨겨 왔을 것처럼 말이다. 그래서 나는 기대에 부풀어 묻는 사람에게 배에 힘을 주고, 목소리를 깔아 말한다.

"글쎄, 어땠을 것 같아?"

속이 부글부글 끓어올랐지만 검사를 받는 내내 영업용 웃음을 잃지 않았다. 직장생활 3년차에 갈 데까지 갔구나.

이번 일은 정말이지 내키지 않았다.

일주일 전 사장이 날 불렀다. 나는 사장이 말을 끝내기도 전에 외쳤다.

"외계인이라뇨?"

사장은 난처한 듯 어깨를 으쓱였다.

"거 뭐냐, 자네는 일전에 인어를 가이드한 적도 있고 하니……."

"인어랑 외계인이랑 같나요! 왜요? 그 별에서만 나는 무슨 신기한 보석이라도 준대요?"

이건 "저번에 영국인 가이드 했잖아, 그러니 일본인도 할 수 있을 거야."랑 같은 말 아닌가. 단지 둘 다 외국인이라는 이유 하나로. 이건 더 심하다. 적어도 인어는 지구생물이었다!

나는 호흡을 가라앉히고 침착하게 항변하려 했으나 "자네가 유능하다고 생각해서 이 일을 맡기는 걸세."로 시작한 사장에게 밀려 힘없이 자리로 돌아와야 했다. 빌어먹을 월급쟁이 인생.

울면서 컴퓨터 앞에 앉아 메일함을 열었다. 다섯 가지 비밀 조항에 동의하고, 정말 읽었는지 물어서 그렇다고 대답하고, 주소와 주민등록번호를 입력하고, 주소와 전화번호가 정말 내 것인지 묻기에 맞는다고 확인하고, 사진과 지문을 찍어 보내고, 정말로 본인 사진과 지문이냐고 묻기에 내 것이 아닌들 설마 아니라고 말할 사람이 어디 있느냐고 항변하는 대신 공손히 본인이라고 확답하고 나서야 파일을 열 수 있었다. 까다로운 절차에 비해 뉴스와 인터넷을 통해 알던 사실 이상은 들어 있지도 않았다. 이름은 뤠 롸니카고 성별은 여성에 가깝고, 지구 나이로 환산하면 37세, 통역기가 있으니 기본 대화는 별 지장 없을 거고, 서울을 둘러보고 싶고.

제길, 왜 나냐고.

뤠은 3개월 전 학술 교류를 목표로 온 우딋이든의 사절 중 한 명으로 가능한 한 눈에 띄지 않게 조용히 다니고 싶다고 말했다. 그래서 우리 회사가 선택되었다. 우리 회사는 작으니까. 그리고 일전에 인어를 서울 관광 시켜 준 적도 있으니까.

그래서 우리 회사고, 그래서 나였다. 제길, 제길, 제길!

외계인이랑 무슨 이야기를 하느냐고! 취향을 짐작이나 할 수 있어야 말이지! 그뿐이야? 경호원 줄줄 끌고 다녀야지, 너무 높은 소리로 웃지 마라, 몸을 만지려 들지 마라, 호기심 어린 눈으로 보지 마라, 통역기가 제대로 작동하기 위해선 천천히 또박또박 말해야 한다, 등등 수십 개는 될 법한 규칙도 외워야 하지. 외계인 가이드 한다고 월급 더 줄 것도 아니면서.

"오십니다."

경호원 1이 말했다. 오십니다? 웃기지도 않아, 정말. 경호원이 해일처럼 갈라지고 뤠이 모습을 나타냈다. 제기랄.

나는 마치 지구인처럼 가볍게 고개 숙여 인사하는 그녀를 보며 생각했다.

정말 싫다.

또! 젠장할, 또!

나는, 사랑에 빠졌다.

사무실에 들어가자 기대 어린 눈들이 날 바라보았다.

"오늘 어땠어요?"

민아 씨가 잽싸게 옆자리로 왔다.

"어…… 뭐, 그럭저럭요."

나는 더 이상 말 걸지 말라는 의미로 책상에 얼굴을 묻었지만 민아 씨는 그 정도로 넘어가주지 않았다.

"직접 보니까 어때요?"

"뭐, 텔레비전에서 보던 거랑 별로 안 다르던데요."

"사장님이 오자마자 보고 달라던데."

"네, 그러시겠죠."

나는 자리에서 일어났다. 민아 씨가 팔을 잡았다.

"갔다 와서 커피 한잔하러 갈래요? 어땠는지 얘기 좀 해줘요."

"아뇨, 사양할게요. 인어 아가씨만 했겠어요."

민아 씨는 배를 잡고 주저앉아 웃었다.

"인어 아가씨요?"

물정 모르는 신입 사원이 물었다.

"그게 말이죠."

민아 씨가 신입사원에게 어깨를 가까이 하는 걸 뒤로 하고 사장실로 들어갔다.

"내일부터 시작하기로 했어요. 선유도 공원부터 가려고요."

사장은 내 표정을 흘끔 살폈다. 묻고 싶은 게 산더미 같은 눈치였지만 지금은 날 건드리지 않는 게 좋다고 판단한 듯 수고했다는 말만 하고 돌려보냈다. 나는 사장을 파산 위기에서 구원한 구세주가 아니던가. 맞나? 자리로 돌아와 한강 자료를 열었다.

"진짜 커피 한 잔 안 할래요?"

민아 씨가 집요하게 물었다.

"나중에요."

나는 선유도 자료 화면에 코를 박으며 말했다. 민아 씨는 아쉬운 듯 물러섰다.

"하긴, 인어 아가씨만 했겠어."

민아 씨 말에 다른 직원들이 웃음을 터뜨렸다. 이번엔 신입사원도 웃었다. 그래, 지금은 웃을 수 있지.

수희와 만난 건 동아리 졸업여행으로 간 제주도에서였다. 마지막 날은 우도 씨월드 잠수함 관광과 우도 8경 중 고를 수 있었다. 마지막 스케치 여행인지라 대부분 우도 8경을 택했다. 나도 처음엔 그럴 생각이었다. 하지만 바다를 보고 나서 마음이 바뀌었다. 다른 색은 전혀 섞이지 않은 선명한 원색, 그 푸른빛 속으로 들어가보고 싶었다. 그 속엔 무엇이 있을지 궁금했다. 나는 같이 스케치하러 가자는 친구들의 만류를 뿌리치고 잠수함에 올랐다. 혼자라도 가겠다는 말에 혜원이가 같이 가겠다는 걸 말렸다. 괜히 내 생각해서 따라온 친구 눈치 보지 않고 혼자라는 기분을 만끽하고 싶었다. 이틀 내내 같이 먹고 자고 하지 않았나.

잠수함의 모습은 거대한 고래를 연상시켰다. 조종실만 빼면 사면이 완전히 투명했다. 멀미를 하면 안내원에게 도움을 청하고 인어를 만나면 너무 빤히 쳐다보거나 손가락으로 가리키는 등 무례한 행동을 하지 말아달라는 안내 방송이 있었다. 그리고 출발했다.

나는 벽에서 몸을 떼지 못했다. 안내방송에서 나오는 눈앞에 보이는 정경과 물고기, 산호초에 대한 설명을 귓등으로 흘려들으며 나도 저 속에 있다면 어떤 기분일지 생각했다. 우주 공간에 있는 것처럼 느껴질까. 뭐, 우주라고 가본 건 아니지만 말이다. 언젠가, 가볼 수 있을까, 우주에…….

— 곧 인어가 사는 마을에 도착합니다. 인어는 사진을 싫어하니 절대 촬영은 금해주시고…….

인어 서너 명이 잠수함 주위를 돌았다. 승객들이 웅성거렸다. 열대어 못지않은 붉고, 푸르고, 녹색을 띠는 머리에 같은 색 비늘이 뒤덮인 다리를 가진 인어가 잠수함 주위를 맴돌았다. 혹시 부딪칠 것을 염려해서인지 잠수함은 차츰 속도를 줄였다. 나는 그중 한 인어에게 눈을 떼지 못했다. 환청이었을까? 눈이 마주치자 그녀가 깔깔 웃는 소리가 들리는 것 같았다. 나는 그녀를 쫓아 잠수함 벽을 타고 돌았다. 그녀도 내 존재를 느낀 것 같았다. 그녀는 잠수함에 거의 붙을 듯 다가왔다가 멀어졌다. 동그란 아랫배, 통통한 손등, 붉은색 지느러미에 넋을 잃었다. 그녀의 머리카락은 투명한 유리에 두껍게 바른 카민 같았다. 나는 붉은색 계열 중 카민을 제일 좋아했다. 강렬한 진홍색.

첫눈에 반한다는 게 이런 걸까. 그녀가 어떤 성격이고, 뭘 좋아하고, 뭘 싫어하건 간에 아무 상관없다는 기분이었다. 나는 수첩을 꺼내 정신없이 휘갈겨 유리창에 붙였다. 이야기 나누고 싶어요. 잠수함에서 내리자 해변에서 그녀를 볼 수 있었다.

나는 돌아가는 비행기를 타지 않았다. 혜원이가 어이없다는 듯 말했다.

"인어잖아!"

다른 친구들이 흥분하는 혜원이를 말렸다. 몇몇은 확실히 날 이상한 눈으로 보긴 했지만, 그래도 예의상 말렸다. 나머지는 내게 잘해보라고 격려했다. 성질 급한 녀석 하나는 제주도로 국수 먹으러 오겠다고 했다. 나는 킬킬 웃기만 했다.

내가 그녀에게 첫눈에 반했다는 거지, 그녀도 내게 그랬다는 건 아니다. 나는 그녀가 보고 싶었고, 그녀를 알고 싶었다. 그녀에게 다가가기 위해 스쿠버다이빙을 배웠다. 얼굴을 반이나 가리는 물안경을 꼈는데도 그녀는 바로 날 알아보았다. 그리고 어설프게 움직이는 내 꼴이 우스운지 또 깔깔 웃었다. 강사가 그녀에게 다른 곳으로 가라는 손짓을 했다. 나는 괜찮다고 하고 싶었지만, 자꾸 물 위로 뜨려는 몸을 바로잡는 것만도 버거웠다.

자격증을 따는 데 4박 5일이면 충분하다더니 정말로 3일 정도 지나자 움직이는 게 훨씬 수월해졌다. 손도, 발도, 몸 중 어디도 땅에 닿아 있지 않은데도 나는 움직이고, 앞으로 나갈 수 있었다. 마치 슈퍼맨처럼 포즈를 취하고 앞으로 가기도 하고, 빙글빙글 돌기도 하고, 스파이더맨처럼 팔다리를 뻗고 기는 시늉을 하기도 했다. 그녀는 그럴 때마다 몸을 꼬며 웃었다. 그럼 난 더 우스운 포즈를 잡아보려고 발버둥쳤다. 물론 어떻게 해도 그녀처럼 자유롭게 움직일 수는 없었다. 그녀가 물속에서 움직이는 모습은 어떤 물고기와도 비교할 수 없을 만큼 아름다웠다. 밤에도 그녀를 만나기 위해 자격증을 한 단계 위로 올렸다. 카드를 긁을 땐 잠시 아찔했지만 어떻게든 되려니, 마음을 비웠다.

사람이 한 번 다이빙 할 수 있는 시간은 길어야 사오십 분이었다. 다이빙을 마치면 해변에 앉아 혹시 그녀가 날 만나러 오진 않을까 기다렸다. 올 때도 있고, 오지 않을 때도 있었다.

성급하지 말자. 그녀가 오지 않는 날이면 멀리 수평선을 바라보며 생각했다. 첫눈에 반했다는 말이 목구멍을 간질였다. 꽃을 선물하고, 손을 잡아 입 맞추고 싶었다. 하지만 그렇게 몰아쳐선 안 된다는 걸 알고 있었다.

그녀가 해변으로 산책 나왔다가 날 발견하고 어라, 아직도 안 갔어? 하는 표정으로 와서 몇 마디 말을 걸고, 곧 흥미를 잃고 가버린 날이면 맥주를 사들고 숙소에 돌아왔다. 그리고 내 첫 번째 주문을 읊조리다 잠들었다. 인내는 쓰고 열매는 달다. 인내는 쓰고 열매는 달다. 인내는 쓰고 열매는 달다.

해변에서 할 수 있는 일은 많지 않았다. 기왕 온 거, 원래 목적이 스케치 여행이었더니만큼 그림이라도 그리자는 생각에 파스텔과 종이를 들고 나갔다. 어느 날 그녀는 그림을 뺏어가 종이가 물에 젖는 것도 아랑곳하지 않고 한 장 한 장 넘겼다. 다른 사람과 같이 보면 타인의 시선이 날 객관화시켜 그림의 부끄러운 면만 눈에 들어오기 마련이다. 벌건 얼굴로 뒷머리만 긁적이는데 그녀가 말했다.

"나도 그려줘."

그녀가 젖어버린 그림을 조금도 미안해하지 않고 돌려주며 말했다.

"잘 못 그리는데 괜찮아?"

"안 괜찮아. 무조건 예쁘게 그려야 해."

수희는 인어공주 포스터에 나온 포즈로 바위 위에 앉았다. 그녀는 삼십 분 이상 물 위에 나와 있지 못하는 데다 다시 올라올 때마다 자세도 바뀌었다. 하지만 감히 불평할 수 있을 리가. 나는 최선을 다했고, 그녀가 네 번째 물 위로 올라왔을 때 그림을 완성했다. 수희는 그림을 보고 손을 뻗었다가 다시 오므렸다. 그녀는 사이를 두고 말했다.

"이거 코팅해줄래?"

나는 귀까지 벌어진 입을 감추려 고개를 숙였다. 가까스로 감정을 지우고 그녀를 보며 고개를 끄덕였다. 완전히 지워졌을 리는 없다. 그런 건 불가능하다. 그녀는 내일 보자고 손을 흔들며 갔다.

수희가 행여나 그림이 젖을까 바로 건드리지 못했을 때 알았다. 시작되었다는 걸. 그녀가 날 보는 눈에는 단순한 흥미 이상의 것이 깃들어 있었다.

시작하기까지가 어려울 뿐, 일단 시작되면 다음은 저절로 진행되기 마련이다. 나는 설레는 마음으로 그림을 코팅했다. 다시 봐도 참 못 그린 그림이었다. 하지만 그 그림 속에는 내 마음이 들어 있었다. 나는 지금까지와는 다른 기분으로 맥주를 사 들고 숙소로 돌아왔다. 첫사랑이었던 민애가, 아니 그 애가 찍어준 동영상이 떠올랐다. 사건 지 6개월 정도 되었을 때, 홍도로 여행을 갔다. 돌아오며 나는 그녀가 찍은 사진을 메일로 보내달라고 했다. 그녀는 나도 모르는 새 내 사진과 동영상을 찍었다. 그것들을 보다 눈물이 났다. 몰래 찍은 거라 얼굴이 제대로 나온 건 한 컷도 없었다. 그럼에도 사진 속 나는 아름다웠다. 그녀가 보는 나였다.

다이빙을 하고 해변에서 사랑을 나누는 동안 하루가, 일주일이, 한 달 그리고 두 달이 순식간에 사라졌다.

수희는 쉬운 상대가 아니었다. 그녀는 요구하는 게 많았고, 그만큼 잘 토라졌다. 그녀는 끝없이 사랑을 확인하고 싶어 했다.

"머리 삭발해봐."

"왜?"

나는 3년간 고이 기른 머리를 만지작거리며 말했다.

"얼마나 길렀어?"

"3년."

나는 잽싸게 대답했다. 그리고 애처로운 눈으로 그녀를 바라보았다.

"삭발해."

그녀는 장난스럽게, 그러나 절대 타협하지 않겠다는 의지를 담아 말했다. 다른 수가 없었다. 나는 머리를 밀고 모자를 샀다. 수희는 깔깔 웃었다. 나는 한숨을 쉬었다. 문자가 왔다.

"나랑 있을 땐 휴대폰 쓰지 마."

"잠깐 문자가 와서."

수희는 휴대폰을 뺏어 바다에 빠뜨렸다. 나도 모르게 물에 뛰어들었다. 그녀는 날렵하게 헤엄쳐 휴대폰을 줍더니 더 멀리 던졌다. 우린 해가 지도록 물속에서 놀았다.

샤워기에서 뜨거운 물을 맞자 살 것 같았다. 옷을 갈아입기 무섭게 수희가 도로 끌어당겨 빠뜨리는 바람에 젖은 몸으로 덜덜 떨며 숙소까지 온 터였다. 몸을 닦고 침대에 벌렁 누웠다. 휴대폰으로 날아온 문자는 카드사였다. 통장에 그만한 돈이 있을 리 만무했다.

어젯밤에는 PC방에서 이력서를 보냈던 여행사에서 면접을 보러 오라는 문자가 와 있었다. 면접 날짜는 닷새 뒤였다.

수희는 이해하려 들지 않았다. 나는 주말마다 오겠다고 맹세했다. 그녀는 막무가내로 제주도에서 일하라고 말했다. 당장 여기서 일자리를 구하는 건 힘들다고, 일단 거기서 일하면서 제주도 일자리를 찾아보겠노라고 아무리 설득해도 소용없었다. 비장의 무기인 당장 카드값을 내야 한다는 말까지 했지만 먹히지 않았다. 어떻게 해야 하나 고민하며 일단 서울로 가는 비행기 표를 카드로 긁었다. 그리고 수희에게 이야기하기 위해 바닷가로 갔다.

그녀는 낯모르는 남자를 희롱하며 놀다가 날 발견하자 차갑게 웃으며 외면했다. 남자는 스쿠버 다이빙 장비를 갖추고 있었다. 빌린 게 아니라 자기 장비였다. 수희는 남자와 함께 바다로 들어갔다. 나는 다이빙 장비가 없었다. 더 이상 다이빙에 돈을 쓸 수가 없어 물속에 못 들어간 지 오래되었다. 해변에는 내가 그려준 그녀의 그림이 아무렇게나 놓여 있었다.

"너 미쳤구나?"

동생은 내가 내민 영수증을 보더니 말했다.

"이번엔 또 누구였어?"

"학벌 좋은 동생 둔 보람 좀 느끼자, 응? 너 학원 알바비 꽤 쏠쏠하잖아. 한 번만 살려주라. 월급 타면 바로 갚을게."

예민의 얼굴이 딱딱하게 굳었다.

"계좌번호 불러."

"예민아⋯⋯."

"빨리!"

예민은 버럭 소리를 질렀다. 나는 계좌번호를 적은 쪽지를 건넸다. 예민은 문을 요란하게 닫고 자기 방으로 갔다. 제기랄! 나는 침대에 누워 애꿎은 베개를 집어 던졌다.

중학교 때는 같이 미술학원을 다녔다. 고등학교에 들어갈 무렵 미대에 갈지 잠시 고민했지만, 동네에 대형 세탁소가 생겨 단골 손님들이 떨어져 나가기 시작한 시점에 학원 이야기를 하기가 뭣했다. 입시미술 학원비라는 게 그렇게 비쌀 줄 몰랐다. 취미로 그려도 충분할 것 같아서 그만뒀고, 고등학생이 된 예민이가 미대에 가고 싶다고 하자, 부모님이 그래, 그 정도 못해주겠느냐, 비장하게 말하는 소릴 듣고 어라, 나도 졸라볼 걸 그랬나, 잠시 생각했을 뿐, 딱히 아쉽진 않았다.

대학을 진학할 무렵이 되어서도 형편은 풀리지 않았다. 예민이 학원비니 재료비니 들어가는 돈도 만만치 않았다. 나는 원하던 대학을 포기하고 장학금을 주는 학교를 선택했다.

나는 한숨을 쉬고 침대에 머리를 박았다. 가지 못했던 학교는 취업할 때 아쉽긴 했다. 하지만 대학생활을 너무 재밌게 했던 데다가 어쨌든 취직도 무사히 하지 않았나. 작은 곳이라 해도 아직 취업을 못하고 있는 친구들이 태반인데 이 정도면 행운 아닌가.

나보다 그걸 더 신경 쓴 건 예민이었다. 한 번도 말로 한 적은 없지만 나한테 미안한 걸 알고 있었다. 그러니 그 말이 예민을 긁으리라는 걸 모르지 않았다. 이번엔 또 누구였어? 이번엔 또, 그 말에 순간 욱해서……. 젠장.

문이 열렸다. 바닥에는 내가 집어 던진 베개가 있었고 나는 머리를 쥐어뜯는 참이었다.

"입금했어."

예민이 쌀쌀맞게 말했다. 나는 서둘러 자리에서 일어났다.

"난 미대에 가고 싶다고 생각했던 적 없어."

예민이의 표정을 보고 이 말도 하지 말았어야 한다는 걸 깨달았지만 이미 늦었다.

"네가 나보다 잘 그렸잖아!"

예민이가 앙칼지게 소리쳤다.

"잘 그리는 것들은 다 재수 없어. 다 취미래!"

나는 다시 혼자 남겨졌다. 침대에 도로 누우려는데 예민이가 다시 들어왔다. 언제 가져갔었는지 수희 그림을 집어 던졌다. 그리고 팔짱을 끼고 날 노려봤다. 그래야만 할 것 같아서 그림을 봤다. 몇 번을 봐도 엉망인 그림이었다. 수희는 이보다 훨씬 예뻤다. 앉아 있는 자세도 영 어설폈다. 나는 최대한 불쌍한 표정을 지으며 예민이를 쳐다봤다.

"네 그림은, 살아 있어."

예민이는 느릿느릿 말했다. 화가 나거나 감정이 격해질 때면
늘 그랬다.

"인체가 좀 이상하긴 하지만…… 그런 건 중요하지 않아. 네 그
림엔…… 너만의 느낌이 있어."

그건 이 그림을 그릴 때의 특별한 상황 때문이다. 하지만 지금
은 그런 말을 할 수 없었다.

"요새 그림 잘 안 그려져?"

"몰라!"

예민이는 도로 나갔다. 문을 거세게 닫는 것도 잊지 않았다. 나
는 예민이가 이제 그만 들어오길 바랐다. 지쳤고, 머리가 깨질 듯
아팠다. 가위에 두세 번 눌리고 나자 첫 출근날이 밝았다.

그 일은 그대로 끝나지 않았다. 예민이 일이 아니다. 가족이란
게 그러하듯 우린 어물쩡 화해했다.

한창 휴가철을 앞두고 여행사에 이메일 한 통이 날아왔다. 서
울 – 경주 – 공주 코스로 일주일 관광을 하고 싶은데 조용히 다니
고 싶으니 개인 가이드를 붙여달라는 내용이었다. 사무실이 발칵
뒤집혔다. 개인 가이드를 해달라는 게 문제가 아니라, 의뢰한 대
상 때문이었다.

"인어가 서울에 어떻게 와?"

사장이 말했다. 국내여행팀장은 진지하게 답했다.

"방법을 찾아야 할 것 같아요."

인어가 제시한 보수는 엄지와 검지로 만든 원만 한 흑진주였다. 감정서 스캔본도 딸려왔다. 사장은 감정서에 붙은 동그라미를 보고 눈을 뒤집었다.

수희는 가이드로 날 지목했다. 나랑 아는 사이라는 이야기는 하지 않았다. 내가 올린 서울 궁궐 설명이 마음에 든다고, 그 사람에게 가이드를 받고 싶다고만 했다.

마라톤 회의 끝에 국내팀장이 제주도로 가서 선금을 얼마라도 받고 확실한 계약서를 작성하기로 했다. 한밤중에 팀장 전화에 잠이 깼다. 수희는 선금을 받고 싶다면 진주를 쪼개주겠다고 했다. 타협은 불가능했다. 가능하리라는 생각 따위 하지 않았기에 혀 꼬부라진 팀장의 불평을 담담하게 들어주었다. 그래도 우린 흑진주를 놓칠 수 없었다. 적어도 회사는 말이다.

회사는 거대한 수조와 물속에서 사용 가능한 휴대폰을 샀다. 제주도에서 바닷물 10톤을 공수했다. 수희를 옮길 배편을 구하고 수희와 수희가 들어 있는 수조를 옮길 차편과 예비 바닷물을 차갑게 식혀 가지고 다닐 트럭을 대여했다. 관광지에서 수희가 들어 있는 수조를 실을 차도 필요했다. 해외팀 몇 사람이 국내팀에 들어와 업무를 돕다 못해 아르바이트생도 두 명이나 고용해야 했다. 한창 휴가철인데 다른 일을 맡을 여유가 없었다. 사장이 집을 저당잡았다는 소문이 돌았다. 그리고 그녀가 왔다. 수조에 앉아 차가운 미소를 지으며.

8월이었다. 더럽게 더울 때였다. 그녀는 물 온도가 20도를 넘

으면 절대로 안 된다고 못 박았다. 우린 얼린 바닷물을 삼십 분에
한 번씩 수조에 넣고 네 시간에 한 번씩 물을 갈았다. 그녀가 들
어 있는 길이 3미터, 너비 2미터, 높이 2미터짜리 수조가 들어갈
만한 기차 편이 있을 리 없었다. 그녀는 허접한 차는 타지 않겠다
고 선언했다. 사장은 이를 박박 갈았지만 혹시라도 계약이 틀어
질까 두려워 뭐라고 말도 못하고 그녀가 원하는 차를 구했다. 그
녀는 살아 있는, 그것도 아주 싱싱한 물고기와 조개가 아니면 아
무것도 먹지 않았는데, 다른 사람이 보는 앞에서는 음식에 손도
대지 않았다. 그렇다고 수조를 가리는 건 거부했다. 우린 하루에
다섯 번, 그녀가 혼자 식사할 만한 경치 좋은 곳을 찾아야 했다.
경호원을 고용해 사진을 찍으려는 사람들도 저지해야 했다. 관광
지에서 관광거리가 된 그녀는 오만하게 관광객들을 내려다보고
얄미울 만큼 아름답게 헤엄치면서도 누가 사진을 찍는 건 절대
안 된다고 계약서에 명시했다.

일주일이 지난 후 사장은 국내팀 전원에게 하루 특별휴가를
줬다. 그녀로 인해 밀린 다른 일 때문에 하루 이상은 불가능했다.
제주도를 떠난 후 그녀가 회사로 메일을 보내기 전까지 날 그토
록 힘들게 했던 그녀와 있던 일은 일주일 만에 모두 사라졌다. 남
은 건 몸과 마음에 쌓인 깊은 피로뿐이었다.

하지만 거기서 끝내면 수희가 아니었다. 좀비 같은 얼굴로, 나
처럼 좀비 같은 얼굴을 한 팀원들을 마주해 이제 무엇부터 해야
하나 서류를 뒤적거리는데 사장이 파랗게 질린 얼굴로 우리 팀을
호출했다.

카메라에는 줌 기능이라는 게 있다. 인터넷에는 육지 관광을 온 수희 사진이 가득했다. 수희는 계약 위반이라고 진주를 내놓지 못하겠다고 메일을 보냈다. 사장은 날 바라보았다. 팀원들도 날 바라보았다. 나는 버텼다. 사장은 그 정도로 넘어가지 않았다.

"그래도 널 제일 마음에 들어 했잖아!"

"진심이세요?"

나는 사장을 쏘아보며 외쳤다. 그녀가 날 얼마나 집요하게 괴롭혔는지는 회사 사람 전원이 알고 있었다.

"그럼 회사가 도산해야 되겠어?"

사장이 맞받아 고함을 쳤다. 나는 그날 마지막 비행기로 변호사와 함께 제주도로 갔다. 변호사와 수희가 하루 열 시간씩 삼일간 협상하는 동안 나는 멍하니 듣는 것 외엔 할 일이 없었다. 잠시 화장실에 다녀오자 수희는 없었고, 삼일간 3킬로그램은 빠지고 오 년은 나이 든 것 같은 변호사만 늙은 어부처럼 바위에 걸터앉아 있었다.

"어떻게 됐어요?"

"빌어먹을! 가서 술 한잔합시다."

변호사는 뭐라 말할 새도 없이 앞장섰다. 우린 바다가 보이지 않는 술집을 찾아 들어갔다. 변호사는 술에 원수라도 진 사람처럼 혼자 한 병을 비웠다. 나는 죄지은 사람처럼 술잔이 빌 때마다 얌전히 따랐다.

"저 여자랑 아는 사이죠?"

변호사가 기습하듯 물었다. 나는 소주잔을 떨어뜨렸다. 잔이 박

살 나자 아르바이트생이 짜증을 내며 치우고 새 잔을 갖다줬다.

"댁이 그린 인어 그림 한 장 가져다주면 진주 주겠답니다. 각서까지 받았으니 더 이상 다른 소린 안 할 겁니다. 혼자 와서 직접 달랍니다."

"회사에, 이야기 안 하시면 안 되겠죠?"

"경과보고는 해야 하지 않겠습니까?"

변호사는 소주를 한 잔 더 마셨다.

"아는 사이란 말은 안 해보죠. 뭐, 또 변덕이려니 하겠죠. 둘이 사귀었어요? 뭘 어떻게 했기에 저렇게까지 합니까?"

"저도, 그게 궁금해요."

나는 술을 마셨다.

"그게 좋았는데……."

나는 언제 술병이 이렇게 늘었나 멍하니 테이블을 보았다. 변호사가 풀린 눈으로 날 보고 있었다.

"변덕, 억지, 그런 게 힘들지 않았다는 건 아니에요. 그래도 그게 좋았는데……. 그렇게 막무가내로 굴 수 있다는 거, 그 정도로 해도 괜찮을 만큼, 나와 자기 감정에 확신을 가지고 있다는 거."

"그게 무슨 확신입니까? 그냥 성질머리가 못돼먹은 거지. 내참, 인어는 수줍음이 많고 내성적이라고? 그 소리 한 인간 내 앞에 나타나기만 해봐라."

변호사가 성질을 냈다.

"그래요……. 그렇겠죠……."

눈을 뜨자 방이었다. 변호사는 아침 비행기로 돌아가고 없었다. 나는 예민에게 전화해서 그림을 보내달라고 했다.

— 제주도까지 당일에 보내려면……, 어디 보자……, 우와, 15만원이나 해!

"괜찮아, 회사에서 낼 거야."

— 근데 나 지금 학교라서, 내일 보내도 돼?

"응, 잊지 말고 영수증 끊어놔."

전화를 끊고 밥을 먹고 푹 자서 몸을 회복시켰다. 술에 전 얼굴로 그녀를 만날 순 없었다. 다음 날 그림을 들고 바닷가로 갔다. 그녀는 보이지 않았지만 분명 어딘가에서 날 지켜보고 있을 거다. 나는 잡지를 읽는 척했다. 해가 기울기 시작했다. 하루 더 기다리게 하려나보다고 돌아가려는 차 누군가 이쪽으로 다가왔다. 붉게 달아오른 물에 검은 그림자가 졌다. 그녀는 꼬리를 세우며 천천히 일어섰다. 조용하고 차분한 모습이었다. 나는 그녀가 오자마자 그림을 집어 던지고 갈 생각이었다. 하지만 그러지 못했다. 나는 한숨을 쉬고 물었다.

"왜 그랬니?"

그녀는 지난 일주일 내내 들은 높고 신경질적인 목소리가 아닌, 낮고 가라앉은 음성으로 대답했다.

"온다고 했잖아."

말문이 막혔다.

"네가……."

입이 말랐다. 온몸에 쥐라도 난 듯 저릿저릿했다.

"주말마다 온다고 했잖아."

"너……."

"온다고 했잖아!"

그녀가 새된 소리를 질렀다. 방금 물에서 나와 축축한 머리카락에서 끝없이 물이 흘러내린다. 옅은 붉은빛 이마에, 그보다 연한 분홍빛 코에, 선명한 귤색 입술에, 길고 가느다란 목덜미에, 한 손에 들어오던 아담한 가슴에, 매끄러운 허리에, 비늘로 뒤덮인 선홍색 다리에 물이 흐른다.

결코 깜빡이는 법이 없는 눈에서 흐르는 건 이마를 타고 내려온 바닷물이 아니다.

사랑했다.

그녀의 변덕을, 무리한 요구를, 억지를, 바닷속을 유영하는 아름다운 자태를, 명랑한 웃음소리를 사랑했다.

나는 그림을 내밀었다. 수희는 받지 않았다. 나는 손을 펴 그림을 쥐여주고 돌아섰다.

뢴은 선유도 시간의 공원에서 대나무를 보며 서 있었다. 지나가는 사람들이 흘끔거렸지만 그 사람들을 막는 건 경호원의 일이지 내 일이 아니다. 난 가이드만 하면 된다. 나는 "시간의 공원은 국내 최초 재활용 생태공원으로"로 시작하는, 토씨 하나 틀리지 않고 줄줄이 읊을 수 있는 설명을 하려다 그만뒀다. 그녀는 대나무 이파리가 바람에 날리는 소리에 귀를 기울이고 있었다. 혹은 그저 이파리 하나하나의 움직임에 심취해 있었다. 어느 쪽이든 이럴 땐 방해하지 않는 게 좋다. 그녀의 피부는 양갱처럼 검고 윤기가 흘렀다. 아니, 그보단 투명하다. 손톱에 바른 검은 매니큐어 같다. 우덧이든에서는 아무도 옷을 입지 않는다고 했다. 첫 만남은 기자 없이 정부 고위 관리와 과학자들로만 이루어졌는데 화면상이었다고는 해도 모두들 꽤 당황스러웠나보다. 우덧이든인들은 지구인들은 모두 옷을 입는다는 걸 알고, 비슷한 걸 만들어 몸에 걸쳤다. 눈에 띄지 않기 위해 모자도 써서 코 밑밖에는 볼 수 없다. 우덧이든인들은 사람과 비슷하게 생겼다. 이마 아래 움푹 패어 들어간 곳에 있는 눈, 오똑한 코, 자그마한 입술. 굳이 차이점이 있다면 직접 확인해본 건 아니지만 몸에 아주 작은 털 하나도 없다는 점, 눈동자와 눈자위 할 것 없이 피부 전체가 똑같은 검은색이라는 점이다. 만져보고 싶다. 매끄럽고 차가울 것 같다. 하지만 나는 서약서 내용을 기억하고 있었다.

위쪽에서 작은 소란이 일었다. 평복을 입은 경호원이 위에서 뤤을 찍으려는 사람을 제지하고 있었다. 우리가 고용했던 경호원들과는 질적으로 다르구나. 나는 선유도를 훑어보았다. 무심한 얼굴로 구경하는 사람들 중 반은 경호원일지도 모른다.

뤤이 움직였다. 나도 뤤을 따라갔다. 원래는 내가 인도해야 하지만 그녀는 발길 닿는 대로 걷고자 했다. 경호원이 당황했다. 우리 루트는 정해져 있었다. 나는 경호원을 보며 나보고 어쩌라고

라는 듯 어깨를 추어올렸다. 경호원 중 한 명이 뢴에게 말했다.

"안전을 위해 미리 정해진 코스대로 가셔야 합니다."

뢴은 어쩔 수 없다는 듯 고개를 끄덕였다. 이유를 설명하긴 힘들지만 나도 아쉬웠다.

사무실에 돌아와 몇 가지 일을 처리하고 보고서를 작성했다. 하나는 사장에게 줄 것, 하나는 경호원용이었다. 집에 돌아오며 맥주를 사, 눈에 들어오지도 않는 인터넷을 훑으며 첫 캔을 비웠다.

나는 그녀의 무엇에 반한 걸까.

우리가 나눈 대화는 얼마 되지 않는다. 그녀는 나에 대해 물었고, 나는 대충 살아온 이야기를 간추렸다. 오 분도 걸리지 않았다. …… 짧구나. 그녀는 예술가라고 했다.

"가수예요."

그녀가 말하자 통역기가 기계음으로 말했다. 나는 놀랐다. 그녀의 목소리는 너무 작고 가늘어 거의 들리지 않았기 때문이다. 통역기에서 말소리가 나서야 그녀가 말을 했다는 걸 안 적도 여러 번이었다. 그녀는 내 반응을 예측했던 듯했다. 미안해졌다. 우린 좀 더 대화를 나눴다. 나는 되도록 작게 말하려고 노력했다. 혹 청각이 예민해 작은 소리도 크게 들려 귀를 괴롭히게 될까봐서였다.

지구에 오는 사절단에 뽑혔다는 건 그녀가 우덧이든에서는 상당한 가수라는 소리다. 인터넷을 뒤져 그녀가 부른 노래를 다운받았다. 나는 눈을 감고 그녀의 노랫소리를 들었다. 어린 시절 계곡에 놀러 가 텐트에서 잠을 자고 아침에 깼을 때, 비가 오나 놀라게 한 계곡물이 흐르는 소리 같았다.

두 캔째 맥주를 땄다. 그녀와 함께 있으면 가슴이 두근거렸다. 그녀의 독특한 분위기 때문일까? 아니, 사랑이라고 단정 짓긴 이르다. 그저 그녀에게 호기심을 느끼고 있을 뿐이다.

다음 날 뤰과 함께 덕수궁 돌담길을 걸었다.

"이 길을 애인과 함께 걸으면 헤어지게 된다는 말이 있어요."

"진짜예요?"

"그냥 미신이죠."

조금 걱정했지만, 그녀는 알아들었다.

"옛날 애인을 가이드 해준 적이 있어요."

"헤어진 다음에요?"

"네, 일부러 날 지목했죠."

나는 입을 다물었다. 무슨 소리를 지껄이는 거람. 등 뒤에 우릴 따라오는 사람들을 두고.

"힘들었겠네요."

우덧이든에서는 어떤 식으로 연애를 하는지 모르겠지만, 그녀는 내 기분을 이해했다. 노란 은행잎이 길을 가득 메웠다.

"이렇게 아름다운 길인데, 어째서 그런 말이 있을까요."

"아름다워서일지도요."

무심코 말이 나왔다. 그녀는 놀란 듯 날 바라보았다. 그리고 빙긋 웃었다.

"정말 그럴지도 모르겠네요."

심장이 미친 듯이 날뛰었다. 나는 은행이 사람 몸에 좋다는 이야기를 늘어놓았다.

그녀는 한 곳에 오래 머물렀다. 경복궁에서만 일곱 시간을 보냈다. 궁궐마다 지붕과 창살 하나하나까지 다 꼼꼼히 보기 때문에 긴 시간이 걸리는 게 아니었다. 한 걸음 한 걸음에 의미를 부여해 한 발 옮길 때마다 영화에서 사람이 그림 속으로 빨려 들어가듯 궁 속에 들어가며 하나가 되어, 궁과 궁의 배치가 주는 위치를 넘어서는 공간 이상의 공간, 한곳에서 수백 년을 자라온 나무, 잔디 사이를 뛰는 까치와 스치는 바람까지 경복궁이라는 이름으로 대표되는 이 공간 그 자체를 흡수했다. 나도 이곳에 있는 한 사람으로 그녀에게 동화해, 수없이 온 경복궁을 다른 시선으로 보고 듣고 느끼며 나 또한 그 일부가 되어갔다. 오랜만에 마음 깊은 곳에서 무엇이든 그리고 싶다는 충동이 일었다.

뤤은 향원정 앞에서 멈췄다. 한 걸음 뒤에서 향원정과 향원정을 바라보는 그녀의 뒷모습을 보며 불현듯 그녀의 목덜미에 입 맞추고 싶은 충동을 느꼈다. 나도 모르게 고개를 돌렸고, 그 순간 그녀에게서, 마법 같은 이 순간에서 튕겨 나왔다. 내내 의식하지 못하던 경복궁을 둘러싼 철근과 콘크리트로 만든 건물들이 차갑고 무표정하게 날 내려다보았다. 나는 평소 내가 되어 그녀가 무얼 보고 느끼는지 알지 못한 채 묵묵히 뒤를 따르는 경호원처럼 말없이 그녀 뒤를 졸졸 쫓았다.

살펴보고, 다가가고, 냄새 맡고, 만져보고. 누군가에게 반하면

나는 늘 그렇게 된다. 그녀를 볼 때마다 괴로운 건 그녀를 만져서
는 안 된다는 규칙 때문일까.

"우리도 같이 찍어요."

"네?"

뤤은 사진을 찍는 연인들을 가리켰다.

"나도 하고 싶어요."

나는 경호원 중 한 명에게 사진을 찍어달라고 했다. 경호원이
사진을 찍어줬다.

"지인 씨도 한 장 가져도 되죠?"

그녀가 경호원에게 물었다. 경호원은 난처한지 헛기침을 했지
만, 마지못해 고개를 끄덕였다.

"고마워요. 나 꽤 괜찮은 가이드인가보죠?"

취향교를 건너며 조심스레 물었다.

"그래요. 독촉하지 않아서 좋아요. 사실 다 한 번씩 본 곳이에
요. 그때 안내해준 사람들은 한 군데라도 더 많이 보여주고 싶어
했죠. 나중엔 뭘 봤는지 기억도 잘 안 났어요. 하지만 당신은 그러
지 않으니까. 내가 머물고 싶어 하면 기다리고, 내가 가고 싶어 하
면 움직이죠. 그런 걸 어떻게 알죠?"

"직업이 직업이니까요."

"그 사람들도 전문 가이드였어요."

뭐라 할 말이 없어 적당히 웃으며 얼버무렸다. 그날도 맥주를
사 들고 집으로 돌아왔다.

"너, 요새 수상해."

예민이 팔짱을 끼고 말했다.

"내가 뭘?"

"너 누구한테 홀라당 넘어가면 혼자 맥주 마시잖아."

뜨끔했다. 내가 그러나?

"이제 연애 따위, 사랑 따위 다시는 안 하신다며?"

"안 해! 그냥 덥고 맥주 생각이 났을 뿐이야!"

"일 년째야. 어디 얼마나 가는지 보자."

예민이는 비웃으며 나갔다. 나는 맥주 캔을 들었다. 비어 있었
다. 한 캔 더 필요했다. 그랬다. 작년 이맘때, 나는 선언했다. 이제
연애 따위 안한다고.

젠장.

간만에 '그림좋아' 동기 모임에 나가 아무 말도 안 하고 술만
마셨다. 대부분 초등학교나 중학교 때 미술학원을 잠시 다녔다
거나, 중고등학교 미술부에 있던 애들이었다. 진지하게 그림에
관심이 있는 애들은 다른 미술 동아리에 들어갔다. 우리 동아리
는 가르쳐주는 사람도 없고, 딱히 무언가 배우려는 사람도 없었
다. 우린 그냥 뭉쳐 다니며 내키는 대로 그리는 걸 좋아했다. 만화

처럼 그리는 애들도 있었고, 야외 스케치를 나가서 좋아하는 가수 사진을 옆에 놓고 그리는 애들도 있었다. 아무도 상관하지 않았다. 우리 학번은 특히 친했다. 시험기간을 제외하면 매주 스케치 모임을 열었고, 거의 매달 MT를 갔다. 낮에는 종일 그림을 그렸고, 밤에는 술을 마셨다. 입학하자마자 눈이 맞아 6개월간 사귄 CC랑 깨진 후, 과방에 가기 버름해졌던지라 동아리에 기울어 더 각별할 수밖에 없기도 했다. 우리 학번의 우정은 졸업 후까지 이어졌다. 지금도 한 달에 한 번 모여 술을 마셨고, 시간 나는 애들끼리 주말에 그림을 그리러 가곤 했다. 그러니까 요는 내가 오랜만이라는 거다.

이번엔 꼭 오면 좋겠다는 찬희의 전화를 받고 오늘은 혜원이가 안 오나보다 싶었다. 예상대로 혜원이는 없었다. 아니, 그뿐만이 아니었다. 분명 나만 모르는 무언가가 있었다. 다들 내 눈을 피하며 자기들끼리 눈짓을 주고받았고, 평소보다 조용했으니 알아채지 못하면 바보다. 그게 뭔지 모를 뿐이었다.

"요새 뭐하고 지내?"

"회사 다니지, 뭐."

"재밌는 일 없어?"

"음……."

모두 날 보고 있는데 뤤을 가이드 한다는 걸 빼면 할 말이 없었다. 하지만 그건 비밀로 해달라는 부탁을 받았다. 우딧이든인들이 떠나고 나면 경호업체에서 허락한 몇몇 사진으로 회사 홍보를 하는 데 사용할 순 있지만, 어쨌든 지금은 안 된다.

"뭐, 그냥……."

"나, 수요일에 너 봤는데."

찬희가 말했다.

"어디서?"

"선유도에서."

갑자기 마른기침이 나왔다.

"너 그 시간에 회사……."

"창립 기념일이라고 선유도 갔다가 한강에서 맥주 마셨다."

그러고 보니 사람들이 우글거려서 예정보다 빨리 선유도를 나왔다.

"우딧이든인 가이드 해?"

일곱 명의 열네 개의 눈이 초롱초롱 빛나며 나에게 꽂혔다.

"그러지 마. 비밀각서 서약했어. 말 못해."

"진짜구나! 진짜 너였구나!"

"야, 나도 찬희에게 듣고 설마설마했는데!"

이런, 젠장. 이거였나? 아닌데, 좀 더 음침한 느낌이었는데. 이거였으면 이렇게 뜸을 들일 리가…….

"근데 오늘 분위기가 왜 이래?"

이럴 땐 정공법이 최선이다. 나는 오늘 온 친구들 얼굴을 하나씩 정면으로 쳐다봤다. 아까까진 내 얼굴에 꿀이라도 묻은 양 쳐다보던 열네 개의 눈이 일제히 사라졌다. 네 개가 부족하다. 하나는 원영이, 하나는 혜원이다.

"나만 모르는 게 뭐야?"

친구들이 서로 눈짓을 했다. 정혜가 당첨됐다.

"혜원이 결혼한대."

"아…… 그렇구나."

나는 골뱅이 한 조각을 입에 넣었다.

"거봐, 쟨 아무렇지도 않을 거랬잖아."

찬희가 내뱉듯이 말했다.

"너 혜원이 진짜 좋아하긴 했어?"

"무슨 말을 그렇게 해? 그럼 내가 이제 와서 결혼식장에 가서 깽판이라도 놓으리?"

"넌 사람을 그냥 흥미 위주로 사귀어. 그건 진짜 사랑이 아니야."

나는 찬희의 파란만장했던 연애사를 줄줄이 읊어주고 싶은 충동을 느꼈지만 참았다.

"너무들 그러지마. 지인이는 자기 방식대로 사람을 좋아할 뿐이야. 사람이란 다 다른 거잖아."

때리는 시누이보다 말리는 시누이가 밉다는 게 이럴 때 쓰는 말이구나. 고맙다, 정혜야.

"넌 특이한 사람들만 좋아하잖아. 사람을 좋아하는 게 아니라 그냥 특이한 걸 좋아하는 거야."

유민이가 말했다. 그래서 너는 만날 비슷비슷한 바람둥이 타입만 사귀고 우느냐고 쏘아붙이고 싶었지만 이번에도 참았다.

"게다가 남잔 안 사귀고."

"아냐, 쟤 전에 사귀었던 사람 남자였어."

정혜가 냉큼 말했다.

"엑? 지인이가 남자도 사귀었어?"

"응, 뱀파이어였지만."

그게 뭐 그리 재밌는 일이라고 웃음보가 터졌다.

"야, 뱀파이어에, 인어에, 이번엔 외계인이랑 사귀는 거 아냐?"

슬슬 짜증이 났다.

"아니거든! 뱀파이어랑 인어 빼고는 다 보통 사람이었거든?"

"야, 그럼 너 진짜 뱀파이어랑도 사귀었어?"

"몰랐어?"

정혜가 유민이에게 어깨를 붙이고 속닥거리기 시작했다. 난 잔을 비우고 한 잔 더 시켰다.

"진짜 다음은 외계인 아냐? 너 이번에 그 외계인한테도 반한 건 아니지?"

"너 분명히 연애 따위 이제 안 한다고 했다?"

"아니라니까!"

나는 버럭 고함을 질렀다.

"야야, 왜 소린 지르고 그래. 그냥 해본 소리야. 기분 나빴으면 미안해."

"너 일 년 넘게 사귀어본 적 없지?"

혁수가 중재를 했지만 찬희는 집요하게 물고 늘어졌다.

"관두자."

나는 찬희를 피해 술잔을 들었다.

"너 보면 참 신기해. 민애 말이야. 걔 애가 워낙 인상이 차가워서 학기 초엔 진짜 친구 없었잖아."

혁수가 눈치를 살피며 말했다. 그러고 보니 현수는 나랑 같은 과이기도 했다.

"근데 넌 금방 친해지더라."

금방 친해졌다고? 내가 얼마나 공을 들였고, 혼자 마신 맥주가 몇 캔인데. 개한테 몰두하는 동안 마신 맥주 캔 값만 모았어도 최고급 디지털 카메라를 한 대 샀다. …… 최소한 중급은.

"도대체 어떻게 한 거야? 그 인어만 해도……."

혁수는 잠시 말을 골랐다.

"처음엔 너한테 진짜 관심 없었잖아. 해변에 나온 것도 그냥 별 쬐러 온 거였지, 네가 썼던 쪽지 보고 온 거 아니었잖아."

"맞아, 네가 인사하러 가니까 누군지 못 알아보고 멀뚱하니 쳐다봤었지."

"그래그래, 나도 기억나. 그러고 보니까 어떻게 꼬신 거야?"

"은근히 밀고 당기기를 잘한다거나……."

"뭘 어떻게 해. 야, 나 그만 갈래."

난 가방을 챙겼다.

"야, 어디 가?"

혁수가 잡았다.

"기분 나빴으면 미안해. 모처럼 만난 건데 술이나 마시자. 이렇게 가지 말고."

혁수가 팔을 놓지 않아서 다시 앉을 수밖에 없었다. 우린 일상적인 잡담을 나눴다. 나는 대충 맞장구치며 들었다. 사람이 많을 땐 이게 편하다. 아무 말 하지 않아도 된다는 거.

밀고 당기기라니, 사람 마음 가지고 노는 것 따윈 딱 질색이다. 어떤 사람과 가까워지기 위해서 가장 중요한 건 진심이다. 진심으로 자신에게 호의를 가지고 다가오는 상대를 밀어내는 사람은 세상에 그렇게 흔하지 않다. 물론 속도 조절은 필요하다. 너무 빨리 다가가면 상대는 부담스러워한다. 너무 느리면 아무것도 안 된다. 이게 제일 어렵다. 사람마다 속도가 다르기 때문에 초기에는 어쩔 수 없이 시행착오가 생긴다. 상대가 날 밀어내거나, 날 알아차리지 못하면 맥주를 한 잔 마시며 시린 속과 아픈 상처를 달랜다. 그리고 주문을 외운다. 인내는 쓰고 열매는 달다. 열매는 언제나 달지 않았던가.

가끔 잠시 연락을 안 하기도 한다. 하지만 그건 나 때문에 안달복달하길 바라서가 아니다. 생각할 시간을 주기 위해서다.

그리고 마지막. 진심으로 다가가는 것만큼이나 중요한 것, 나 자신을 위해서 가질 마음가짐이다. 안 되면 말고.

안 될 때도 있다. 타이밍 참 징하게 안 맞아서이건, 뭐가 됐건 간에 안 될 때가 있다. 안 되면 말고. 그럼 무엇보다 마음에 여유가 생긴다. 하지만 이 주문 역시 진심으로 외워야만 효과가 있다. 안 될 땐 과감하게 말아야 한다.

집에 오는 길에 맥주를 몇 캔 샀다.

"또 술이냐?"

예민이 물었다.

"어."

"제법 마시고 온 거 같은데?"

"응."

나는 신발을 내던지고 방으로 들어갔다. 혜원이가 결혼하는 구나.

취직하고 일 년쯤 지났을 때인가, 혜원이와 찬희랑 덕수궁으로 스케치를 하러 가기로 했는데 찬희가 전날 술을 너무 마셔 몸이 안 좋다며 빠졌다. 그래서 혜원이와 둘이 만났다. 대학 1학년 때부터 친구거늘 단둘이 만난 건 그날이 처음이었다. 그림을 그리고 밥을 먹을까, 술을 마실까 하다가 홍대로 가서 술을 한잔하기로 했다. 경복궁 지하철역에서 열차를 기다리는데 누가 날 불렀다.

"너, 지인이 맞지?"

나는 눈앞에 있는 예쁜 아가씨를 보며 누군지 한참 고민했다. 낯익긴 한데……. 너무 반갑게 인사하는 상대를 모른 척할 수가 없어서 나도 열심히 맞장구쳤다.

"너 하나도 안 변했다. 어디 가는 길이야? 와, 너 여전히 그림 그리는구나."

그녀는 내가 화가가 되었다는 말이라도 기다리는 듯한 눈으로 날 바라보았다. 그저 머리를 긁적일 수밖에.

"어, 뭐, 그냥, 취미로……."

"네가 그려준 그림 나 아직도 가지고 있는데. 여전히 내 방에 걸려 있어."

그림을 준 애들이야 수두룩하지만, 방에 걸려 있다는 얘기는…… 설마 액자에라도 넣어서 준 건가?

그녀는 반대 방향이었다. 몇 마디 나누지도 못했는데 그녀가 타야 할 열차가 왔다. 저녁 시간이라 사람이 많았다. 지하철을 타려고 길게 늘어선 줄 끝에서 그녀는 몇 번이고 뒤를 돌아보며 손을 흔들었다. 연락처라도 물어봤어야 하나?

"아, 저기……."

그녀는 그 말에 바로 나한테 달려왔다. 지하철을 놓쳤지만 상관하지 않았다.

"응?"

"아, 저기, 전화번호……."

그녀의 얼굴이 밝게 변했다. 그녀는 내 번호를 물어보고 전화를 걸었다. 나는 핸드폰에 뜬 그녀의 번호를 저장했다. 우리가 타야 할 열차가 왔다. 그녀는 해맑게 웃으며 문이 닫힐 때까지 손을 흔들었다.

"누구야?"

혜원이 물었다.

"누굴까?"

"야! 저 사람은 너 되게 반가워하는 눈치던데?"

"그러게. 그림을 그려줘? 음……."

술을 마시다 수희 이야기가 나왔다. 혜원이는 내가 일하는 여행사 홈페이지에서 인어가 서울 관광을 한 홍보 동영상을 봤고, 수희를 알아보았다.

"그러게 왜 인어랑……."

혜원이는 입을 다물었다. 얼마 전 술집에서 뱀파이어에 대해 욕설을 한 사람이 인격모독죄로 재판 중이었다. 예민한 시기였다.

"제기랄!"

나는 탁자에 머리를 박았다. 혜원이는 내 어깨를 다독이며 작은 목소리로 말했다.

"잊어버려. 넌 왜 꼭 사귀어도 뱀파이어나 인어……."

"생각났어!"

"뭐가?"

"아까 걔! 누군지 생각났다고!"

"누군데?"

"내 첫사랑!"

나는 단숨에 잔을 비웠다.

"네 첫사랑은……."

혜원이는 난처한 얼굴을 했다.

"그러니까…… 민애는 내가 처음으로 진지하게 사귄 사람이고 아까 걔는 말 그대로 첫사랑. 별로 고백이랄 것도 없었고."

"야, 기억도 못했으면서 첫사랑은 무슨 첫사랑?"

"걔가 너무 변해서 그래!"

나는 휴대폰을 열고 문자를 보냈다.

―오늘 반가웠어. 일간 보자.

나는 문자판을 뚫어지게 보다가 너무 허전한 것 같아서 이모티콘을 몇 개 넣었다. 답장은 바로 왔다.

―다음 주 금요일 어때? 나 그다음 주부터는 좀 바빠지거든.

나는 좋다고 답장을 보냈고 만날 장소와 시간을 정했다.

"하여간, 너도 참 대단하다."

"뭐가? 야, 그래, 내가 뱀파이어도 한 번 사귀었고, 인어도 사귀었지. 하지만 그 외에는 다 호모 사피엔스 사피엔스였다고!"

"아까 그 사람처럼?"

"걘…… 젠장, 어떻게 잊고 있었을 수가 있지? 개가 말한 그림 뭔지 알 거 같아. 고2 때 미술부 전시회 때 그린 거야. 거의 보름 간 진짜 공들여 그린 건데, 마음에 들어 하기에 줬어."

그 그림도 생각났다. 별로 대단한 그림은 아니었다. 도시의 빌딩 위에 남자 한 명이 등을 돌리고 서 있다. 밤하늘에는 거대한 거미가 긴 다리를 벌리고 있었다. 마음에 드는 거미 사진을 찾아 이리저리 웹사이트를 검색하고 도서관에서 곤충도감을 뒤졌던 기억도 새록새록 밀려왔다.

"이젠 이름도 생각나?"

"응. 세화, 민세화였어. 성이 특이해서 좋았는데."

"성이 특이하다는 걸로 사람이 좋아?"

"아니, 꼭 그래서 좋았다기보다는…… 그냥 그것도 마음에 들었다는 거지. 흔한 성보다는 좋지 않아?"

"글쎄다……."

세화는 오늘 만남을 위해 신경 쓴 티가 역력했다. 웨이브한 머리는 살짝 묶었고, 앙증맞은 귀고리가 귓불에서 달랑거렸다. 하얀 블라우스, 베이지색 스커트 밑으로 보이는 종아리는 여전히 날씬하고 곧았다.

　우린 저녁을 먹고 차와 케이크를 마시며 한참 수다를 떨다 헤어졌다. 세화는 헤어지기 전 손을 잡으며 자주 보자고 말했고 나도 그러마 했다. 하지만 그녀에게 다시 연락할 마음은 나지 않았다.

　왜? 많이 변해서 이젠 별로야?

　혜원이가 채팅창에서 물었다.

　아니, 그런 건 아니고…….

　혜원이는 영화 시사회에 당첨되었다며 보러 가지 않겠느냐고 했다. 뻔한 액션영화였지만 공짜잖아. 나는 그러마 했다.

　대화를 마치고 냉장고를 뒤졌다. 놀랍게도 아직 살아남은 맥주가 있었다. 맥주를 따고 세화에 대한 기억을 하나씩 떠올렸다.

　오늘 세화와 함께 있는 동안 조금도 즐겁지 않았다. 그녀가 하는 이야기를 듣고, 맞장구를 치고 자주 웃었지만 진심은 아니었다. 솔직히 울고 싶었다.

세화는 중3때 같은 반이었다. 처음엔 그다지 눈에 띄지 않았다. 그러다가 짝이 됐다. 그때 담임은 2주에 한 번 반 애들 번호를 적은 쪽지를 뽑는 식으로 무작위로 짝을 바꿨다. 골고루 친하게 지내 따돌림당하는 애가 없도록 하자는 의미였다. 아이들은 종례와 조례 때만 지정된 자리에 앉았고, 수업 시간에는 평소 친한 아이들끼리 모였다. 세화는 그렇게 나와 짝이 되었다. 내가 친한 애들은 다섯 명이었고, 세화 무리는 세 명이었다. 한 명씩 남는지라 본의 아니게 계속 같이 앉았다.

세화는 하얀 얼굴에 머리는 늘 단발로 자르고 다녔다. 목소리는 작았고, 중성적인 분위기에 얌전한 외모와 달리 헤비메탈을 좋아했다. 나에게도 좋아하는 곡들을 보내줬는데 지금은 그룹 이름도, 노래 제목도 생각나지 않는다.

그림을 그리게 된 것도 세화 때문이었다. 세화는 앨범 재킷을 직접 만들어보곤 했는데, 샤프 하나로 그렸다고는 도저히 믿어지지 않을 만큼 사실적이었다.

"처음엔 예고에 갈까도 생각했어. 근데 화실에서 그리는 그림이 싫더라고. 규격에 맞춰서 그리고 싶지 않아서 그만뒀어."

그 애는 특유의 나직한 목소리로 말했다.

"너 그리는 거 보니까 나도 그려보고 싶어."

"그려."

세화는 별일 아니라는 투로 말했다.

"뭘?"

"아무거나."

그래서 그림을 그리기 시작했다. 엄마를 졸라 미술학원에도 등록했다. 세화는 규격화된 게 싫다고 했지만, 그건 세화 정도 그리게 된 다음 이야기다. 난 아무것도 모르니 배우고 싶었다. 하지만 학원보다 세화에게 더 많은 걸 배웠다.

"사물을 똑같이 그리는 건 별로 어렵지 않아."

세화가 그 애가 한 말을 빌리자면 심심풀이 삼아 그린 샤프를 보며 감탄하는 나에게 담담하게 말했다.

"중요한 건 네가 사물에서 무얼 보느냐야. 무얼 느끼는지라고 말해도 좋아."

그래도 난 그 애가 그린 샤프그림이 좋았다. 난 그 애에게 그 그림을 줄 수 있느냐고 물었다. 세화는 "왜 하필 이걸?"이라고 묻긴 했지만 그래도 줬다. 난 그 그림을 보며 왜 실물이랑 똑같이 그린 그림이 실물에선 받지 못하는 감동을 자아내는지 오래도록 고민했다. 내가 그 애에게 강한 호기심을 느낀 건 그때부터였던 것 같다.

호기심은 걷잡을 수 없이 자라났다. 세화는 말수가 많지 않았다. 그때 쓴 일기를 보면 온통 세화 이야기뿐이다. 나는 절대 잊어버리지 않기 위해 그 애가 한 모든 말을 기록했다.

그 앨 안고 싶었다.

만지고 싶었다. 그 애의 마른 손목에 입술을 대고 싶었다. 길고 가느다란 종아리를 쓰다듬고 더 은밀한 곳에 손을 대고 싶었다.

영화나 텔레비전에서 주인공들이 입맞춤하는 장면을 볼 때마다 그 애를 생각했다.

우린 각기 다른 고등학교를 배정받았다. 더 이상 그 애와 한 학교에 있을 수 없다는 생각에 며칠을 울었다.

어떻게 그 애를 까맣게 잊었던 거지? 어떻게 그럴 수 있지? 그 앤 이제 그림을 그리지 않는 걸까. 완전히 남 이야기하듯 했는데.

"나도 한 캔 주라."

예민이가 들어오더니 술도 잘 마시지 않으면서 하나 청했다. 아까워 눈물 날 뻔한 걸 참으며 한 캔 건넸다. 젠장, 좀 사 올걸.

"왜 그렇게 힘이 없어? 회사에서 안 좋은 일이라도 있었어?"

"아니."

"그럼?"

"너 혹시 세화라고 기억나니?"

"아, 그 분위기 독특하던 언니?"

"기억하는구나!"

"응, 워낙…… 음…… 예쁘다고 말하긴 조금 그렇지만, 인상적이었으니까. 그림도 되게 잘 그렸잖아."

"걜 길에서 우연히 만나서 오늘 밥 먹고 오는 길이야."

"오, 좋았겠네?"

"어?"

"너 걔 되게 좋아했잖아."

"걔가 뭐니!"

"뭐, 암튼. 근데?"

"나, 걔, 처음 봤을 땐 기억도 못했다."

"뭐?"

예민이는 어이없어 되물었다. 그리고 그만 마시겠다며 남은 맥주를 넘겼다.

"어떻게 기억을 못해? 너 개한테 네가 그린 그림 줬다고, 마치 뭐 대단한 거 받은 사람처럼 좋아하면서 얘기했잖아."

"그랬어?"

"응, 난 처음엔 네가 그림을 선물 받았다는 줄 알았다니까."

그 애가 내 그림을 보고 멋지다고 말했을 때 얼마나 가슴이 뛰었는지 기억났다. 나는 더 우울해졌다. 나는 예민이 남긴 맥주를 털었다.

"어디 감춰놓은 술 더 없냐?"

"위스키 있는데."

"웬 위스키?"

"MT 가서 남은 건데, 어쩌다보니까 나한테 딸려 왔어."

"갖구 와라!"

예민이는 뒷이야기가 궁금했기 때문에 냉큼 가져왔다.

"근데 얼음은 없다."

"상관없어."

잔을 가져오기 귀찮아 빈 맥주 캔에 위스키를 따랐다.

"그래서?"

"걔 예뻐졌더라."

"근데?"

"응?"

"근데 왜 죽상이야? 애인 있대?"

"아냐, 그런 게 아니라……."

나는 어떻게 설명해야 좋을지 알 수가 없었다.

"사라졌어."

"뭐가?"

조심하는데도 가끔 그럴 때가 있다. 한순간에 술이 올라온다. 나도 모르게 이미 취해버렸다. 말을 멈출 수가 없었다.

"특별했는데, 정말 특별했는데. 걜 볼 때마다 행복했는데. 반짝거렸는데. 걔가 변한 건 아니야. 굉장히 예뻐졌지. 중성적이던 매력은 사라졌지만…… 중요한 건 그게 아니야. 걔는…… 정말로 반짝거렸어, 나한테는. 근데 그게 없어졌어. 난 걜 기억도 못했다고!"

"그럴 수도 있지. 그게 언젯적 일인데."

"그럴 수도 있다니!"

나는 나도 모르게 소리를 질렀다.

"깜짝이야. 너 나중에 걔한테 완전 흥미 잃었잖아."

"내가?"

"졸업한 다음에 집으로 몇 번 전화 왔어. 핸드폰 잃어버려서 새로 사면서 번호 바뀌었다고, 너한테 전해달라고. 그래서 번호 받아서 네 책상 위에 붙여놨는데."

"난 못 봤어!"

"전화가 그 뒤에도 한 번인가 왔을걸? 그땐 너한테 직접 말했는데 그냥 알았어, 그러고 말았어, 너."

나는 잠시 숨을 멈췄다.

"내가?"

"너 그때 뱀파이언가 뭔가 만난다고 정신없을 때니까 그랬을 수도. 어쨌든 졸업하고 만난 적 없지?"

그랬다. 고등학교를 졸업한 다음에는 한 번도 연락해본 적이 없다. 왜? 도대체 왜? 옛날 일기를 본 기분이었다. 분명 내가 써놓았는데도 도무지 내가 썼을 것 같지 않은 낯섦.

기억나지 않았다. 예민이는 그만 잔다고 나갔다. 자고 싶지 않았지만, 더 마시면 토할 것 같았다. 침대에 쓰러졌고, 잠이 들었다. 젠장…….

그날 밤 꿈에 세화가 아닌 뱀파이어가 나왔다. 우린 늑대를 피해 어두운 숲길을 따라 달렸다. 하늘에선 바다에 아침 햇살이 반짝이듯 별이 빛났다. 정상에서 늑대를 겨우 따돌리고 숨을 돌리는데 천둥이 쳤다. 나는 일어나서 자명종을 껐다. 젠장…….

왜 난데없이 그가 꿈에 나왔는지 모르겠다. 아무런 미련이나 아픔도 없이 그 사람은 그냥 그런 사람이었던 거라고 받아들이고 잊은 지 오래인데 말이다.

그의 이름은 좀 특이했다. 김부영이었다. 그는 부영이라는 본명보다는 로인이라는 닉네임을 더 좋아했다. 그래서 나도 그를 로인이라고 불렀다. 우린 크리스마스이브에 칵테일바에서 만났다. 날이 날인지라 자리가 없었다. 몇 팀이 왔다가 자리가 없어서 그냥 나갔다. 친구를 기다리느라 4인 테이블에 혼자 앉아 있는 게 민망했다. 그때 종업원이 자리가 날 때까지 잠시 합석해도 괜찮겠느냐고 했고, 나는 좋다고 했다. 그도 친구를 기다리고 있었다. 그는 뱀파이어였다.

나는 처음 보는 사람에게 말을 거는 걸 어색해 하지 않는 편이다. 우린 몇 마디 말을 나눴고, 그는 나에게 산을 좋아하느냐고 물었다. 나는 북한산성 외에는 가본 적이 없다고 했다.

"밤에도 가봤어요?"

"아뇨? 밤에는 못 가잖아요."

"뱀파이어는 가능해요. 뱀파이어랑 같이 가는 친구도요. 뱀파이어 한 명당 한 명씩이지만요."

"밤에 산에 가본 적이 없어요. 낮이랑 많이 달라요?"

나는 말하고 나서야 실수라는 걸 알고 머리를 긁적였다. 그가 낮에 어떻게 돌아다니겠는가.

"사실 산에 갈 수 있게 된 것도 얼마 되지 않아요. 뱀파이어 인권협회에서 열심히 항의한 덕분이죠."

내 친구가 먼저 왔지만, 다행히 그때 빈자리가 났다. 그는 자리를 내줘서 고맙다며 칵테일을 샀다. 나는 다음엔 내가 사겠다며 연락처를 물었다. 그는 명함을 주었다. 며칠 후 나는 그에게 문자를 보냈고 우린 그 칵테일바에서 다시 만났다.

로인에게 큰 매력을 느꼈던 건 아니다. 미안한 말이지만 그는 호감을 갖기엔 너무 뚱뚱했다. 목 대신 턱만 세 개 있었다. 하지만 그는 이야기를 재미있게 잘했고, 무엇보다 뱀파이어라는 점에 호기심을 느꼈다. 내가 언제 뱀파이어를 친구로 둬보겠어. 몰랐는데 그 칵테일바에는 뱀파이어들이 많이 왔다. 피를 판매하는 칵테일바가 많지 않은 탓이었다.

나는 준벅을 고른 후 저녁을 먹지 못해 출출했던 터라 안주를 보며 고민했다.

"여기 닭날개가 맛있다던데요."

로인이 말했다.

"안 돼요. 이 시간에 그런 거 먹으면 살찐다고요."

그는 씁쓸하게 웃었다.

"좋겠어요."

"네?"

나는 미안해졌다. 로인은 닭튀김 같은 건 못 먹을 테니.

"난 살을 못 빼요."

나는 의아한 듯 그를 바라보았다.

"알고 있나요? 우리도 처음엔 사람들이 먹는 것도 먹을 수 있어요. 하지만 나이를 먹을수록 점점 소화기관이 퇴화되고 피가 아니면 먹을 수 없게 되죠."

"들은 적 있어요."

"스무 살이 넘은 뒤에도 다른 음식을 먹을 수 있는 뱀파이어는 거의 없어요. 낮에도 더 이상 돌아다닐 수 없게 되죠. 밤눈은 점점 좋아지고요."

어릴 땐 햇볕을 받아도 괜찮구나. 그건 몰랐다. 나는 그의 말을 듣고 있다는 의미로 고개를 끄덕였다.

"고등학생 때 엄마가 엄청 잔소리를 했어요. 살 빼라고. 피만 먹게 된 다음부터는 절대 체형이 변하지 않는다고. 물론 나도 빼고 싶었죠. 근데 다이어트라는 게 그렇게 쉽게 되나요. 게다가 보통 음식을 이제 못 먹게 된다고 생각해서 더 집착하기도 했고요. 그래서 이래요."

그는 어깨를 으쓱했다. 담담한 말투로 무심하게 말했지만 그 속에서 둔중한 아픔과 어쩔 수 없는 자괴감을 느낄 수 있었다. 나 역시 그가 뚱뚱하다는 이유로 매력 없다고 생각하지 않았던가. 그날 밤 우린 칵테일바 계단에서 키스했다.

어떤 이들은 여자들은 모성본능이 있어서 약한 모습을 보이는 남자에게 반한다고 한다. 그건 사실과 다르다. 약한 모습을 보이는 상대에게 끌리는 건 그 사람의 진짜를 보게 되기 때문이다. 평소에는 드러내지 않는 내밀한 본모습, 깊은 상처 같은 것. 그 모습을 본 사람과 그 모습을 보인 사람은 더 이상 표면적인 관계에 머무를 수 없다.

우린 몇 주 후 함께 북한산성에 갔다. 밤의 산은 낮의 산과는 완전히 달랐다. 그는 길로 가지 않았다. 산책 코스 정도로 생각했던 북한산은 B급 호러 영화에 어울릴 법한 괴기스러운 모습으로 날 맞았다. 무서웠다. 그는 한 번도 뒤를 돌아보지 않았다. 나는 행여나 그를 놓칠까 넘어지고 긁히고 다치는 것에도 아랑곳하지 않고 필사적으로 쫓아갔다. 그를 잃어버리고 혼자 남은 줄 알고 와들와들 떨며 주저앉기도 했었다. 그럴 때면 그는 어디선가 인기척을 내고 다시 날 이끌었다. 내가 여길 왜 쫓아왔나, 미쳤다고 몇 번이고 되뇌었다. 그럼에도 불구하고 몇 번을 돌이켜봐도 설명하기 어려운데 나는 조금씩 어둠에 적응해갔다. 공포에도 임계점이 있다면, 바로 그 지점을 지난 순간 어둠에 대한 공포는 어둠에 대한 호기심에게 시나브로 자리를 내주었다. 나는 손전등도 가방 속에 넣어버렸다. 나무들이 내게 말을 거는 것 같았다. 바스락거리는 소리 하나도 예사롭게 들리지 않았다. 뒤에서는 금방이라도 무언가가 나를 잡아챌 것 같았다. 나는 공포를 받아들이고 공포를 즐겼다. 마침내 정상에 도착하자 구름이 아닌 별로 가득 찬 밤하늘이 날 맞았다. 서울에서도 이렇게 많은 별을 볼 수 있다니.

그는 비로소 뒤를 돌아보고 나를 보며 씩 웃었다. 나도 그를 보며 웃었다. 우린 풀벌레 소리를 들으며, 별과 달을 보며, 혹 누가 올라올까 두려워하지 않으며 사랑을 나눴다. 벽으로 막힌 방에서가 아니라, 자연 속에서 알몸이 된다는 건 굉장히 부끄러우면서도 특별한 흥분을 불러일으켰다.

나는 달력에 그날을 우리의 첫날로 기록했다. 당연히 그런 줄 알았다. 한 번 잤다는 이유로 사귄다고 믿을 만큼 순진했던 건 아니다. 그런데도 그렇게 생각한 까닭은 로인이 내가 무서워하는 걸 알면서도 모르는 척해, 내가 스스로 공포를 극복하고 밤이 주는 아름다움을 발견하길 기다렸기 때문이다. 우린 그 순간을 함께했다. 그래서 나는 우리가 이제 시작하는 줄 알았다. 하지만 그는 아니었다.

나는 그에게 다른 애인이 있다는 걸 알 수 있었다. 그가 감추지 않았기 때문이다.

나는 내가 사랑하는 사람을 공유할 수 없다. 그럼에도 나는 그를 떠나지 못했다. 나는 특별해야 했다. 나는 누군가에게 하룻밤 사랑을 나눌 수 있는 많은 사람들 중 한 명이 되어서는 안 되었다. 그는 나를 사랑해야 했다. 하지만 그런 일은 일어나지 않으리라는 걸 알고 있었다. 언젠가 그도 누군가와 진짜 사랑에 빠질지는 몰라도, 그게 나는 아니었다. 마침내 결심이 선 날, 그에게 물었다.

"나 말고도 만나는 사람 있어?"

"응."

그가 한 짧은 답에는 많은 뜻이 들어 있었다. 너는 내게 특별하지 않다. 나는 그 사실을 굳이 감출 생각도 없고, 감추려는 시늉조차 하지 않을 거다. 여럿 중의 하나라도 상관없어 계속 연락한다면 지금처럼 만나겠다. 견디지 못하겠으면 알아서 가라. 내 앞에서 둘 중 하나를 놓고 고뇌한 사람이 너 하나만은 아니다. 이렇게 무심히 대답하면 상처받겠지만 관심 없다. 네 문제다.

나는 온 힘을 다해 자리에서 일어났다.

그가 누군가를 데리고 밤중에 산길을 오르는 광경을 떠올리지 않게 되는 데까지는 정말 오랜 시간이 필요했다.

세화에 대해서 더 이상 생각하게 되지 않을 줄 알았다. 어떻게 된 일인지 이해가 가지 않았고, 그래서 마음이 좀 아팠지만 그냥 그렇게 지나갈 줄 알았다. 하지만 그렇게 되지 않았다. 얼마 지나지 않아 나는 그게 어떤 건지 확실하게 알게 되었다.

혜원이랑 영화를 보러 갔다. 영화를 보고 나서는 오뎅바에 갔다. 나는 예민이랑 나눈 이야기를 혜원이에게도 하다가 중간에 끊었다.

"그래서?"

"아니……."

나는 그냥 말을 돌렸다. 반복해서 말하자 내 특별한 상실감이 평범해지는 것 같아 더 이상 말하고 싶지 않아졌다. 혜원이는 더 캐묻지 않았다.

"넌 아주 독특한 사람이 아니면, 좋아할 수 없어?"

"그게 아니라……!"

순간 짜증이 치밀었는데 혜원이의 눈을 보는 순간 사그라들었다. 그 애는 황급히 고개를 돌렸다. 그 애의 작은 손등에 눈물이 한 방울 떨어졌다. 혜원이를 눈여겨본 적이 없었다. 하지만 이날 난 그 애의 속눈썹이 아주 길다는 것, 새끼손가락이 네 번째 손가락에 육박하게 길다는 걸 알게 되었다.

우린 동아리 친구들의 야유를 받으며 사귀었다. 1학년 때 만났으니 5~6년간 친구로 지내왔는데도 난 그 애에 대해서 모르는 게 너무 많았다. 우린 매일 통화했고, 일주일에 서너 번씩 만났다. 공원을 산책하기도 했고, 좋아하는 카페에 가서 하루 종일 수다를 떨기도 했다. 그 앤 평범한 일상을 특별하게 만들어주었다.

까다로운 팀에 잡혀 진을 빼고, 약속 시간에 한 시간을 늦었다. 마음 같아선 약속이고 뭐고 다 취소하고 집에 가서 뻗고 싶었다. 게다가 비까지 왔다. 만나기로 한 장소는 우리 집 근처 카페인 '비 오는 수요일'이었다. 케이크가 맛있어서 종종 가지만, 집에서는 반대 방향이었다. 하필 운동화를 신고 와서 양말까지 다 젖은 발로 카페로 걸어가며, 뭔가 핑계를 대고 약속을 취소할까 진지하게 고민했다. 하지만 비 오는 날 여기까지 와 한 시간을 기다렸는데 이제와 바람 맞히는 건 못할 짓이었다. 그 앤 책을 보다가 날 보더니 늦었다고 책망하는 대신 반갑게 웃었다.

"왔어?"

"응."

사과해야 하는데 입도 뻥긋할 기운이 없어 소파에 몸을 파묻었다. 그 앤 책을 덮고 비가 내리는 창문을 보다가 말했다.

"예쁘다, 비 내리는 거."

나는 유리창 벽에 부딪혀 흐르는 빗물을 바라보았다. 역에서 카페까지 걸어올 땐 그렇게 날 신경질 나게 하던 비가, 지금은 유리창에 그림을 만들고 있었다. 유리창을 타고 내리는 빗방울은 한 번도 같은 방향으로 흐르지 않았다. 이 카페가 생긴 이후 얼마나 많은 비가 내렸을까. 얼마나 많은 그림을 만들었을까.

"그러네, 예쁘네."

우린 헤어질 때까지 별다른 말을 하지 않고, 그냥 그렇게 창가를 바라보며 앉아 있었다. 그 애와 함께한 시간들 중 이날이 가장 마음에 남아 있다.

그리고 그 일이 일어났다. 아직도 그때를 생각하면 마음이 아프다.

나는 나를 설레게 했고, 기쁘게 했고, 함께 있으면 편안하고 따뜻함을 주던 상대가, 그 상대에게서 나던 빛이 사그라지는 걸 속수무책으로 지켜볼 수밖에 없었다. 지키고 싶었다. 사라지게 하고 싶지 않았다. 이를 악물고 놓치지 않으려고 발버둥쳤다. 하지만 더 이상 나 자신을 속일 수 없는 한계가 오고야 말았다.

혜원이와 헤어지고 집으로 돌아왔다. 눈물 따위 나오지 않았다. 그렇구나, 이렇게 사라지는구나. 내 속에 무언가 둥글고 아름답고 따뜻한 게 있었는데, 그게 사라진다는 게 이런 거구나. 그 애는 변하지 않았는데, 여전히 다정하고 착한데, 나는 더 이상 그 애를 보며 아무것도 느낄 수 없었다.

단 게 먹고 싶었다. '비 오는 수요일'에 갔다. 신제품이 나왔기에 포장해달라고 했다. 최근 전시회 준비한다고 계속 늦던 예민이가 집에 있었다.

"어, 그거 뭐야?"

"초콜릿 케이크. 먹을래?"

"응!"

예민이는 냉큼 포크 두 개를 가져왔다. 나는 한 입 잘라 먹었다.

"너무 달다."

"초콜릿 케이크가 그렇지, 뭐."

"나 여기서 종종 초콜릿 케이크 사 왔는데."

"진짜? 사 와서 혼자만 먹었던 거야?"

"너도 몇 번 먹었어."

"그랬나, 어딘데?"

"우리 집에서 안 멀어. '비 오는 수요일'이라고 알아?"

"아니, 몰라."

"역에서 우리 집이랑 반대 방향이야. 거기 초콜릿 케이크가 참 맛있는데 좀 덜 달거든. 조금만 더 단 케이크가 있으면 했는데, 오늘 신제품이 나왔더라고. 점원이 이게 더 달다고 해서 산 거야. 근데 너무 달다."

"그래? 그럼 나 다 먹어도 돼?"

"응."

나는 포크를 두고 방으로 들어갔다. 혜원이에게는 이렇게 길게 얘기할 필요가 없었을 거다. 그 애에겐, '비 오는 수요일'에 신제품 초콜릿 케이크가 나왔어! 근데, 이건 또 너무 단 거 있지? 그렇게만 말해도 내가 얼마나 서운한지 바로 알았을 거다. 그리고 같이 아쉬워했겠지. 나는 일상을 나눌 수 있는 사람을 잃었다.

인간에게 과연 학습능력이라는 게 있는 걸까. 과 CC였다가 깨져서 과 친구들과 멀어졌을 때 아무것도 얻은 게 없는 걸까.

양다리를 걸쳤던 건 민애였다. 민애는 잘못했다고 날 붙잡았지만 다시 그 애를 믿을 자신이 없었다. 내가 거절하자 그 애는 보복이라도 하듯 자신을 가련한 피해자로, 날 악랄한 가해자로 몰아붙이며 나에 대한 온갖 이야기를 만들어냈다. 처음엔 잠깐 그러다 말 줄 알았다. 나중엔 배신감을 느꼈고 상처받았다. 하지만 맞받아치거나 해명하고 싶지 않았다. 과 친구들 중 누구도 내게 먼저 그게 다 사실이냐고 묻지도 않았다.

나는 친구들을 잃었다. 그리고 난 좋게 말해 지극히 감정적인 애라는 인상을 주변에 심었다. 하지만 나는 그 애와 그 애를 사랑했던 내 감정에 대한 예의를 지키기 위해 모든 걸 묻었다.

왜 연애스캔들이라는 건 없어지질 않는 걸까. 나는 동아리 애들에게 내 과거 전적을 들으며 엄청난 비난을 받았다. 사귀고 헤어지는 건 당사자들의 문제다. 찬희는 양다리를 걸친 적이 있다. 난 반대 입장에서 그 일을 겪어 헤어진 적이 있는데도, 찬희가 둘 다 좋은 걸 어떡하느냐고 우는 소리를 할 때 잠자코 들어줬고 이해하려고 노력했다. 하지만 찬희는 제일 앞장서서 날 바람둥이로 몰아붙였다. 다른 애들도 대부분 날 비난했다.

"혜원이가 사실 1학년 때부터 너 좋아했는데, 내가 넌 절대 안 된다고 말렸어. 근데 결국……!"

"내가 뭘 그렇게 잘못했는데?"

나도 더 이상 참지 못하고 소리를 질렀다.

"난 노력했어! 난 안 힘든 줄 알아?"

"힘든 척하지 마. 그래봐야 혜원이만 하겠어?"

내 앞에 있는 몇 년 동안 친해왔던 친구들, 호프집에 있는 다른 손님들, 종업원들이 모두 우릴, 나를 보고 있었다. 종업원 중 한 명이 조심스레 다가왔다.

"저 손님, 죄송하지만 다른 손님들도 있고……."

나는 가방을 챙겼고, 술집을 나왔다. 집에 다다를 무렵 원영이에게 전화가 왔다. 원영이는 오늘 나오지 않았다.

―야, 하지 마!

수화기 너머로 들리는 목소리는 혜원이였다.

―가만 있어봐! 야, 한지인!

나는 편의점 앞에 기대서서 원영이가 내지르는 욕설을, 말리는 취한 혜원이의 목소리를 들었다. 혜원이가 억지로 전화를 뺏은 듯, 전화가 갑자기 끊겼다. 나는 편의점에 들어가서 할인하는 캔 맥주 한 묶음을 샀다. 무거웠다. 편의점을 나오는데 전화가 왔다. 혜원이였다.

―미안해…….

혜원이는 울고 있었다. 헤어질 때도 울지 않았는데.

"네가 뭐가 미안해!"

―정말 미안해…….

나는 전화를 끊었다. 집에 돌아와 토할 때까지 술을 마시고, 다시는 연애 따위 하지 않겠다고 다짐했다.

사랑에 빠지는 건 의도해서 되는 게 아니다. 하지만 연애는 다르다. 사랑에 빠졌다고 꼭 연애를 해야 하는 건 아니다. 누군가에게 호기심을 느끼는 건 내 의지와 상관없이 일어나겠지만, 호기심을 증폭시키지 않는 거라면 할 수 있다. 그거라면 충분히 가능해. 그래, 다 관두자.

사라져버리는 감정에 대한 허탈함인지, 친구를 잃은 것에 대한 아쉬움인지, 내 입장은 어떤 건지 묻는 놈은 하나도 없었다는 것

에 대한 씁쓸함인지, 죄책감이 뒤섞인 자기혐오인지는 잘 모르겠
다. 어쨌거나 난 그렇게 선언했다.

뤤의 마지막 관광일이었다. 아침부터 폐관 시간까지 놀랄 만한
집중력으로 국립중앙박물관의 소장품들을 보고 헤어지기 전, 그
녀는 내게 콘서트 티켓을 주었다. 보러 왔으면 좋겠다고. 나는 고
개를 끄덕였다. 이건 무슨 의밀까? 아무 의미 없다. 그녀는 우리
회사 국내팀원 숫자를 물었고, 그 수만큼 티켓을 주었다.

일주일 후 우린 콘서트장에 가서 우딧이든인들의 노래와 춤과
퍼포먼스를 보았다. 반이 졸았다. 사장은 우딧이든인들이 의상을
바꾸고 무대로 다시 나올 때마다 나에게 누가 뤤이냐고 물었다.
왜 못 알아보지? 그녀는 그중 가장 아름다운데.

사실 사장 표는 없었다. 사장은 국내팀원이 아니니까. 나는 콘
서트 표를 주려고 물은 줄은 몰랐다고 당황해서 해명했고, 신입
사원이 머뭇거리며 양보했다. 민아 씨는 나한테 귓속말로 자기가
양보할 걸 그랬다고 말했다. 우딧이든인들의 노래는 우리 기준에
서 들으면 노래가 아니었다. 춤은 지나치게 느렸으며 — 발 하나
를 뺀는 데 십 분이 걸렸다 — 퍼포먼스는 도대체 무얼 표현하는
지 알 수가 없었다. 사회자의 설명에 의하면 지구에 대한 감상이
라고 했다. 삼십 분에 걸쳐 우딧이든인들이 몸의 자세를 바꾸는
것으로는 지구가 어떻다고 느낀 건지 알 도리가 없었지만, 그들
의 몸은 아름다웠다. 특히 뤤이 그러했다. 나는 그녀의 몇몇 동작
에서 그녀가 유심히 보던 대나무 잎사귀를 떠올렸고, 그녀의 낮

고 끊어질 듯 가는 목소리에서 돌담길에서 은행잎이 바람에 날리던 소리를 들었다.

공연이 끝난 후 대기실로 가 뤤에게 인사하고 꽃다발을 건넸다. 뤤은 와줘서 고맙다고 말했고, 대화는 삼십 초 만에 끝났다. 손님이 많았다. 나는 돌아서서 나왔다. 뤤이 날 불렀다. 할 이야기가 있으니까 내일 연락해달라고 했다. 나는 알겠다고 답했다. 다른 우덧이든인들도 서울 관광을 바라는 건가? 하지만 떠날 날이 얼마 남지 않은 걸로 아는데.

뭔가 일에 대한 이야기겠지? 다른 의미는 없는 거겠지? 다른 의미가 있는 걸까? 그녀를 안는다면 어떤 기분이 들까? 어떤 표정을 지을까?

별 의미 없겠지? 별 의미 있을까?

왜 나는 늘 먼저 반할까? 혜원이를 제외하면 나는 언제나 내가 먼저 반했다.

저녁을 먹으러 가서 삼겹살에 소주를 들이부으며 생각했다. 누군가 먼저 나에게 반하면 좋겠다고. 나도 상대가 어떻게 나오나 고고하게 지켜보다가 좋아 혹은 아니라고 말할 수 있으면 좋겠다. 혜원이랑은 그 애의 마음을 안 순간 바로 사귀었으니.

그 키스는 그녀에게 어떤 의미가 있었을까. 나는 어제 그녀를 우리 집에 초대했다. 한 번만 더 그녀를 만나고 싶어서 한참을 고민한 끝에 지구인의 일반 가정이 어떻게 생겼는지 궁금하지 않느냐고 물었다. 예민이는 부산 집에 내려간 터라 집에는 아무도 없었다. 그녀는 복잡한 절차를 밟아 기어이 경호원들의 승낙을 얻어냈다. 우린 방에서 잠시 이야기를 나눴고, 나는 그녀에게 키스하고 싶다고 말했다. 그녀는 눈을 감고 얼굴을 조금 앞으로 내밀었는데, 그게 우딧이든인들도 키스할 때 그렇게 하는 건지, 아니면 지구인들의 영화를 보고 따라한 건지 알 수 없었다. 젤리처럼 말캉해 보이던 그녀의 피부는 놀랄 만큼 단단하고 차가웠다. 잘 빠진 고급 리무진에 키스하는 기분이었다. 그녀가 키스 후 기분 좋은 표정을 지었는데도, 나는 우리가 시작한 건지 아닌지를 알 수가 없었다.

"우딧이든인들도 키스를 하나요?"

그녀는 입가에 웃음을 지으며 고개를 끄덕였다.

특별한 사이에만? 아니면 일상에서도?

그건 물어보지 못했다.

민아 씨가 노릇노릇하게 구운 삼겹살을 내 그릇에 올렸다.

"안주랑 먹으면서 마셔요. 오늘 좀 빨리 마시네."

나는 물을 마시며 속도를 늦췄다. 회사 사람들과 술을 마실 땐 아직 과하게 마신 적이 없다. 앞으로도 그러고 싶었다.

뤤을 만나고 돌아오면서 맥주는 사 오지 않았다. 내일도 출근해야 했다. 나는 창문을 열고 멍하니 바깥을 보다가 서랍을 열고 담배를 꺼냈다. 담배를 한 모금 빨 때마다 종이가 타들어 가는 소리가 들렸다. 나는 드물게 찾아오는 이 순간을 즐겼다.

노크도 없이 문이 열렸다. 나나 예민이나 피차 노크 따윈 하지 않지만 지금은 정말 방해받고 싶지 않았기 때문에 언짢아졌다.

"너, 손톱깎이 있…… 너 담배 피우냐?"

"엔간하면 언니 소리 좀 하지?"

예민이는 어깨를 움츠리더니 살짝 들어왔다.

"언니, 손톱깎이 있어?"

"서랍에."

예민이는 서랍을 뒤져 손톱깎이를 찾았다 잘 정리해두었던 물건들이 흐트러졌다.

"무슨 일 있어? 오늘 그 외계인 만나러 갔다 왔지? 무슨 일로 부른 거야?"

"별거 아냐."

예민이는 나가지 않았다. 대신 담배를 물었다.

"너도 담배 피워?"

"그냥, 어쩌다가 술 마실 때만 한 대씩."

"넌 술 못 마시잖아."

"그러니까 술자리에서만. 그리고 요샌 좀 늘었어. 언닌 언제부터 피웠는데?"

"일 년에 한두 번 피운다."

나는 담배를 비벼 껐다.

"언니, 그 외계인 좋아하지?"

나는 대답하지 않았다.

"뱀파이어에 인어에, 이번엔 외계인이냐?"

"그 둘을 빼면 내가 사귄 사람들 다 호모 사피엔스 사피엔스였어! 그리고 뱀파이어랑 인어가 어쨌다는 거야!"

나도 모르게 큰 소리가 나왔다.

"제기랄! 너 니 방 가서 피워!"

"왜 욕하고 그래!"

예민이는 과자 상자에 담배를 비벼 껐다.

"넌…… 언니는 워낙 특이한 사람 좋아하니까. 나는 언니만 좋다면, 외계인 따라 우주로 가도 축복해줄 거야."

나는 거의 심지까지 담배를 피웠고, 담배를 껐다.

"뭐야? 너 왜 암 말도 안 해? 너 진짜 우디든가?"

"우딧이든이거든?"

"진짜 가?"

"몰라."

"오래?"

"몰라, 너 나가."

"아!"

예민이는 버럭 고함을 질렀다.

"너 진짜 가?"

"생각해보겠다고 했어. 나 머리 복잡하거든? 제발 좀 나가줄래?"

예민이는 믿을 수 없다는 듯 날 보다가 일어섰다.

"나 아직 결정한 거 아니니까!"

나는 나가는 예민이에게 말했다.

"부모님한테나 다른 사람한테 이야기하지 마."

"알았어."

나는 방문을 잠갔다. 평소에는 잘 하지 않는 행동이지만 오늘은 그러고 싶었다. 예민이는 저러다 언제 또 들어와서 난리 칠지 몰랐다. 의자에 등을 기댔다.

그녀가 좋았다. 아직 그녀에 대해선 잘 모르지만, 결국 식을지도 모르지만, 그녀가 좋았다. 그녀는 우덧이든으로 와서 지구에 대해 말해달라고 말했다. 나는 한국밖에는 가이드를 해본 적이 없어 지구 풍경을 설명하는 건 무리라고 말했다. 아직 공식적인 발표는 하지 않았지만 첫 사절단 일정이 길어져서 그녀는 예정보다 늦게, 내년 봄에 떠난다. 그러니 그동안 공부하면 되지 않겠느냐고 했다. 우덧이든에서는 그녀가 도와줄 거라고 했다. 내가 체감하는 시간은 3년이고, 지구에서는 15년이 흐른다. 15년이라……. 애매한 시간이다. 그녀는 왜 15년이 지나는지 설명하다가 내 표정을 보고는 피식 웃더니 — 그녀는 이제 제법 지구인처럼 웃는다. — 설명서를 건넸다. 왜 나냐는 물음에 그녀는 내가 가이드를 가장 잘했기 때문이라고 했다. 우덧이든인들은 각기 다른 가이드를 대동하고 따로따로 지구 이곳저곳을 여행했다. 그들은 모여서 자기가 만난 가이드에 대해서 이야기했고, 그중 내가 우덧이든인들의 미세한 표정과 마음을 제일 잘 읽어내고 그녀가 다른 별 사람이 아닌 지구인이라도 되는 것처럼 편하게 가이드를 했다는 것이다. 그러니 이번에는 우덧이든에 직접 가서 우덧이든인들에 대해 더 배우고, 지구의 풍경에 대해 알려주고, 그 사람들과 지구로 돌아와 지구에서 가이드를 해준다. 그리고 원한다면 지구인이 우덧이든에 갈 때 다시 따라가서 우덧이든에 적응하는 데 도움을 줄 수도 있다.

3년이 두 번이면 30년인가⋯⋯.

뤤을 생각했다. 키스하고 싶었다. 안고 싶었다. 옷 속에 감춰진 몸이 궁금했다. 젠장, 마지막으로 사랑을 나눈 게 벌써 1년 전이다.

포르노 사이트를 뒤지다가 이게 뭐하는 짓인가 싶어져 머리를 쥐어뜯으며 침대 위에 쓰러졌다. 예민이가 문을 열려다가 잠겨 있자, 당황한 듯 머뭇거리다 문을 두드렸다. 자는 척했다.

나는 뤤에게 평소보다 빨리 접근했다. 그녀가 당황할 때도 있었지만 늦출 수 없었다. 그녀는 곧 떠날 테니까. 그럼 영영 못 볼 테니까 서두를 수밖에 없었다. 멈출 수가 없었다. 호기심을 제어할 수 있다고 믿은 건 착각에 불과했다. 그런 건 의지의 문제가 아니다. 그런데도 날 데려갈 생각을 했다는 건 크게 실수한 건 없다는 건가.

그녀와 한 번 더 키스하고 싶었다. 차가운 혀의 감촉이 그리워 미칠 것 같았다.

하지만 그녀와 내가 연인이 될 수 있을까? 지구인이냐 우딧이든인이냐의 문제가 아니었다. 나는 그녀를 우딧이든인이라고 생각하지 않았다. 그냥 감정이 좀 무딘 지구인으로 생각하고 접근했다. 그녀가 편하게 느낄 수 있었던 건 그랬기 때문일까.

그러나 그녀는 나에 대해 어떻게 생각하는 걸까. 나랑 한 키스가 그녀에게 어떤 의미가 있을까. 그녀는 나와 헤어지고 싶지 않아서 이런 제안을 한 걸까, 아니면 내게 말한 이상의 다른 의미는 없는 걸까. 그녀는 그저 그냥 가벼운 호기심을 느껴 한 행동에 불과할지도 모른다. 마음이 아려왔다.

인내는 쓰되 열매는 달다.

나는 쓴웃음을 지었다.

좋은 기회일지도 모른다. 우딧이든에 발을 디딘 첫 번째 사절단 중 한 명으로, 죽은 다음에도 역사에 이름이 남을 거다. 우딧이든은 어떤 곳일까.

15년이라⋯⋯.

그곳에 머물다보면 그녀와 가까워질 기회가 더 많이 생기겠지.

어떤 사람은 좋은 책 혹은 좋은 영화 한 편이 사람을 변화시킨다고 말한다. 대학을 졸업한 후로는 책이라곤 여행 가이드니 나의 문화유적 답사기니 하는 것들 외에는 읽어본 적이 없고, 영화는 데이트 코스 이상으로 생각해본 적이 없어서 나는 저 말은 잘 모르겠다. 나는 사람이 사람을 성장시킨다고 믿는다. 그건 인격적으로 훌륭한 사람을 만나 감화된다는 의미가 아니다. 나는 과거를 돌이킬 때 내가 중3 때, 혹은 고2 때, 하는 식으로 구분 짓지 않는다. 내가 어떤 사람을 만났을 때로 내가 자라온 시기를 나눈다. 내가 그 사람들과 다 사귀었다는 건 아니다. 친구였든 연인이었든 선배였든 간에 내게는 강한 호기심을 느껴 끌렸던, 지금의 날 만들어온 사람들이 있다. 나는 화가가 되진 않았지만, 그림은 내가 사물을 정확하게 바라보도록 도와주었고, 소소하게는 서울에 있는 궁궐들과 그 안에 있는 건물들을 뚜렷이 다르게 보게 해주었다.

이건 분명히 기회였다. 그녀를 얻을 기회든, 역사책에 이름이 실릴 기회든, 분명 내 인생의 기회고 기로였다.

　나는 호프집에 있는 대형 텔레비전 화면으로 그녀가 탄 우주선이 지구를 떠나는 걸 보았다. '그림 좋아' 멤버들이 모이는 날이었다. 다시는 날 보지 않을 것처럼 굴던 원영이도 나왔다.
　"네가 저기 탈 수 있었다는 거 아니야!"
　"이 년 뒤엔 탈 거라네. 기다리게, 제군들. 그대들이 머리가 벗겨지고, 배가 나오고, 나이가 들어 있을 때 난 여전히 팔팔한 모습으로 돌아올 테니."
　"야, 근데…… 안 무서워?"
　"뭐가?"
　"나 같으면 무서울 것 같은데. 거기가 어떤 덴 줄 알고? 게다가 사고라도 생기면?"
　"훗, 그게 바로 너희들과 나의 차이지."
　나는 허리를 곧추세우고 팔짱을 꼈다가 몇 대 맞고 낄낄 웃었다. 친구들과 만나는 건 오랜만이었다. 최근 나는 우딧이든 말을 배우고, 문화를 배우느라 정신없이 바빴다. 회사도 그만둬야 했다. 배우면서 돈을 받다니 꽤 쏠쏠하다. 그렇다. 나는 결국 가기로 했다. 미지의 사람을 탐사하는 것과 미지의 세계를 탐사하는 건 그렇게 다르지 않은 건지도 모른다.
　화면이 바뀌었다. 이제 우딧이든인들이 그간 지구에서 했던 활동들이 나왔다. 얼핏 뢴의 모습이 보였다. 가슴 한켠이 아려왔다. 다시 그녀를 만날 때 그녀에게는 얼마의 시간이 흘러 있을까.

그녀에게 내가 여전히 의미가 있을 수 있을까. 아니, 있기는 있었을까?

그녀를 포기하는 건 쉽지 않았다. 내가 그녀에게 매달렸던 건 어떤 예감을 느꼈기 때문이다. 친구들이 넌 사람을 정말로 좋아하는 게 아니라고 할 때, 나는 그걸 부정했지만 그게 어떤 의미로 하는 말인지는 막연하게 알고 있었다. 다시는 대상에게 그런 식의 호기심을 느끼지는 못할 거다. 다시 누군가를 사랑하지 못할 거라는 의미는 아니다. 호기심과 사랑은 내게 같은 의미였지만 이제는 조금씩 갈라지고 있었다.

인내는 쓰고 열매는 달다. 어쩌면 그녀도 결국은 날 사랑하게 되었을지도 모른다. 나는 그걸 가능성으로만 두기로 했다. 하지만 그걸 친구들에게 설명하고 싶진 않았다. 또 너는 사춘기를 벗어나지 못했다거나, 잘해봐야 낭만적이라는 이야기만 들을 게 뻔하니까. 어쩌면 맞는 말인지도 모른다. 나는 맺어지지 못한 사랑에 가슴 아파 하는 쪽을 택하기로 했으니까. 30여 년 동안 날 만들어온 내 호기심과 사랑에 대한 예의로.

■ 이번엔 외계인이나는……

고백하건대 나는 이 글을 그다지 좋아하지 않았다. 거울 소재별 단편선 『제15종 근접조우』에 수록하기 위해 썼는데, 외계인을 소재로 한 글에 제목부터 '외계인'이 들어간 게 마음에 들지 않았고, 즉흥적으로 너무 빨리 쓴 글이라는 점도 못마땅했다.

아무리 생각해도 이 글에 가장 적합한 제목은 「이번엔 외계인이냐」가 맞고, 한때 컴퓨터 앞에 앉아 몇 시간이면 한 편 쓰던 시절을 그리워했으면서 빨리 나온 게 불만이었다니, 돌이켜보면 헛웃음만 나오지만 그때는 그랬다.

『제15종 근접조우』는 판매 전략상 몇몇 필진들은 새 글을 써서 『제15종 근접조우』를 통해 첫 발표를 하기로 했었다. 「이번엔 외계인이냐」도 그중 하나다. 책이 나오고 한참 지나 2011년 1월에 거울 시간의 잔상 펑크 위기가 찾아와 펑크를 막기 위해 올렸다. 그런데 뜻밖에 독자들의 반응이 좋았다.

때로 작가 역시 자기 글에 대해 한 명의 독자에 불과하며, 내가 보기에 어떻든 간에 쓴 글에는 기회를 줘야 한다는, 내 독단으로 판단해서는 안 된다는 깨달음을 얻었다.

네 그림으로 너를 감췄지

– 박애진 작품집 『원초적 본능 Feat. 미소년』

김지원

네 그림으로 너를 감췄지, 누구든 네 모습을 볼 수 있도록

그래서 누구의 눈길도 닿지 않은 네가, 홀로 어둠속에서 나를 데리러 오도록

책을 펼친다. 소설을 읽는다. 아니, 사실 페이지를 본다. 눈을 번쩍 뜨고 있지 않으면 아무것도 읽을 수가 없지 않은가. 글자들을 보는 행위를 우리는 특별히 '읽는다'고 말한다. 그건 마치 '본다'에 시동을 거는 행위와 같다. 혹은 커다란 스크린의 스위치를 켜는 행위. 일단 글자들을 읽기 시작하면, 우리 머릿속에 진짜 그림들이 나타나니까. '거미'라는 글자를 읽으면 거미 그림이 머릿속에 떠오르고, '청바지'라는 글자를 읽으면 청바지 그림이 머릿속에 떠오르는 것이다. '달'이라는 글자를 읽으면, 심지어 거기 사람들이 살고 있다는 말도 안 되는 이야기를 읽으면, 우리는 달과 거기 살고 있는 사람들의 그림도 떠올린다. 일단 소설을 읽는다면 우리는 뭐든지 볼 수 있다. 혹은, 그렇게 뭐든 볼 수 있는 게 아

니라면, 어떤 그림이든 이 머릿속에서만은 가질 수가 있는 게 아니라면, 대체 왜 소설을 읽겠는가? 나만의 그림들을 얻어내기 위해서가 아니라면.

그래서 우리는 달로 간다, 눈을 크게 뜨고. 소설이라는 탐사선, 큰 화면이 부착된 탐사선을 타고 나는 달로 가고자 「낙원」호에 탑승한다. 이 낙원호는 사실 아무나 탈 수 있는 것이다. 내가 스스로 만든 것도 아니고, 누가 내게 만들어준 것도 아니고, 나만을 위해서 맞춤 제작된 것도 아니다. 수만 수천 대가 똑같이 공장에서 찍혀 나오는, 서점에 가서 그중 하나를 집어 들고 재깍 올라타기만 하면 되는 기성품에 불과하다. 그러면 어떤가? 내가 이 탐사선을 타고 가서 목도할 그 광경들만은 오직 내 것이란 말이다. 위험할 일도 없다. 화면을 통해서 보기만 할 거니까. 본다는 건 애초에 적절한 거리를 요구하는 작업이 아닌가. 너무 가까이 가도 잘 보이지 않고, 너무 멀리 가도 잘 보이지 않는다. 탐사선은 딱 '보기만' 할 수 있는, 그러면서도 모든 걸 가장 깨끗하게 잘 보여줄 거리를 제공해줄 것이다. 달에서 무엇을 보게 될 것인지, "나는 화면에서 눈을 떼지 않으며 생각했다."(「낙원」, 274쪽)

그런데 이상하다. 나는 내가 달로 갈 줄 알았는데, 달의 모습과 그곳 사람들을 잔뜩 볼 줄 알았는데, 지구로 돌아와 있다. 눈앞의 화면에서 보는 것들은 지구의 표면인 것이다. 아참, 나는 뒤늦게 깨닫는다. 나는 달에 갔었지. 나의 환상의 달. 아름다운, 나만의, 나만의 달. 다만 이건 이제 달에서부터 보는 지구야. 지구에서 와서 달을 가졌던 것처럼, 이제 돌아가는 길에는 그 대가로 나는 달의 시선으로 지구를 보아야 하는구나. 달을 등지고, 달의 눈으로, 아니, 잠깐, 달이 눈이 있었던가?

탐사선을 타면 누구든 달을 볼 수 있다. 기성품 탐사선을 통해서 누구든 모두 자신만의 환상적인 달의 그림을 얻는 것이지. 하지만 달이— 그림 자신이 눈이 있었던가?

나는 불에 그슬린 앨범 몇 개를 찾아낼 수 있었다. 이미 오래전부터 디지털 기술이 상용화되었음에도, 사람들은 손에 쥘 수 있는 걸 원했다. (274쪽)

달을 등지고— 그림이 보이는 곳에서가 아니라, 그림이 전혀 보이지 않게 되는 곳에서야 나타나는 그림 자신의 어두운 존재 속에서. 달의 딱딱한 기계손으로부터 나는 눈앞의 지구를 건드린다. 내 고향을. 내 자신의 기억을. 어디를 파헤쳐야 할지 물론 화면을 통해 관측하고 있지만, 이제 보는 것은 어쩔 수 없는 수단일 뿐 목적이 아니다. 보이는 것은 표면에 불과하기 때문이다. 원하는 것은 그 아래에 있는 것이다. 게다가 나는, 그것들을 어둠 속에서 끌어내기 위해서 파헤치는 것이 아니다. 여전히 그림들을, 예술품들을, 미술용품들을 찾고 있기는 하지만, 나는 그것들을

거미 다리를 닮은 기계손이 건물의 잔해를 해체하고 성분을 분석해 종류별로 분리한다. 느리지만 꾸준히 시멘트에서 철근을 분리해 게걸스레 몸 안으로 쑤셔담는다. (274쪽)

다음 날 흥미로운 걸 찾았다. 다양한 색이 들어있는 팔레트와 크고 작은 붓이었다. 분석기가 물질을 검사하더니 화장용품이라고 말했다. 아쉽게도 미술용품이 아니었다. (…) 저 정도로 원형이 보존된 걸 직접보는 건 처음이었다. 기계손이 화장품 팔레트를 생활용품 저장고에 넣었다. (275쪽)

특별히 지정된 좌표도 없다. 조종사들은 오래전 지구에서 화석을 탐사하던 때처럼, 가능성 있어 보이는 곳을 점찍어 인내심을 가지고 파내려갈 뿐이었다.(282쪽)

보기 위해서 찾는 것이 아니다. 오히려 반대에 가까울 것이다. 그것들을 하나의 저장고에서 파내어서 또 다른 저장고에 — 어둠 속에 보관하기 위해서다. 빛으로부터 보호하듯이.

지구의 표면을 파 내려가면, 운이 좋다면, 수많은 상자들이 튀어나온다. 시신들이 발굴되는 같은 장소들에서, 역시 실제로 일어났던 어떤 일의 잔해처럼만 남은 팔레트 상자 같은 것들이. 그것들은 닫혀 있다. 그림들은 모두 땅속에 갇혀 있고, 빛에 드러난다 해도 그 순간 다시 상자처럼 제 안에 꼬옥 닫혀 있다. 그것들이 무슨 그림인지, 어떤 연유로 거기 있는 그림인지는 이제는 아무도 모른다. 소위 말하는 진품인지 가품인지도. 상자를 열면, 다시 수많은 불투명한 물체들이 튀어나온다. 종이학들, — 극장에서 나눠준 종이학들. 다시 극장이라는 상자. 단추 — 코트에서 나온 단추. 코트의 두꺼운 질감. 상자가 열리면 열릴수록, 빛에 닿는 순간 그 내용물들은 다시 각각 상자가 된다.

상자를 열면서 튀어나오는 수많은, 수많은 빛무리들과 환상 같은 그림들을 바라보면서 나는 말할 것이다. 이 그림들은 진짜인가? 그리하여 나 자신은?

나는 마지막이라고 생각하며 상자를 연다. 종이학은 요란한 색의 모조 종이에 불과하며, 단추도, 그저 떨어져 나온 부속품에 불과하다.

그건 진짜였을까? (311쪽)

내가 본 너, 나와 함께 있을 때의 너, 그건 너의 얼마큼이었을까? 그건 어쩌면 환상은 아니었을까? (…) 내가 널 만난 적이 있긴 했을까? (312쪽)

아니다, 그러나 나는 등에 지고 있는 달의 시선 때문에 다시 답한다. 모든 것은 진짜이다. 이 그림들은 진짜다. 표면을 볼 수 있어서가 아니야. 표면 때문에 두껍게 꽉 닫혀 있기 때문이지. 이 기억 그림들의 모서리 하나 — 꽉 닫힌 캔 같은 모서리 하나에도, 억지로 비틀어 열려고, 어떻게든 다시 안으로 들어가보려고 애쓰는 동작 하나에도, 내 손은 다칠 것이고, 새끼손가락만 베어도 나는 죽어버릴 수가 있기 때문이다. 빛은 상관없다, 그림들이 어떻게 보이는가는 사실 상관없다. 이 그림들은 손에 쥘 수 있는 형태로 존재해왔고 존재한다. 나는 이 그림들의 모서리에 다쳤었고 여전히 또 다친다. 그리하여 이것들은 진짜다. 나도 진짜다, 눈으

로 볼 수 있어서가 아니라, 이 손의 어두운 연약함 때문에. 사람
들이 이 그림들이 있는 그곳에서 실제로 살았고, 그 손들로 그림
을 그렸고, 그림들을 운반했으며, 그 손들로 박물관에 내걸었고,
다시 내리고, 옮겼기 때문에.

아니, 나는 단호하게 고개를 저었다. 아픔은 진짜였어. 고통은 실재
했어. 난 아팠어. 죽을 만큼 아팠단 말이야. (…)

너는 말했지. 흉 지겠다. 걱정하는 것처럼, 흉터가 남길 바라는 것
처럼. 네 말이 맞았다. 손에 흉터가 남았다. 아주 흐릿해 보통 사람들
은 알아보지 못할 테지만 나는 안다. 나는 내 손등에 눈이 갈 때마다
그 상처를 본다. 나는 울었다. (312쪽)

(…)캔 수프 오픈 버튼을 눌렀다. 너무 빨리 열려 미처 손을 치우지
못해 오른쪽 새끼가락 손톱 바로 옆 살을 베었다. 따끔했다. (…) 손
가락 끝을 좀 베었을 뿐이야. 단지 그뿐인데도, 나는 죽을 수 있었다.
(…) 아무도 모르는 곳에서 혼자 말이다. 얼마나 웃길까. 새끼손가락
끝을 베였다고 해서 죽는다는 거 말이다. (313~314쪽)

나는 사실 여기에서 보고 있는 것이 아니라, 이미 저 아래에 묻
혀 있는지도 모른다. 그때 너무 아프게 다쳤기 때문이다. 나는 거
의 죽어버렸을지도 모른다. 여기서 지켜보고 있는 나 쪽이 환상
일 수도 있다. 아니면, 그 상자를 다시 열려고 하다가는 죽을 만
큼 다시 아플 것이기 때문에, 나는 다시 열지 않으려 할지도 모

른다. 상자 안에 그대로 놓아두고 상자도 묻어버리려고 할지
도……. 그런데, 그러면 저 상자 안과 저 지구의 표면 아래에서는,
나는 진짜일까? 누구도, 나 자신도 나를 다시는— 다시는 보지 못하
는 그곳에서만은?

지나치게 감상적이라는 생각이 들지 않은 건 아니지만, 나는 그 상
자를 지구에 묻고 가기로 했다. (…) 내가 묻은 곳에서 얼마 떨어지지
않은 곳에 무언가 낯선 게 보였다. 나는 낯선 것을 향해 카메라를 움
직였다. 노란 꽃이었다. (…)
나는 울지 않기 위해 눈에 힘을 줘야 했다. 그때와는 완전히 다른
의미로 말이다. 저 꽃을 살아 있는 채로 가져간다면, 지금까지 지구에
온 조종사들이 받아온 중 최고의 금액을 받을지도 모르지만, 그럴 생
각은 없었다. 다시는 볼 수 없을지라도 저건 내 거다. (314~315쪽)

소설은 온갖 그림들을 눈앞에 보여준다: 보여줌을 통해서 그
림들을 사람들 각자에게 안겨준다. 소설은 모든 사람들에게 똑같
은 기성품의 방식으로, 즉 인쇄 언어를 통해서, 그러나 모든 사람
들에게 각자 자기 자신만의 그림을 그 머릿속에 안겨주는 것이
다. 그러나 일단 그렇게 각자의 눈앞에 발견된 그림들이 다시 이
독자들의 '눈'에 거꾸로 도달하는 방식은, 시선을 통해서가 아니
다— 차라리 시선의 죽음을 통해서이다. 눈먼, 우그러진, 완전히
어두운, 보는 것과는 아무 상관이 없는, 가장 환하게 보이는 스스
로의 보이지 않는 연약하고도 폭력적인 물질성, 관람하는 눈을

이그러뜨리고 혈관이 터지도록 울리고 눈 멀어버리고 결국은 죽도록 상처입혀버리는, 그림 그 자신의 두터운 두께와 유한한 사물성을 통해서.

우리는 소설을 ― 「낙원」호를 타고 지구에서 달로 가며, 달에서 지구로 돌아온다. 이 서로 질적으로 완전히 다른 두 개의 벡터를 중간에서 이 탑승선이 혼자서 매개하고 있지 않은가. 시각과 촉각 사이를. 그래, 이 탑승선은 그 자체가 그림이다. 상자이며, 안으로 닫힌, 사람이 타고 있을 정도로 커다란 상자. 그 안에 타면 커다란 스크린을 통해서 무엇이든 볼 수 있지만, 누구와도 화면으로 교신할 수 있지만, 한편 전 우주로 살갗을 드러내며 새까맣게 자기 안으로, 안으로만 닫혀버리는 우주 상자.

서양 철학에는 개개인을 '나'로 파악하는 이론들이 있다. 내가 하나의 '나'인 만큼, 너도 나와 다른 또 하나의 개별적인 '나'라는 것이다. 즉 우리는 모두 주체, 자기 자신을 관찰하고 반성할 줄 아는 인간이다. 단순한 개인이 아닌 자신이 다시 자기 자신을 반영하는 능동적 주체라는 것은 다른 사람과의 관계 속에서야 비로소 가능한 개념이다. 나는 너라는 또 하나의 '나'가 어떻게 나라는 '나'를 관찰하는지를 통해서 자기 자신을 관찰한다. 너 또한 내가 너를 어떻게 관찰하는지를 통해서 너 자신을 관찰할 것이다. 모두가 서로 서로를 관찰하고, 그리하여 타인을 통해 자신을 관찰하는 과정을 통해서, 나는 나 자신이라는 단단한 형상을 점점 더 타인의 마음에 드는 방식으로 다듬어가고, 이 형상을 나 자신의 아름다움으로 받아들이며, 또한 동일한 시각적 미의 기준으로 타인들이라는 그림 또한 판단하게 된다. 고대 때부터 인간의 주체성에 대한 서양 철학의 이론에서는 늘 시각이 중요하게 여겨져왔다— 플라톤의 동굴 비유가 시각적 은유들로 이루어져 있음에서 시작하여, 칸트나 헤겔의 표상Vorstellung 개념에는 늘 시각적 표상이 가장 정신적인 혹은 이성적인 것으로서 그 위계적 정점을 이루었고, 최근의 인지론적 구성주의나 시스템 이론에서는 자기 반영적 시스템들의 상호 관계를 설명할 때 블랙 박스, 화이트 박스와 같은 노골적 시각적 메타포들을 사용하거나 혹은 아예 관찰 beobachten, observe이라는 단어들을 이 '관계하다'라는 뜻의 대체어로 사용한다.

그러나 이 이론, 모든 사람들을 개별 주체로 보는 이론에는 허점이 있다고 지적하는 다른 이론들이 있다. 모든 사람이, 그러니까 '너'조차도 '나'로 이해되는 이 세계에 결국 타자는 없다. 오히려 그렇다면 '나'조차도 '너'로 존재하는 세계는 없는가? 어째서 '나'만을 유일한 인간의 존재 형식, 혹은 상호 교감 가능한 유일한 형식으로 전제하는가? 네가 너 자신이 아닐 때 너는 어디에 있는가? 내가 나 자신이 아닐 때 나는 어디에 있는가? 네 자신이 아닌 너와 내 자신이 아닌 나는 어디에서 어떻게 서로를 만나고 있는가? 이 '나'들의 또렷하게 밝은 세계 이면에 '너'들의 세계가 있다. 너와 내가 서로 눈을 마주칠 때, 서로를 너무도 분명하게 보고 미소 짓는 바로 그 순간에, 서로가 서로를 보지 못하는 곳에서는 우리는 어떻게 만나고 있는가? 사실은 서로를 후려치고 있는가? 모르는 새 상처 입히고 또는 껴안았고, 또는 다시는 돌이킬 수 없는 각인을 새겼던가? 서로를 들여다보는 얼굴들은 실은 안팎으로 우그러지고 짓이겨진 표면일 뿐 아닌가? 나 자신의 타자성, 물질성이 중시되는 이론들 혹은 이 영역을 주체성의 이면에 함께 다루는 이론들에서는 보통 촉각적인 비유들, 예컨대 라캉 및 레비나스에서와 같은 틈 Riss, 데리다의 경우 흔적 Spur과 같은 단어들이 중심에 서곤 한다.

사람들의 상호 관계에 있어 이 두 가지 종류, 시각적 관계와 촉각적 관계는 물론 서로 단단하게 맺어져 있다. 빛이 없이는 어둠도 드리울 수 없고, 어둠이 없으면 빛은 드러날 수 없다.

우리가 정말로 원하는 것은 무엇일까? 우리는 '나'인 채로, 하나의 공동체의 일반 규칙을 지키며 빛 속에서 서로를 인식하며, 너를 나답게 사랑하며 또 너를 통해 사랑받고, 내가 사랑을 주는 대로 나 또한 사랑받는다는 것을 확인하며 나 자신을 확립하기 위해서 만나는 걸까. 아니면 차라리 이 상호적인 관찰 행위의 이면에서, 나를 네게 빼앗기고 네가 나로 인해 네 자리를 잃는 것, 서로를 서로 자신으로부터 철저하게 타자로 만들고 상실시키는 것, 내가 나 자신이 될 수 없는 자리에서, 또 네가 네 자신이 될 수 없는 자리에서 서로에게 속하면서 어둡게 이지러져 나가는 감촉을 위해서 만나는 걸까?

　물론 이 작품집의 단편들을 꼭 이런 해석틀, 혹은 어떤 해석틀에 맞출 필요는 전혀 없다. 개개인이 좋을 대로 느끼면 그만이다. 이 서평에서 특정한 한 단편 「낙원」을 내세워 이러한 서양 철학의 주요 문제들을 건드리는 해석틀을 이끌어내어본 것은, 이 해석틀 자체의 내용을 강조하기 위해서가 아니다. 다만 이러한 이론적인 해석틀조차도 마치 개개인의 기억과 감각처럼 이끌어내어진다는 것, 이 짧은 단편에 이러한 힘이 있다는 것을 강조하기 위해서이다. 이 작품집을 읽기 시작하면서부터 머릿속에 희미한 향기처럼만 감돌고 있던 어떤 기억들이, 특히 「낙원」을 읽어 나가면서야 완전히 또렷한 영상이 되어 이끌려 나왔다― 필자가 삶속에서 여러 가지 이유로 손을 대었고, 책장을 만지작거리며 읽고 또 덮었던 여러 소위 이론적인 책들과 논문들이, 그 책들이 주었던 인상들이, 이 단편을 읽어 나가면서 부드러운 빛무리처럼 떠올라 머릿속에서 달과 지구와 우주의 그림으로 상이 맺혔고, 바로 이 우주가 이 다음의 다른 단편들을 읽어 나가는 동안에도 점점 더 선명해졌기 때문이다. 위에 쓴 해석은 필자의 머릿속에 그렇게 떠오른 개인적인 우주 그림에 대한 서술에 불과하다. 그리고 이렇게 그림으로 화한 이론적인 언어들이 한편으로, 스스로 인간사 몇천 년의 철학적 무의식을 가로질러가면서, 그렇게 멀고도 깊은 곳에서, 다시금 필자를 이 작품집의 수많은 다른 독자들과도 연결해주고 있을지도 모른다고 느끼기 때문에, 동의가 아닌 공감을 희망하며 여기에 서술해볼 뿐이다.

'나'로서의 너와 나의 관계, '너'로서의 너와 나의 관계— 우리가 사람들과의 관계에서 실제로 경험하고 또 욕망하는 것은 어느 쪽에 가까울까. 「낙원」을 포함하여 이 작품집의 단편들은 이 문제에 대한 답을 주지는 않는다 — 다만 이 두 가지 종류의 관계가 서로 한 동전의 양면처럼 결합되어 있다는 것을 보여줄 뿐이다. 「어른들은 왜 커피를 마시지?」「짝짓기」「나의 사랑스러웠던 인형 네므」에서 보이듯이, 어린 나는 언제나 공동체의 일반적인 의례를 통해서 나만의 누군가를 만나게 된다. 이때 목적은 사실 나만의 누군가를 만나는 것 자체가 아니라, 이 의례를 잘 통과하여 공동체의 다른 모든 참여자들과 동등한 관계를 유지하며, 이 참여자들에게 인정받고 사랑받는 것이다. 그러나 일단 의례를 통과한 다음에는 그 '안'의, 커피의 소년이나 짝짓기의 상대 소년 자체와의 관계가 더 문제가 되어, 주인공들은 방이나 신방 같은 자기만의 상자 속에 스스로를 잠근다. 이 두 종류의 관계 사이에서 이를 수 있는 파국 중 하나로는 인형 네므의 경우가 있는데, 주인공은 '나만의 것인 너'와 '다른 사람들과 공유하여 나 자신을 인정받고 싶은 욕망' 사이에서 흔들리다가 대상 자체를 파괴해버리기도 한다.

작가가 후기에 썼듯이 「나만의 연인」은 이런 「나의 사랑스러운 인형 네므」와는 이야기의 구조상 대응되는 점들이 있으면서도, 바로 그 점에서부터 결론을 달리한다. '나만의 너'가 사실은 공동체의 기성품이라는 점, 그리고 아마도 그 기성품이 '나'를 최대한 꼼꼼하게 반영하여 맞춤 제작된 것이기에 사실은 '나' 또한 공동체의 기성품이라는 점이 드러나서 실망하게 되는 순간, 주인공은 안드로이드인 너에게 반영되어 있는 자신의 자아 자체가 타자적이라는 것을 깨닫고 위로를 받으며, 공동체의 다른 구성원들에게도 그러한 맥락에서 고마움을 느낀다. 「조화」에서 희수는 자기 자신이 거울의 이면에서 세상의 눈으로 보면 추한 모습을 하고 있다는 걸 알고, 늘 세간의 눈을 두려워하지만, 결국 자신의 사랑의 모습으로서는 거울 속의 모습이 아닌 그 이면의 것을 올바른— 혹은 아름다운 것으로서 선택한다.

단편들 안에서 이 두 종류의 관계는 서로 맞물려서 한없이 돌아간다. 그런 가운데 우리의 탑승선은 어느 곳도 고향으로 두지 않는 채, 상자이자 스크린인 채 그 사이를 매개하며 빙글빙글 돌아가고, 이쪽 저쪽으로 유영할 뿐. 「이번엔 외계인이냐」의, 인어에 뱀파이어에 외계인에 인간, 전 종족을 가리지 않고 유영하는 사랑의 매개로, 「완전한 결합」의, 둘의 사적인 유대감과 애정만으로도, 또 아이라는 사회적 규칙만으로도 맺어지지 않는, 사랑이라는 관계의 항상 비어 있는 세 번째 모서리로.

단, 이 첫 번째 작품집에서는 이 두 종류의 관계의 질적인 차이에 더 초점이 맞추어져 있고, 탑승선은 그 사이의 매개체로서만 암시된다. 두 번째 작품집 『각인』에서는 이 탑승선 자체에 대해서 더 다루어질지도 모른다— 탑승선이 자기 안으로, 안으로만 파고 들어가기 시작할지도 모른다는 얘기다. 그렇다면 탑승객들은, 지금까지 겪은 너른 우주의 경험과는 완전히 반대로, 폐쇄 공포증을 느끼게 될 것이다.

김지원
현재 뮌헨 대학의 독어독문학과에서 박사논문을 쓰고 있다.
환상문학웹진 거울에서 jxk160이라는 필명으로 소설을 창작하기도 한다.

이 작품집에 실린 많은 단편이 십대의 감수성에서 벗어나지 못한 이십대 초반에 썼던 단편이다. 이십대 초반, 본격적으로 글을 쓰기 시작한 그때 나는 주제의식이라거나 구성, 플롯 따위에 대해서 아무것도 몰랐다. 그저 본능, 직관, 감각에 의지해 썼다. 그렇게 썼던 글을 오랜 시간이 지나 다시 꺼내며, 이 글을 쓸 때의 나를 돌아보는 계기가 되었다.

스무 살은 내가 처음으로 내 성별을 의식하게 된 때였다. 여자애라고 달리 키우지 않은 집에서 자라, 여중과 여고를 졸업해 대학에 입학한 나이로 1996년이다. 준사회인 대학에 들어가서 여자들에게 얼마나 많은 금기들이 있는지 의식하게 되었다. 지금이라면 상상하기 어려운 일이지만, 여자인데 흡연을 한다는 이유로 눈총을 받았다.

미성년자도 아닌데 뭐가 문제인지, 동기 남자애들은 줄지어 피우는데, 왜 역시 흡연자인 동기 여자애에게 '정 피워야겠다면 나처럼 화장실이나 옥상에서 몰래 피우고 몸에 밴 냄새도 없애고 돌아올 것'을 요구받는지, 왜 몇몇 남자애들이 "그래, 그런 생각을 갖고 있는 거라면 너는 이해해."라며 호기롭게 '나'만 예외를 두는지, 내가 그런 압박을 받지 못하게 돕지 못하는 걸 여자 선배들이 왜 미안하게 여겨야 하는지까지, 모두 납득하기 힘들었다.

담배는 대놓고 압박이 왔지만, 성에 대한 건 알게 모르게 작용하는 금기였다. 중학교 1학년 때 담임선생님이 '브래지어'를 착용해야 한다고 가르쳤다. 2차 성징이 온 아이들도, 아직 오지 않은 아이들도 있었다. 처음으로 브래지어를 한 아이가 '난생 처음 엄마와 속옷 가게에 가 브래지어를 구입하고 입는 과정과 낯선 기분'에 대해 목소리만 낮춰 반 아이들마다 붙들고 이야기했다. 생리는 여자애들끼리도 이야기하면 안 되었고, 화장실에 갈 때도 대놓고 생리대처럼 보이지 않게 조심해서 가져가야 했다. 수영장에 다닐 때는 며칠씩 못 나가는 일이 생겼고, 당시 강사가 남자였던 터라 혹시라도 왜 못 나왔느냐고 물으면 뭐라고 대답할지, 안 나왔다고 야단맞으면 어떻게 할지 고민하며 수영복을 챙겼다. 생리라는 말도 금기어라 '마법/매직'이니, '멘스' '그날'처럼 돌려 말해야 했다. 멘스가 제일 오그라들고, 마법이니 매직이 그다음, 그날 정도가 개중 무난한 표현이었지 싶다.

이런 상황을 자연스럽게 받아들이는 사람도 있고, 반감을 가져 대놓고 금기를 발설하는 사람도 있는데, 나는 후자에 속했다. 그걸 당시 쓴 글들에서 '배란기' '정자' '난자' '자궁' 따위의 단어들을 마구 등장시키고, 성적인 장면들이 심심찮게 등장하는 모습을 보며 깨달았다.

나름 우여곡절을 겪은 사춘기를 지나 법적으로 성인이 되었다고 들떴던 90년대 중후반에는 나도 모르던 내 안에 있던 열정으로 죽죽 글이 나왔다. 「어른들은 왜 커피를 마시지?」를 썼던 해에는 한 해 동안 스무 편가량을 쓰기도 했다. 그러다 어느 순간 이야기가 나오지 않았고, 억지로 쓴 글은 재미가 없었다. 2000년을 지나 몇 년간 제대로 글을 쓰지 못하며 다시는 글을 쓰지 못하는 건 아닐까 불안하고 초조해졌다.

'예전에는 글을 어떻게 썼지?' '왜 이젠 안 써지지?' '왜 새로 쓴 글이 전에 쓴 글보다 별로지?' 이런 생각에서, 과거에 썼던 글에서 벗어나야 했다. 지난 시간을 마무리하고, 새로운 길을 모색하고자 2005년 거울에서 『가연 단편선: 신체의 조합』이라는 제목으로 그간 쓴 글을 모아 개인지를 찍었다. 거울 객원 필진이신 절영님이 이 보잘것없는 책의 비평을 해주었다. 많은 용기와 깨달음을 준 비평이었다.

2007년에 다시 그중 네 작품과 새로 썼던 단편 하나를 포함해 행복한책읽기의 『누군가를 만났어』에 수록하며 처음으로 출판사를 통해 작품을 발표했다. 채 발표하지 못한 작품들이 아쉬웠으나 몇 작품이라도 성과를 낸 게 어디냐고 기뻐했다. 이후 새로 쓴 몇몇 단편들을 공동 단편선을 통해 발표하며 이제 정말 과거는 지나갈 줄 알았는데, 온우주 출판사에서 단편선 제의를 받았다.

오래도록 개인 단편선 출간을 바라왔는데도 여러 상황에 치이느라 제대로 단편을 검토할 여력이 없었다. 오래전에 쓴 글, 새로 쓴 글 할 것 없이 편집자한테 우루루 보내 골라달라 청했다. 뜻밖에도 편집자인 최지혜 님은 오래전에 쓴 단편들을 포함하고 싶다는 의사를 밝혀왔다. 망설이는 내게 "당신이 아니면 쓸 수 없는 글"이라며 격려해주었다. 못 이기는 척 받아들인 건, 아마 나 역시 그 글들이 이대로 묻히지 않고 기회를 얻길 바라는 마음이 있었기 때문일 것이다.

위에 썼다시피 2005년 겨울에서 『신체의 조합』과 2007년에 『누군가를 만났어』에 수록한 단편도 이 단편선에 포함되어 있지만, 2005년, 2007년의 나와 지금의 나는 또 다른 사람이다. 달라진 눈으로 읽어도 이대로가 최선이라는 단편은 그대로 두었고, 손을 봐야겠다는 생각이 든 단편들은 최선을 다해 수선했다.

온우주 단편선에는 각 단편 뒤에 작가의 작품 후기를 넣는 기획이 있었다. 평소 작가가 자기 글에 대해 책에 대놓고 이야기하는 건 독자가 읽는 데 방해가 된다고, 글쓴이는 자기 글에 대해 말을 아껴야 하고 독자와 만남이나 합평회 때나 최소한으로 이야기하는 거라 여겼다. 그런데 작품 후기를 쓰려다보니 글을 다른 눈으로 읽게 되어 앞으로 나아갈 지점에 대해서도 생각하는 계기가 되었다. 막상 작품 후기를 쓰니 즐겁다는 내게 담당 편집자 최지혜 님은 작가가 글 이야기 쓰는 게 재미없을 리 없다며, 그걸 기피해온 내게 "슈퍼에고"라며 장난스러운 핀잔을 던졌다. 각 글 뒤에 붙인 작가의 말은 작품 후기로 썼더니만큼, 가능하면 글을 읽은 후 읽어주길 바란다.

본디 이 작품집에 들어갈 새 단편을 쓰려 했다. 하지만 단편들을 퇴고하며, 이 단편선의 주제/소재는 내게 너무 멀어졌음을 알았다. 한참을 고민하다 편집자와 상의했는데, 편집자는 길게 설명하기 전에 바로 수긍하고 받아들였다. 내가 이 글들을 쓸 때와는 다른 사람이 되었음을 나보다 먼저 알고 있었기 때문이다. 이만큼 작가에게 공명할 수 있는 편집자와 함께 작업하는 건 흔한 일이 아닐 터이다. 최지혜 님에게 몇 마디 말로 표현하기 어려울 만큼 감사드린다. 또한 긴 시간 써온 글을 엮을 기회를 준 온우주 출판사, 사회경험이 부족한 내게 기꺼이 이야깃거리를 제공해준 오랜 친구 김기연 님, 귀한 시간을 쪼개 계약서를 검토하고 조언해준 정소연 님, '가난한' 누나를 '어엿비' 여겨 모니터를 후원해준 아우, 늘 응원하시는 어머니, 언제나 든든한 지원군인 아버지께 감사드린다.

앞서 썼다시피 이 작품집에 실린 단편의 주제/소재는 이제 내게 멀어진 이야기이나, 2000년경에 썼던 「나의 사랑스러웠던 인형 네므」와 근 10년이 지나 2009년에 쓴 「나만의 연인」이 겹치는 지점이 있듯이, 나선처럼 돌아 언제고 이 이야기들에 다시 닿을 날이 오리라 기대한다.

원초적 본능 Feat. 미소년

박애진 작품집

초판 1쇄 펴낸날 2013년 12월 29일

지은이 박애진
펴낸이 이규승
엮은이 최지혜
디자인 김은영, 강보경, 이경진

펴낸곳 온우주
등록번호 제215-93-02179호
주소 138-847 서울시 송파구 석촌동 284-2 501호 (백제고분로40길 4-7 501)
전화 02-3432-5999
팩스 02-6442-3432
홈페이지 www.onuju.com | onuju@onuju.com

ISBN 978-89-98711-09-2 03810